ハヤカワ文庫NV
〈NV935〉

襲撃待機

クリス・ライアン
伏見威蕃訳

早川書房

4513

STAND BY, STAND BY

by

Chris Ryan

Translated by

Iwan Fushimi

First published 2000 in Japan by

HAYAKAWA PUBLISHING, INC.

This book is published in Japan by

arrangement with

THE MARSH AGENCY

in conjunction with

BARBARA LEVY LITERARY AGENCY

through TUTTLE-MORI AGENCY, INC., TOKYO.

母に捧げる

あるひとが編集面で力を貸してくれなかったら、本書は完成していなかっただろう。名前を出すことを望まないそのひとに、とりわけ謝意を表したいと思う。忍耐と理解を示してくれた家族および友人全員に感謝する。また、センチュリー社のマーク・ブース、リズ・ラウリンソン、トレイシー・ジェニングズ、ニッキー・イートンに感謝する。

城

騎士たちが大広間で戦うあいだ、ひとびとは壁ぎわにしりぞく
突き合うものたちを道化がからかう
冷たく光っている酒蔵まで甲高い声が届く
ひとびとはうめき、王さまは玉座にじっと座っている
銀の服を着た貴婦人は、蜘蛛（くも）と死を恐れて生きる

セーラ・ライアン　一九九六年　七歳

襲撃待機

登場人物

ジョーディ・シャープ……………SAS軍曹
キャス……………………………ジョーディの妻
ティム……………………………ジョーディの息子
トレイシー………………………医療センターの受付
トニー・ロペス…………………SAS隊員。元SEAL隊員
トム・ドースン…………………SAS中隊付准尉
ピーター・ブラック……………同大尉
マード・マクファーレン
ジョニー・エリス
ステュアート・マクウォリー
メル・スコット
……同隊員
マーキイ・スプリンガー………同隊員。通信士
マーヴ・マンスン………………同舟艇小隊の指揮官
ロジャー・オルトン……………同隊員
ジェイムズ・モリスン…………RUC（北アイルランド警察庁）警視正
マイク・グリグスン……………デトのメンバー
フレディ・キンラン……………北アイルランドの議員
ジョン・パーマー………………コロンビア駐在英国大使館の国防担当官
ルイサ・ボルトン………………同通信担当官
ビル・エジャートン……………同二等書記官
フェリペ・ナリニョ……………DAS（コロンビア秘密警察）司令官
デクラン・ファレル……………PIRAの幹部

1

その夜、またあの夢がよみがえった。例によって前へ前へと吹っ飛ばされ、自分の速度を抑えることができない。遊園地でジェット・コースターに乗り、寒く暗い空間をガタガタと揺れながら加速していく感じだ。でも、どうしてほかに乗客がいないんだ？　この凍れる夜にどうしておれひとりなんだ？

ひどく乗り心地が悪い。だいじょうぶだ、そう心のなかでつぶやく。線路が反っているだけだ。なんとかなる――そして、投げ出されないように、脇の手摺をしっかと握る。そのとき、なにかが左腕をひっぱって、うしろに持っていこうとする。車体のそっち側だけが背後に残ろうとするかのように。手を放せ、間抜け！　と、自分に命じるが、把手(とって)をつかんだ指がひらかない。痛みが全身を引き裂く。ついに終わりかと思う。体をまっぷたつに引き裂かれるのか。

とてつもなく寒い。かたわらを流れる空気のあまりの冷たさに、皮膚がひりつく。口をあけて悲鳴をあげようとすると歯の根にすさまじい痛みが走り、口をぎゅっと閉じていなければならない。と、前方の黒い地平線の上に一条の光が見える。おれはその明るい光のふち、世界のへりに向けて突進している。その先になにが見えるかは、とくと知っている。速度はいや増し、なおも上へ、前方へと進みつづけ、腕は肘のところからちぎれそうになっている。

するとー瞬のうちにその上を越えて光のなかへはいり、空港ほどの広さの戦域へ飛び込んでいく。熱気の壁がぐんぐんせりあがっておれを迎え入れ、アブダビ砂漠のまんなかに降下しているかのようにたちまち汗が噴き出す。テーブルに明るいランプがならべられ、生命維持装置がその脇にある。点滴、酸素ボンベ、手術用具を置いた白い皿。緑色のガウンを着てマスクをかけている看護人数名が、準備万端ととのえて待っている――その中央にAK47突撃銃ぐらいの長い皮下注射器を持った長身の外科医がひとりいて、ギラギラ光る注射針の先端でおれの目を狙っている。銃があれば遠くから斃せるのにと必死で思うが、銃はない。近づくいっぽうだ。「**バカヤロー!**」外科医に向けて落下しながら、おれはわめき散らす。

「**バカヤロー!　バカヤロー!**」

目が醒めた。キャスが戸口に立ち、踊り場の明かりがまっすぐな金髪を照らし出している。ティムの泣き声が聞こえる。

「ジョーディ」キャスがそっといった。「だいじょうぶ?」

「ああ、うん」寝返りを打とうとしたが、羽根を縛ってオーヴンに入れるばかりになったチキンみたいに、シーツが全身にからまっていた。

キャスがそばに来て、おれの額に手を当てた。「汗びっしょり。シーツを換えたほうがいいわ。新しいのを持ってくる」

「いいよ、平気だから。ありがとう。いま何時？」

「三時過ぎ」キャスがベッドのへりに座り、光を背負ってシルエットになった。片手でガウンの襟もとをかきあわせ、もういっぽうの手で上掛けを平らに直す。「寝たのはいつごろ？」

「わからない。一時半ごろだろう」

「どれくらい飲んだの？」

「たくさんじゃない。あのあとスコッチを二杯か三杯」

おれが口でいうよりずっと深酒をしているのを、キャスはちゃんと見抜いている。それをおろかしくも必死でごまかそうとしていることも。飲酒が深刻な問題になりかかっているのを彼女は知っていて、医者に相談するようにと何度か訴えた。

キャスがたずねた。「どうしたの？　またあの夢？」

「ああ。うるさかった？」

「だれかに殺されそうになっているのかと思ったわよ。大声でどなっていたのよ。ティムが起きちゃった」

「すまない」

「いいのよ。きこうと思っていたんだけど——トニーがいつ選抜訓練(セレクション)を受けにくるか、聞いてる？」

「六月にこっちに来るらしい。どうして？」

「ちょっと気になっただけ」

キャスがなにを考えているか、わかっていた。トニーはイラクでおれの救世主だったから、イギリスに来ればまた精神を安定させる役目を果たしてくれるのではないかと思っているのだ。イラクでの経験の余波をふっきるのに、トニーが力を貸してくれると。たしかにそうかもしれない——だが、確実なところはだれにもわからない。

「腕は痛い？」キャスがたずねた。

「いや、順調だよ」

「頭は？」

「ちょっと痛い」

「パラセタモールを飲む？」

「そうだね」

キャスが、錠剤のパックから二錠を押し出して、水のはいったグラスといっしょに差し出した。おれは片方の肘を突いて、鎮痛薬を飲んだ。

「ありがとう。もうだいじょうぶだよ」

「それじゃ、おやすみなさい」

キャスはおれの髪をちょっと手で梳いてから、立ちあがり、戸口を抜けて、ドアをそっと閉めた。まもなくティムが泣きやみ、踊り場の明かりが消えて、おれたちの寝室のドアが閉まるカチリという音が聞こえた。

おれたちの寝室。おれはそこの大きなダブル・ベッドで眠るべきなのだ。こうしてひとりでいることが、すべてを要約している。ひっきりなしに悪夢を見るのが、ひとりで寝る口実になっている。悪い夢を見て毎晩のように起こすのがいやだから、客用の部屋で寝る、そう弁解した。だが、それはうわべで、もっと根深い狂いが生じているのだ。

シーツが冷たくじっとりと湿っている。SAS連隊（レジメント）の兵士の大多数とおなじで、おれも裸で寝る——だから、起きあがり、タオルで体を拭くと、窓をさらに広くあけて、ひんやりする夜気が流れ込んで、体を包み、乾かしてくれるのを待った。家の裏手のオークの葉叢（はむら）を風がかさこそと鳴らすのに耳を傾けた。梟（ふくろう）がどこか近くで大きな声で啼（な）いた。運のいい鳥だ——心配事などなにもないのだろう。ひと晩に鼠（ねずみ）を一匹か二匹捕らえればそれでもう満悦だし、戦争や捕虜になることや死のことなど、なにも知らない。

しばらくしてベッドに戻り、シーツを喉もとまで引き上げて、真上に目を凝らした。砂漠とイラクのくそいまいましい病院での出来事が、この苦しみのおおもとであることは、よくわかっている。

トニーのことを考えた。じつにいいやつだし、しぶとい。捕虜になっていたあいだずっといっしょだった。彼の不屈の精神と不断のユーモアのおかげで耐え抜くことができたようなものだ。本名はアントニオ・ロペスだが、記憶にあるかぎりでは、昔からずっとトニーと呼ばれていたようだ。アメリカ海軍ＳＥＡＬ（海・空・陸特殊作戦部隊）隊員のトニーは、パナマでの作戦が大失敗に終わったこともふくめて、おれよりずっと苦しい試練をくぐり抜けてきている。湾岸からほぼ無傷で帰還したトニーは、ＳＡＳに入隊して二年間の勤務に服することを強く希望し、選抜訓練課程（セレクション・コース）に参加しようとしている。おれはそんなトニーより能力が低いのか？　勤務の緊張に耐えられないほどなのか？

　以前はどんなふうだったろう、キャスとの仲はどうだったろうと、記憶をたどった。そのころにだれかにきかれたら、本心からたったひとこと、こう答えていたはずだ。「最高さ！」出会ったのは四年前で、ふたりとも二十五歳の誕生日がもうじきだし、しかも一週間と離れていないと知って、たいそう喜んだものだった。闇に横たわって、この家を見つけたときのことを思い出した。不動産屋のウィンドウで写真を見て、鍵を借りることにした。手が出せるぎりぎりの価格だったが、義父母が気前よく金を出してくれたおかげで、頭金にじゅうぶんなだけの現金があった。かなり突飛（とっぴ）な家だと、不動産屋が前もって注意した。「まるで別世界だよ」と、彼はいった。「だいじょうぶだ」と、おれは答えた。「そういうのを捜しているんだ」

　不動産屋に鍵を借りて、車で出かけていった。町からたった十五分だ。その家を見て、おれたちは顔を見合わせ、にやりと笑った。百五十年以上たっている古屋で、野原に囲まれた窪地のまんなか、小径（こみち）の突き当たりの、まさに完璧な位置に佇んでいた。オークの林が裏の小さな谷間の上のほうまで茂り、木立のあいだから清水が滴（したた）っている。葉の落ちた冬なのに、まるで夢のような景色だった。夏のさなかには、どれほど美しいことだろう？

その家は、森番の小屋（キーパーズ・コテージ）と呼ばれていた。その名のとおり、昔は猟場管理人の家だった。ほどなくおれたちはＫＣと略して呼ぶようになった。長い歳月のあいだに煉瓦（れんが）の色が薄紅色に変わっている——ヘリフォードシャーでよく見られるものだ——また、前の持ち主が精根こめて修復と改良をやっていたので、すぐに移り住むことができた。庭は廃園と化していたが、春になると園芸の才能のあるキャスがさっそく手を入れはじめた。土掘りなどの重労働は彼女の指示でおれがやったが、計画を練っていろいろなものを植えるのは彼女がやった。裏の林にナナカマドが何本かあるのを見つけて、キャスは興奮した——彼女の好きな木なのだ——秋に真っ赤な実が生（な）ってとても美しい。家も、周囲の様子も、子供のころに日がな一日、兎を追い、生け垣にそって散歩した北部の故郷の家を思い出させた。

ＫＣ（キーパーズ・コテージ）で、おれたちはどこのだれよりもずっと幸せだった。番地のない家に住むのは、ふたりともはじめてで——それがとても尊（とうと）いことに思え、町に住んでいる友人たちに勝っている気分だった。家も部屋も、広すぎもせず、狭すぎもせず、自分たちにちょうどいい広さだった。ひと気がまったくないところなので、夏には芝生で素っ裸になって日光浴をした。キャスは野菜畑もこしらえていて、インゲンや豌豆（えんどう）、ジャガイモ、レタス、いろいろなハーブを栽培した。耳が緑色になるのではないかと思うほど、たくさんの新鮮な生野菜を食べた。冬には栗鼠（りす）のようにぬくもって暮らした。林から薪（たきぎ）を拾ってくるのを近所の農家に許可してもらい、居間で昼も夜もノルウェー製のストーヴをたいた。それに湯沸かし用のタンクがついていて、栓をあけて水を流し込めば、たちまち湯が沸いた。

細い道や森の小径は、ランニングに好都合だったので、基地にいるときばかりではなく、家にいるときも体育訓練ができた。じきに二種類の周回路を考え出した――一本は六マイル、もう一本は八マイル。キャスは、馬を飼おうかしらといった……例の農家が馬場を貸してくれれば、子供が産まれてから。

ティムが出産予定のとおりにヘリフォードの州立病院で産まれた。おれはキャスの手を握って、痛みのいくばくかを分かち合おうとしながら、ティムがこの世にやってくるのを見守った。体重は八ポンド二オンス（三・五四キログラム）、体をきれいに拭われると、母親より淡い金髪でもっと青い目だとわかった。キャスの両親は、初孫の誕生に大喜びして、ベルファストから飛んできた。ふたりはコテージに留まり、キャスの体が回復するまで、義母のメグが何日か赤子の世話をした。義父のデンは引退した医師なのだが、医学的なちょっとした情報を教えるぐらいのもので、なにもしなかった――きっと家でも、テレビを見ているだけで、ほとんどなにもしないのだろう。

そんなふうにおれたちは暮らし、たがいに満足していた。一九九〇年の夏、おれはチームの訓練のために戦闘中隊とともにアフリカへ行った。二カ月のあいだ留守をしたが、帰るとなにもかも変わりはなく、ふたたびキャスとおなじように暮らしつづけた。ところが、サダム・フセインがクウェートに侵攻し、D戦闘中隊が湾岸に配置されて、なにもかもが厄介なことになってきた。

出征するのがつらかった。九一年一月のはじめに、ブライズ・ノートン基地から飛行機で出発する前に、万が一おれが帰らなかったらキャスとティムが将来どうするかという相談をしたとき、ちょっとした愁嘆場があった。もちろん家は彼女のものになるし、売りたければ売っていい。とにかく、おれはきっぱりといった。きみには再婚してもらいたいし、子供は、いい公立の学校がなければ、金銭的に可能な範囲でいいから、私立学校で教育を受けさせてほしい。こうしたことを考えるのはとても悲しいが、おれたちは精いっぱい将来をまっこうから見つめた。

翌日、われわれは出発した。戦闘が開始される前に、砂漠に設営された保養休暇センターから何度かキャスに電話することができたし、万事順調だった。衛星中継は申し分なく、まるでとなりの部屋にいるキャスとしゃべっているようだった。だが、一月の末に国境を越えてイラクにはいってからは、もう連絡をとる機会はなく、ようやくまたキャスと話ができたのは、四月九日にD戦闘中隊のメンバーが帰国のためにキプロスに集結したときのことだった。そして、結局その十週間のうちに——砂漠で、病院で、そして捕虜収容所で——おれはあまりにも多くのことをくぐり抜けていた。

キプロスのアクロティリから電話で話をしたとき、キャスはいつもと変わらない様子だった——おれのことを心配し、朗らかで、やさしく、ティムのことをたくさんしゃべった。変わったのはおれのほうだった。

みんなとおなじように、おれも故郷に帰るのが待ち遠しかった。何週間ものあいだ、早く帰りたくてしかたがなかった。ところが、ヘリフォードに着くと、なにかがおかしかった。まっすぐに家に帰らなかった。帰りたくなかった――まともに家庭と向き合うことができなかった。恥知らずにも、おれは基地内に居住する独身の仲間数人と、酒を飲みにいった。連中がやりたかったのは、ビールを何杯か飲んで、盛り場へ行き、今夜寝る相手を捜すことだった。おれのほうは、そう単純ではなかった。

コテージに帰ったころには、もうたいがい正体をなくしかけていた。キャスはすごくきれいだった――おれはそれをなぜか客観的に見ていた――だが、おれがそんな状態で帰宅したことに、彼女はショックを受けているようだった。ティムはだいぶ背がのびて、言葉をしゃべりはじめていた。キャスが「パパ」という言葉を教え込んでいて、うながされたティムがそれを口にした。腹の底から笑うべきだったのだろう。でも、なにも感じなかった。めずらしいことに、性欲も感じなかった。ほかの連中は、もうさぞかしいやらしい気分になっていたはずだ。みんなは、フライトのあいだじゅうずっと、ハーキュリーズ輸送機が滑走路におりたらすぐにやりまくるというような話ばかりしていた。おれもおなじでなければおかしいのに、もうキャスを欲しいとは思わなかった。彼女とセックスができず、頰にキスをするのもやっとで、目を見ることができなかった。自分の経験したことについては――腕の怪我の話だけをして、あとははぐらかした。

当然、キャスは傷ついた。落ち着いてふるまってはいても、心労と悲嘆は隠せなかった。ふたりのあいだの問題がどういうものであれ、時が癒してくれ、しばらくすればなにもかもが正常に戻るという希望を抱いていたのだろうが。

彼女にはなにも問題がなく、落ち度がこちらにあることは、ずっと知っていた。しかし、やがて悪夢がおとずれるようになり、頭痛が起こるようになった。おれは酒浸りになり――前にはそんな心配はまったくなかったのに――ふたりの関係は回復するどころか、いっそう悪化して、家のなかを歩きまわるときも距離を置き、ほとんど話をしなくなった。

腕の検査のために基地の医療センターへ行ったときに、そうした事情を医官に相談すべきだった。だが、当然、弱点と見られるようなことは明かしたくなかった。ＳＡＳ隊員はだれでもそうだが、おれも実戦に派遣されることを願っていた。それが人生でもっとも重要なことなのだ。精神的な問題があるのを認めれば、またとない遠征を逃がすのは確実だし、ことによると出世がまったく望めなくなり、第一線から退かされるかもしれない。お偉方がわれわれに精神科医に診てもらうことを勧めても、みんな避けたがるのがふつうだ。

パラセタモールの効果が現われはじめた。頭が楽になり、不安がいくらか薄れた。居間の時計が四時を打つのを聞いて、そのあとはおぼえていない。

つぎの日はからりと晴れ、すばらしい五月の朝になった。キッチンにはいると、太陽の光がすでにテーブルを照らしていて、お粥（ポリッジ）がべとべとにくっついたティムの顔があんまりおもしろかったので、頬をゆるめずにはいられなかった。でも気分は最低で、昨夜、いろいろな酒をさんざん飲んだために宿酔いが残っていた。

　キャスがいつものようにちゃんとコーヒーをいれ、カップを受け取ったおれはきっぱりといった。「決めた。医者のところへ行く」

「ああよかった！」キャスの顔がぱっと明るくなった。「よくお話を聞くのよ。ぜったいに悪いことにはならないから」

「そうだ。気に入らないことをいわれたときは、気にしなければいいんだ」

　おれはさっそく車で町へ出かけていった。キャスはまた午前中は銀行の勤めをはじめており、ティムを幼児用の私立の保育所に預けていた。昼食時にキャスの友だちが、ティムとキャスを家まで送ってくれることになっているので、おれは基地に行く途中でふたりをおろすだけでいい。

　スターリング・ラインズ基地に着くと——基地の名は、第二次世界大戦中に北アフリカでSASの前身の長距離砂漠グループを創設したデイヴィッド・スターリングにちなむ——いつものように制服姿の国防省の警衛二名がゲートにいた。そちらに向けて車を進めると、ふたりがおれだと知って、手をふり、遮断機をあげた。駐車場にはいると、D戦闘中隊の同僚のパット・マーティンがスコーピオのドアをロックしているところで、そのとなりが空いていた。

「やあ、パット」おれはいった。「なあ、トムに伝えてほしいんだが、おれはこれから医療センターへ行く。中隊にはあとで出勤する」

「いいよ。どうかしたのか？」

「なに、腕の検査だ」
そろそろ八時半になる。あとの連中は、お祈り——つまり点呼と要旨説明（ブリーフィング）——のために中隊の共用休憩室（インタレスト・ルーム）に集合しているころだ。中隊付准尉のトム・ドースンは、その伝言で納得するはずだし、くわしい説明はあとですればいい。豪胆な古参兵のひとりであるトムは、ＳＡＳ連隊に十五年以上いて、あらゆる経験をしている——オマーンのドーファでの軍事行動の最終段階、フォークランド紛争、湾岸。フォークランドでシーキング・ヘリコプターが墜落した際に生き残った少数のうちのひとりでもある。艦を移動するために隊員たちが乗っていたヘリコプターが海に墜落し、Ｄ戦闘中隊とＧ戦闘中隊の十七名と他の隊の六名が死亡したのだ。自分も悪夢をみると、トムは話してくれたことがあった。彼は、ドアが閉まっている暗い部屋で眠ることができない。目が醒めたときにドアが閉まっていると、逆上したようになって飛び起きる。みずからもそういう経験があるから、同情的で、手を貸してくれるはずだ。

トレイシー・ジョーダンが当直ならいいがと思いつつ、そのまままっすぐ医療センターへ行った。受付の女性はふたりいて、一週間ごとに交替している。シーラは小柄でずんぐりして、スエット・プディング（牛脂や小麦粉に干し葡萄やスパイスをくわえてこしらえるプディング）みたいにぷりぷりと活きがいいが、トレイシーはまったくちがう。靴を脱いでも身長が一八三センチあり、ぼうぼうの銅色のくせっ毛を頭のてっぺんでまとめているので、いっそう背が高く見える。手足がやたらに長く、二十三か二十四になるはずだが、育ちすぎたおてんば娘のように見える。運動が得意で、昼休みによく友だちの女の子とランニングをしているので、基地ではだれでも知っている。噂によると、スカッシュがすごくうまいらしい。体力があるだけではなく、コートのまんなかにいてもたいして動かずに隅のほうのボールが拾えるからだろう。

トレイシーのことを、おれはほとんどなにも知らない。だが、軽いたわむれをふくんだまなざしが目に留まることがしばしばあった。おまけによく軽口をたたくので、おおぜいの男に好かれている。だが、トレイシーは一発やったらさっさと逃げるというSASの戦術をとうに見抜いていて、彼氏はもっぱら外部の人間と決めている。とにかく、トレイシーが当直なら、診察を受けにいく気にもなろうというものだ。

ついていた。真っ白なスウェットシャツと薄いブルーのジーンズ姿のトレイシーがデスクに向かっていた。きょう髪をまとめているリボンの色は、エメラルド・グリーンだ。おれの姿を見たとき、驚いて両の眉をあげたような気がした。

「ジョーディ・シャープ軍曹！」いくぶんからかうような口調で、トレイシーがいった。

「きょうはなにをしてさしあげましょうかしら？」

「言葉に気をつけたほうがいいぞ」と、おれはいった。

「どういう意味かしら？」トレイシーが、怒ったふりをして、小さな尻を椅子のうえで揺すった。

「言葉どおりの意味。アンダースン先生に会いたいんだが」

「アンダースン少佐はお出かけです。レスター大尉がいらっしゃいます」

領 収 書

大阪書店

TEL 06 6353 3201

毎度ありがとうございます

2005/06/20(月) 13:33 R0001 214.0

0003 文庫 4150409358

¥500

外税計	品代	¥500
	外税	¥40
合計		¥540
現金		¥1,000
釣銭		¥460

「結構だよ」

「患者さんはおひとりだけです。おかけになって。もうじきですから」

トレイシーは、ファイル・キャビネットからおれの書類を捜し出し、茶色のマニラ紙の封筒を差し出した。アンダースンが出かけていても、いっこうにかまわなかった――これまでなにも進展がなかった。その新しい医官のほうがましかもしれない。

二分ほど待っていると、ドアの上のランプが赤から青に変わった。なかにはいると、若いのに白髪の多い髪を短く刈った、体力のありそうな若い医官がいた。おれの書類の表紙をさっと見て、その医官がいった。「こんにちは、ジョージ」

「ジョーディです」おれはいった。「クリスチャン・ネームは、ジョージですが、まったく使いません。みんなジョーディと呼びます。なまりのせいでしょうね」

「わかった」医官が口の端をゆがめて笑い、封筒をあけて、書類を読みはじめた。「左腕の怪我。上腕骨の複雑骨折。イラクの病院で釘と金属板により処置」

レントゲン写真を出すと、壁のライト・ボックスの前に吊し、しばし眺めた。

「処置したところがぐあいが悪いのか?」

「いや。腕はだいじょうぶです」

「ちょっと見せてくれるかな」

「ええ」おれはセーターの袖をまくって、デスクに腕を載せた。医官は、傷痕を入念になぞってから、レントゲン写真に目を戻した。

「触わると痛い？」

「ぜんぜん」

「ちゃんと使えるか？」

「問題ないですよ」

「掌（てのひら）を裏返してみて……ひらいて、握って……ウェイトは？」

「軽いのからはじめています。だんだん重くしはじめています」

「なるほど。どうして負傷した？」

「バイクから落ちて」

「そうか！」医官はおれの手首を握り、脈をとるあいだしばし沈黙していた。率直なきびきびした態度は、好感が持てた。やがて彼はたずねた。「それじゃ、どこが悪いんだ？」

「頭痛です」おれは答えた。「めちゃくちゃひどくなっているんです。それに悪い夢を見て、それが恐ろしくてたまらない」

「事故のときに頭を打ったのか？」

「いや——そうじゃないと思います。そのときは頭はどうもなかった。頭痛がはじまったのは、最近です」

「なにか服用しているのか？」

「アスピリンとパラセタモールをすこし」

「医療パックから適当なものを混ぜ合わせて飲んでいないだろうな？　きみたちのなかには、

なんでも自分ひとりで解決したがるものがいるからな」

「いいえ。そういうものには手をつけていません」

「酒はどうだ？」

「それは……」

「だいぶ飲むんだろう？」

「すこしですよ」

「どれぐらいだ？」

「たしかに飲みすぎます」

「なるほど」

医官は、おれを診察台にあがらせて、聴診器を出し、心音を聞いた。それから腕に巻く旧式の機械で血圧を測定し、耳の穴をのぞき、瞳孔を懐中電灯で照らした。そうした診察のあいだに、さりげなくたずねた。「どうしてバイクから落ちた？」

「夜でした。イラク国境の一五〇キロ先、敵の前線の奥で、通信施設の攻撃や光ファイバー通信線の爆破に従事していました。それと、移動スカッド・ミサイル発射機の捜索です。その晩、中隊は移動して翌日に隠れるあらたな潜伏地点を捜す任務を負っていました。おれは先頭にいて、バイクで偵察していたんです。地面がひどく荒れていて――岩や崩れやすい砂利の地面に、急に穴があるという状態でした。はるか前方にライトが見えはじめ――車輛が移動していたんです――それで、われわれは先回りするために加速した。そのとき、ばかでかい穴に落ちて――まったく見えなかった――バイクの下敷きになり、岩に挟まれて腕を折ったんです」

「そのあとどうなった？」

「知りたいですか？」

「もちろん」

「仲間が助けあげてくれて、応急の副木をあててくれました。ひどいありさまでしたよ。一本の骨の先が筋肉を突き破っていて。そのあと、ランド・ローヴァーに乗せられ、傷病者後送に連絡がいきました。当時、サウジアラビアの司令部では、救難活動を米軍と共同で行なうように調整していたんです。それで、統合作戦機が行き先を変更して迎えにくる、という通信連絡が届きました。つぎの晩にヘリが到着し、米軍の負傷兵二名とともに、おれを乗せて飛び立ちました」

言葉を切り、横目で医官のほうを見た。まだ話を聞きたい様子だったので、言葉を継いだ。

「そこまでは順調でしたよ。昼間は涸れ谷に隠れ、暗くなるとすぐに、護衛のＳＥＡＬ隊員の乗ったヘリが時間どおりに迎えにきました。ところが、飛び立って十分とたたないうちに、ＳＡＭ（地対空ミサイル）に狙いをつけられたんです。いま順調に飛んでいたと思ったら、つぎの瞬間には、なにもかもめちゃくちゃです。サイレンは鳴る。ヘリが激しい待避機動を行なって急降下し、機体をよじる。ミサイルをそらそうと機長がチャフを散布する――でも、だめでした。突然、すさまじいバーンという音がした。ヘリがまるでテニスのボールみたいに横から叩かれた。つぎに、またしても激しい衝撃が来る。ヘリは地面に墜落していました。SEAL隊員のひとり、トニーが、残骸からおれをひっぱりだしてくれました。ふたりで調べると、生き残ったのは自分たちだけだとわかりました。副操縦士は首がもげていた。機長は両腕がなかった。でも、どういうわけかヘリは炎上しなかった。まもなくライトが近づいてくるのが見えた。態勢をととのえる間もなく、われわれは五十人ないし六十人のイラク兵に囲まれていました。ひとりかふたりなら斃せたでしょうが、それだけの人数ではしょせん無理です。だからふたりとも捕虜になりました」

そこで話をやめた。おれは診察台に仰向けになったまま、天井に向けてしゃべっていた。息切れしているような感じだった。しゃべりかたが、どんどん速くなっているのに気づいた。首を右にまわし、ふたたび医官の顔を見た。医官は、こちらをじっと注視していた。

「つづけて」と、医官がいった。

おれは天井に目を戻した。

「そのあとはあまりおぼえていません。もう熱が出ていて——腕に土がついて、感染症を起こしていたんでしょう。それに使い捨て注射器のモルヒネを脚に一本打ったあとで、仲間のをもらってもう一本打っていたので、かなりラリっていました。敵兵はわれわれをトラックの後部に投げ込んで、夜のあいだずっと走っていました。そして軍事基地のようなところに着いた。やつらは訊問をはじめ——顔を何度か殴られました——でも、こっちの意識が朦朧としているのは、やつらにもわかった。それに、名前と認識番号以外はなにもいいませんんでした。あらかじめ用意してあった作り話で押し通しました――おれは衛生兵で、墜落した航空機の搭乗員を回収する英米統合救難チームの一員だと。

そのうちに、また車で移動させられ、こんどは護送車のようなものに乗せられました。そのころは譫妄（せんもう）状態だったんだと思います。つぎに記憶しているのは、手術台に横になり、緑色のガウンを着てマスクをした連中がまわりに立っている場面です。ちくしょう！　と思いました。こいつらはなにをする気だ？　起きあがろうとするが、動けない。手術台にベルトで縛りつけられていたようでした。ものすごく怖かった。

と、背の高い男が、すぐそばに現われた。マスクはしていなくて、フセインみたいな濃い黒い口髭が見えた。髭の下の口がほころんでいる――それがまた意地の悪そうな薄笑いで。そいつが口をひらいたとき、流暢な英語をしゃべったので、びっくりしました。

『これからおまえの折れた腕の手術をする』と、そいつがいいました。『心配するな。わたしは腕のいい医者だ。イギリスの最高の病院で教育を受けている――オクスフォードのジョン・ラドクリフ病院だ』

つかのま、おれはほっとしました。ラドクリフ病院は知っているし、そのイラク人はたしかにそこにいたんだろうと思ったんです。唐突にそんな病院の名を思いつくわけがない。

『それはありがたい』といった返事をしたような気がします。

『イギリスの医療体制はじつによくできている』と、そいつがまたいいました。『よくないのはおまえが身分に関して嘘をいっていることだ。われわれはなんとしてもおまえの所属部隊が知りたいのだ、シャープ軍曹。さあ――どうしてもいってもらうぞ』

おれは第二二パラシュート野外救急連隊に所属する衛生兵だという作り話をくりかえしました。そいつは明らかに信じていないようで、いくつか質問をしたあとで、皮肉る口調でこういいました。『その有名な部隊の基地はどこだ？』

『ロートン』三軍の病院のあるウィルトシャーの基地の名を告げました。

そいつはオクスフォードにいたころにロートンに行ったことがあって、そこのことは知っていた。それでしばらくは黙っていましたが、それも長くはつづかなかった。そのあいだずっと、こっちは強い光を顔に当てられていました。発熱のためにガタガタふるえ、汗をびっしょりかいていました。と、急な動きが目に留まり、そいつは脇の台車からなにかを取り、おれの上にかざしました。

『これが見えるか？』とそいつがいって、黒い口髭の下の口もとの笑いが消えた。『この皮下注射器には、麻酔薬がたっぷりとはいっている。これをおまえの腕に刺せば、意識がなくなる。だが、これで眼球に触れれば、おまえは目が見えなくなる』

『くそったれ！』おれはいった。

『さあ、おまえのほんとうの所属部隊をいってもらおうか』

『くそったれ！』おれはまたどなった。

『シャープ軍曹、この針は非常に鋭い。わたしのちょっとしたジョークが気に入ったかね？イラクのユーモアに感心していることを示すために笑ったほうがいいんじゃないか？　われわれはたいへんユーモアがある民族なんだよ。さて――この針がおまえの目に挿入されても、たいして感じないだろう。だが、請け合っておこう。そのあと、きみはなにも見えなくなる。どっちが利き目かね？』

そのあとどういうことになるかわかっていたので、じっと押し黙っていた。

『知らないのか？　それとも、いいたくないのか？　どうでもいい。右目が利き目だと仮定して、まずそっちからはじめよう。右目が見えなくなったら、左目でなにがいいか見定められるようになるだろう』

そいつが注射器を顔のすぐ前まで近づけたので、それに目の焦点を合わせることができなくなった。おれはもがき、怪我をしていないほうの腕と脚を動かそうとした。失禁したような気がする。声をかぎりに叫んだ。『**バカヤロー**！　貴様らはみんな**バカヤロー**！』

どこか近くで音がして、はっと我に返った。ヘリフォード。ドアが激しくノックされ、さっとあいた。トレイシーが隙間から首を出した。小生意気な表情が消え、おびえた顔になっている。「ふたりともだいじょうぶですか？」トレイシーがたずねた。「先生が襲われたのかと思った」

「だいじょうぶだよ」レスター医官が、にっこりと笑った。「彼のなかから悪霊が出はじめているところだ」

トレイシーがさがり、おれは大声を出したのをわびた。またしても全身汗だくだった。

「つづけて」レスター医官が、ふたたびうながした。

「そいつはそれを三度か四度やりました。結局どうなったのか、おぼえていません――気を失ったのか、それとも腕に注射されたんでしょう。気がついたときには手術が終わっていて、腕はギプスにくるまれていました」

「何者か知らないが、見事な手術をしているよ」レスター医官がいった。「金属板もきちんとしている。レントゲン写真を見ると、接合は完璧だ」

「こんどあいつにあったら、くそが漏れるくらい脅しつけてやる」

レスター医官が、ふたたびおれの手首を握って、脈をとった。「脈拍が六十四から百八十まであがっている」と告げた。レントゲン写真をもう一度見た。「そのあとで監獄に入れられたんだな？」

「ええ。病院に二週間ほどいてから、二カ所の収容所で五週間、くそを食って、死ぬほどびびっていました」

「だが、拷問はされなかった？」

「それは、なにをもって拷問とするかによりますね。系統だった訊問はなかったが、番兵が蹴ったり殴ったりしました。それに鞭で打つということもする。ひとりなどは、ギプスの上から木の杖で叩き、こっちが悲鳴をあげるまで、叩く力を徐々に強くしていくんです。いちばんいやだったのは、事情がまったくわからないことでした――戦争のことも、ほかの場所で起きていることも。イラクのやつらは、多国籍軍が負けているというようなでたらめをさんざんいうんですが、なにしろわれわれはちゃんとした情報が聞けなかったので」

「われわれというのは？」

「おれとトニー・ロペスです。撃墜された傷病者後送用ヘリに乗っていたSEAL隊員ですよ。作り話も同じで、トニーが頑としてそれを押しとおしたので、イラク側もそのうちにわれわれをいっしょにしたんです。トニーはじつにたいした男ですよ。度胸が据わっている。じつはまもなく選抜訓練のためにこっちにくることになっているんです」

レスター医官は、しばし考えてからたずねた。「それで、いまは頭痛がするということだが、いつからはじまったんだ？」

「二週間ほど前です。それにこの悪夢をくりかえし見るようになって。だいたい似たり寄ったりです——病院の場面が主で」

「無理もないことだ」レスター医官が立ちあがり、窓ぎわに寄って、表を眺めた。「遅延性ショックが起きているのだと思う。きみのその体験によりストレスが生じているんだ。われわれ医師はそれを外傷後ストレスと呼びはじめているところだ。怪我を負ったことと、捕虜になったことの、残効（刺激が消滅したあともつづく肉体・精神・心理・情動的な効果）とかかわりがあるようだが——まだ、はっきりしたところはだれにもわかっていない。精神科医の診断は受けたかね？」

「いいえ。われわれはそう勧められましたが、みんな気が進まないので」

「家庭に問題を持って帰るというようなことは？　たとえば、母親に話をするとか？」

「母はいません」

「そうか。では父親は？」

「いないんです。孤児なので」

「ああ」レスター医官は、デスクの書類を取りあげて、もう一度眺めた。「そうか。それは悪かった」

「いいんです」

「奥さんは？」

「それが問題なんですよ」おれは上半身を起こした。「そういうことなんです、先生。女房には話せない」

「どうして？」

「よくわかりません。彼女が悪いわけではなく、おれが悪いからでしょう。彼女は変わっていないが、こっちが変わった。収容所にいるときに、なにか投与されたということはないでしょうか？」

「たとえばどんなものを？」

「なにか、彼女に興味がなくなる……性欲が消えてしまうようなものを。催眠剤のたぐいを」

レスター医官が、薄情な笑い声をあげた。「そういう薬がイラクにあるとしたら、西側にはまったくないものを開発したことになるよ」

「それじゃ、いったいどうしたんですかね？　もう彼女を欲しいとは思わないんですよ。彼女のことが神経に障るんです。いうことなすこといらだたしい。前は愛していたのに、いまはどうなのかわからない」

「さっきもいったように、すべて遅延性ショックのためだ。ストレスがいまになって出てきているんだよ」

「ではどうすればいいんですか？　いちばんひどいのは、彼女が精いっぱいおれのめんどうを見ようとしているのに、そのために状態がますます悪くなっていくように思えることです。そばにいてほしくないんです」

「休養が必要だな。子供はいるか？」

「ひとり。ティムといいます——こんど三歳になります」

「奥さんの家族は？」

「います。アイルランドに。ベルファストの近くに住んでいます」

「奥さんにしばらくそっちに行ってもらうわけにはいかないか？」

「ああ、それはできるでしょう」ちょっと考えてから、おれはきいた。「試験的な別居ということですか？」

「それではたいへんな騒ぎになりかねない。そういわないほうがいいね。休養ということにしよう。二、三週間、試せばいい。それで落ち着くひまが持てる。そのあいだに服用するものをわたそう。一日二錠だ」レスター医官が、処方箋を書いてよこした。「心配するな。しばらくすれば治る。酒もつつしむようにするんだよ。そのほうが回復が早い」

「ありがとうございました、先生。話を聞いてくれて」

「いや、おもしろかった」レスター医官はいった。「興味深く聞かせてもらったよ」

おれは立ちあがり、ドアに向かった。

「五十七ポンド五十ペンスよ」診察室を出たおれに、トレイシーがいった。

「小切手を送る」

「ほんとうにだいじょうぶ？」トレイシーが、組んでいた長い脚をおろして、立ちあがった。

おれとほとんど背が変わらない。

「まあね。ずっと頭痛がひどくて」

トレイシーは、そばに歩いてきて、おれの顔をのぞき込んだ。「向こうであったことと関係があるのね？」

「そうらしい」

「そう——お気の毒に。ほんとうに早く治ってほしいわ。乗り越えるには時間が必要でしょうね」

「先生もそういっていた」

「それじゃ、おだいじに」

「ありがとう、トレイシー。きみの薬はだれの薬よりもよく聞くよ」頬にキスをしようとしたが、そのとたんに電話が鳴った。

感情を昂ぶらせた後だけに、スペイン語の授業はいつにも増して惨澹たるものだった。受講者は八名、治安部隊が麻薬王を相手にコカイン撲滅の戦いをくりひろげているコロンビアでチームが任務を行なうことになるかもしれない、という餌に釣られてのことだ。南米に行くのは刺激的だが、現実は厳しい――なんてこった！（ジーザス・クライスト）（あるいは、現地の発音でヘスクリスト！）じっと座って、奇妙な単語やおかしな発音に神経を集中しようと努力したが、その間ずっと、キャスのことや、どう話をしようかということばかり考えていた。彼女が実家に帰ったら、中隊の仲間はどういうだろう？　どうしようもないやつだと蔑むだろうか？　なにか口実をでっちあげたほうがいい――キャスの母親がもうじき腰の治療のために入院するのは事実だし、そのあとはしばらく世話をする必要がある……

　われわれの教官は、教育隊の締まりのない体つきの准尉で、ブロンドの髪が薄く、中性的なしゃべりかたをする。たしかにスペイン語はできるのだが、おれは話がしたい（キエロ・アブラル）だの、もっとゆっくりお願いします（マス・デスパシーオ・ポル・ファボール）だのやっているうちに、レスター医官のくれた魔法の薬を飲んでいるにもかかわらず、頭痛がひどくなってきた。その日いちにちを切り抜けたのは、キャスと話をするほうがもっとつらいということがわかっていたからにほかならない。

　その晩、帰宅してから、おれははじめのうちはあまり口をきかず、レスター医官が遅延性ショックやストレスの残効といったことだけをくりかえし話した。キャスがティムを寝かしつけてから、ようやくナイフを突き立てる覚悟を決めた。

　スコッチをまた一杯飲むつもりでいたが、我慢した。キャスはキッチンの調理台の前に立ち、組板（まないた）で野菜を刻んでいた。おれはそのうしろのテーブルに向かって座り、口をひらいた。

「キャス、ちょっと提案があるんだけど」

「そう、なあに？」

医官が勧めたことを話した。キャスはしばらく野菜を刻むのをつづけていた。やがて動きがとまったが、ふりかえらなかった。泣いているのかと思った。そばへ行って肩を抱き、なぐさめてやるべきなのはわかっていたが、おれの感情を押し込めている大きな障壁が、それを許さなかった。苦悩しながらじっと座っていると、目に怒りをたぎらせたキャスが不意にふりむいた。

「それじゃ、別居したいというのね」と、苦い口調でいった。

「ちがう。そうじゃない。休養だ」

「こういうのを試験的別居というのよ」

「いや——なんでもいいけど」

「ひとつだけ知りたいことがあるわ」

「なに？」

「だれかいるの？」

あまりびっくりしたので、おれは口ごもり、それでよけいまずいことになった。「ちがう、いないよ！」きっぱりと否定した。「だれもいない」

「ほんとう？」

「あたりまえじゃないか。ひどいな！」

すぐにトレイシーがふっと頭に浮かんだのは否定できない——それでも、ほかに女がいないのは事実だ。

キャスが、一瞬の間を置いて、また野菜を刻みはじめ、やがてこうたずねた。「母が受け入れてくれるかどうか。いつマスグレーヴに入院するかわからないのは知っているでしょう？　延ばせないのよ——何年も待っていたんだから」

「もちろん知っている。だから退院したあとできみが向こうにいて手伝ってあげるのもいいんじゃないかと思ったんだ」

「まったくもう！　どれぐらい行っていればいいのよ？」

「成り行きしだいだ。一カ月ぐらいだろう」

「みんななんていうかしら？」

「きみのお母さんが手術のあとで手伝いが必要だという話を広めておく」

「なにもかも考えてあるようね」

「キャス——おれが悪いってことはわかっている。きみを責めるつもりは、これっぽっちもない。みんなおれがいけないんだ」

キャスが、妙な顔をした。怒りよりおびえを感じていたのだと思う。

「銀行に退職届を出さないと」

「そうだね。でも、この世の終わりというわけじゃない。金は送る」

「わたしが行ってしまったら、だれがあなたの世話をするの？」

「なんとかする。食事はだいたい基地ですればいい」

またこちらを見たとき、キャスの目は涙がこぼれそうになっていた。そして、憐(あわ)れみと軽蔑の相半ばした声でいった。「かわいそうなひと！」


銀行がキャスの退職を好意的に受け入れたので、つぎの土曜日に出発する手配をした。キャスの母親はこの計画を願ってもないと喜んだが、むろん裏の事情は知る由もない。基地の移動事務担当が航空券を予約してくれた——年間割当の三枚のうちの二枚を充てたので、費用はかからない。キャスはあまり荷物を持っていかなかった——自分用のスーツケースをひとつと、ティム用の大きなカバンをひとつ。ティムが出発のときに泣いたら、おれはきっとくじけてしまっただろうが、ありがたいことに泣かなかった。おじいちゃんのところへ遊びにいくのだというと、ひどく喜んだ。気に入っているぬいぐるみの熊やら何やら詰めこんで荷づくりをはじめて、飛行機が海を越えておじいちゃんのところまで運んでくれるという話をだれかれかまわずした。

KCをおれたちが出発したのは、やはりすばらしい天気の日だった。おれたちは、実際的な事柄だけを口にするというやりかたで、感情を抑えていた。車に乗ると、キャスがいった。

「人参(にんじん)が大きくなってきたら、間引くのを忘れないで。一週間ぐらいあとよ。ひと株ごとに五、六センチ、あいだをあけるの。そのあと、土をよく踏み固めて。そうしないと、虫がつくから」

バーミンガムへ向かうとき、おれたちの側の車線はがらんとしていた。週末で、たいがいの人間は南へ向かっている。ふたりともあまり話をせず、キャスとティムを出発ラウンジのドアの前でおろすと、頰にキスをして、「また話をしよう」というだけで済ませた。走り去るとき、ふりかえると、幼いティムが手をふっていた。

2

六月の末に近いある晩、トニーがフロリダのSEAL基地からやって来ることになった。米軍機のRAF（英国空軍）ライナム基地到着は一六三〇時の予定なので、彼をヘリフォードに連れてくるために、車輛課で車を借りて、A40号線に乗った。結局その便は一時間遅れ、到着ラウンジにじっと座って、イラクの収容所にいるときにふたりで話したことを思い出す時間が、たっぷりとあった。

プエルトリコで電気技師の息子に生まれたトニーには、弟がひとりいる。トニーが五歳のとき、父親は家族にもっといい暮らしをさせようと、全員でアメリカに行く決意をした。出発のとき、アメリカはチャンスがつかめる国だから行くのだ、と父親はいった。しかし、物事はそううまくはいかなかった。ニューヨークのヒスパニック系が住む界隈（かいわい）で暮らすはめになり、二年ほどして父親が死んだので、母親がひとりでふたりの息子を育てなければならなくなった。学校を卒業するまでに、トニーは二度刺され、一度撃たれていた。いずれもよくあるけちな強盗によるものだった。民間の会社で働ける可能性はゼロだったので、兵役が可能な年齢に達するとすぐに、トニーは海兵隊にはいり、二年か三年たつとSEALに入隊した。

パナマのノリエガ大統領を排除することを目的とした一九八九年の公正なる大義(ジャスト・コーズ)作戦にも、トニーはかかわっている。四名のダイヴァーが、ノリエガの全長二〇メートルの哨戒艇〈プレジデンテ・ポラス〉に爆発物を仕掛けることになった。それで逃亡できないようにするのが目的だった。二隻のジェミニ膨張式ボートに乗って艦を離れた四名は、ウェットスーツを着て、水中で四時間じゅうぶんにもつ酸素ボンベをたずさえ、港内に潜入した。哨戒艇を識別すると、時限発火装置付きのプラスティック爆薬一〇キログラムをスクリューに吊し、見つかることなく母艦に戻った。

遠ざかるまぎわに爆発物が破裂する音が聞こえ、哨戒艇がたとえ当面だけにせよ、外洋航海ができなくなったことを知った。それに気をよくした面々は、つぎの任務のためにヘリコプターに乗り込んだ——パナマ・シティ近くのパイティジャ飛行場を一時的に占領し、ノリエガの自家用機のリア・ジェットを飛べなくするという任務だった。

ＳＥＡＬ小隊は自分たちの計画を過信しており、重火器は持っていく必要がないと考えた。任務を隠密裏に遂行できると判断したのだ——だれにも姿を見られずに忍び込んで、警衛数名を斃し、飛行場を掌握する。ところが、ヘリがそこに近づくと、銃火を浴びはじめた。重火器をそなえたノリエガの部隊がその飛行場に集中していると気づいたときには、もう手遅れだった。ＳＥＡＬは最後にはその飛行場を奪ったが、そのためにはたいへんな代償を払った。熾烈な銃撃戦による死傷者は十一名、うち四名が死亡した。その四人のなかに、トニーの親友がいた。どんな作戦でも情勢が急転して悲惨な事態になりかねないことを、彼は身をもって経験したわけだ。

　ようやくスピーカーが便の到着を告げ、フロリダ発のC－141輸送機が着陸した。ほどなく、背嚢を背負って大きなカバンを左手に提げたトニーが、税関の出口から勢いよく出てきた。おれの姿を見ると、トニーはぱっと顔を輝かせた。「いや、びっくりしたぜ！」大声でどなり、あいたほうの拳でおれの背中をどんと叩いた。

「元気そうだな！」おれはいった。

「あんたもな」

　トニーは、すこし肥っていた——あたりまえだ。前に会ったときは、たがいに飢え死にしかけていたのだ。いまのトニーは元気潑溂（はつらつ）として、赤銅色に日焼けし、まったく申し分のない状態だ。よく日焼けしているせいで、いっそうプエルトリコ人らしく見える。髪は真っ黒、孤を描いている眉も濃く、もとから浅黒いたちなのだ。その肌がよりいっそう黒くなって。笑うと歯がいちだんと皓（しろ）く輝く。きついニューヨークなまりも、記憶に残っているままだ。『仕事（ワーク）』は『ウォイク』と聞こえ、『ひと（パースン）』は『ポイスン』と聞こえる。

　落ち着くのに手を貸してやれと中隊長にいわれていたので、基地のなかを案内してから、シャワーを浴びさせ、時差ぼけが治るまで睡眠をとらせた。二日目の晩、車でキーパーズ・コテージへ連れていった。その途中で、キャスとのことを打ち明けることにした。母親のめんどうを見るために実家に帰っているとごまかすこともできただろうが、トニーとはほんとうに親しいので、偽る気にはなれなかった。もちろんトニーは一度もキャスに会っていないが、たがいにフセインの客人だったころにさんざん彼女の話をしたので、親しい間柄のような気がしているにちがいない。

「そうか」それを聞いて、トニーがいった。「気の毒だな。でも、いずれ呼び戻すんだろう」

質問ではなく、事実をきっぱりと告げる口調だった。

「たぶん」おれはいった。「彼女がいなくなってから、だいぶ落ち着いた」

「どのみち子供に会いたいだろう」

それもトニーのいうとおりだった。

雨がざあざあ降っていて、濡れそぼったKCは見映えがするとはいえなかったが、トニーはすっかり気に入って、何度もいった。「いやじつにすばらしい！」そして、ハンティングはできるのかといいはじめた。おれが近所の野生動物を撃っていないことを知ると、びっくりしていた。「どうして？　あの裏で栗鼠が撃てるぞ」と、オークの林を見あげていった。

「ああ、そうだな。たくさんいるよ。兎もいる」

「庭師は？」ぼうぼうに茂っている野菜畑を見て、トニーがたずねた。

「キャスだ。おれにはまったくわからない。電話で話をするたびに、あれをしろ、これをしろといわれるんだ――ジャガイモに土をかぶせろ、レタスを間引け――でも時間がない」

なかにはいってトニーが真っ先に目にしたのは、キャスとティムの写真だった。つい最近、天気のいい日にストラングフォード湾の岸で撮ったもので、背景に水面とつるんとした緑の島が映っている。キャスはブルーの格子縞のワンピースで、水色のTシャツと灰色の半ズボンのティムが石塀の上に立ち、頭の高さがキャスとおなじぐらいになっている。写真が届いたのはおとといで、それをおれは居間のマントルピースの上に貼ったのだった。

「いやあ、すごい美人だなあ！」トニーがいった。「この子もかわいい。なかなかいい子だね。いくつ？　三つかな？」

「ちょうど三つになったところだ」

「ご自慢の家族だね」

もごもごと返答して、おれはキッチンへ行き、窓をあけた。家のなかじゅう、息苦しいようなにおいがしている。トニーは、散らかり放題なのに気づいていた——黒い目であれこれたしかめていたし、テーブルの埃を指でなぞっているのが目に留まった——だが、如才なく、そのことはいわなかった。おれはスコッチを注ぎ、馬鹿話でもしようと腰を落ち着けた。

「それで、ちかごろどんなふうだ？」トニーがたずねた。

「よくなっている。落ち着くまでは、ほんとうに調子が悪かった。ひどい頭痛がするし、イラクのころの悪い夢を見る。酒も飲みにいった——でも、ぐでんぐでんに酔っ払うものだから、仲間と飲みにいけなくなった。それでステラ（アルコール分の多いベルギー製のビールの銘柄）の罐入りを二十四本ずつまとめて買って、それをひとりでスコッチと交互に飲むようになった。だけど、もう乗り越えたよ。頭痛はしない。悪夢も見ない。なにもかもよくなったんだが、ただこの教育課程だけがなあ」

「なんの課程だ？」

「語学の授業だよ。チームがコロンビアに派遣される可能性があるから、十人ほどでスペイン語を習っているんだ」

「嘘だろう！　おれの母国語がスペイン語なのは知っているよな」

「しゃべれるのは知っている」

「それはそうだ。おふくろとおやじは、いつも家ではスペイン語をしゃべっていた。それを聞いて育ったんだ、マドリードの連中が聞いたら、ひどいと思うだろうが、まあスペイン語にはちがいない」

　窓の外を眺めて、トニーがなにか早口にいった。「わかるか？」

「天気のことらしいというのだけは」

「そのとおり。イギリスの夏はいつもひでえ雨ばかりかときいたんだ」

「いつも（シエンプレ）さ！」ちょっと考えなければならなかった。「そればかり（シン・ファルタ）だ！」

「おい！　わかっているじゃないか！」

「わかっていない、トニー。それで困っているんだ。さんざん苦労しているんだよ。最終テストが二週間後ときているし」

「そうか。闘い抜いて合格するしかないな。おれは、ガキのころからずっと、そうやって生き延びてきたんだ」

まもなく、ふたりで予定を立てた。トニーは体力はもうできている。選抜訓練の最初の段階のウェールズの山登りは、肉体的にはなんらてこずらないだろう。しかし、ブレコン山地(ビーコンズ)の登山ルートがあらかじめわかっていたらどれだけ楽か、おれは知っている。ルートを熟知していれば、天候が悪化したり、霧が発生した場合にも、それがたいへんな強味になる。そこで、その一部をいっしょに歩こうと持ちかけた。見返りとして、歩いているあいだ、自信がついてぺらぺらしゃべれるように、スペイン語の非公式なレッスンをやってもらう。おたがいにいい取り引きだ。

暗くなっても話は尽きず、夕食の準備をしておけばよかったと思いはじめた。この数週間、車で帰る途中でテイクアウトの夕食を買うか、ジャガイモを皮ごと電子レンジで焼くというようなことをつづけている。イラクでまずい飯を食い、好きな料理が食いたいと思っていたころに、トニーが料理は得意だといっていたのを思い出した。

「腹が減ったか?」おれはたずねた。

「ああ」

「うちのキッチンで腕をふるってみろよ。なにがあるかわからないが、ちょっと見てくれ」

戸棚を捜すと、ベイクト・ビーンズの罐がいくつかと、スパゲッティがひと袋あった。スコッチで勢いづいたトニーが、おれの家事をひとしきりけなした。

「やれやれ!」トニーは、あきれたようにいった。「これじゃ鼠の餌にもならない! 何十年も買い物に行っていないんじゃないか。大蒜(にんにく)はない。トマトの水煮もない。唐辛子もない。

なんにもなーんにもない」

オリーヴ・オイルとアンチョビの缶詰が食料置き場で見つかって、見通しはだいぶ明るくなった。トニーが懐中電灯を持って庭へ出ていき、濃い緑色の葉が雨に濡れて光っているホウレンソウを、バケツいっぱい持って戻ってきた。じきに魚の香りのする油っこく辛いスパゲティを食べ、ふたりともそれがプエルトリコの伝統的な料理だというふりをした。それに添えられていた、バターで和えて塩と胡椒(こしょう)をかけたホウレンソウが絶品であることは、認めざるをえなかった。あすはいっしょにスーパーマーケットへ行って、キッチンをまともな状態にしよう、とトニーが宣言した。

三日後、ふたりで車に乗って、ブレコン・ビーコンズへ行った。正規の訓練で、トニーはベルゲン(SASが使用するフレーム付きの大型背嚢)を背負いはじめたところだった。トニーはそれに慣れていなかったが、徐々に重くしていって、最後は選抜訓練の最初の段階の四週間にわたる山歩きのあいだずっと背負う二五キログラムにする必要がある、そうおれは教えた。しかし、その最初の偵察は、それぞれサンドイッチ少々と水筒を入れたデイパックだけを持っていった。

いうまでもないだろうが、雨が降っていて、雲が山頂に触れそうなほど低かった。雨に濡れる前に地図を見ておくために、おれはタレボント貯水池の横のアスファルト舗装のB級道路の待避所に車をとめた。トニーはすごいブーツを持っていた――くるぶしまであり、黒い革にマッターホルンの意匠がほどこされ、ライニングがゴアテックスだった――トニーがその紐を締めているあいだに、おれは地図をまわして、コンパスの向きと合わせた。「試験週（テスト・ウィーク）のあいだずっと、このあたりを歩くことになる」折り畳みナイフの刃の先で示しながら、おれは教えた。「この森の横の斜面から登りはじめ、この尾根に乗る。耐久段階（フェーズ）ルートの最初の部分はここで、それを夜間にやる。スタートは〇三〇〇時だ。高いところまで登れば、あとは楽だ。曲がりくねった尾根道を歩くだけだからね。めざすはペネヴァン……ここだ。ブレコン山地の最高峰、われわれの世界の中心だ。SAS（レジメント）の人間はみんな心臓にペネヴァンの輪郭（りんかく）が刻まれているといわれている。

　おれたちは、これからこの尾根をまわり、風の谷間と呼ばれている個所を渡って、ヤコブの梯子（はしご）というすさまじい坂を登る。両手を使わないと登れないようなところだ。この登山道は侵食した粘土で、登ったところは右側が絶壁のごつごつした岩山だ。耐久フェーズでは、一時間に平均四キロメートル歩かなければならないが、この梯子はもどかしいぐらい進めない。だから、下山するときは走らなければならない。じっさい、みんな下り坂に来たとたんに小走りになる。

　それはともかく、ヤコブの梯子を登ると、ペネヴァンの頂上に裏手から行ける。その先は下りで、コーンデュの裾をまわり、記念碑（オベリスク）をめざす……ここだ。そしてこの登山道に曲がって、幹線道路沿いの〈ストーリー・アームズ〉まで下る。前はパブだったんだが、いまはアウトドア教育センターになっている。道路を渡り、つぎはヴァンヴァウルを登る。そこの独立標高点がチェック・ポイントのひとつで、それがまた見つけづらい。このルートはもっと右手のクレイ貯水池に通じているんだが、きょうはそこまで行く時間はない。

クレイ貯水池手前のこの最後の直線は、ものすごくつらい。まず、何キロものあいだムーン・グラスの藪がつづいている。その先はこのいまいましい森」切り立った斜面の窪地にうずくまるようにある三角形の植林地を指さした。「この森を迂回すると、かなり遠回りになるが、抜けようとすると、排水用の溝がやたらとあって、めちゃくちゃたいへんだ。どっちみち苦労するんだよ。でも、どうせきょうはそこまでは行かない。ＡＡ（自動車協会）の電話ボックスがあるここでもう一度道路を渡り、山を登ってひきかえす。それから森を抜けて下り、貯水池をめざして、ルートの突き当たりのダムまで帰ってくる」

「なかなかたいへんそうな山歩きだな」と、トニーがいった。

「そうだよ。荷物が軽くても、一日かかる」

装備を整理し、車のドアをロックして、おれたちは出発した。予想どおりトニーはむだのない動きで、楽々と歩いた。登りではおれを置き去りにすることもできただろうが、競争しているわけではない。ペネヴァンの急傾斜の裾を登るあいだは、しゃべるような余裕はなかった。トニーが唐突に機嫌よくこうどなっただけだった。「まったく、雨と、石塀と、羊しかねえんだな！」

だが、尾根に達すると、天気が回復しはじめた。雨がやんで雲が切れ、左右のはるか彼方までなだらかにひろがる緑色の斜面が見えるようになった。おれたちは元気が出て、トニーがスペイン語の会話をはじめ、ゆっくりと順序よく自分たちの見ている光景を描写し、地形について質問した。自分でも意外だったが、トニーのいうことがよくわかり、思ったよりも簡単に答が口から出た。親しい友人とふたりきりだから、恥をかくのを気にすることもない。だから急に自信がついたのだ。数週間前からの勉強がいっぺんに飲み込めて、やっとスペイン語が理解できるようになっていた。それだけではなく、スペイン語をしゃべるのが楽しかった。

ヤコブの梯子をよじ登り、ペネヴァンの頂上に達するころには、陽が出ていたので、三角点の石のそばに座り、サンドイッチを食べた。トニーが景色を〝じつにきれい(プリティ)〟と評したとき、おれは反駁しなかった。アメリカの広大なひらけた土地を見慣れているトニーにしてみれば、こうした環境はかわいらしく寸法がちいさく思えるのだろう——それに、その靄(もや)がかかった夏の日、ブレコン山地はたしかにとりわけ静謐な姿を見せていた。この最高点は海抜九〇〇メートル弱にすぎないが、冬の夜の風と霙(みぞれ)のなかでそれが牙をむき出したらどんなふうになるか、おれは知っている。「あのオベリスクは、八月にあそこで死んだある少年を追悼する碑なんだ」と、おれはいった。「一九〇〇年に、ある牧場からべつの牧場へ行こうとしたときに、霧が出た。少年の名はトミー・ジョーンズといった。発見されたのは二十九日後で、窪みのなかで丸くなっていた。そこにオベリスクが立っている」

見通しのいいそこから、ヴァンヴァウルに達するまでできるだけ高いところを通るのが肝心だと説明した。その先では、幹線道路のＡＡの電話ボックスの近くのチェック・ポイントまで、どうしても急な斜面を下らなければならない。「そのあとの三角点六四二までのルートはものすごくつらい。くじけそうになる。どっちへ進んでも、とんでもない登り下りばかりだ」

はるか南の三角点六四二が、どうにか見えた。一九八四年のエヴェレスト登頂の際に落命したSAS隊員トニー・スワージーを偲ぶ真鍮の銘板が、三角点の石に埋め込まれていることを、トニーに教えた。

それからまた出発し、薄靄につつまれた夏の午後じゅうずっと歩きつづけた。

トニーは基地に一室をあてがわれていたが、コテージに泊まったらどうかと、おれは勧めた。トニーはその提案に飛びついた。仲間がいたほうが楽しいし、トニーのおかげで食事の質が格段によくなった。トーストにベイクト・ビーンズを載せただけだったのが、湯気のたつパエリャやチリ・コン・カルネが食べられるようになった。トニーはタバスコを使いすぎる傾向があるが、それでもおれは平気だったし、ある晩はふと思いついて、自分の武器庫のもっともたしかな武器——地獄みたいに辛いカレーで報復した。

われわれはそれから何度かブレコン山地へ行って、二度ほどの週末にはポイントからポイントとパイプラインをふくむべつのルートを歩いた。重装備を背負う日のコースもこなした——山歩きを重ねるにつれて、おれのスペイン語会話はなめらかになっていった。

体を使う日常に慣れているわれわれのような人間にとって、語学の授業はつらい。設備はととのっている——ビデオやカセット・テープにくわえ、ひとりで録音できる個室のラボもある——だが、なにしろ長時間だし、授業は高度に神経を集中することが要求される。馬蹄形に机をならべた教室で、午前九時に授業がはじまる。壁にはスペイン語で説明文や性能諸元が書かれたさまざまな武器や装甲車輌の大きな絵が貼ってある。教育隊の締まりのない体つきの准尉が文法を教え、午前の終わりのころにはカーディフ大学からやってくるコロンビア人の教授が、会話を教える。その女教授が、まず「こんにちは（ブエノス・ディアス）。何時かわかりますか？（ティエネ・オラ）」とたずねて、生徒のひとりひとりと話をする。われわれは「はい、先生（シ・セニョーラ）。十二時十五分前です（ソン・ラス・ドーセ・メノス・クアトロ）」というようなことを答える。女教授はものすごい年寄りで、ひどく背が低いが、ユーモアのセンスにあふれていて、たいがいわれわれの興味のある方向へ話を持っていく。「ここにはバルがあるの（アイ・ウン・バル・ポル・アキ）（バルはカウンターだけの立ち飲み・立ち食いの店）？」といったあんばいだ。

十二時半になると、みんな頭をはっきりさせておくのに苦労するようになる。そこで半ズボン、アンダーシャツ、運動靴（トレイナー）に着替えて、基地の裏手の小径を四、五キロ走りにいく。雨の日には、ジムでウェイトをあげるほうを好むものもいる。それからシャワーを浴びて、また迷彩服に戻り、急いでNAAFI（海軍・陸軍・空軍協会。軍の基地の売店や娯楽施設を運営する）へ行って、サンドイッチかパイを食べてから、二時までに教室に帰る。三時半ごろには、何人かが居眠りをしているのが目に留まる。懸命に教科書に集中しようと、両手で頭を支えているが、急に片手の力が抜けて、首ががくんとなり、はっとして目が醒める。四時半に授業が終わるころには、もううんざりしている——だが、山のような宿題を持って帰らなければならない。

数カ月前に、おれは北アイルランド行きを希望していたが、ある朝、戦闘中隊インタレスト・ルームでの〝お祈り〟が終わったあとで、中隊付准尉のトム・ドースンがいった。「よし、片づけが済んだら、つぎのものはわたしの執務室に来るように」読みあげたリストに、おれの名前があった。

おれたちは、ひとりずつ准尉の執務室へはいっていった。トムが狭い部屋の隅のデスクに向かっていて、もうひとつのデスクで中隊付書記がワープロのキイを叩いていた。

「よし、ジョーディ」トムが切り出した。「NI（北アイルランド）小隊にはいりたいんだな？」

「はい」

「小隊訓練に参加してもらう。開始は七月二十日だ。異存はないな？」

「ええ。いいですよ」

「よし。訓練担当のジョニー・ホプトンに会っておくといい。なにか格別の準備が必要かどうか、あらかじめきくんだな。それでいいな？」

「いいですよ」

「それならよし。二十日からはじめてくれ」

おれは意気揚々としてそこを出た。だれもがNI訓練を受けたがるのは、北アイルランドに配置されれば、実戦に参加できるからだ。平時のSASは、そうでないかぎり、訓練に明け暮れる。北アイルランドは、危険、興奮、ほんものの敵を斃す機会を意味する。先任の下士官だから選ばれたのだろうとわかっていた――幹部将校が軍曹を何人か欲しがったのだ――だが、幹部が集まって候補者を検討したにちがいないし、湾岸のあとずっと低調だったのにはずされなかったのがわかって、とても嬉しかった。

北アイルランド行きが決まると、当然、キャスとティムのことをいっそう頻繁に思うようになった。ふたりがベルファストにいるあいだに配置されたら、どんなふうだろう？　会いにいけるだろうか？　それともそれは禁止されているのだろうか？　まだ実現するかどうかもわからないが、いちおう調べた――よろしいという回答だった。小隊のものは、そこが安全な地域であるなら、私的な訪問も許される。

訓練課程は、四カ月にわたる。家族のことを考えると、それが急にものすごく長い月日に思えた。ふたりがいないのが淋しく、キャスに戻ってきてほしいと頼んだほうがいいだろうかと思った。キャスの母親はマスグレーヴ病院で腰の手術を受け、手術は成功した。一週間後には退院したので、キャスがいたのは非常に好都合だった。だが、義母のメグももう動けるようになっているはずだし、痛みがとれれば、彼女としてもキャスにいてもらう理由はない。

大きな過ちを犯したことを、みんなに対して認めなければならない――キャス、キャスの両親、そしてとりわけ自分に。自尊心が傷つくかどうかは問題ではない。どのみち自尊心など、頭にはない。ただ、キャスとティムを強引に連れ戻しても事態がいっそう悪くならないと、はっきりいえるかどうかが問題だった。ふたりが戻ってきて、こんどはこっちが北アイルランドに配置される。勤務期間（ツアー）は一年で、そのあいだずっと会えない……さまざまな順列組み合わせが頭のなかをめぐった。行動に出るか？　それとも、もうすこし待つか？

スペイン語の授業の最終試験を受けたときには、トニーのおかげでかなり自信がついていた。トニーとしじゅう会話をしたので、全生徒の前で講義をやるのにも、気後れしなかった。おれは立ちあがって、海岸地帯のサッカーの碩学（せきがく）よろしくマドリード基地と海軍工廠の相対的な長所について、三分間しゃべった。その演説にくわえて、これまでに見せられたビデオについての質問を受け、女教授と第三者の通訳をつとめ、好きな観光地の特徴を文章に書かなければならない。おれはコルフを選び、一生懸命に書いた。翌朝、合格者のトップとして名前が書いてあったので、びっくりした。

その晩、キャスに電話して、朗報を伝えた。キャスは明るく元気いっぱいで、夏の喜びに満ちあふれていた。どこか海岸に行って、ティムは浅瀬で遊んだらしい。もうだいぶしゃべれるようになっていて、パパはどこかと、しじゅうきくという。

キャスの話を聞いているあいだに、何週間も前から考えていたことが、一気に押し寄せた。思いきって、おれはいった。「ねえ、キャス。帰ってこないか？」

キャスが息を呑むのがわかった。一瞬の間があった。

「ためしてみたらどうだろう」と、おれはうながした。

やがてキャスがいった。「ジョーディ、本気でいってるのね？」

「あたりまえじゃないか。もうだいぶよくなった。正常に戻った。酒もまったく飲んでいない。きみがいないと、ぜんぜん楽しくなくて」

キャスは、わっと泣きだしたようだった。三十秒ほどが過ぎて、すすり泣くのが聞こえた。

「キャス、聞いているのか？」

「ええ。ジョーディ」

「どうした？」

「すごくあなたに会いたい」

「よかった！　それじゃおいで」

「もちろん行くわ。でも、聞いて」

「なに？」

洟（はな）をかむ音がした。「母がまた入院しないといけないのよ。脚がずっと痛いの。たいしたことがないといいんだけど、インプラントがずれたのかもしれないから、何日か入院させて調べたいと病院にいわれているの。退院したときにこっちにいて世話をしてあげると、母に約束したのよ。あと二週間ぐらいは帰れないわ」

「平気だ。待てる。帰ってくることさえわかっていれば」

「豆の若芽（ピンチ・ザ・トップ）は摘んでくれた？」

「ああ」おれは嘘をついた。「摘んだ」

「ああよかった」キャスがいった。「とっても愛してるわ、ジョーディ」

「おれもだ」

受話器を置いたとたんに、おれは野菜畑へ走っていった。ちくしょう、ドジった。豆はすでに肩の高さまでのびて、大きな白い花が咲いている！　思わず足が鈍るような臭いがしている。どうしよう？　花を摘むか？　だめだ——時間がかかりすぎる。〝てっぺんをちょん切る〟(ピンチ・ザ・トップ)と、キャスはいった。しかし、どこからがてっぺんだ？　どこがてっぺんで、どこが茎だ？　上までずっと蕾(つぼみ)がついている。とうとう、ええい、ままよ、と思って、豆の木の一本一本を、上から一〇センチないし一五センチちょん切り、枯れないことを祈った。

3

ＮＩ訓練課程は、参加したわれわれ十二名の全員にとって、なにもかも啓発される新奇な経験だった。訓練の大部分は、ウェールズに何キロメートルかはいったところにある、ＬＡＴＡと略されるラングアーン陸軍演習場で行なわれた。近いので、みんな基地内や基地周辺のいまの住まいにいて、毎日車で通った。

初日の朝、われわれはマイクロバスで運ばれて、その日はずっと、車もふくめたありとあらゆる最新装備の支給だった。ラングアーンには車輛がたくさんあって、それがまるでおもちゃのようにわれわれに分配された――ふたりもしくは三人に一台、訓練のあいだずっとそれを使う。おれは濃紺のキャヴァリエのキイを渡され、それをパット・マーティンといっしょに使うことになった。ほかの車もすべておなじだが、そのキャヴァリエもじつにスポーティで、それでいて目につかない。それが肝要なのだ――トラブルから逃れられるくらい速いが、目立たず、注意を惹かない。それを渡した男は、車が良好な状態を維持するように責任を持つこと、悪いところを直してもらいたいときには車輛課へ持っていくこと、と注意した。それからこうつけくわえた。

「こいつはちゃんと走るよ――だけど、海の向こうへ行って、要撃用の車輌に乗ってみな。こいつとはぜんぜんちがうから」

初日に受け取ったもうひとつの優れた装備は、ヴェストだった——一着は作戦用、もう一着は私服用だった。作戦用のヴェストは、脚になにも装備を付けないためのものだった。無線機、予備の弾薬、手榴弾用のポケットがあり、予備の武器、つまり拳銃を収納するところまであった。プラスティックの手錠や懐中電灯やさまざまな小物を入れるところもある。オレンジ色の腕章と、陸軍と記された野球帽を入れる内ポケットもある。それで遭遇戦(コンタクト)の際には、たちどころに治安部隊の兵士に変身できるわけだ。

私服用のヴェストには、超小型無線機を収納するところがあった。小さなイヤホンをはめ、胸にマイクを付けて、ポケットのなかでボタンを押す。そうすれば、動きを悟られずに連絡がとれる。拳銃を携帯するにはコツがある——たいがいディスコ・ガンと呼ばれるワルサーPPKだ。素肌にTシャツを着て、ちょっとゆるめのシャツをその上に羽織れば、たいがい気づかれない。

LATAの大部分の敷地は幹線道路沿いで、高い金網と常緑樹の生け垣によって、通る車からはなかが見えないようになっている。だれかが嬉しそうに指摘したように、金網の設計をした人間はへまをして、有刺鉄線を張った長さ六〇センチの忍び返しを、外側ではなく内側に傾斜させていた。まるで外からの侵入者を防ぐのではなく、なかから逃亡できないようにするかのように。「旧東ドイツじゃそうだったらしいぞ」馬鹿にするような目つきでそれを眺めて、パットがいった。「とにかくなんでも外に出られないようにしてあったんだ」

パットはそんな男だ。がっしりした大男で、ウェイト・リフティングに凝っている。頬が赤く、茶色の目が栃の実のように輝いている。たえず笑い、ジョークを飛ばし、陽気で助平な文句をかならず思いつく――典型的なコクニーで、しじゅう卑猥な表現を使うものだから、よその人間は肝をつぶす。びっくりしたときや敗北を喫したとき、パットは爆発したように言葉を撒き散らすので、知らない人間には癇癪持ちでぴりぴりしていると思われがちだ。だが、それは彼なりの感情を抑制する方法にすぎず、その下は岩みたいに強靭だ。

その巨体もまた、錯覚を招く。はじめて彼を見ると、筋肉が柔軟ではないと思ってしまうかもしれない。ところがまったくちがう――一〇〇メートルを十一秒で走れるし、小柄な男を塀の向こうにほうり投げることもできる――対テロリスト・チームにいて、体を使う状況になった場合、じつに役立つ能力だ。この訓練を受ける前は、たがいにあまりかかわりがなかったが、LATAでチームを組んでみると、働きやすいペアだとわかった。

訓練場は、プレスコットの森までずっとおおむね原野で、丸い山の斜面と頂上は丈の高い樹木に覆われている。その山を登る一本道が曲がりくねっていて、待ち伏せや不法なVCP（車輛検問所）の設置に都合がいい。原野は手入れの悪い畑といった感じだが、びっくりするような仕掛けがいくつかある。野外と室内の射撃場が、何カ所かにあるのだ。たとえばガラバックと呼ばれる二階建ての建物は、部屋の壁に鉄板と厚いゴムが張ってあるので、実弾がゴムを貫通して、跳ね返ることなく落ちる。

訓練は、まず手柔らかに、ロックピック（ピックという道具を使って錠前をあける技術）からはじまった。これは、ドアの錠、南京錠など、あらゆる種類の錠前でやる。自分で鍵が作れるように、鍵を加工する機械もある。戸外では、フックがついていて、小さな切り込みのある、金属の定規のような薄く細長い工具で、車のドアをあける方法を学ぶ。

自分にとってもっとも新鮮だったのは、写真術だった。焦点の短いレンズで武器のシリアル・ナンバーなどを撮影する方法、超望遠レンズでプレイヤー（IRAのテロリスト）とおぼしい人間を長距離からひそかに撮影する方法を教わった。われわれは現場で暗室をこしらえて、現像、焼き付け、引き伸ばしをした。

それと平行して、〝キムのゲーム〟のような実習もやった。じっくりと見るようにといわれて顔写真を何枚も渡され、ほんものの行進の際に、それらの写真の本人を識別させる。それを頭に叩き込むのは、肝心なときに肝心なプレイヤーを識別できるかどうかが、われわれの生死にかかわってくるかもしれないからだ。

高速で車を走らせるという、もっと積極的な追跡の訓練もあった。それには警察官がやってきて、一対一で教えた。たいがいの隊員は、もとから有能だったが、いっそう腕を磨いた。アイルランドで今後走るような狭い田舎道での走行距離をのばし、速く、なおかつ安全に走るすべを学ぶ。それが済むと、教官たちはわれわれを広大な公共駐車場へ連れていった。早朝のがらがらの駐車場で、特殊な装備をほどこした車を運転させられた——小さな車輪の付いた台車のようなものが、車体の下に取り付けられていて、教官が油圧装置を操作すると、タイヤにかかる重量がほとんどゼロに近くなる。おれの教官は、一から五までの目盛りがあるダイヤルを持っていて、五にすると、キャヴァリエは凍結した路面の上のくそのようになって、ちょっと乱暴に運転するだけでもスピンした。そういうときにハンドブレーキを使って全長とおなじだけの回転半径で向きを変えるＪターンを習った。

しかし、なんといってもいちばん愉快だったのは、ある朝、警察の連中がわれわれを廃品置き場へ連れていって、衝突の練習のために一台五十ポンドで廃車をたくさん買ったときのことだった。不法な検問所を突破したり、敵の車を道路からどかすには、ぶつけかたを心得ていなければならない。われわれは半日ばかり半狂乱の騒ぎで、遊園地のドッジェム・カーのフル・サイズ版よろしく思いきりぶつけあった。

その他の大物の支給品といえば武器で、まずは北アイルランドでの標準装備となっている七・六二ミリ口径のヘッケラー＆コッホＧ３自動小銃だ。弾倉に二十発装弾でき、給弾不良（ストッページ）が起こらないすばらしい機構を誇るＧ３は、パワーに劣るアーマライトよりずっと貫通能力が高く、車のなかを撃つのに理想的だ。ＬＡＴＡの長物（ロング）（小銃はロング、拳銃はショートと呼ばれている）は銃床に白いペンキで番号が書いてある。おれはナンバー７を取った。つねづね、それが幸運に結びつくと思っているからだ。それにくわえて、それぞれがＨＫ53も受け取った。これは五・五六ミリ弾を使用する短い小銃で、車の前の座席の下に隠すのに都合がいい。それとシグ——正式にはＳＩＧザウエルＰ２２６。九ミリ口径で、狙いが精確、信頼でき、給弾不良を起こさない。訓練中はずっと武器を携行するようにと命じられた。取り扱いに慣れるためだ。だが、夜間は鍵のかかる教室にしまわれて、当直の軍曹が責任をもって保管する。

当時の北アイルランドは、非常に悪い状況で、テレビや新聞は毎日のようにあらたな残虐行為を報じていた。訓練をはじめて間もないころ、北アイルランドの政情とテロリズムとの闘いにおける特殊部隊の役割に関する状況説明が、午後の日程に組まれていた。講義の前は、みんなこの問題をさして重要とは見なしていないように見受けられた。その日の午後は、よく晴れて暑かった——ポータキャビン（組み立て式の移動可能な建物）の教室にじっと座っているような天気ではない——それで、ふたりほど講義をサボろうとしたものがいた。ところが、講義がはじまると、みんなすっかり話に引き込まれた。

講師は、RUC（北アイルランド警察庁）のジェイムズ・モリスン警視正だと名乗った。かなり年配の男で、髪もグレー、顔もグレー、スーツもグレー、なにもかもがグレー一色だった。声まで陰気(グレー)だ。抑揚のない小さな声なので、聞き取りづらい。テーブルの前のほうにちょこんと腰かけて、小道具もメモも身振り手振りもなしにしゃべった。それでも、彼の言葉にわれわれは座ったまま身を乗り出した。

「諸君がこれから参加するのは戦争だ」と、モリスンは切り出した。「戦争そのもの。戦争以外の何物でもない。それが二十五年つづいていて、わたしはずっとその渦中にある。わたしはいまだに北アイルランドが理解できないし、これからもぜったいに理解できないだろう。だが、作戦によって敵をすこしでも多く斃すことができれば、ずっとましになると、固く信じている。ただ三、四人を撃つために、だれかを送り込もうというのではない。しかし、こちらがじゅうぶんに情報をつかんでいる特定の作戦において、何人か殺せば、やつらに大きな恐怖を植え付けることができる。きみらにこんな話はするべきではないだろうが、まあその、こうしてしゃべっている」

　それでこっちはすっかり釣り込まれ、対テロリスト作戦で特殊部隊が正規の陸軍やＲＵＣや警視庁特別保安部（スペシャル・ブランチ）やその他の情報機関と協力して果たしている役割の概要をモリスンが説明するあいだ、みんな身じろぎもせずに聞いていた。つぎに彼はＩＲＡの性格と習性についてざっと説明した。スティッキーと呼ばれるＩＲＡの本流は、破壊活動をやめてハト派になった。こんにちのタカ派は、ＩＲＡ暫定派もしくは略してＰＩＲＡ（モリスンは〝パイラ〟と発音した）である。つぎに組織の概要が説明された。トップは軍事委員会、その下に北と南の二方面隊がある――前者は北アイルランド、後者はアイルランド共和国を管轄する。南方面隊の任務は、イギリス本土へのテロ攻撃を計画実行することだ。北方面隊には三個旅団があり、ＡＳＵすなわち行動部隊と呼ばれる小規模な細胞に分かれている。それがＰＩＲＡの活動の核となっている。

　組織の細分がＰＩＲＡの特徴といえる、とモリスンはいった。各細胞は三名ないし四名から成る。爆破担当、射撃担当、運転手、そしてもう一名が余分にいることがある。顔見知りでない場合がきわめて多い。仲間の名前すら知らない場合もある。そうすれば、捕まっても仲間の存在をばらすおそれがない。組織の細分により、情報提供者や密告者は非常にやりにくい――ひとつの仕事のひとつの段階は密告できても、作戦全体はめったに把握できない。

　モリスンはなおも語った。ＩＲＡのテロリスト（プレイヤー）は、ひっきりなしに警察官を狙っていて、退勤時に目をつけて自宅まで尾行しようとつねに待ち構えている。「じつはこのあいだも、やつらはわたしの部下を狙った。仮にジョンと呼ぼう。ジョンは、夜の十一時に仕事を終えて、帰宅した。家にはいって一分とたたないうちに、特別保安部の友人から電話がかかってきた。『おい、ジョン』電話をかけてきた男がいった。『カーテンを閉めろ。裏庭にひとがいる。心配するな——こっちの手のものだ。数分以内に玄関に何人か来たら、入れてくれ。その連中があんたのめんどうをみる』

その言葉どおり、数名が来た。そしてそこで徹夜した。その連中は、ジョンに、なんらかの形で襲撃されるおそれがあったと告げた。おそらくUCBT——車の下に爆弾を仕掛ける——だろうと思われたので、家の外に人間を配して、爆破担当を捕らえようとした。夜通し待ったが、だれも来なかった。どうやら情報がまちがっていたらしい。それでもジョンは引っ越さなければならなかった……」

眠たくなるような声で、話はさらにつづいた。コンクリートで塗り固め、あるいは密封した偽の壁の奥の貯蔵所に、兵站係が武器弾薬を何カ月も、ときによると何年も隠匿する。一時的隠し場所というのは、もっと簡単な貯蔵所で、ひとりがそこに武器を置き、べつの人間がそれを回収して銃撃に使用する。IRAが強盗事件と見せかけて警察官を殺戮地帯に誘い込むことや、安全な逃亡ルートが確保できない位置からはけっして小銃を撃ったりロケットを発射したりしないことを、モリスンはわれわれに教えた。

「いまは、もうひとつ知っておくべきことがある。やつらは麻薬取り引きに手を染めている。

ほんとうは諸君にかかわりのないことだろう――他の機関が扱うべき問題だ――しかし、意識しておくべきだ。PIRAはつねに資金が不足している。武器、爆発物、といったものが必要だからだ。しかも、知ってのとおり麻薬の売買は莫大な儲けになる。それでやつらは薬物に手を出し、南から麻薬を持ち込んで、売りさばいている」

モリスンは言葉を切り、われわれ全員の顔を見まわしてから、こうしめくくった。「そう、やつらはこの地球上でもっとも狡猾な悪党だ。悪党だが優秀だ。ところが、みんなは命の危険にさらされているというのに、やつらを見くびっている」

モリスンが言葉を切り、われわれはみな無言でじっと座っていた。やがてだれかが質問した。「やつらを憎悪していますか？」

「憎悪？」モリスンは、一瞬考えるふうだったが、やがて不意に大声をあげた。「ああ、心の底から憎悪している。人殺しの油断のならない嘘つきどもだ。若い部下が、青春の真っ盛りにやつらに切り刻まれたのを、この目で見ている。幼い男の子が、パパはいつおうちに帰ってくるのとたずね、だれかが、パパは棺桶にはいってしまったからもう目を醒ますことはないんだと答えるのを耳にしている。そんなことが家族にふりかかるというのは、悲惨なものだし、とうてい忘れられない」

モリスンは、その晩は基地に泊まる予定だったので、講義のあとで食堂で一杯やりませんかと、われわれは誘った。車でヘリフォードに帰り、シャワーを浴びて、着替えると、ぞろぞろと食堂へ行って、ビールを何杯か飲み、品よくおしゃべりをした。なんの魂胆もなかったのだが——たんに社交辞令で——おれはモリスンに、彼の管轄の東ベルファストで一般開業医としてかなり知られている義父に会ったことはないかとたずねた。ふたりは会ったことはなく、つながりはなにもないとわかった。だが、今後も長い年月のあいだに、ひょっとして顔を合わせることがないともかぎらない。

 北アイルランドの情勢の説明を受けたために訓練に気合いがはいり、VCP（車輛検問所）や待ち伏せにそなえての自動車教習をはじめたころには、みんな万事に熱意をこめてこなしていた。新しい教官のレグ・ブラウン（SAS隊員でもある）が徹底して叩き込んだのは、われわれが私服姿で自家用車に乗っているとき、バリケードを護っている正規軍の兵士には、当然アイルランド人に見られるということだった。したがって、武器はぜったいに見えないように隠しておく必要があるし、治安部隊の一員であることを正規軍の兵士にこっそりと教えなければならない。そのために、北アイルランドの運転免許証のなかにIDカードを入れておく。ドライヴァーが免許証を差し出し、相手がそれをひらくと、IDカードが目にはいるようにする。そうすれば、訓練の行き届いた兵士であれば、ふたことみこと交わしてから、「結構です」といって免許証を返すはずだ。そして、こっちはすんなり車を出せる。そばで見ているものがいても、われわれのことを一般市民だと思う。

 それが通常のVCPにおける手順だ。だが、不法な検問所にぶつかることもある、とレグはいった。カトリック住民の居住区で、兵力の誇示、つまり自分たちがそこを支配していることを地元の人間に見せつけるために、IRAのテロリストが設置する検問所だ。「まだ間に合うぐらい手前で見つけたら、スピン・ターンをして消え失せろ。検問所を通らざるをえないところまで来ていたら、落ち着いてそのまま走り、減速して停止するように見せかけろ。ロー・ギヤのまま、右側のドア・ポケットに拳銃を入れておいて、すぐにつかめるようにする。やつらが近づいてきて、何者だときいたら、窓をあけて拳銃をひっつかみ、そいつをやっちまえ。そして、前方にバリケードがなかったら、急加速して、たぶん道路にいるはずのべつのプレイヤーを攻撃する武器として車を使え。

道路が封鎖されていても、やはり発進する。最初のやつは運転手が斃すが、それと同時に助手席に乗っているものが、そっち側から熾烈な射撃を行なう。後部に乗っていたふたりはおりて、広く散開し、やはり激しく撃つ。前のふたりが飛び出し、交互に援護しながら後退して、やはり撃つ。頭に血が昇っている四人が後退して隊伍を整えたら、状況を見極める。プレイヤーを二、三名斃し、残りがぜんぶで四、五人だったら、指揮官の判断で前進してそいつらを片づけてもいい。もちろん無線機があるから、それまでに諸君は応援を呼んでいるはずだ……」

訓練はほとんどプレスコットの森で行なわれたが、そこではなにもかもが現実とおなじだった。われわれは地面を掘り、土を用心深く始末し、木の枝と牧草、枯れ草と枯葉を入念にかぶせて屋根をこしらえ、地面がほじくりかえされたのがわからないようにして、OP（監視所）を設けた。見晴らしのいいところにそうやって設置したOPから、爆弾が隠されている（ある想定（シナリオ）によれば）暗渠を見張り、付近に動きがあれば報告する。SAS隊員の用意した待ち伏せも必死で切り抜けなければならなかった。火炎瓶がわれわれの前方の道路に投じられるのが、待ち伏せ開始の合図だった。

ＬＡＴＡの外の田園地帯に出かけることも多かった。ヘリフォード付近の農民はたいがいＳＡＳ贔屓(びいき)で、土地や建物を喜んで貸してくれる。取り決めがなされると、これこれの日に表の納屋や生け垣でなにか動きがあっても心配せず、ふだんどおりの生活をしていてほしいと、だれかが伝えにいく。われわれの想定(シナリオ)は、プレイヤーが納屋を一時的隠し場所に使っており、われわれがそれを見おろす位置に監視所を設け、そこにこもって進行状況を見守る、というものだった。そのあたりの地形は、北アイルランドとよく似ている――起伏の多い畑が茂った生け垣で区切られている――ので、訓練にはうってつけなのだ。

これらにくわえ、肉体的な訓練もかなりあった。毎日のランニングとジムでのトレーニングをやり、週に二度、警護隊の教官が、武器を使わない戦闘術を手ほどきした。教官は小柄だが、巨漢でも殴り倒せるという評判で、相手を武装解除する技や殺す技を教えた。「だれかを殺すのは簡単だ」教官が、快活にいった。「手で相手の鼻の骨を脳に押し込めばいい。あるいは喉笛をひきちぎる。だが、命が危ないというような状態でいちばんいいのは、頸を折るという方法だ」われわれに指示して、ふたりずつ組ませ、動きをゆっくりと練習させた。目をえぐり、股間を狙うというような汚い闘いかたを彼は勧めた。

なにからなにまでたいへんに高度な技倆を要求される訓練課程だったが、じつにおもしろかった。それに多くの精力を注ぎ込んだが、得るところも多かったし、つねになにかを学んでいた。

ところが、ある朝、なにもかもが、どん底に落ちた。十時ごろに拳銃を撃っていると、射撃場に連絡があって、だれかが叫んだ。「ジョーディ。電話がかかっているぞ」怪訝に思いながら、受話器を取った。電話は基地からで、総務幕僚の書記だった。

「ジョーディ・シャープだね？」

「はい」

「緊急事態が起きた。総務幕僚が至急、会いたいといっておられる」

「どういうことでしょうか？」

「あいにくだが、わからない。メッセージは、ただちに帰ってもらう必要がある、というものだ」

なんてこった！　と思った。なにかしでかしたのだろうか？　とんでもないドジを踏んだにちがいない。

武器を預ける人間を捜すと、いちばん近くにパット・マーティンがいた。「おい、パット。基地に戻らないといけないんだ。武器と装備のバッグがロッカーにちゃんと保管されるようにしておいてくれないか」

「いいよ」パットが答えた。「どうかしたのか？　へまをしたのか？」

「身におぼえはないんだが」おれは肩をすくめ、パットに拳銃を渡し、HK53は小屋にあると教えて、本部のグレーのシエラに乗っていくことを告げた。

車を飛ばすあいだ考えたが、なにもまちがったことはしていない。あっという間に基地に着いて、車をとめ、総務幕僚の執務室へ走っていった。中隊付き准尉が総務幕僚のデスクの脇に立っていたし、結婚式でおれの付き添いをつとめたジョン・ストーンもいるのを見て、なにかひどく悪いことが起きたのだと悟った。

おれがはいっていくと、総務幕僚が気乗りしない様子で立ちあがった。それもまた、厄介が起きたのを示している。暖かな陽気なので、総務幕僚は迷彩服を着て、シャツの袖をまくっていた。

「かけてくれ、ジョーディ」椅子のほうに手をふって、しばらくしてからいった。「いいかね。気の毒だが、たいへん悪い知らせがある。奥さんが殺された」

「まさか、そんな!」肘を太腿に突いて座り、両手をぎゅっと握りあわせたのをおぼえている。

「そうなんだ。一時間前に通信連絡があった。けさ、ベルファストのショッピング・センターで爆弾が破裂した。自爆だったらしい。犯人もバラバラに吹っ飛んだが、一般市民五人が巻き添えになった」

おれの耳は総務幕僚の言葉を聞いていたが、脳がそれを受け入れようとしなかった。頭も体も麻痺していた。動くことも、しゃべることもできなかった。まるで石になったかのように、じっと座って正面のデスクの前の部分を見つめていた。

「訓練を受けている仲間には知らせがいく」総務幕僚が、言葉を継いだ。「二日ほど休んでもらいたい。そのあいだにどうするか決めてくれ」

かすれた声が出てきた。「一部始終を教えてください」

「奥さんは買い物に行った。これまでにわかっているのは、それだけだ。表の歩道にいるときに、爆発が起きた。即死だった。なにも感じなかったはずだ」

「時刻は？」

「九時半をまわったところだった」

「子供は？」

「保育所にいた」

「ああよかった」おれは両手で顔を覆った。

「頭を冷やす時間がきみには必要だ」総務幕僚が、なおもいった。「NI訓練課程を最後までやるように強要はしない。こんなことがあったあとで向こうには行きたくないだろう。それがきみの決定だとしても、みんな納得する。実戦勤務期間（ツアー）に参加する必要はない。そうしたければ、中隊に戻ってもいい。あとでべつの配置を考えよう。自分の気持ちを二日ほどかけてはっきりさせるといい」

「帰ってくるはずだったのに！」おれは吐き捨てるようにいった。それからもう一度、我慢できずに大声でわめいた。「帰ってくるはずだったんだ！」

「わかっているよ、ジョーディ。みんな知っている。みんなきみの気持ちはわかっている」

咳払いをして、なおもいった。「とにかく二日ほど休みたまえ。やってもらいたいことがあれば――葬儀の手配とか――なんなりというがいい。中隊長や中隊付き准尉とよく相談するんだね。さあ、ジョンが家まで送っていく」

おれはひとつ深呼吸をして、気を鎮め、立ちあがって、総務幕僚に会釈した。ジョンがおれの肩に手を置き、ドアのほうへいざなった。外に出ると、ジョンがいった。「送ろうか？」おれはうなずき、呆然と彼の車に乗った。車が走っているとき、ジョンが日焼けしているのに気づいて、どこへ行っていたのかとたずねた。「アフリカだよ」ジョンが答えた。

「ボツワナの演習から帰ったばかりだ」

「どんなふうだった？」

ジョンが話しはじめたが、おれは聞いていなかった。心の奥底の恐怖を払いのけようとして質問したのだと悟った。息が切れていて、落ち着くのに深く息を吸わなければならなかった。

コテージに着くと、ジョンがいっしょにキッチンにはいってきて、大きな声でいった。

「紅茶をいれよう。薬缶はどこだ？」

「あそこだ」おれは指さした。「冷蔵庫にミルクがある」テーブルに向かって座り、窓の外の野菜畑にじっと目を凝らした。罪の意識と後悔が頭のなかを駆けめぐった。薬缶がシュウシュウ鳴りはじめ、やがてジョンがなにかいったのが耳に届いた。

「なんだって？」

「スコッチが一本あるじゃないか。一杯ひっかけたらどうだ？」

「いや、いい。紅茶でいいよ」

寒くてガタガタふるえていた。ジョンにマグカップを渡されると、おれは砂糖を三杯入れた。それを飲んでいると、燃えるような興奮が体内から湧きあがってくるのを感じた。

「ちくしょう！」おれはいった。「どうしてキャスが？　どうしてキャスが死ななければならなかったんだ？」

ジョンが首をふり、紅茶に視線を落とした。と、見慣れない装備が隅にあるのを見てたずねた。「あれはだれのだ？」

「トニー・ロペスの装備だ。中隊にはいろうとしているＳＥＡＬ隊員だよ。ここに泊まっているんだ」

「ああ、おまえさんと捕虜収容所でいっしょだった男か？」

「そうだ」

「どんなふうだ？」

「すごいよ。最高のひとりだ」

「選抜訓練に受かるか？」

「楽々だろう。こっちの連中を何人か束にしたよりも体力があるし、必要な技術はもうたいがい身につけている。ジャングルにいたこともあるし」

「ＳＥＡＬを辞めるなんて、どうかしてるぜ。太陽を浴びながらの訓練、武器装備はなんでもそろっている……ここの任務がどれほどつらいか、わかっていないんじゃないか？」

「さあ。二年間だけだろう」

「おれでなくてそいつでよかったよ。二五キロもの重さのベルゲンを背負ってあの山を登るなんて、考えただけでもぞっとする」ジョンは、おれの顔を見て、こういった。「キャスの両親に電話したほうがいいんじゃないか」

「あとでする」

ヘレンズ・ベイの広壮な屋敷をふと思い浮かべた——ベルファストの数キロメートル北東、ベルファスト湾沿いの治安のいいしゃれた別荘地——庭が広く、刈りととのえた樹木が美しく、はっとするほど美しい海の景色が望める。キャスの母親は、家をつねに非の打ちどころがないくらいきれいに維持している。塵ひとつなく、クッションがずれていることもない。清潔さにそこまでこだわるのは、キャスの父親のデンが医師だったことと関係があるのだろうかと、いつも思う。これまで数週間、そこに敷きつめられた高級品のカーペットにティムが食べ物をこぼしてはいないか、おもちゃを散らかしてはいないかと、しじゅう気にかかっていた。

おれは勇気を奮い起こして、電話をかけることにした。そしてつぶやいた。「よし、やるんだ」

ベルファストのなまりの強い聞いたことのない声の主が、電話に出た。

「どなたですか？」

「RUCのハリス巡査部長です」

「オブライエンさんの奥さんは出られますか?」

「あいにくですが。いまぐあいがよろしくないので」

「では、ご主人のほうを」

「どちらさまですか?」

「そちらのお嬢さんと結婚しているものです」

一瞬の間があって、デンが出た。たいそう動揺している声だった。「ほんとうとは思えないんだよ。どうしても受け入れられない」

「ぼくもです。お義母(かあ)さんはどうですか?」

「ショック状態だ。鎮静剤をあたえたところだ」

「いいですか。できるだけ早く、そっちへ行きます。たぶんあすにでも」

「ありがとう、ジョーディ」

「デン、彼女はどこですか?」

「え?」

「キャスです」

「〈ブラウンズ〉が病院へ引き取りにいった」

「ブラウンズ?」

「葬儀屋だよ」

「会ったんですか?」

「いや、娘は……あの子は……損傷がひどかった。クレジット・カードと運転免許証で識別したんだ」

「そんなむごい! ティムはどうですか?」

「まだ知らない。ジョーディ、だいじょうぶか?」

「なんとか。コテージに友だちが来てくれているんです。あした行きます。お義母さんによろしくお伝えください」

「わかった」

おれは電話を切った。

すこしずつ、怒りが胸の内で燃えはじめていた。RUCのモリスン警視正の声が聞こえてきた。〝ああ、心の底から憎悪している〟そして、IRAに対する激しい憎悪がこみあげた。爆破犯をこのむごたらしい任務に送り出した人間に対して、苛烈な憎悪をおぼえた。

「あいつら、くそでも食らえ!」ひどく大きな声だったので、ジョンがはっとした。

「だれのことだ?」

「IRAだ。だれだか知らないが、キャスを殺したやつだ。そいつをどうにかしてひっとらえる。一生かかっても」

そのあとの二日間は、さながら悪夢で、おれはなかば朦朧(もうろう)として、よろけながらそれを通り抜けた。ただひとつありがたかったのは、遅延性ショックが感覚を麻痺させていたらしく、悲嘆の淵に沈むのを避けられたことだった。

火曜日の朝、M5自動車専用道路でバーミンガム空港へ行った。キャスを送っていったのとおなじ道だ。連隊長が、期日指定なしのベルファスト行きの往復航空券を手配してくれたが、それでも航空券を受け取らなければならない。自動操縦(オートパイロット)で動いて、長期用の駐車場に車をとめ、ターミナル・ビルへ歩いていき、航空会社のカウンターを捜して、チェック・インした。すべてなにも感じず、機械的にやった。保安検査(セキュリティ・チェック)のところで、馬鹿な係官にどこへ行くのかと詰問されたときにはじめて我に返った。おれの顔色を見て、その係官は乗客のなかから選(よ)ったにちがいない。急に高飛車な口調で、ベルファストの宿泊先の住所氏名を質問した。訪問の目的をきかれたとき、おれはまっこうからその男をにらみ、精いっぱい敵意のこもった声で告げた。「おれは……埋葬に……行くんだ。自分の女房の」それを聞いた係官は、それ以上追及するのはやめた――だが、まったくのげす野郎で、あやまるような礼儀は持ち合わせていなかった。「わかった」といって、進むように手でうながしただけだった。

飛行機は半分ぐらい席が埋まっているだけで、フライトの時間は信じられないほど短く感じられた。それでも、この北アイルランド行きの保安上の意味合いについて考える時間はあった。キャスとおれはヘリフォードで結婚した。北アイルランドの新聞に結婚の記事は載らず、したがって現地では彼女が英国陸軍の兵士といっしょになったことを知るものはいない。爆弾の犠牲者の氏名一覧には、ベルファストの主婦シャープ夫人となっている――やはり配偶者には言及していない。だれかに職業をきかれたら、航空機整備士で、ブリストルで働いているというつもりだった。西ベルファストのぶっそうな地域に迷い込まないかぎり、厄介なことはないだろう。

　四十分後にベルファスト市営空港に着陸し、五〇年代のものとおぼしいどこか奇妙な古めかしい空港ビルを出た。タクシーに乗って、運転手に住所を告げ、そこに到着するのを怖れながらも、早く行きたいという気持ちに襲われた。

　無惨な一日にならなかったのは、ティムのおかげだった。ティムはまだ幼いので、なにがあったのかわからず、ふだんとおなじ様子だった。ドアからはいっていったおれが目にはいると、ちょっと見つめてから、「パパ！」と叫んで走ってきた。おれはティムを抱きあげた——重く、暖かく、生気のみなぎる塊。記憶にあるよりずっと大きい。ティムの相手をしていると、キャスの両親と再会する緊張が和らぐとわかった。そうはいっても、ふたりの様子を見て、動揺をおぼえた。ふたりとも十は老けていた。メグはことに弱々しく見え、頰にキスをしたときに、骨ばかりに痩せているのがわかった。まだすこし足をひきずっていたが、手術前とはちがう感じで、腰はよくなったといい張った。ただ脚の筋肉の力がないだけだと。

　ティムはべつとして、いちばんありがたかったのは、ふたりのおれに対する姿勢だった。この悲劇をおれのせいにすることもできたのだ。きみたちの結婚がくぐり抜けてきた問題を自分たちなりに理解しているし、きみのふるまいを責めるつもりはないとまでいってくれた。おれがあやまろうとするたびに、ふたりはやさしくそれを斥（しりぞ）けるのだった。

その晩、夕食後に、デンがキャスの財政面での手配りについてたずねた——遺言状はあるのか？　生命保険にははいっていたのか？　一家の経済は彼女が一手に引き受けていたので、そうした質問には答えられなかった——それに、彼女の死に衝撃を受けたあまり、調べる余裕もなかった。

その日の午後、デンといっしょに葬儀屋の〈ブラウンズ〉へ行き、手配を済ませた。店番をしていた中年の男は、こっちの気持ちがいくらかでも楽になるようにと一生懸命つとめていたが、葬儀のあと教会から棺を担ぐのはどういうふうにやるかときかれたので、おれは動転した。「お客さまも担ぎ手にくわわるのでございますね？」と、彼はたずねた。

「なんですって？　わたしが？　それはそちらでやってくれるんじゃないんですか？」

「いいえ。こちらではご家族のかたが担ぎ手を用意なさるしきたりでございます」

「そうなんだよ」デンが、そっといった。「たいがいそうするんだ」

「そうですか……」おれはおろおろした。彼女のすぐそばにいて、その遺体を運ぶと思うと、耐えられなかった。「申しわけないが、それはできそうにありません」

「いいんだよ」その点はあとでなんとかすると、葬儀屋に合図するような感じで、デンが片手をあげ、火葬場での手順について質問した。あたりまえの物事がまともにできない自分に顔から火の出るような思いで、みじめになった。

やがて、やさしい声で、亡くなった奥さまのために樹木を植えますかときかれた。

「どこにですか？」

「ローズローンの墓地でございます。追悼のために墓石ではなく樹木をお植えになるかたがたくさんいらっしゃいます。ひと株、ご用意いたしますが」

しばし考えた。大きな重い墓石は、もとから好きではなかった。生命のある記念樹のほうがずっといい。そこでこう答えた。「ええ、お願いします」

「どのような木になさいますか？　ブナ、トネリコの新しい苗木がございますが」

ブナにしようかと思ったが、ＫＣの裏の林でキャスが好きだった木を、最後の瞬間に思い出した。「ナナカマドにできますか？」

「もちろんだいじょうぶです。ナナカマドを用意いたします。根元に碑をおつけいたしますか」

「ええ、お願いします」

「碑銘にはどのようなお言葉がよろしいでしょう？」

目を閉じて精神を集中し、咳払いをした。「愛しいキャスリーン・シャープを偲んで。ジョージより」そこであわててつけくわえた。「いや、ジョージとティムより、としてください」

葬式の日は、これまでの一生でいちばんつらかった。朝食のあと、メグとティムを乗せて車を運転し、保育所でティムをおろした。これまでのところは、ママは何日か留守をするとしかいっていない。いずれは話さなければならないが、われわれのほうがみんな気を取り直すまで待ったほうがいいと思ったのだ。

教会の葬儀は、午前十一時半からの予定だったが、一族のものたちはその一時間前から家に集まりはじめた。メグと、キャスの妹のアンジェラが、キッチンでせっせと立ち働き、食事会のためのサンドイッチとロール・ケーキを用意した。ふたりは弔問客をキッチンに入れさせなかったので、おれがデンとふたりで居間にいて相手をしなければならなかった。何人か知っている人間もいたし、知らない人間もいた。おれはなんとか話をしようとした。海を見はるかすピクチャー・ウィンドウが壁の一面を占めているのが、唯一の救いだった。岩場で海鳥が群れ集い、たまに船が視界にはいってきて、注意をそらしたり、新しい話題を見つけるのに役立った。沖へ出ていくトロール漁船で火災が発生したように見えたときには、とてもほっとした。黒煙が煙突から噴き出し、小さな船がぐるりと回頭して、いまにも海難が起きるかと思われて、全員が興奮した。だが、不意に煙が消え、トロール漁船はまた沖へ向かった。

ようやく出かける時間になった。二台の大きな黒いダイムラーが、故人の直接の家族を乗せ、あとの出席者は自分たちの車でそのあとにしたがう。教会に着くと、花に覆われた棺が、側廊のいちばん前の架台にすでに載っていた。意識して、そのなかになにがはいっているかを考えまいとした。突然、イラクの砂漠で墜落したヘリコプターの機長と副操縦士の、四肢がねじれ、あるいはちぎれた遺体が目に浮かんだ。生前のキャスの姿を思い浮かべようとしたが、いろいろなつまらない事柄が気になってしかたがなかった――こういう小規模な葬儀のためには教会が広すぎて、われわれは最前列のベンチをいくつか使っているにすぎない。

聖職者が若く、そわそわしていて、しじゅう言葉につかえている。最初の讃美歌が聞いたことのないものだった――といったようなことだ。しかし、ほどなく全員で『神は過ぎ去りし歳月の我らの救けなり』を歌っていて、担ぎ手が棺を肩に載せて、側廊を進みはじめた。恥かしいことに、担ぎ手たちがだれなのか知らなかった。従兄弟か？　家族の友人か？　いずれにしてもデンが頼んでくれたのだろう。みんなかなり若いように見えた。彼らが教会の扉を通ってでてゆくまで、おれはほかの全員とともに起立して待っていた。やがてまた葬儀用の車に戻り、霊柩車が街を出て、丸い山のてっぺんのローズローン墓地に向けて登ってゆくのを追った。壮麗な門を通ると、見たこともないような広い墓地にはいった――何百もの墓石やその他の記念物が、山の斜面に碁盤の目のように配置され、芝生はどこもきれいに刈りととのえられている。墓のあいだを道路が走っている。何千本もの低木や高木の若木の植林があって、雑草がはえないように、そこの地面には木屑が敷きつめられている。キャスのナナカマドを植えたいと思うようなところが、何カ所か目に留まった。

　山の頂上まで行くと、そこが火葬場で、形よく作られた芝生の土手と花壇の奥に、煉瓦造りの低い建物があった。なにもかもが整然と管理されていることが、苦しみを和らげるどころか、つらさを倍加した。先に来ていた一団が済むまで、しばらく待たされた。やがてわれわれの番になり、狭い礼拝堂にぞろぞろとはいっていった。聖職者の声が、ずいぶん遠くにいるような感じで聞こえた。「婦（おんな）の産む人はその日すくなくして艱難（なやみ）多し。その来たること花のごとくにして散り、その馳すること影のごとくにしてとどまらず」おれは最後までどうにか持ちこたえ、その恐ろしい一瞬、棺が床の穴におりていって、キャスは消滅した。

表に出て、下界に目を向けたとき、北西の眼下に横たわるベルファストをその墓地が広く鳥瞰していることがわかった。頭の奥のほうで、過去から未来へこんなにあっさりと考えを切り替えるのはよくないと思ったが、しかしそうなりはじめていた。「どこのどいつか知らないが、やつはあそこにいる」と、おれはひとりごとをいった。「どこにいようが、おれはそいつを殺る」

4

訓練課程を途中で辞めるなど、問題外だった。それどころか、早く再開したくてたまらなかった。金曜の朝早く、急いで基地へ行って、総務幕僚に復帰した旨の伝言を残し、休んでいるあいだに失ったものを取り戻そうと決意して、そのままＬＡＴＡへ行った。

最初の二日ほどは、みんなおれをおかしなふうに扱った。いつものたわいない冗談や冷やかしが聞かれなかった。そして、ずいぶん丁重な態度だった。傷つけないように気を遣っているのか？　あとで考えると、おれがいまにもバラバラになると思い、壊れ物のように扱っていたのだとわかる。だが、そのときはそれがいやでたまらなかった。訓練はいっしょではないが、おれには親友がふたりいる――トニーと、ジョン・ストーンだ。ふたりはおれがひどく打ちのめされているのを知っている。パット・マーティンもまた、おれを護る壁になってくれた。訓練に参加していた他の連中は、おれのことを情の薄いくそ野郎だと思ったのか、事件にもさして関心を抱かなかった。心のうちをだれにも知られたくなかったので、それはそれでよかった。キャスを失った苦しみが残忍な復讐の渇望に形を変えていたことに気づいたものは、どこにもいなかった。悲嘆が怒りに変わり、絶望が鋼鉄の決意に変わっていた。

悲しみの淵に沈むどころか、あらたな動機を胸に、おれは燃えさかっていた。

自爆した爆破犯のために西ベルファストで盛大な軍隊式の葬式がいとなまれたという記事が、どこかの新聞に載った。無能な犯人のために無辜（むこ）の市民五人が死に、そいつが埋葬されているあいだにプロテスタントの暴動が起きて、何千ポンドもの被害が生じたことなど、やつらは気にかけてもいない。IRAのゆがんだ考えかたでは、犯人は実戦部隊で死亡した殉教者、英雄というわけだ。まったくなんたることか！

激しい憎悪を集中するために、標的（ターゲット）に名前をつけた。大物プレイヤーにちがいないので、ゴルファーのゲイリー・プレイヤーからとって、〝ゲイリー〟と呼ぶことにした。おれの心の目に映るゲイリーは、髪と髯（ひげ）が赤く、ずる賢い、豚のような小さな目をしている。中背で、服装はだらしない――汚れたむさ苦しい格好の不潔な男だ――しかし、狡知に長け、石のように頑固で、闘いかたが汚く、危険きわまりない野郎だ。IRAの階層制（ヒエラルキー）でのそいつの地位を判断しようとしながら、できる範囲で事件を再構築した。爆破犯は二十二歳の失業者だった。ASU（行動部隊）の一員だったことは確実で、つまり射撃担当と運転手がいたはずだ。爆破担当は、彼を吹っ飛ばした爆発物をA地点から回収し、B地点に置くことになっていたのだろう。だが、だれが命令を下したのか？　北アイルランドに遠征した経験のあるレグ・ブラウン教官によれば、ベルファスト旅団の作戦幕僚もしくは兵站係下士官にちがいないということ。

あるいは自分を欺いているのかもしれないが、運命が敵の方向へ導いてくれる、という気がした。もう八月になっている。訓練課程の残りを大過なく終えれば、二カ月後の十月にはベルファストに配置される。それから一年のあいだ、訓練され、武装して、そいつの玄関口に立っていることになる。しかも、テロリストを斃す口実はいくらでもある。しばらくして、八月のなかばに英国帰属主義者(ロイヤリスト)が八日間に七人を殺し、ＩＲＡが同様の報復を行なったときには、ＩＲＡのやつがあとひとりぐらい死んだところで、だれも気にするものかと自分を納得させた。

　家庭内の問題は、良好な状態とはいえないまでも、なんとかおさまっていた。家族で相談した結果、ティムは祖父の家に残したほうがいいだろうということで、たがいに同意に達した。メグは手術のあとでだいぶよくなって、どうにかやっていけるといってくれた。秋になって向こうへ行けば、すこしはティムに会えるだろう。イギリスにいたのでは、彼のめんどうが見られない。

　キーパーズ・コテージでは、キャスの持ち物はそっくりそのままにしておいた——服、靴、帽子、わずかばかりの宝飾品。ぜんぶオクスファム（飢餓救済機関）に寄付してもよかったのだが、そうする気にはなれなかったので、ワードローブのドアを閉め、化粧台もそのままにして、どこも手をつけなかった。

　八月の末に、アーマー州マーケットヒルのＲＣＵ警察署の表で一〇〇〇ポンドの爆弾が破裂した。奇跡的に怪我人はなかったが、その爆破事件によって、われわれの現地へ行きたいという熱意は強まった。ＬＡＴＡで、われわれは訓練課程のもっとも興味を惹かれる段階にさしかかっていた。監視、すなわちターゲットを尾行する技術だ。徒歩もしくは車で、姿を見られないように追う。ここにいたってはじめて、〝デト〟と呼ばれる影の組織がわれわれの生活において果たしている役割が明瞭に理解できた。〝デト〟は混成部隊(デタッチメント)の略(正式名称は第一四情報中隊)で、北アイルランドでわれわれと協力して情報を収集する秘密部隊だ。われわれの役割が反応性であるのに対し、デトの役割は受動性で、見張り、顔を見分け、情報を集め、敵について学ぶということをする。

デトは、軍隊のあらゆる人目につかない部門から引き抜かれた人間で構成されている。SAS内部では、〝ウォルツ〟(サーバーの短篇小説『虹をつかむ男』の登場人物で冒険的な活躍をする白昼夢を見る凡人、ウォルター・ミティをもじったもの)と呼ばれている。SASから派遣されたものもいるが、大部分はイギリスの三軍のあらゆる部門の出で、仕事に関してはほとんど自分たちだけで進めている。ベルファストでは、われわれはデトの人間と食堂兼バーを共用することになっているが、非番のときはつきあいやすい連中だと聞かされた。LATAでデトの連中を目にするたびに、目立った特徴がまったくないのには感心する。どこにでもいそうな人間で、顔立ちや体つきにきわだったところがないのも、選ばれた理由のひとつなのだろう。長身でも小柄でもなく、肥りすぎてもいないし、極端に痩せてもいない。ことに美男のものもいないし、かといって醜くもない。みんな一様(いちよう)で、中庸だから、ヨーロッパ北部のどこでもなんなく群集にまぎれ込める。彼らが車にふたり乗っているのを見ても、だれも不審に思ってじろじろ眺めたりはしないだろう。しかし、彼らがたいへん訓練が行き届いていて、テロリズムとの戦いにおいて、じつに貴重な武器だということが、じきにわかった。

われわれはみな、実地にやってみるまでは、監視がいかに手の込んだ作業であるかがわかっていなかった——八名ないし十名の男性あるいは女性のチームが、単一のターゲットを追跡する。超小型無線機で即座に連絡できるようにしておき、特別な用語を使う。無線機は秘話方式で、スクランブルがかかっているので、外部のものに傍受されるおそれはない。だから、用語は他人をまごつかせるためのものではなく、言葉数をすくなくし、精確に伝えるのが目的だ——つまり、交信時間を短縮し、誤解を防ぐためのものだ。たとえば、〝B(ブラヴォー)〟は男、〝E(エコー)〟は女、〝C(チャーリー)〟はあらゆる車輛。〝F(フォックストロット)〟は徒歩で、〝モバイル〟は車で、それぞれ移動を開始したことを示す。〝完了(コンプリート)〟は、相手が家にはいったか、車に乗ったことを表わす。〝誘因を掌握〟は、ターゲットもしくはターゲットが最後に目撃された場所を見ているという意味だ。

われわれがわかるように、教官は想定(シナリオ)をマジック・ボード上でやってみせた——琺瑯(ほうろう)引きの白い金属板が、教室の正面の壁のほとんどを覆っている。教官がプロジェクターのスイッチを入れて、引き伸ばした市街地図をボードに映し、そこにいくつか丸いマグネットの駒をつけた。ひとつは黒——ターゲット、あとの数個は白だ。市街地図には、色分けされた部分があった——赤、グリーン、ブルー。それぞれに番号がふってある。これは特定の地域を区別するためだ、と教官は説明した。〝リヴァー・ストリートとアッパー・リッチモンド・ウエイの交差点〟というよりは、〝グリーン・ワン〟、もしくは座標で伝えるほうが早いし、簡単だ。

「さて」教官が、講義をはじめた。「監視作戦においていちばん重要な人間は、作戦室でそれを運営している人間だ。彼は無線機のスイッチを入れ、数名の助手をしたがえ、諸君が投入される地域の大きな地図を用意している。この訓練の大きな利点は、諸君が無線機の扱いに習熟することだ。ターゲットについての報告を行なうときは、きわめて敏速にやらなければならない。うかうかしていたら手遅れになる――ターゲットが角を曲がり、見失うかもしれない。

では、ターゲットが家にはいって出てこなかったらどうするか？　さらに人員を投入して現場を封鎖するかどうかは、統制官が決める」教官は、白い駒を四つ、黒い駒の近くの交差点に移動した。「諸君はここだ。角のカフェかバーにじっと座り、ターゲットがふたたび姿を現わすのを待っている。諸君がきちんと仕事をやれば、四人のだれにも見られずにターゲットが封鎖地域を出ることはできない。

姿を見られたと思ったときは、離脱する。それが鉄則だ。他のものにも、消えろと伝える。だいじょうぶだと思って続行すると、とんでもない事態になる。続行すれば、ターゲットは監視されていると確信して、何週間も身を隠すかもしれない。よし、ではこれを聞いてくれ」

教官が、テープを再生した――じっさいの作戦のザーッという雑音のはいったとぎれがちの録音だ。あらたに声が聞こえるたびに、それに対応した白い駒を教官が動かし、報告があるごとに黒い駒を新しい位置に移動しながら、絶え間なく説明しつづけた。

『ブラヴォー・ワンの家で誘因を掌握』と、最初の声の主がいった。『やつはいま完了した』

「つまり、家のなかにはいった」教官がいい添える。

ほどなく、おなじ声の主がいった。『スタンバイ、スタンバイ。ドアがあいた。あ、いや、なんでもない。女房がゴミを捨てにいくだけだ』また間があった。そして、『スタンバイ、スタンバイ。ブラヴォー・ワンが出かける。北に向けてフォックストロット』

「通りを徒歩で北上している」教官が説明し、黒い駒を上に動かす。

ふたたびくだんの声が聞こえた。『青に黒を着ている。角の〈家畜商人の紋章(ドローヴァーズ・アームズ)〉に向かっている。いま、右に曲がっている……』

スコットランドなまりのべつの声が聞こえた。『ああ、捉えた。コマーシャル・ストリートで追跡する。やつは東に向けてフォックストロット。ブラヴォー・ツーと合流した。ふたりともチャーリー・ワンで完了した。ブロンズのエスコートだ。ナンバーは読めない』

「ターゲットはふたりとも車に乗った」教官が、黄色いマグネットの駒をボードにつけた。

数秒が経過し、スコットランドなまりの声がきこえた。『チャーリー・ワンが、東のグリーン・スリーに向けてモバイル』

やがて、落ち着いたいかにも上官らしい声が聞こえた。統制官だ。『スティーヴ、グリーン・スリーを守っているか?』

『チャーリー・ワンを引き継ぐところです……』

聞いているうちに、うなじの毛が逆立ってきた。この手順そのものもじつにおもしろいが、自分がチームの一員として西ベルファストで活動し、民族独立主義者の縄張りのすさんだ地域——おそらくフォールズ・ロードかアンダースンタウンだろう——で、ふたりのプレイヤーを追跡しているところを、心の目で見ていた。車に乗ったふたりが、ゲイリー・プレイヤーのところへ連れていってくれて、大規模な交戦が起きるかもしれない。いまにもおれの最大の敵とまみえるかもしれないのだ。

テープの音が聞こえなくなった。「車を運転しているとき」教官が口を切った。「いるべきでないのは、ターゲットのすぐうしろだ。二台か三台、あいだに入れるんだ。よからぬことをやっている人間は、バックミラーでたえず背後に目を配るものだ。すぐうしろについてしまったら、なんとかして最初のチャンスに離脱し、ほかの人間に代わってもらえ」

『ストップ、ストップ、ストップ』テープから、あらたな声が聞こえた。『チャーリー・ワンが四八九三四六の待避所にとまった。ブラヴォー・ツーが、電話ボックスに向けてフォックストロット……』

北アイルランドへ行くことを思って、みんな興奮しはじめていたが、帰ってきた隊員が実戦に参加した話をすると、熱意はいや増した。国境地帯とベルファストで銃撃し、兵士を殺している抜群に腕の立つ狙撃手が心配だというものもあった。その狙撃手は、五〇口径というとんでもない威力の小銃を使用している——防弾チョッキをつけていようが、五〇〇ないし六〇〇メートルの距離から人間の胸を貫通する。きわめて優秀な狙撃手で、手はずにそつがない。実行の手順からして、アメリカで訓練を受けたことがあるのではないかと、デトでは判断している。その狙撃手は、敵情監視員（ディッカー）をおおぜい使って、安全を確認させてから、危険を冒して前進する。そして、なにも問題がないと見ると、姿を現わして、陸軍の巡察班（パトロール）を狙撃する。彼の銃撃を受けて生き延びたのは、ただひとり、西ベルファストをパトロールしていたある兵士だけだ。銃弾が、胸にかかえていたＳＡ80自動小銃に当たった。小銃はバラバラになり、その破片（もしくは五〇口径弾の一部）が上に跳ねて、顔の肉をだいぶそいだ。だが、死にはしなかった。

ＳＡＳ（レジメント）は、その狙撃手を捕らえようと、正規軍のパトロールに化けて罠を仕掛けた。狙撃手を誘い出して、無線での交信をつづけさせ、その間に無線の専門家が方向を探知して、そいつの巣を見つけだすという段取りだった。まったく危なっかしい計画だが、もうすこしでうまくいくところだった。ＳＡＳ隊員数名が正規軍の兵士の戦闘服を着て、パトロールを行なっているふりをした。ターゲット地域に達すると、ＩＲＡの敵情監視員（ディッカー）がその進行状況を伝えているのが、イヤホンから聞こえた。

「よし」と、北アイルランドなまりの声の主がいった。「パトロールが道路を近づいてくる。三十秒後にはそっちの視界にはいる」

狙撃手は応答しなかった。一瞬の間があり、不意に語調が一変した。「くそっ！」北アイルランドなまりの男が叫んだ。「様子がおかしい。持ってる武器がちがう。ＳＡ80じゃねえ。Ｇ３を持ってる。それに若くねえ。新兵にゃ見えねえ」

狙撃手は、そのパトロール班がＳＡＳだと、ただちに悟った。彼が口にしたのは、「離脱する」という言葉だけだった。そして無線を切り、いっさい方向探知できなくなった。

が、それで終わりではなかった。ＳＡＳは、再度こころみた。こんどは黒人も混ぜて、パトロールをより実物に見えるようにした。ＳＡ80を携帯していたので、どこから見てもほんものらしかった。隊員の乗ったヘリを飛ばし、狙撃手の位置がわかれば封鎖できるよう周辺にも配置するという、じつに手の込んだ作戦だった。

パトロール班はまた交信を傍受し、ＩＲＡの敵情監視員が進行状況を伝えるのを聞いた。ところが、こんどは狙撃手が、「よし、撃つ準備ができた。先頭から二番目のやつをやる」といったので、彼らはあわてふためいた。爆弾が破裂するように四方に散開し、全員がそれぞれちがう方向を向いて地面に伏せた。それから起きあがり、散り散りになって牡鹿のように駆けた。緊急集合地点に戻ったのは一時間後で、そのときにはもう狙撃手はまたもや闇に姿を消していた。

あらゆる訓練をふくめていちばんおもしろかったのは、射撃訓練だった。拳銃の射撃の腕前が驚くほど上達したからでもあるだろう。だが、それだけではなく、実弾を撃ち込むのは、いかに現実に近いとはいえ訓練にはちがいないその他の活動に比べ、よりいっそう目的に近づいた気になれるからだろう。

　拳銃の射撃訓練のために、われわれは〇九〇〇時に射撃場へ行く。うち二名が倉庫から弾薬を持ってくる作業を受け持ち、重い金属の箱を射撃場の小屋まで運ぶ。実弾射撃が行なわれることを示す赤旗をだれかが立て、その他の全員で標的の準備をする。

　射撃場は、馬蹄形の高い防弾用の土手に囲まれているので、三方の標的に向かって撃てる。線路の古い枕木が地面に埋め込まれ、標的を簡単に立てられるように、そこにドリルで穴があけてある。楽に撃てるようになるために、まず弾倉二、三本分を撃つ。みんな訓練の初期の段階で拳銃を撃ったことがあり、自分の利き目を知っていて、どうやってきちんとした楽な射撃姿勢をとればいいか、心得ている。セミ・クラウチング（半かがみ撃ち）の場合、右利きは左手で右手を覆って支える。

　着弾が低ければ、引き金を引く指に力がはいりすぎているとわかる——それを直すのに、教官は特別なやりかたをする。「実弾か空砲か遊びをしよう」といって、射手のうしろに立ち、代わりに弾薬を装塡する。実弾を入れる場合もあれば、空にしておくこともある。だから、射手は引き金を引いたときにどうなるかがわからない。そうすれば、じっさいにしりごみして指に力がはいっているとすれば、銃口が下がるのが教官の目に留まり、その悪い癖を矯正できる。

　全員の準備ができて、距離感がつかめたら、射撃場の小屋で紅茶を一杯飲む。つぎに、教官はホルスターからの抜きかたを教える。ターゲットに向かって全員をならばせて、叫ぶ。

「抜けっ！」全員がホルスターから拳銃を抜き、ダブル・タップ（頭に二発たてつづけに撃ち込んで射殺すること）を撃ち込んでから、ホルスターにおさめる。つぎは右もしくは左に九〇度向きを変え、第二の号令で、抜き、体をまわし、撃つ。つぎは逆の方向を向いて、その位置から体をまわして撃つ。最後にはうしろを向かされる。撃つには、一八〇度の方向転換をしなければならない。

さらに、歩きながらの射撃を練習する――これは四人ぐらいでやる。手ぎわよく、自信を持って撃てるようにするのが目的だ。両手を脇に垂らし、ゆったりした物腰で歩く。そして、「抜けっ！」という号令で、とまり、抜き、さっとふりむいて撃つのを瞬時に行なう。標的にナンバーがつけられ、われわれがふたりで歩いているとする。教官が「ワンとフォア！」となったときは、ふたつの標的と交戦しなければならない。ひとつの訓練が終わるたびに、教官はいう。「よし、みんな。貼ってこい」われわれは、弾痕にカラーのビニール・パッチを貼りにいく。

撃っていると、途中で教官が「給弾不良（ストッページ）！」と叫ぶことがある。われわれは片膝を突き、かがみながらマガジン・リリース・ボタンを押す。弾倉（マガジン）をさっと抜くと、べつの弾倉を差し込み、もとの姿勢に戻りながら撃つ。交戦の際には、われわれの生命はいかに速く反応できるかにかかっているので、三秒以内に弾倉を交換できるようになるまで、おれは練習した。

速さと精確さがすべてだ。〝ドイツ野郎の首〟――ドイツ軍兵士の顔と上半身のシルエットが描かれた標的の場合、狙うのはつねに頭部で、二十歩以内の距離なら、一〇〇パーセント確実に額のどまんなかにダブル・タップを撃ち込む自信がある。もっと大きい〝人体（フィギュア）1

1〟標的の場合は、精確な狙いをつける場所がわかるように、白い小さなビニール・パッチを貼る。

自分が射撃をしていないとき、みんながいまやっている訓練にたいして関心を示さないのが、おれには不思議でならない。彼らは小屋の外のベンチに腰かけて、おしゃべりをしている——若い連中がきのうセックスをした年上の女の話をしたり、年かさの連中が家の建て増しの話をしたりしている。いっぽうおれは、いくら撃ってもまだ撃ちたかった。北アイルランドでチャンスがめぐってきたら、ぜったいにしくじるまいと、常態を失っているほど決意していた。執念に取り憑かれていると思ったものもいたことだろう。たしかに執拗すぎるほどだった——だが、その理由を彼らに説明するわけにはいかなかった。

われわれの訓練は、万事に抑制と瞬時のタイミングが不可欠だった。聞いた話によると、プレイヤーがじっさいに銃を構えるのを待ってから撃たなければならなかった例は枚挙にいとまがないという。脅威が差し迫っていないのに早く撃った場合、そうした先輩たちは殺人容疑で告訴されるおそれがあった。テロリストに有利なように骰子を細工するとは、ばかばかしいにもほどがある——だが、それが実情なのだ。

おれはモリスンの演説の一部を思い出した。治安部隊が課されているたいへんな制約を、彼は痛烈にこきおろしていた。「殺人犯を署に連行したとき、横っ面を張ったりしたら、まちがいなく告訴されるだろうな。そいつが座っている椅子を蹴り飛ばしたら、暴行と見なされる。肝心な点を強調しようとテーブルの上に身を乗り出しただけでも、脅迫したことになり、主任警部がうしろに座って監視しているから、取調べは中止になる」

自分の場合は通常の制約はあてはまらないと、筋の通らないことを考えていた。ゲイリー・プレイヤーは、すでに殺人を犯しているのだから、そいつをおれが殺しても、じゅうぶんに正当と見なされる。ましてそいつは今後も犯罪を犯す可能性があるのだ。心の奥では、個人的な復讐をもくろむのは埒を越えていることはわかっていた。SASの作戦はすべてチームワークを要諦としている。それなのに、おれはたったひとりで決着をつけようとしている。

仲間に自分の動きを掩護してもらわずにひとりでやると、たいへんな危険にさらされる。通常はふたりが組んで、たがいを掩護する。そして、交互に銃を撃ってトラブルから抜け出すことができる。相棒なしでひとりでやると、とんでもない窮地に追い込まれるおそれがある。捕らえられたらどんな目にあうか、とても想像する気にはならない。そういうことを考えるのは、ごく少数だろう。みんな頭の奥では、IRAに捕まったら国境の南に連れていかれて、二度と日の目を見られないことを知っている。いずれ命はない――だが、その前に口にするのもはばかられるような拷問を受ける。それがあるので、ほんとうにやばいことになったら銃で自殺するつもりだと、ひそかに告白するものもいる。だが、たいがいのものは、戦って脱出できると固く信じている。おれもその多数派のほうだ。

生き延びるすべはともかく、狙う相手の身許を突き止めるという、厄介な問題もある。そいつの正体をどうやって調べるか？　名前がわかったとしても、どうやって捜すのか？　この怒りの激しさをもってすれば、なんとかして捜しだせるという確信はあるが。

　訓練終了まで二週間あまりとなったある朝、ロートンの三軍病院の専門医に腕を検査してもらう予定がはいっていた。すっかり血気壮んになっていたおれは、訓練を半日休まなければならないのが、ひどく腹立たしかった——だが、レントゲン写真を受け取りに医療センターへ行ったときにトレイシーが当番なら、それも埋め合わせがつくのだがと、ふと思った。

　トレイシーはいた。おれが行くと、ちょうど電話をかけていたが、こっちが部屋にはいって二歩と進まないうちに、受話器をガシャンと叩きつけ、大きな声で「なんてこと！」とどなった。

「どうかしたのかい？」

「家主のやつ、頭にくるわ。わたしたち、追い出されるのよ」

「それはたいへんだな。どういうこと？」

　スーザンという友だちと、町のはずれのあたりのフラットにずっと住んでいるのだと、トレイシーは説明した。ふたりはきちんとした賃貸契約は結んでおらず、家主は外国に行くので建物を丸貸しすることになった。そして、二週間の猶予をあたえるから荷物をまとめるようにとふたりに告げた。

　トレイシーがしゃべるのを聞き、姿を見ながら、変わったなと思った。憤慨して顔を紅潮させているが、だいぶ成熟し、前ほどに奔放で蓮っ葉な感じではなくなっている。事件のあとはじめて会ったとき、キャスのことをたいそう気の毒がってくれたせいもあるかもしれない。とにかく、こんどはおれがトレイシーのことを気の毒に思っている。

とはいえ、ふっとある考えが浮かんだのは、マイクロバスに乗ってロートンまで半分行ったところだった。すこし前から、おれがベルファストへ行っているあいだ、キーパーズ・コテージをどうすればいいのかということが、気になっていた。トニーは、まもなく選抜訓練のジャングル課程のために出発する。どのみち、おれがいないのに、ひとりで田舎に住みたくはないだろう。ドアに錠前をおろしてそのまま出かけてもいいが、何カ月も空き家にしておきたくはない。

では、トレイシーとスーザンに貸したらどうか？　スーザンが車を持っているかどうかは知らないが、トレイシーは持っているし、通勤に支障はないだろう。自然のなかで暮らすのが怖くなければ、家賃はなしで住んでもらい、おれが戻るまで家の手入れをしてもらう。そのあいだに、ふたりは恒久的に住む場所を捜せばいい。

ロートンに着くと、例によってだいぶ時間がかかった。待っている患者の数が多く、三十分待つといわれた。それで、廊下を公衆電話のところまで行き、医療センターの受付にかけた。

「やあ」おれはいった。「おれだ。ジョーディだよ」

「いまごろどうしたの？　首でも忘れていったの？」

「聞いてくれ――きみとスーザンの住むところだけど、いい考えがある。うちを使ってくれ。

今月末から、だいたい一年間、だれも住まなくなるんだ」

「どこにあるの？」

「マドリー・ロードのはずれ。七キロぐらいのところだ」

「家賃はどれぐらいほしいの？」

「ただでいい。手入れだけしてほしい」

「そう……」

椅子の上で小さな尻をもじもじさせているのが、目に浮かぶようだった。

「こうしたらどうだろう――今夜、迎えに行くから、自分の目で見たら。スーザンという友だちもいっしょに。きみたちに見てもらったほうがいい。なにしろ野中の一軒家だからね。どうだろう？」

「本気なの？」

「もちろん。そうでなかったら電話しない」

「それじゃ時間は？」

「ええと。LATAから戻るのが、七時半だから、八時半にしよう。そっちの住所は？」

トレイシーが、住所を教えてから、こういった。「紐付きじゃないわね？」

「もちろん」

シャワーを浴び、着替えて、約束の時間より五分早く、そこへ行った。もちろんみんなにはなにもいわなかったが、一日ずっと、罪の意識と期待の混じった奇妙な気分につきまとわれていた。キャスへの追慕を裏切っていないか？　トレイシーに性的な魅力を感じているのは否めない。だが、そこで自分にいい聞かせた――たがいに得になるビジネスの取り引きをまとめようとしているだけじゃないか。

とにかく頭ではそう思っていた――手足のひょろ長いトレイシーが、家の階段を駆けおりてくるまでは。

「スーザンはどこ？」

「デートの約束があるのよ。でも、いい考えだと思ってくれて、よければ決めていいとわたしにまかせてくれたの。どのみち、彼女は仕事柄、ほとんど旅に出ていることが多いのよ」

「それじゃ行こう」

トレイシーは、シルヴァー・グレーのトラック・スーツ（陸上競技の選手などが、試合の前後に着る薄手の上下）を着て、バッグを肩からかけていた。車のなかでぷんと香ったにおいからして、ランニングをしていたとは思えない。はじめて彼女の横顔をじっくり見て、お俠で威勢のいい態度とよく釣り合っているのがわかった。途中でトレイシーがティムのことをたずねたので、ベルファストの祖父母のところにいると説明した。

「ティムはだいじょうぶなの？」

おれがそちらを向くと、トレイシーが真剣なまなざしで、じっとこちらを見ていた。

「だいじょうぶだろう。まだ小さくてよかったよ」

「そうね」

トレイシーは、しばらく黙り込んだ。だが、やがて小径に折れてコテージに向けて走ってゆくと、大きな声を出した。「すごい！　あなたのいったとおりね」

「なにが？」

「野中に埋もれてる」

「いやかい？」

「わからない。こういうところに住んだことがないから」

車をおりると、トレイシーはぶるんと体をふるわせ、ちょっと気分を害したような口調でいった。「暗いじゃない！」

「あたりまえだろう。夜なんだから」

「ちがうわよ。明かりがどこにも見えない」

「田舎なんだ。田舎に明かりはない。必要ないんだ、人参をいっぱい食べれば、暗くても見える」

「嘘でしょう」

「ほんとうさ！」

「だれかが潜んでいるかもしれない」

「どういう連中が？」

「強姦魔。殺人鬼」

「ここは町からだいぶ離れている。そういう連中のいづらい環境だ」

梟がひどく近くで啼いたので、トレイシーが怒りだすのではないかとはらはらした。だが、事態はその逆に進んだ。家のなかにはいると、トレイシーは好印象を抱いた。トレイシーはたしかに都会っ子だが、心がひろく、学び、順応する気持ちがあった。コテージが気に入り、散らかっているありさまを見て、おれを軽くなじり、まかせておいてというと、キッチンの片づけをはじめた。

「おいおい」おれはいった。「そんなことをするなよ」

「好きにさせて」

「それじゃ、一杯どう。ワインでも」

「ありがとう」

ひとつのことが、すぐにつぎのことへとつながった。夕食になにか作ってあげる、とトレイシーがいった。わりあいまともな食事を出す村のパブへ行こうと、おれはいった。トレイシーがいった。「だめよ。お金の無駄じゃない」とっさにおれはこういっていた。「絶好の機会を無駄にしているということ？」つぎに気がついたときには、ふたりとも寝室にいて、彼女がジョギング・パンツを脱ぐと、すらっとした太腿が見えた。

「まいったな！」おれは叫んだ。「すごすぎるよ。ないんだけど――あの……」

「わたしが持ってる！」トレイシーが、持ってきた小さなバッグをつかんだ。「〝準備怠りなく〟というのが、ボーイ・スカウトの標語じゃなかったの？」

朝になって、おれたちはキッチンでコーヒーを飲んでいた。おれはいった。「きみをここに連れてくるんじゃなかった」

「わたしは、連れてきてくれて嬉しかった」

「うしろめたくて」

「どうして？　あなたはひとりじゃない。だれもいないのよ」

「そうだけど――キャスのすぐあとだし」

「彼女が生きていたころ、浮気した？」

「してない」

「あなたのことが、何週間も前から、心配だったのよ」

「あまり態度には見せなかったね」

「それは無理よ」

「そうだね」

トレイシーが首をふり、おれの手に手を重ねた。おれは彼女の顔を見あげていった。「なぜか知らないけど、きみといっしょにいると、気持ちが落ち着く――居心地がいいんだ」

「わたしも」トレイシーがにっこりと笑い、頰に小さな皺（しわ）が寄った。

「でも、みんなどう思うかな？」

「なにも思わないわよ。ここに泊まったのを教える必要はないもの。抱き合って出勤すればべつだけど」

「とんでもない。だめだよ！　車で送っていって、ひとりで出勤するよ」

「それから――」トレイシーは、自分の考えをどんどん進めていった。「スーザンとふたりで越してきても、あくまでビジネスだというように見せるのよ」

「おれが帰ってきたら？」

「今夜ということ？」

「いや、ちがう――北アイルランドから戻ったら」

「ここで待っているわ」

「本気？」

「わたしがほしいのなら」


訓練課程は、二度の大きな演習で終了した。いっぽうは田園地帯で、もうひとつはおもに街中で行なわれた。まず、広い私有地のまんなかを通っている田舎道の下の特定の暗渠に爆弾が仕掛けられたと告げられる。古い石切り場の隅の発火地点まで生け垣を通って制御コードがのびているのが見つかった、という想定(シナリオ)だ。テロリストが夜に戻ってきて、パトロールの車輛が通過するときに爆破するという確実な情報をつかんでいる。おれは、テロリストを排除する作戦を指揮するようにと命じられた。

現場を下見する時間はない。五万分の一の地図を、われわれは一時間かけて仔細に検討し、攻撃目標（ターゲット）と記された地点へひそかに接近する計画を練った。やがて、暗くなりかかるころに、バスで降車（ドロップ・オフ）地点まで行き、田園地帯を徒歩で横断し、丘の裏手を越えて、潜伏し、待機する準備をした。日没直前に制御コードを発見し、門柱の脇の溝までそれをたどっていった。暗渠の上の金網は、石切り場の隅に達している。

雨のざあざあ降る、不快な晩だった。門柱は丘の頂上近くにあり、真正面の眼下を等高線に沿ってのびている道を、そこから見渡すことができた。われわれを掩護する位置に他の隊員を配し、パットとおれは制御コードをたどって、それが爆発物に連結されていることを確認した。抜け目ないテロリストは、それを有刺鉄線と連結し、大部分にわたって金網が導線の役割を果たすようにしていた。つまり余分なコードは必要がなく、目につくような異常なものはない。金網の下に特殊な回路があるのをわれわれはまた発見し、小さな橋の下の牛乳の罐までそれをたどった。

もうじゅうぶんだった。発火地点の近くにひきかえし、パットとおれ——殺し屋グループ——がプレイヤーを仕損じ、そいつらが横方向に逃げようとした場合に備え、遮断のため左右に二名ずつ配置した。そして、門柱から三〇メートル離れた小さな窪地にはいった。ターゲットのもっと近くにも、隠れられるような場所が二カ所あったが、その窪地は身を隠すのにじゅうぶんな深さがあったし、暗いのでまず姿を見られるおそれはない。それに、そういうところには、だれも注意を払わないものだ。おれはG3の二脚を窪地の端に据え、もぞもぞと体を動かして、それがあんばいのいい高さにくるようにした。

夜が更けるにつれて、われわれのいる窪地に水が溜まりはじめ、しまいには五センチほどの深さの泥水に寝そべっているような状態になった。四分の三くらいのふくらんだ月が出ていたが、雲のせいで月光は非常に弱かった。待ち伏せ用の照明を設置する時間があればよかったのにと思った。結局、暗渠のあたりを確実に監視するのに、G3の暗視照準器のスイッチをずっと入れておかなければならなかった。照準器のくすんだ緑色の画像では道路沿いの柵がくっきりと見えるが、裸眼ではそれがほとんど見分けられなかった。

注意を集中しているのが難しかった。気がつくとトレイシーのことを考えていることが多かった。あのすばらしい長い脚を、最初はおれの腰に、それから首に巻きつけた。驚きの一夜だった！　それに、彼女はコテージにずっと住むと断固宣言した。まるで夢のようだ。現実に戻るために、ヘリフォードのなんの危険もないのんびりした田舎にいるのではなく、北アイルランドの荒廃した土地にいるのだと思い込もうとした。どの生け垣の蔭にも、狂信的な殺人鬼が潜んでいる。ゲイリー・プレイヤーが、みずから爆弾を破裂させるためにやってくる。

弾倉には空包がこめてあるが、演習のその他の細かい要素は、すべてできるだけ迫真性を持たせている。デトの訓練生もまた駆り出されて、プレイヤー役を追跡しているのは知っていたが、ときどき通信網で点呼が行なわれているだけで、午前二時半まではなにも起こらなかった。だが、やがて雨がやみ、夜の闇は森閑とした。突然、向かいの斜面の森で一発の銃声が響き、われわれの右手の谷間にそれがこだました。

作戦用ヴェストの左胸の下のほうの特殊なポケットに、無線機がはいっている。喉の両側にそれぞれ一個ずつ、ゴムバンドのチョーカーで固定された小型マイクがある。小さなゴムの球の格好の押しボタン式送信スイッチが、防水スモックの前にクリップで留めてある。敵が近くにいるためにしゃべれないとき、統制所がイヤホンを通じて質問し、こちらは押す回数で返答を伝える——一回はノー、二回はイエス——先方には、それがザッという空電雑音に聞こえる。

おれは、コントロールにそれを一度送った。

「ゼロ・アルファ」道路の数キロ先で指揮車に乗っているボスの声が聞こえた。

「こちらブラヴォー51」おれは低い声でいった。「われわれの位置の約五〇〇メートル北で、一発の銃声がした」

「了解。調べる。待て」

応答する前に、また銃声が二発響いた。一メートル左にいたパットが口走った。「ちくしょう！　大決戦のはじまりか！」そのとき、かなり離れたところにいくつもの懐中電灯の光が見えた。ヘッドライトがひと組つき、一台の車が森のなかの乗馬用の道を失踪し、ヘッドライトの光芒がはげしく上下した。数人の男の叫びと、ジャーマン・シェパードとおぼしい大型犬の吼えるのが聞こえた。物音はすべて遠く、かすかではあったが、明らかにこちらに近づいていた。

「ブラヴォー51より全コールサインへ」おれは送信した。「雉を獲りにきた密猟者だと思う。われわれとは関係ない。だが、罠の可能性もある。じっとしてろ」

やがて、その騒ぎはおさまった。車は離れてゆき、沈黙が戻った。それからしばらくして、下のほうでなにか動きがあるのに気づいた。おれはパットをつつき、G3の床尾を肩に当てた。だが、照準器に見えたのは、生け垣にそってぶらぶらと近づいてくる狐だった。発火地点まで来ると、狐は立ちどまり、においを嗅いで、脚を門柱にもたせかけた。それから門を抜けて、左手に姿を消した。

「肝をつぶしたぜ！」パットがつぶやいた。「狐(フォックス)が一四、ターゲットへ歩(フォックストロット)いていったとさ！」

ようやく、三時をまわったころに、デトが交信した。「X(エクスレイ)がふたり、そちらの位置に向けてフォックストロット。〇六〇に近づきつつある」と、スコットランドなまりの声の主がいった。「発火地点まで三〇〇メートル」

「ブラヴォー51、了解」

背すじがぞくぞくした。やつらは、道を通って暗渠まで行き、生け垣沿いに近づいてくるというような、単純なやりかたはしていない。そうではなく、野原を横切り、われわれの左斜めうしろから来る。斜面になっているので、最後の瞬間まで、こっちはそいつらの姿を見ることができない。

「エクスレイがなおもフォックストロット」デトのスコットランド人が報告した。「距離二〇〇メートル」

二分が経過した。やがて、「ゼロ・アルファ」と、ボスの声が耳に届いた。「エクスレイを目視しているか？」

そのころには、そいつらはもうすぐ近くまで来ているはずなので、声は出せない。ボタンを一度押して、〝ノー〟であることを示した。

いったいどこにいるんだ？　最大の注意を払って、おれは顔を梟のようにまうしろに向けた。だれも見えない。どこか、きわめて近くでじっと待っているにちがいない。われわれはやつらがいるのを知っている。やつらもわれわれがいるのを知っている。やつらはわれわれをじらし、ミスを犯させようとしている。

くそったれめ。ボスがデトにターゲットへの方位の確認を求めているのが、通信網から聞こえた。依然として、われわれの近くでは動きがない。

と、パットが手をのばし、おれの左腕に軽く触れた。

やつらがいた――黒い頭と上半身が、空を背景に浮きあがっている。われわれの数十メートル左だ。そのふたりは、しゃがんだ姿勢で前進していた。服のこすれる音が聞こえるほど近かった。

おれはG3の床尾をそうっと肩まで持ちあげて、暗視照準器をのぞいた。ふたつの人影が、細かいところまでくっきりと見える。ひとりは武器、小銃(ロング)を持っており、もうひとりは左手に箱のようなものを提げている。見守っていると、ふたりは門柱の横の地面に伏せた。

おれは送信ボタンを一度押した。

「ゼロ・アルファ」ボスが応答する。「ターゲットにいるエクスレイを捉えたのか？」

二度押す。

「武装しているか？」

二度押す。

「距離は？　三〇メートル以下か？」

二度押す。

「パトロール車輌（チャーリー）が三台、ターゲットに向かって移動（モバイル）している」デトの声だ。「目視しているか？」

一度押す。だが、その直後に見えた――ランド・ローヴァー三台が、スモール・ランプだけをつけて道を走っている。決断を下すべき瞬間だ。自分にいい聞かせる。そうだ、あのふたりはまちがいなく脅威だ。パトロールは数十秒後には暗渠の上を通過する。テロリストは発火地点にいる。阻止しないと、やつらは爆弾を破裂させ、悲惨な結果になる可能性がある。

「スタンバイ、スタンバイ」おれはパットにささやいた。目で見なくても、彼が銃の床尾を肩に当てるのが感じられた。おれの小銃は二脚により完全に安定している。セイフティ・キャッチを〈連射（オートマティック）〉に押す。それから、声をかぎりに叫ぶ。「陸軍だ！　陸軍だ！　陸軍だ！　やめないと撃つ！」

そのとたんにふたりがぱっと別れ、ひとりが右へ、ひとりが左へ駆けだした。その最初の動きを見て、おれは右側の人影に短い連射を三度浴びせた。パットが左側のやつをおなじように撃った（彼の小銃の銃口から火が噴き出すのを見た）。プレイヤーはふたりとも倒れて、じっと動かない。おれは念のためにもう一度地べたに向けてとどめの連射をして、数秒待ち、無線で連絡した。

「ブラヴォー51、遭遇戦（コンタクト）。テロリスト二名死亡。こちらの死傷者はなし。付近を点検する。待て」

すばやくあたりを調べ、二名のテロリストが以外にだれかを見ていないかどうか、他の隊員たちに確認した。それから報告した。「ターゲットに他のテロリストはいない模様」そして、正規陸軍のQRF（即応部隊）に、あらかじめ決めた集合地点へ移動するようにと伝えた。精確な状況の説明のために、パットをそこに行かせた。それから、チームの他のものに、急いで逃げ出せと命じた。北アイルランドでは事件現場にすぐに人が集まるし、地元の住民に特殊部隊員の顔を見られるのは非常にまずいということを、われわれは教官たちに徹底して叩き込まれている。

まもなく、われわれは、脅威にさらされているパトロールの役を演じたランド・ローヴァーのうちの二台に乗って、基地に戻った。われわれがあとにした現場では、写真班員の撮影が終わるまで、テロリスト役のふたりがあのまま地べたに倒れているはずだ。また、LO（連絡将校）をつとめるSAS将校一名が、現場へ行く――彼がQRFに指示して、地域全体を通行止めにする。RUC（北アイルランド警察庁）のSOCO（犯罪現場検証官）が到着するまで、その他の人間は立ち入ることを禁じられる。SOCOは、距離や角度を測り、薬莢を回収し、報告書作成のためのメモをとる。

洗面してシャワーを浴びたあと、われわれは寝たが、長くは眠れない。朝になればじっさいとまったくおなじ形式の査問という演習が再開される。法廷を司るのは正式の資格を持つ裁判官だし、それにほんものの弁護士が対抗する。傍聴席でやじをとばす観客として、中隊のコックと雑役係約六十名が駆り出される。事件について陳述するとき、些細な点をまちがえたり、必要でない情報を漏らしたりしただけで、たちまち自分たちの立場は悪くなる——そうわれわれは教わってきた。だから、あらかじめ入念なブリーフィングを行ない、一部始終をよく整理して頭に入れた。ジミー・ベルというコックがやりすぎたので、その朝はじつにおもしろいことになった。来る前にビールを一杯か二杯飲んだのかどうか知らないが、ひどいやじをとばしては、「謹聴！　謹聴！」とどなるので、裁判官が退廷を命じた。われわれは真顔で座っているのに苦労した。

田舎で育ったせいか、おれは町より農場や森での作戦のほうが安心できる。だが、われわれの訓練プログラムのつぎの段階は、ケント州の海岸に訓練のために作られた村、リドとハイスで四日間にわたって行なわれた。あらゆる場所にビデオ・カメラが設置してあり、家屋強襲のあとでテープを再生して全員の動きをくまなく見られるので、これがまたじつに啓発的だった。だれかが間抜けなことをやったとき、ビデオに映っていて、ドジを踏んでいるのがみんなにわかるので、いくら否定しても無駄だ。

最後の演習——ＭＩ５（国内保安部）との統合演習——は、おもに都市の環境で行なわれた。大物プレイヤーふたりが北アイルランドを出て、バーミンガムで地下に潜った、という想定(シナリオ)だ。ＭＩ５の訓練生が、ふたりをソウリハルのある家まで追跡する。そこの車庫に武器が隠されていることになっている。パットとおれの役目はＣＴＲ（近距離偵察(ターゲットの)）で、修得したばかりの錠前破り(ロックピック)の技術を使い、夜間に車庫に侵入し、その情報を確認する。案の定、模造品のＡＫ47と爆弾製造の道具の隠し場所が見つかった。発見したものをおれたちは報告して離脱し、侵入の形跡をすべて消して、家と車庫の両方が見張れる監視所に二名を残した。

　いっぽう、ＭＩ５も独自に監視をつづける。テロリストがひと目を逃れて抜け出した場合のために、地域全体を封鎖する。だが、翌朝、プレイヤー二名が車に武器を積み込むのを発見したのは、こちらの監視所の人間だった。そのころにはわれわれはみんな実況中継のプロになっており、監視所の隊員はよどみなく連絡した。「よし。ブラヴォー・ワンおよびツーが車庫にはいった。武器を運び出した。いま車輛(チャーリー)ワンに積み込んでいる。武器はまちがいなく後部に積み込まれた。スタンバイ、スタンバイ。ブラヴォー・ワンおよびツーが、ブルー・スリーに向けて車で移動(モバイル)」

　数秒後に、ＭＩ５の訓練生が呼びかける。「よし、チャーリー・ワンをブルー・スリーで捉えた。三台がブルー・ツーに向かっている」

　そんなぐあいにつづけられる。チャーリー・ワンはぼろぼろの青い旧式のモンテゴのエステート・ワゴンで、キデルミンスター郊外の山地のひと気のない農家まで尾行される。そこが彼らが作戦を行なうための基地だ。われわれの小隊は、ふたたび夜間に潜入して、農家を見張る監視所を設け、やつらが武器を取りにきたところを奇襲し、理屈の上では多数を殺したことになる。じつは（想定によれば）ひとりが逃れ、北へ走って、ウォルヴァーハンプトンのＡＳＵ（行動部隊）にくわわる――そこで、演習はなおもそいつを追うという想定でつづけられ、作戦の場はそちらに移る。


　訓練課程が終了すると、ＬＡＴＡのバーでビールを二杯ほど飲んでから、ヘリフォードへ戻って中華料理を食べた。またビールを飲みながら円卓で炒飯と固い焼きそばを腹いっぱい食べたところで、ＳＡＳ（レジメント）の行きつけの店の〈ファルコン〉へ行った。そのころには、われわれは髪がだいぶのびていた。それが北アイルランド行きの支度のひとつでもあるのだが、みんな齢も背も体格もほぼおなじだから、どういう人間か、外部のものにもすぐにわかる。

　いつもどおり、固まって立ち、自分たちのテリトリーと見なしている、メイン・バーのいっぽうの隅を占領していた。すると、まもなく町の若者の一団が、喧嘩を売るような態度をしはじめた。最初はときどきわれわれに聞こえるような声で嫌味をいう程度だった。やがてひとりがバーへ行くときに脇を通り、おれにわざと肩をぶつけた。かなり体のでかいやつで、藁（わら）の色の髪のてっぺんを剃（そ）り、エルヴィスのように額に巻き毛を垂らしている。

「おい」おれはいった。「なんだっていうんだ？　怪我する前にうせろ」

　そいつはちょっと汚い言葉を吐いてから、やがてバーテンダーのほうを向いた。馬鹿なまねをやりかねないぐらい酔ってはいるが、相手に大怪我を負わせることができないほどぐでんぐでんではない、そうおれは見てとった。そいつがビールのジョッキをふたつ持って戻ってきたとき、おれはじゅうぶんに距離を空けた。いろいろな事情はともあれ、店主のフレッドが最近、監視カメラを取り付けたので、なにかが起きれば、それが録画される――トラブルが起きたときは、その翌朝にフレッドがさっそく基地にやってくるはずだ。

しばらくは、なにも起こらなかった。だが、小便をしにいくとき、目の隅で見て、そいつが立ちあがって追ってくるのに気づいた。そして、おれが小便をする溝の前に立って用を足していると、右側に来て、小便はせずにこっちの下腹部を無礼きわまりない態度で見おろした。

「おい」おれはいった。「失せろといっただろう」

「故郷に便りを出すほどの値打ちもねえな」そいつが馬鹿にするようにいった。「彼女、そいつのどこが気に入ったのかね」

右手がポケットのほうに下がるのが見えたので、おれはすかさずその場でそいつを殴り倒した。琺瑯の壁をずるずるとこすってそいつがくずおれ、左側を下にして、顔が溝にはまった。似合いの場所だ。おれはすばやくポケットを探った。思ったとおり、飛び出しナイフを持っていた。手早く水槽の蓋をあげて、そこにナイフを投げ込んだ。何年かたって、錆びの混じった水が流れ落ちるようになったら、だれかが調べて、錆付いた残骸を見つけることだろう。

バーに戻ると、おれはささやいた。「ずらかる潮時だ、みんな。厄介なことになるかもしれない。それじゃまた」

「あんたを慕ってたやつは？」パットがたずねた。

「ちょっと眠ってる」

そういうと、店主のフレッドにおやすみと挨拶して、のんびりと出ていった。帰る道々、あのチンピラがどうして喧嘩をふっかけたのか、理由を考えた。トレイシーは、最近、彼氏と別れたというようなことをいっていた……しかし、ちがう――あんなクズとはつきあうはずがない。それに、おれと彼女を結びつけて考えるはずがない。町でいっしょにいるところを見られるようなことはしていない。つながりはないのだろう、と結論を下した。ＳＡＳに対するよくあるやっかみが表面に出ただけだ。いずれにしても、その出来事で、自分がいかにトレイシーのことを想っているかが、あらためてわかった。

5

出発の数日前、十二月のはじめに、最近の暴力事件の激増に対応するべく第一グロスター旅団の五百名が北アイルランドに派遣されたと、口伝てに聞いた。どうやらわれわれはまちがいなく戦闘に出遭うことになりそうだ。

隊員たちのなかには、自分の持ち物をすべて持っていくといってきかず、荷造りに躍起になっているものもいた。宿泊施設には最低限の設備しかないとわかっている――大きな倉庫のなかにポータキャビンがならべてあるという程度だ――それなのに、どうにかして自分の冷蔵庫やらテレビやら電子レンジやら、なんでもかんでも必死で持っていこうとするのだ。持っていく品物の制限はない――大物はトラックとフェリーで先に運ばれ、作戦用の装備を携帯すればいいだけだ。いずれにせよ、おれは重い物は持っていきたくなかった。だいいち必要とは思えないし、トレイシーとスーザンが越してくるコテージになにもなくては困るだろう。結局、持っていくのはテクニクスのコンポーネント・ステレオのスピーカーをのぞいたものだけにした。スピーカーを鳴らせば近くの人間が怒るだろうし、それにスピーカーよりずっと音質のいいスタックスのヘッドホンを買ったばかりだ。

月曜日の午後に、ピューマ・ヘリコプターが飛来し、われわれ十二名を乗せて、ウェールズの山地を越え、運んでいった。操縦室のほうを見ると、トム・ドースンの短く刈った灰色の髪が目にはいり、じつに嬉しい気分になった。中隊付准尉のドースンは、退役前の最後の任務として、われわれの隊の指揮権上の次級者（セカンド・イン・コマンド）をつとめる。彼はある意味ではわれわれの父親代わりで、おれは両親がいないこともあって、ほかの連中よりもよけいに、彼の知恵と永年の経験から多くを得ている。

給油のために、海岸付近のひどく辺鄙（へんぴ）な補給処に着陸し、それから海を軽やかに飛び越した。その横断飛行のあいだ、コテージでの様子を思い出す時間があった。トレイシーとスーザンは、きのう持ち物を運び込んだ。キャスの衣服は予備の狭い寝室に移した。昨夜は、三人ともそれぞれべつの部屋で、行儀よく眠った。朝になると、おれはふたりにセントラル・ヒーティングの使いかたと、薪（まき）を燃やすストーヴの扱いを教えた。薪は山ほどためてあるので、燃料には事欠かない。「頼むからうちを燃やさないでくれよ」おれはトレイシーにいった。「決まりはそれだけだ」

いまの段階では、トレイシーは長期的な計画をスーザンにまだ打ち明けていないはずだ。しばらくのあいだ住むところができたということしか、スーザンは知らない。だが、ふたりきりになると、トレイシーはあらためていった。「あなたが帰ってきたとき、わたしは待っているわ」もちろん激しい興奮をおぼえたが、なにもかも展開があまりにも早いので、おれはまだまごついていた。キャスが殺されたのは七月二十八日で、いまはまだ十二月にはいったところだ。四カ月しかたっていない。おれがキャスを殺したわけではない、ともう一度自分にいい聞かせた。彼女を排除するようなことは、なにもしていない。運命のようなものが、彼女をさらっていったのだ。

心の奥を探る思索は、長くはつづかなかった。ほどなく海岸線を越え、ベルファスト郊外の基地に着陸した。倉庫にはいって最初に目に留まったのは、ピンク色の髪の男だった。「たまげたな!」パットが叫んだ。「なんだありゃ? ホモの大会かよ」だが、二カ月ほど前からいるヴェテランのSAS隊員が、あれはデトのメンバーで、金髪を茶色に染めようとして配合をまちがえたのだと説明した。選抜訓練の最優秀者でもあるその隊員の話によれば、デトのメンバーが欺騙(ぎへん)のために外見を変えるのは、まったく規則にかなったことだという。だが、ピンク色の髪の男は、ちゃんとした様子に戻るまで、しばらく姿を隠していなければならない。

そのピンク頭をのぞけば、われわれの周囲の環境は、けっして明るいとはいえなかったが、パットとおれはとなりあったポータキャビンをもらい、さっそく腰を落ち着ける作業にはいった。おれの部屋の前の住人は〈ピレリ・タイヤ〉のカレンダーがよっぽど好きとみえて、どっちの壁もおっぱいやお尻だらけだった。それを剝がして四方をクリーム色の壁に囲まれるよりはましだろうと思い、そのままにしておいた。そのうちに、六月の女の子はいろいろな特徴がトレイシーに似ていると、自分を説得していた。

われわれの置かれた状況でいちばんいいのは、なにもかもが屋根の下にあることだった。

個室のポータキャビンだけではなく、ブリーフィング・ルーム、武器庫、車輌課の補給処、食堂、バー、シャワー、便所が、すべて広大な倉庫内にある。おれには息苦しい感じだったが、われわれに引継ぎをした連中が、すぐに慣れるといった。ただひとつ、だれもあらかじめいってくれなかったのは、鼠のことだった。最初の晩、突然怒声が聞こえ、キャビンから駆け出すと、ジンジャー・ノリスという男が、天井を指さしていた。

「あれを見ろ！」ジンジャーがどなった。「あんなでっかい鼠は見たことがない！」

たしかに、一本の梁にとてつもなくでかい鼠が乗っていた。ほんものの怪物だ。みんなが運動靴を投げつけても、すこし高い梁に登っただけで、そこで冷えたステラ・ビールみたいにクールに髭をしごいていた。「なんてこった！」ジンジャーがわめいた。「PIRAがなんだっていうんだ。どのみちおれたちゃ、みんなレプトスピラ症にやられちまう」いまにもSIGを抜いて鼠を撃ちそうだったが、天井に穴があいて雨漏りするようになったらもっと悲惨だと、だれかがいさめた。

「コックのやつらがいけないんだ」古株の隊員が説明した。「やつらは残飯を蓋のないゴミバケツに捨ててほうっておく。馬鹿な鼠は共食いもする。ドーチェスター・ホテルのメニューを好きほうだいに食べさせているようなものだ」

「猫を飼えばいいじゃないか」と、おれは提案した。

「猫？」ジンジャーが、馬鹿にするようにきき返した。「猫？　あんなでかい鼠は、猫を朝食に食っちまうよ」

最初の二、三日は、オリエンテーション、つまりベルファストを知ることからはじまった。ヘレンズ・ベイの義父母のもとを何回か訪れて、東から街の中心部へはいったことはあるが、西ベルファストの穢さには愕然とした。もちろんテレビでは何度となく見ているし、ビルの側面に描かれた黒い頭巾をかぶった人物の雑な壁画も見慣れている。しかし、こんなに汚れ、卑しく、醜く、不潔な、汚穢そのものの様相は、どうしたってあらかじめ思い描けるものではない。

先任のSAS隊員がわれわれを、標章のたぐいがなにもない車に乗せて、穏健な区域を案内した。しかし、過激な区域は、そうした車で通るのは論外で、RUCの協力を得てざっと見るしかない。一度にふたりずつ、装甲装備のランド・ローヴァーの後部に乗って案内してもらう。

それには、まず要塞化された警察署にこっそりとはいらなければならない――それだけでも、たいへんな経験だった。パットとおれが行った警察署は、ロケット弾よけの高い金網、迫撃砲弾に耐えるために補強されたコンクリート壁、屋根のいたるところに監視カメラと、フォート・ノックスのように厳重な防御態勢だった。車ではいってゆくと、見張りを配置したゲートが三カ所にあり、それからビル内にはいって、二度角をまわる――厚い壁が直角に配されて、爆発が奥に達する確率を低くしている。

署内では、巡査部長がてきぱきと案内し、無線機の空電雑音が響き、壁にカラーのピンが刺してある縮尺の大きい地図が貼ってある作戦室をおもに見せる。案内の巡査部長がいうには、この警察署はこれまで百回以上も、ロケット弾、迫撃砲弾、狙撃銃、コーヒー・ポットに見せかけた爆発物、火炎壜などで攻撃されたことがあるという。「やつらは蒸留所から食堂に向けてRPG7（対戦車ロケット弾発射機）を発射したことがあるんだよ」と、巡査部長がいった。「死者はなかったが、かなりの人数が負傷した。そのあと、署の下を暗渠になって流れている川に爆弾を浮かべようとした。両側に網が張ってあって、カメラもあるんだが、それでもやろうとした。さいわい特別保安部が情報を聞きつけたんで、やつらは中止した」

射撃塔（サンガー）と呼ばれる防御をほどこした高い櫓（やぐら）から、街のかなりの部分が望める。なにもかも平穏に見えるが、それでも案内の巡査部長は、攻撃のことばかりしゃべっている。この警察署の最大の利点のひとつは、裏に学校と住宅団地があることだ、そう巡査部長は説明した。つまりPIRAは、そちらに向けて迫撃砲を発射するのはためらう。迫撃砲の照準はまったくあてにならないし、署を飛び越したら、民間人に死傷者が出て、PIRAの評判ががた落ちになる。

われわれは、警察のランド・ローヴァーでパトロールを敢行した。巡査が運転し、マーティンという巡査部長が助手席から実況中継を行なう。われわれは後部で身を縮め、首をのばしては、防弾ガラスのフロント・ウィンドウからのぞく。もうひとりのRUCの警察官が、後部扉の覘視孔（てんしこう）からうしろの様子を見る。

この角でランド・ローヴァーがロケットで攻撃され、RUCの巡査部長の体がまっぷたつになった。ここでは塀ごしに警察署に爆弾を投げ込もうとしたやつがいたが、落としたために腕がちぎれた。このフォールズ・ロードに悪名高い〈ロック・バー〉があり、PIRAのメンバーが一杯やりに来る。この図書館のそばでPIRAが強盗に見せかけ、調べようとして警察官が近づくと、M60機関銃で撃った。このローズ・コテージには、人畜無害な年金生活者の老人が住んでいた。PIRAのメンバーが、その老人をだまして親しくなり、部屋の内装をやってあげようといって偽の壁をこしらえ、部屋の幅を一メートル五〇センチ縮めて、武器の大きな隠し場所を作った。のちにそれを海兵隊が発見した。

われわれは二台で組み、どちらかが急に応援が必要になった場合にそなえ、ぜったいに離れないようにした。マーティンが、しじゅう無線機で連絡していた。「65、了解。これからセヴァストポリへ行く……いまベルリンを通過している」ときどきもう一台のランド・ローヴァーが逆方向に走り、荒れ果てた穢い通りで、二台が複雑なパターンを織り成した。マーティンがくどいほど説明する。「この通り全体が分割されている。緑色のアイルランド民族自決主義者がこっち側。オレンジ色のプロテスタントがあっち側だ」だが、住民の大部分はごくふつうの人間だ、とたえず力説した。「ここに住んでいるのは、大部分がまっとうな人間だよ。悪いやつらの数はごくすくない」とはいえ、知っている顔はないかとつねに目を光らせ、面が割れているプレイヤーを見つけて、行動パターンを見極めようとしていることは認めた。一時間もたつと、そこはどこもかしこも激しい憎悪によって汚染されているように思われてきた。

署に戻ると、パットとおれは小便をしにいった。いちばん近い紳士用洗面所はひとつ下の階の隅で、マーティンが連れていってくれて、立ち去った。帰り道は自分たちでたどらなければならない。便所から出ると、私服の男が廊下をわれわれのほうへ近づいてきた——かなりの年配で、髪が灰色だ。ちらと見てだれだかわかり、鳥肌が立った。その瞬間、向こうもおれを認めたのが表情に表われた。

「やあ」その男がいった。「きみたちには会ったことがあるな」

「ええ——ヘリフォードでお目にかかっています」

モリスン警視正だった。LATAでわれわれに講義したRUCの警察幹部だ。

「ジョーディ・シャープです」おれはいった。「こちらは同僚のパットです」

われわれは握手を交わし、モリスンがいった。「ちょっと話をする時間はあるかね？　ちょうどどこがわたしのオフィスなんだ」

われわれのすぐそばのドアを示した。とっさにおれはいった。「パット、上に戻りたいだろう？　あとで行くよ」

パットはおれのほのめかしを察して、離れていった。モリスンがおれをオフィスに招じ入れた。広く、がらんとしている。デスクの前の椅子を、モリスンが手で示した。「かけてくれ。来たばかりだね？」

「そうです」

「勤務期間（ツアー）が実り多いものになることを願っているよ」

本気でそういっているのかどうか、よくわからなかった。たいした意味もなく、愛想でいっているのか？　おれはいった。「ありがとうございます」

モリスンが、ガラスの文鎮をいじりはじめた。やがて、デスクごしにじっとこちらを見つめてこういった。「クインズフィールドの爆弾事件で、奥さんを亡くしたそうだね」

「ええ」

「心からお悔やみを申しあげる。自爆だったそうだが、だといってなんのなぐさめになるわけでもないだろう。やつらの狙いどおりの場所で破裂していたら、もっと多くの人間が死んでいたはずだ。イングランドできみたちにいったと思うが、われわれが相手にしているのは、とことん下劣なやつらだ。悪逆非道の畜生どもだ。講義ではいわなかったが、わたしもやつらのために弟とその子供――甥を奪われた。だから、きみの気持ちはよくわかるんだよ」

「ありがとうございます」と、おれはくりかえした。

「同情はなんの役にも立たない。それを永年のあいだに悟ったよ。だが、きみには同情しているし、なにかできることがあれば、遠慮なくいってくれたまえ」

モリスンがしゃべっているあいだに、ある考えが頭のなかで大きくなっていった。

「ご親切に感謝いたします」と答えてから、さりげなくつけくわえた。「首謀者はご存じないでしょうね――爆弾テロの背後にいた人物のことは」

「調べなければならない。どうしてきく？」皺の寄った灰色の顔の表情が和らぎ、笑みが浮かんだ。「そいつを付け狙おうとでも思っているのかね？」

「いやいや」おれも笑みで応じた。「ただ、知っていればなにかの役に立つのではないかと思っただけです」

「むろんそうだろう。で、なにか情報をつかんだら、どうすればいいのかね？」

「亡くなった妻の父にことづけてくださいますか。それがいちばん安全だと思います」ヘレンズ・ベイの住所を教えた。

「いいだろう。そろそろ同僚のところへ行ったほうがいいんじゃないか。再会できて嬉しかった」

　陰謀に加担しているような気持ちで、考えにふけりながら作戦室に戻ると、みんなはおれが非常な興味をおぼえていること――大物プレイヤーの自宅の防御手段を話題にしていた。たいがい裏と表に監視カメラがある、とマーティンが説明していた。ほとんど全員が、玄関を鉄板で補強し、夜には昔ながらの太い鉄棒のばかでかいかんぬきをかけて、ドアを破るのが不可能なようにしてある。その内側にもう一枚ドアがあることも多く、いわばエアー・ロックのようにそのあいだに客を封じ込めて、吟味することができる。階段の上り口には檻か鉄格子か溶接された頑丈な金網があって、二階を階下から遮断できる。そうすれば、かなり執拗な攻撃を受けても安全だ。

　小隊の要撃車輛八台は、変装した怪物だった。見かけはごくふつうの車だが、おとなしい外見の下に強力なエンジンと数々の改良が隠されている。エンジンをチューンアップしただけの車もあれば、より馬力の大きなエンジンに交換した車もある。前の席のサイド・パネルとうしろの席の左右に装甲をほどこしてあるために、重量がかなり増え、それだけのパワーが必要なのだ。小銃、ショットガン、強襲用の道具、ドア爆破用の爆発物などの装備を持った四名を乗せて、それだけの重量の車を走らせるために、スプリングとショック・アブソーバーも強化してある。それでも、スピード防止帯のような突起を越えるときは、車体の下を地面でこすり、盛大に火花が散る。

車内には、総合通信装置がある。グラヴ・コンパートメントに無線機が隠され、ハンドブレーキのそばに押しボタン式のスイッチがあって、サンヴァイザーにマイクが埋め込まれている。通常の秘密作戦の場合はヘッドホンで交信を聞くが、いよいよという場合のために、グラヴ・コンパートメント内にスピーカーが取り付けてある。「追跡がはじまり、悪党がこっちの小隊に気づいたときには、もう秘密にする必要はないから、スピーカーに切り替える」と、だれかが説明した。「それに、向こうが撃ってきて、フロント・ウィンドウが砕け散ったら、イヤホンなんかないほうがいい」

実地体験のためのドライヴに行くまで、そうした車のありがたみが、きちんと呑み込めなかった。割り当てられたのは暗い車(ブルーズモービル)と呼ばれる古いローヴァー2000だった。とっくにスクラップにしたほうがいいような、さえないガタのきた見かけの車で、はじめは戦車を運転しているような心地だった。それほど重たく感じられた。ところが、環状道路に出てアクセルを踏むと――まるで別物だった。数十秒のうちに時速二四〇キロで走っていた。それでもまだ余力があったが、前方が混みはじめていたので、おれは速度をゆるめた。それからは、車に関することをもっとまじめに受けとめて、通信システムに慣れようと集中した。そのドライヴでひとつ学んだのは、G3が車に持ち込むには野蛮すぎる武器だということだった。その長すぎて運転席の横にきちんとおさまらないし、すばやく取りあげるのも難しい。G3がずるずるとすべって銃口がアクセルに載ってしまい、気がついたらすさまじい速度で夕陽に向けて突進していたという例を、すでに聞いている。座席の下にきっちりおさまるHK53を持っていくほうが賢明だと、おれは判断した。

体験課程は二週間ほどつづく予定だったが、そのうちにそうのんびりした状況ではなくなった。ある晩、おれが個室にいて、エリック・クラプトンの世界に敵無しの演奏を聞いていると、音楽を通してスピーカーからの呼び出しが聞こえた。「待機チームはブリーフィング・ルームへ」

三十秒以内に、十名全員が集合していた。

指揮権上の次級者のトム・ドースン准尉が取りしきっていた。「ようし、みんな」ドースンが、ブリーフィングをはじめた。「即刻出動（ファーストボール）だ。作戦名〈卵の殻（エッグシエル）〉。護衛任務で、多少の紐付きだ。今夜二二三〇時に、古手の政治家に対する襲撃が行なわれる。小隊長（ボス）がTCG（戦術統制グループ）で詳細を聞いている。おおむね市街、東ベルファストでの任務だ。護衛に四名、要撃車輛に六名いる」

ドースンが、おれのほうを向いた。「ジョーディ、おまえさんは邸内の指揮をとれ。住所はノックロフティ・パークだ。現場偵察の時間はないから、地図をじっくり検討し、可及的速やかにそこへ行け。裏の荒地からひそかに接近しろ。なにか食べておきたいのなら、時間を二十分やる。最終ブリーフィングは二〇〇〇時、それが済んだら即座に出発する」

食事は済ませていたので、装備をそろえて点検する時間がじゅうぶんにあった。HK53、拳銃、その両方の弾薬、懐中電灯、ナイフ、ワイヤ・カッター、超小型無線機。われわれは私服で行くが、作戦用ヴェストはつける。きれいな運動靴を一足ずつ持つようにと、おれはみんなに命じた。われわれが世話をする連中は、たとえ天国まで吹っ飛ばされようとしているのだとしても、絨毯を汚したら、それを好意的に受けとめはしないだろう。ターゲットの家で居場所を定めたら、見張り用の部屋の偽装に使う厚手のポリエチレン・シートひと巻きと、薄手の黒い布ひと巻きも荷物に入れた。（透明なポリエチレン・シートを天井から床まで斜めに張り、奥の壁を黒い布で覆うと、表から見られることなく室内を動きまわれる）それから、年寄りが家にいるようなら、破片が床やドアを突き抜けた場合のために、防弾チョッキを持っていったほうがいいだろうと思った。大型の医療品パックもいくつか必要だ。

二〇〇〇時になっても、小隊長のジョン・メイスン大尉はTGCにいたので、われわれの最終ブリーフィングはトム・ドースン准尉がやった。

「詳細の確認だけだ」と、トムが切り出した。「PIRAのターゲットは、ユニオニスト（アルスター・ユニオニスト党。北アイルランドが英国の一部として存続することを望むプロテスタントの党）の庶民院議員、フレディ・キンランだ。すでに帰宅して夫人といっしょにいる。退去するように勧められたのだが、拒絶した。そういう人間だ。敵をきちんと評価しない馬鹿野郎だ。ふだん、自宅にはなんの警備手段もない。監視カメラもない。まあ、それは本人の勝手だがね。

われわれの得た情報では、ＰＩＲＡはロケット攻撃を計画しているという。おそらく車で通過しながらやるのだろう。ＲＰＧ７で玄関のドアを吹っ飛ばしてから、車をおりて、生存者がいれば始末する、という段取りだ。つまり、ジョーディ、きみたちは家族といっしょに二階にいろ。それでいて、ふだんとなにも変わらないように見せかけるのが肝心だ。カーテンは引いてもいいが、ぎりぎりまで自然にふるまってもらいたい。いいな？」

おれがうなずくと、トムはテーブルにひろげた大きな縮尺の市街図をこちらに押しやってつづけた。「きみたちの秘密接近は家の裏手の荒地からだ。もとは広い屋敷の敷地だったが、荒れ果てている。降車はここだ――」鉛筆で示した。「――歩く距離はごく短い。せいぜい三〇〇メートルだ。公園のきわと裏庭のあいだに、板塀がある。近所の屋敷の蔭からプレイヤーが見張っているかもしれないから、そこを乗り越えるな。下を掘るかくぐるかしろ。裏口のドアは、鍵をかけないようにしてもらってある。いいな？」

おれはもう一度うなずいた。「裏からその家を見分ける手がかりは？」

「世界野生生物基金のパンダの標章が板塀の外側にぶらさげてある」

「電話は？　盗聴されているんですか？」

「その可能性がある。特別保安部が、キンランにふだんとおなじように電話を受けてもいいが、作戦の話はしないようにと釘を刺してある」

「なるほど」

「ほかには？」

「ロケット弾が破裂したら、停電して、家のなかが真っ暗になるでしょう。緊急の場合の予備として、待ち伏せ用ライトを持っていきましょうか」

「名案だ」

トムは、車輛チームとQRF（即応部隊）へのブリーフィングをつづけた。おれは地図をつぶさに見ながら、半分ぐらい耳を傾けていた。公園だか古い庭園だかの部分は、密集した道路や家に囲まれて、かなり広い範囲にわたり緑色に塗られているが、じっさいにどんな様子なのかを地図で知ることはできない。降車地点は目的地とその公園を挟んで反対の側だから、そこを東に向かって横切ればいい。


トムのブリーフィングが終わると、通信係の伍長が自分の計画を説明した。今夜の小隊長（ボス）のコールサインはB（ブラヴォー）・A（アルファ）、われわれ屋内チームはH（ホテル）ワン。われわれは音声で交信する周波数をもうひとつ割り当てられているから、メイン・チャンネルを騒がすことなく、たがいに話ができる。車輛チームは、それぞれモバイル・ワン、ツー、というぐあいに番号がふられる。家は〝ターゲット〟、裏口は〝レッド〟、正面玄関は〝ホワイト〟。われわれの手のものが、向かいの庭園に監視所を設ける——それはW（ウイスキー）というコールサインだ。D（デルタ）に番号をふったコールサインのデトは、すでに監視をはじめている。

八時をすこしまわったころに、灰色のヴァンが倉庫にはいってきた。車体に〈北アイルランド電力作業車――工事部〉と記され、側面に大きなスライド・ドアがあって、ひと目につかないように乗降するのに好都合だった。われわれ屋内チームは乗り込んで、出発した。おれのベルゲンには待ち伏せ用ライトと電池パックがはいっているので、いくら短時間の作戦とはいえ、運ぶのはひと苦労だ。「ロケットがこっちに向けて飛んでくると思うと、ぞっとしないな」とパットがいったとき、全員の気持ちを代弁してくれたと思った。

「おれだっていやだよ」おれはいった。「でも、家がちゃんとした造りなら、二階にいればだいじょうぶだろう」

フロント・ウィンドウから外をのぞきながら、おれは運転手のティッチにいった。「ドアが歩道の側にくるように、車をとめてくれるか？」

「お安いご用だ」

二十分のあいだ、街中をくねくねと進み、目的の場所に着いた。

「ここがその庭園だ」ティッチがいった。「これから横をずっと進む。待避所は二〇〇メートルほど先だ。降車準備をしてくれ」

ティッチが車をとめると同時に、おれは把手をつかみ、ドアを引きあけ、車外に出て、浅い水溜まりを踏んだ。すばやくあたりを見まわす。絶好の場所だ。郊外の道路の端がすこし藪のなかにはいり込み、蔭になっている。車の往来はすこしあるが、近くを通る車はない。われわれのすぐうしろは屋敷の敷地の古い鉄柵で、上には鉄条網がある。ひっかかる危険があるので、それを切って引きはがし、柵を乗り越えた。すかさずあとの三人がつづく。ティッチがおりてヴァンのボンネットをあけた。車の下から懐中電灯の光をあて、故障の個所を調べるふうをよそおってコードをひっぱっているのが見えた。われわれが安全なところまで行ったら、ティッチはすぐにボンネットを閉めて、走り去るはずだ。だれにも見られなかったという確信がある。

庭園内はまるで孤島のように暗く平和で、街の車の流れの耳障りな響きが外からかすかに聞こえていた。目が暗がりに慣れるのを待っていると、デトから無線連絡がはいった。「こちらデルタ・ツー、IRA(デイ)の敵情監視員(ツカー)が、通りを歩いてホワイトの前を通過する」

「たしかに襲撃が進められているようだ」おれはささやいた。「早く行ったほうがいい」

庭園の周辺はじゅうぶんにのびた並木にかこまれ、そのなかには松もあった。常緑樹と蔦(つた)のにおいが大気に漂っている。木立を抜けると、ひらけた草地に出た。おれは木の蔭で立ちどまり、あたりを見まわした。二〇〇メートルほど左の小高くなったところに、古い屋敷があった。塔があり、軒がとがっている、陰鬱そのものの重苦しいヴィクトリア朝様式の建物だ。われわれが踏んでいる叢(くさむら)は、かつては芝生だったにちがいない。たいした芝生だ！すくなくとも三、四エーカーはある。われわれはすばやくそこを横切り、向こうの高木の林をめざした。前方の幹と幹のあいだに光が見える——ターゲットのある道路の家々の裏の窓から漏れる明かりだ。

その二番目の林のあいだの地面は、藪がぼうぼうに茂っていた——いまいましい茨(いばら)の藪で、高さが一五〇から一八〇センチメートルあり、ニワトコがそのあいだに点々とあった。その藪を無理に抜けるのはやめて、通り道を捜したが、以前は池だったとおぼしい水に浸かった個所にぶつかってしまった。ひきかえしてべつの接近路を捜し、ほどなく庭園の奥の高さ一八〇センチの板塀に行き当たった。すばやく右手を見ると、パンダの標章の黒と白の形が目にはいり、ほっとした。

「これを切るのはもったいないな」板を手で探って、おれはいった。

「だいじょうぶだ」ジミー・エデアーが答えた。「下を溝が通ってる」

ジミーが見つけた溝を、折り畳み式のスコップですこし掘ると、なんとか抜けられるような広さになった。家の裏側までは、ほんの一〇メートルだ。白壁で、窓がいくつかあり、裏口は都合がいいことに突き出した納屋の蔭になっている。二階の窓に明かりが見えるが、その部屋のカーテンは引いてある。

われわれは塀ぎわの暗がりで立ちあがった。おれは押しボタン式のスイッチを握り、そっといった。「ホテル・ワン、いまレッドにいる」

「ゼロ・アルファ了解」小隊長が応答した。

約束どおり、裏口は鍵がかかっていなかった。短い廊下にさっとはいってから、ドアをロックし、上と下の掛け金をかけた。料理のにおいが漂っている。ブーツを脱ぎ、きちんと積み重ねてから、きれいな運動靴をはいた。それから、三人に掩護させ、HK53をいつでも撃てるように構えて、おれはすばやく前進し、キッチンを過ぎて玄関ホールへ行った。

応接間ではテレビがついていた。ドアをノックし、隙間からこっちの姿が見えるように、足で三〇センチほどあけた。女が先におれに気づいた――小柄な老女で、白髪を団子に結っている。その女が、小さな叫びをあげて、立ちあがった。

「だいじょうぶです」おれはいった。「あなたがたのお世話をするために来ました」

夫のほうは、猛々しい感じの小男で、銀色の髪が縮れ、眉が黒く、縁の太い眼鏡をかけている。いかにも引退した知的職業人(プロフェッショナル)らしく、金茶色のカーディガンにおなじ色の室内履きというでたちだった。目にしたとたんに、ニュースや新聞で顔を見たことがあるとわかった。

おれは、廊下の闇から、正面のカーテンは完全に閉まっているかとたずねた。

「あたりまえだ」彼がつっけんどんにいった。「あんたらに、まっさきにそう命じられた。昔の灯火管制用の黒いカーテンも引いてある」こちらに近づきながら、「ばかばかしいにもほどがある」といったが、さほど確信ありげな口調ではなかった。息にかすかにウィスキイがにおった。こっちの父親といってもいいような年齢なので、つべこべと命じる気にはなれなかったし、厄介な事態になっても体をつかんでひきずりまわすのはごめんだ。ありがたいことに、はったりで憤慨したふうをよそおっているのだとわかった。脅威がほんもので、しかも差し迫っていることをきっぱりと告げると、彼は二階へ行くことにすんなり同意した。

「どうしてもわたしには理解できないんだがね」彼がいった。「やつらが来るのがわかっているのなら、ここへ来る前に迎え撃てばいいではないか」

「厄介なことに、どっちから来るか、わからないんです。表にべつの部隊を配置していますから、うまくいけば、お宅に被害が生じる前に悪党を捉えられるかもしれません。しかし、あなたがたの身の安全を考えると、危険を冒すことはできませんから」

おれが静止する間もなく、夫人がテレビを消した。

「すみません」おれはいった。「つけたままにしておいたほうがいいでしょう」

夫人がじろりとおれをにらんだが、それまで見ていたチャンネルをつけた。

夫婦が寝るのは家の奥の寝室だとわかった——明かりが見えた部屋だ——そこにもテレビがあった。できるだけ急いで、ふたりを安全なそこへ連れていって、バスルームを使うときもよぶんな明かりはつけないようにと命じた。

「さあ」おれは防弾チョッキを出した。「よければ着てください。ちょっと重くて、不愉快でしょうが、これで命拾いすることもあります」つぎに、医療品パックをバスルームに置き、点滴キットがすぐに出せるように開封した。

つぎは一階をひとしきり点検した。その家は頑丈な造りで、床はしならず、壁は叩いた手応えがしっかりしていた。どこもかしこも、これ以上はないくらい整然としている。ここが吹っ飛ばされるというのが、にわかには信じられなかった。玄関のドアはロックされ、掛け金をかけてあるが、強度はまあまあというところだし、半月形の曇りガラスの窓が上のほうにある。RPG7のロケット弾がそこを突き抜けてくるのを想像するのは、けっして愉快ではなかった。RPG7は、イギリスやアメリカの戦車を破壊するという特殊な目的をもって、三十年以上前に旧ソ連が開発した武器だ。きわめて単純な構造だが、一般の車や玄関のドアはもとより、どのような装甲車輛でも破壊することができる。玄関ホールにそれが突っ込んできたら、裏の壁も吹っ飛ぶことはまちがいない。

消火活動に使えるものは、古ぼけた消火器一本だけだったが、すぐに使えるように、それをキッチンの内側に置いた。さいわい階段はホールの奥から正面に向けて昇っていくものなので、ロケット弾が飛び込んできても、爆風の大部分は上には行かず、キッチンを抜けて裏口から出るはずだ。「とにかくブーツを射線からよけておこうぜ」とパットがいったので、われわれはブーツをキッチンのとなりの食器洗い場に移した。

ふたたび二階へ行き、踊り場が階段の裏手寄りを横断しているのに目を留めた、白く塗られた木の欄干の蔭にしゃがめば、ホール全体が見渡せる。襲撃隊がロケット弾につづいてはいってこようとしたら、そこから簡単にそいつらを排除できる。

ドアをすべて調べ、家のなかの模様がすっかりわかると、裏の窓から侵入しようとするやつがいた場合にそなえ、おれはジミーを奥の寝室の夫婦のそばに残した。道路に面している左手の正面の寝室にはいり、ポリエチレン・シートを四五度の角度で張り、用意してきた画鋲で壁に留めた。これで表から見られる気遣いなしに、窓から表をのぞくことができる。この錯視を完全にするために、奥の壁に黒い布を張って、反射を防いだ。

それが終わるか終わらないかというときに、見張りをしていたパットがいった。「おい、通り過ぎたやつがいるぞ」

街灯がまだらにあちこちを照らしているなかに、ジーンズと作業員などが着る厚手の黒いジャケットを着た若い男が見えた。何気ないふうをよそおっているが、横目でターゲットのほうを見たのがわかった。

「IRAの敵情監視員にちがいない」と、ジミーがいった。

はたしてその直後に、デトが送信した。「デルタ・ツー。おなじディッカーが逆戻りしてきた」

「ホテル・ワン」おれは呼びかけた。「ターゲットで配置終了」

「了解」ボスが応答した。「スタンバイ」

まだこの手の任務には慣れていないので、作戦に参加している面々の声が夜の闇から飛び出すその敏速さにびっくりした。小隊長が何キロメートルも離れたデスクにいて、デトの連中が街のあちこちに散らばっているのはわかっている。しかし、応答がものすごく早いのは、ターゲットを緊密に包囲しているからだろう。

おれはこう段取りを決めていた。襲撃がはじまったなら、内部が見えないようにしてある寝室の床に伏せて、ドアを閉める。それから、爆発の直後に踊り場へ飛び出し、下の玄関ホールにはいってくるものがいれば斃す。そのために、シングル・ベッド二台を使って掩蔽所のようなものをこしらえた。二台を斜めにして、たがいにもたせかけ、テントのような格好にする。爆発をすこしでも和らげられるように、マットレスは床に敷く。天井が落ちた場合にそこに潜り込める隙間をあけておく。つぎに待ち伏せ用ライト二個を踊り場の左右に設置した。そこをめがけて撃つものがいても、われわれの位置に弾丸は飛んでこない。スイッチを必要なところまで持ってくるために、踊り場にコードをぐるりと敷いた。

待つのは楽ではなかった。テレビの音を大きくしたので、ぺちゃくちゃとしゃべるのが聞こえ、しじゅう変わっている画面の色がホールにちらちらと漏れていた。ときどき、だれかが一階へおりていって、光の加減が変化するように応接間のドアをあけたり閉めたりした。玄関の曇りガラスを見ていたものがいた場合、キンラン夫妻は一階にいると思うはずだ。おれが最後におりていったときには、ふたりとも応接間にいるように見せかけるために、ドアを閉めた。一階へ行くたびに、背すじがぞくぞくした。ちょうどそのとき、プレイヤーが監視のデトの目をごまかして、ロケット弾発射機の狙いをつけていたらどうする？

じっさいはたびたび無線連絡が行なわれていたので、われわれには状況がよくわかった。二二一五時に、おなじディッカーが、三度目の通過をやった。最初に現われたのとおなじ方角から来るように、わざわざ大まわりし、そのおなじ方角へ行く歩行者よろしく、さりげない態度をよそおっていた。だが、デトはそいつをよく見知っていて、明確に視認したことを告げた。だが、もうそのあとは歩行者が通らなかったので、まもなく襲撃がはじまるのだろうと、われわれは判断した。襲撃の車が待ち伏せを切り抜けた場合にそなえ、要撃車輛が周辺の道路の戦略的に重要な位置についた。そして、I(インディア)ワン、ツーというように数字がふられたそれらの車輛も、ときどき交信にくわわった。

おれは、われわれの家主にときどき最新の状況を説明した。二二〇〇時にこの家の主婦である夫人が、二階で湯を沸かして、われわれに紅茶をいれてくれたので、ありがたくちょうだいした。「なるたけなにも壊さないで」夫人はくどくどといった。できるだけ慎重にやると約束するが、相手方の友人たちのことまでは請け合えない、とおれはいった。

一分、また一分と、時が過ぎていった。思念がぐるぐると円を描いて飛んでいる。キャス、ティム、トレイシー、ゲイリー・プレイヤー……今夜の襲撃の実行犯にそいつが任じられていると考えるのは、高望みにすぎるだろう。大物だから前線で戦うことはないはずだ。どこかの安全な指揮所でふんぞりかえっているにちがいない。だが、どんなプレイヤーであろうが、玄関ホールに現われたら、この家を出ていく方法はただひとつ——死体袋に入れられて、足から先に出ていくしかない。

やがて、二二三五時に、待ち望んでいた呼びかけがあった。「デルタ・スリー。疑わしい黒のボルボが、ターゲットに向けて走っている。サンルーフがあいているから、通りすがりにロケット攻撃を行なう可能性あり。ターゲット到着は一分後と推定」

「了解」デルタ統制官が応答した。

そのあとがわれわれのボス。「ゼロ・アルファだ。襲撃が差し迫っている。確認準備終了」

「ホテル・ワン」おれは答えた。「了解」

「デルタ・ツー」ウェールズなまりの声が聞こえた。「ボルボがターゲットに向かっているのを確認。クレイヴン・アヴェニューを西に走っている。到着予定は三十秒と推定」

「ゼロ・アルファよりホテル・ワンへ」小隊長がいった。「スタンバイ、スタンバイ」

「ホテル・ワン了解」

おれは急いで奥の寝室へ行った。「床に伏せてください。やつらが来る」

老夫婦がぎくしゃくとした動きでダブルのマットレスの上で膝を突き、べったりと伏せ、ベッドの脇にくっつく光景は、なんとなく哀れを誘った。ジミーがべつのマットレスをベッドから剝がしてふたりをくるみ、その外側に寝そべって、人間の壁をこしらえた。

おれは正面の寝室に飛び込み、ドアを閉めて、羽目板の横の闇のなかでも手探りできる位置にHK53を置いた。あとのふたりは、すでに間に合わせのシェルターのなかで仰向けになっている。

何秒が経過したのか、見当がつかない。ロケット発射係が、助手席で立ちあがり、サンルーフから首を出して、ボルボのワゴンが角を曲がるとき、手を突っ張って体を支えているところを思い描いた。長い発射機を扱いづらそうに持ちあげ、肩に担ぐのを、心の目で見た。突然、あまたのボルボを激しく嫌っているドイツ人の友だちを思い出した。ボルボを見るたびに、そいつは叫ぶ。「くそ車(シャイス・アウト)が!」たしかにこいつはくそ車だ。

またデトの報告があり、ボルボがこの家のある道に出たと叫ぶのが聞こえた。そこで両眼を閉じて、耳を手でぎゅっとふさいだ。

車のエンジンの音がほんの一瞬聞こえた。低いギヤで回転をあげ、甲高い悲鳴をあげている。と、ロケット弾が発射されるシューッという音がして、すさまじい地響きとともに**ドーン!** という音が轟いた。床がたわむのがわかる。われわれのいる部屋のドアが吹っ飛び、ベッドのへりにぶつかった。玄関ホールと踊り場から、漆喰（しっくい）の落ちる音が聞こえる。緊張を和らげるようととっさに大声をあげそうになったが、その衝動をこらえた。

明かりは消えていた。テレビの音もしない。一秒と間を置かず、われわれ三人は手摺の欄干のところにいて、銃を玄関ホールに向けていた。下は煙か埃、あるいはその両方が充満している。それを通して、玄関のドアがなくなり、街灯の光が長方形の戸口から射し込んでいるのが見えた。おれは待ち伏せ用ライトのスイッチに手をかけたが、なぜかふとためらった。鼠どもがはいってくるのなら、じゅうぶんに罠の奥まで引き込もう。だが、果たして鼠はいるのか？　不意に弾丸が撃ち込まれるハンマーで叩くような音が表から聞こえ、さらに大量の弾丸が撃ち込まれた。やがてタイヤの鳴る音がして、つづいてドスンという衝突音が響いた。ボルボはまちがいなく捕らえたようだ。

眼下の廊下の奥のどこかで、赤い光がちらちらと揺れた。火だ。まだたいしたことはない。明かりに使える程度だ。だが、おれはもう緊張の限界をひと目盛りかふた目盛り超えていた。表の銃声、それに衝突の音――すべて襲撃者が死んだことを示している。

いや、そうではない。戸口に動きがある。フードをかぶった黒い人影がふたつ、飛び込んできて、応接間のドアを蹴りあけ、そこからサブマシンガンでやみくもに連射して、部屋じゅうに弾丸をばらまいた。狭い屋内なのでその音がすさまじく耳朶（じだ）を打ったが、それにも増してプレイヤーふたりはやかましかった。静かにやるということを知らない。興奮しきって、発作でも起こしたように悪態をわめき散らしている。く　そ（フェッキング）なんとか、く　そ（フェッキング）かんとか。ひとりが懐中電灯で部屋のなかを照らし、だれもいないと知ると、わめく声はいっそう激しくなった。

　これだけのあいだ、経過したのは四秒ほどだろう。ふたりが玄関ホールに駆け戻って来たころには、炎が大きくなっていて、かなりよく見えた。われわれの標的（ターゲット）は、じゅうぶんに照らし出されていた。至近距離だし、そいつらは上を見ようともしなかった。三人がそれぞれ短い連射を二度放つと、そいつらは倒れた。ちらちらと揺れる光のなかで、おれは胸の上を狙って撃ったが、そのうちの一発が、倒れかかるときに頭にも命中した。徹甲弾が目出し帽（バラクラヴァ）を切り裂き、頭蓋骨の破片が飛び散った。

　またひとしきり、もうひとりの武器から弾丸が吐き出されたが、倒れるときに引き金が絞られたからで、弾丸は一階の壁に突き刺さり、なんら危険はなかった。そいつが絨毯にぐったりと倒れると、おれは頭にとどめの二発（ダブル・タップ）を撃ち込んだ。死体が二度ばたついて、やがて動かなくなった。

　しばらくのあいだ、われわれは動かなかった。けぶっている安全な闇にいるうえに、位置は最高だ。くだんのふたりにつづいてプレイヤーが五十人飛び込んできても、ひとり残らず斃すことができる。火薬のにおいが充満している。と、上のほうで急に大きな音と動きがあった――なにかがきしみ、折れ、こすれ、裂ける音がしている。上を仰ぐと、石膏ボードの大きな塊が天井から剝がれ、階段にまっすぐ落下すると、そこで割れて、破片がはずみながら落ちていき、まるで砲弾が落ちたように、また埃が舞いあがった。

「ジミー！」おれは叫んだ。

「アイ」奥の寝室から、ジミーが答えた。

「おふたりさんはだいじょうぶか？」

「ああ」

「しばらくそこにいてもらってくれ」

　そこで待ち伏せ用ライトをつけて、ホールを照らし、土埃のなかであがっている煙を見つけた。死んだプレイヤーふたりが、それぞれ左と右の羽目板にもたれるように体を折って横たわり、淡い色の絨毯に血がひろがっているのが、それを透かして見えた。ふたりとも武器を体の下に敷くように倒れているので、銃は見えない。おれはふるえる指で押しボタンを探った。

「ホテル・ワン。エクスレイ二名がターゲットで死亡。玄関（ホワイト）は破壊された。家のなかの死傷者はなし。ＱＲＦを出動させろ！」叫んでいるのはわかっていたが、どうしようもなかった。

　消防班の指揮官も叫んでいた。みんなが一斉に交信しようとした。

「こちらゼロ・アルファ」小隊長が、決然といった。「**全員、交信やめっ！**　よし。ホテル・ワン。そちらの区域の安全は確保されたか？」

「ホテル・ワン。はい、安全は確保しました」

「了解、ホテル・ツー。そちらの区域の安全は確保されたか？」

「ホテル・ツー。エクスレイ二名死亡。ひとりはＲＰＧを携帯、もうひとりは拳銃を携帯。

この区域の安全を確保しました」

「ゼロ・アルファ。全部署に告げる。ＱＲＦがまもなく到着する。回収（ピックアップ）にそなえろ」

ふたりに掩護させて、おれは用心深く階段をおりていった。玄関のドアの破片が蝶番（ちょうつがい）からぶら下がっていて、まんなかがきれいに吹っ飛んでいる。その穴から冷気が忍び込むとともに、救急車と消防車の甲高いサイレンの音がどんどん高くなっているのが聞こえる。

いまやらなければならないのは、この家が燃え落ちるのを防ぐことだ。さいわい燃えているのは古新聞と雑誌だけだとわかり、古い消火器でもすぐに消すことができた。

キンラン夫妻は、びっくりするぐらい早く元気になった。真っ蒼な顔で、髪を逆立て、目を丸くして、肝をつぶした梟よろしく寝室からまろび出た。〝なるたけなにも壊さないで〟と、夫人は先刻しきりにいっていた。だが、玄関ホールとそこにあるものは、なにもかも破壊されていた。壁の絵は吹き飛んで、枠とガラスの破片が奥に積もっている。グランドファザー・クロックは、木っ端みじんになっている。二脚の椅子とテーブルは、もう焚き付けにしかならない。壁紙と漆喰が、水平の縞をなして剝がれている。キッチンもめちゃめちゃだった。キンラン夫妻はショックを受けたにちがいないが、そうした被害に対して信じられないほど冷静な態度を示した。

彼らの指示を受けて、われわれは懐中電灯で照らしながらキッチンのヒューズ箱とブレーカーのスイッチを見つけたが、電源がはいらなかったところを見ると、重大な損傷をこうむっていたにちがいない。あるいはそのほうがよかったかもしれない。

やにわにパットが大声で笑いだした。「被害はなしか！」あえぐようにいった。「行け行けだぜ！」あまりひどく笑うもので、座りこんでしまった。すぐにこっちもこらえられなくなって、体をくの字にしてヒステリックに笑った。アドレナリンの過度の分泌のあと、緊張を解くための反応だとわかっていたが、それでもとまらなかった。キンラン夫妻はわれわれのことを、よっぽど思いやりがないか、頭がおかしいか、あるいはその両方だと思っているにちがいない――そうはいっても、笑いはおさまらなかった。だが、RUCの警察官がドアから首を突っ込んで、「なにがそんなにおかしい」といったので、なんとか落ち着きを取り戻した。

QRFが到着し、やじ馬をどかして、道路を封鎖した。急に家のなかにいる人間が増えた。消防士が二名いた。犯罪現場検証官が、巻尺で計り、事情を聴取し、踊り場のわれわれが発砲した位置の絨毯にチョークでしるしをつけた。カメラマンが死体の写真を撮った。見よい光景とはいえない。ひとりは頭蓋骨のてっぺんのまんなかがぱっくり割れている。徹甲弾は、そいつの頭をメロンのように破裂させていた。灰色の脳がその穴から見え、頭皮がずれたために顔面がしわくちゃになっている。眼球は眼窩（がんか）から飛び出している。脳と血がそいつのうしろの壁に飛び散っている。テロリストは、ふたりともかなり若いようだった。死体袋にふたりの遺骸が入れられると、おれはRUCの警察官に、ふたりの身許を知っているかとたずねた。だが、警察官は首をふってこう答えた。「リズバーンのASU（行動部隊）であることはたしかだが、それしかわからない」

倉庫に戻ると、われわれは大規模な報告聴取(デブリーフィング)を行なった。われわれの即応OP(監視所)がボルボを襲い、運転手とロケットを発射したやつを殺していたことがわかった。そこで、ロケット弾発射機にくわえ、AK47二挺と拳銃一挺が押収されていた。

最初は、二名の襲撃隊がどうやって監視をくぐり抜けたのか、どこから来たのか、見当がつかなかった。ボルボは停止せず、減速もしていないので、それに乗っていたはずはない。正面の庭を捜索して、その謎が解けた。ふたりは、玄関に通じる小径の両脇の藪に潜んでいたのだ。われわれの監視がはじまる前、すなわち日暮れ直後にそこに忍び込み、五時間近くじっとしていたのだ。

とにかくその夜の死体袋は四つで、作戦が無事に終了したのをみんな心から喜んだ。シャワーを浴びたあとで、われわれはいっしょにバーへ行き——RUC、デト、そしてわれわれのチーム——祝いに何杯かビールを飲んだ。そのころにはデトとRUCが協力して死んだテロリストの身許を突き止めていたが、どの名前にもおぼえがなかった。

祝杯をあげたなかに、例のピンク色の髪の男がいた。そばへ行くと、前に会ったことがあるような気がしはじめた。

「なあ」おれはいった。「たしかに知っていると思うんだけど、どこだったかな?」

「パラシュート連隊第二大隊だよ」彼がにやりと笑って、即座にいった。「オルダーショットで」

「そう、そうだった!」

急に話が通じはじめた。彼はマイク・グリグスンといって、じかに顔を合わせたことはないが、ほんの短いあいだ、おなじ中隊にいた。雑談をはじめ、気が合った。マイクはデトですでに一年間やっていて、事情をよく知っていた。数日前に外での仕事からはずされ、街中に出られるような格好になるまでは本部に勤務することになっているという。

「どうしてしくじったんだ?」おれはたずねた。

「配合をドジったのさ」マイクが、陽気にいった。「金髪だと厄介でね——ひとだかりのなかで目立つんだ。なんとかしなきゃと思って」

自分の気分が高揚しているのか、それとも落ち込んでいるのか、よくわからなかった。なにもかもが教本どおりにいったので、しばらくはおしなべていい気分だった。だが、つぎの瞬間には、人間ふたりを殺し、あるいは殺すのに手を貸したことが不快に思えた。いや、いちばんこたえたのは、自分に課した責務がいかに困難であるかを悟ったことだ。最大限の努力を払った大規模な作戦で、小物を四人斃すのがやっとなのだ。大物にどうやってたったひとりで迫ればいいのか?

ジョッキを二杯飲んだあとで、おれはマイクに一杯おごり、さりげなくたずねた。「それで、今夜のプレイヤーはどういう連中だったんだ?」

「名前の通ったやつらじゃない。リズバーンASUの下っ端の兵隊だ」

「見たことのある連中か?」

「車に乗っていたふたりはな。運転手とロケット弾の射手だ。あとは見たことがない」

「どうやって見分けるんだ？」

「われわれはたえずそういう連中を捜している。それが仕事だ。それに、顔写真が作戦室に何十枚もある。隠し撮りだが、なかには非常によく撮れているのもある」

「いつか見られないか？」

「あんたらは見ちゃいけないことになっているが。なんとかできるだろう。どうして？」

「ちょっと興味が湧いただけだよ」

6

それから二、三日後、クリスマスの前に、おれは夜から休みをとって、車でヘレンズ・ベイの家族に会いにいった。出かけるのは簡単だ――外出の時刻を記録し、用件の欄に〝交際〟と記入する。作戦室の壁の一覧表にある車のなかから、タンゴ・フォアというコールサインの濃紺の二リットルのシエラを借り出し、目的地と外出時刻――一七三五時を記入する。その車も通常の通信装置をそなえている。車で外出しているあいだ、緊急の場合に本部がおれを呼び出す手段として、それ以外にもズボンのポケットに入れておくポケット・ベルがある。それが鳴ったら、ただちに基地に電話を入れる。微妙な状況の場合には音ではなく震動で知らせるための切り替えスイッチもついている。用心のために、ワルサーPPKを持っていく。まず使う機会は皆無だろうが、表に出たらなにが起こるかわからないのだ。

基地を出て北東へ向けて出発したときには、すでに暗くなっていた。ラッシュアワーの車の流れは非常に悪く、バイパスが通行止めになっているのが渋滞をいっそうひどくしていた。事故のためかとそのときは思ったが、あとで聞いたところでは、見せしめのための銃撃事件があり、そのために放置された車が道路をふさいでしまったのだという。遅くなるよりはと思い、危険は承知で通ってはいけないぶっそうな地域を突っ切ることにした。おろかな行為とわかってはいたが、一度ぐらいは切り抜けられるだろうと思った。

つきがなかった。フォールズ・ロードを進んでいると、前方に抗議行動のグループが見えた。二、三十人がプラカードを持ち、受刑者に政治的配慮を要求している。そのグループの様子がどうも気に入らなかったし、そのまわりにＩＲＡの敵情監視員（ディッカー）がいないともかぎらないので、左のビーチモント・ドライヴに折れて道なりに右に曲がり、バリマーフィ・ストリートにはいった。さらに右折してビーチモント・アヴェニュー（愛好家には『ＲＰＧアヴェニュー』で通っている）を横切り、フォールズ・ロード／ディヴィス・ストリート（ベルファストは、一本の道でも名称が区域によって異なることが多い）に戻り、シデナム・バイパス／バンガー街道に乗った。

車を走らせながら、最近の出来事を考えていた。卵の殻（エッグシエル）作戦のあと、ＬＡＴＡでやったのとまったくおなじような査問があり、われわれは幕の蔭から証言した。訓練がおおいに役立った。テロリストは公正な手順により死亡した。三名が武器を発射し、残る一名はブローニング拳銃にくわえてＡＫ47を所持していた。したがって、われわれは自分たちがとった行動を正当化するのに、なんの苦労もなかった。なぜか作戦のストレスでおれはまた悪夢を見たが、それも一度だけだったし、前ほど恐ろしいものではなかった。夢を見ているあいだずっと、それが夢だという意識があったし、頭の奥のほうで自分が平静なのを知っていた。

タンゴ・フォアは、いったん走りだすとじつに速いが、加速がいいほうではなかった。助手席の床に、ティムへのプレゼントが置いてある——木の組み立て模型で、はめ込む穴があいている木片を組み立てると消防車になり、上に消防士が乗っていて、梯子がついている。なめらかで頑丈な出来なのがとても気に入った。きっとティムも気にいるだろうと思った。心配なのは、ティムの齢には幼稚すぎるかもしれないということだった。それぐらい成長が早い。それまでにも都合をつけて何度か会いにいっていたが、一週間ごとに変化する感じだった。

ティムのことを考えすぎていたのかもしれない。それとも法廷での証言が気にかかっていたのか。非番だから警戒をおこたっていたのかもしれない。とにかく目的地の数キロ手前のハリウッドまで行ったところで、つけられているのに気づいた。すこし前から、うしろのヘッドライトが様子がおかしいのに気づいていた。左側、つまり縁石に近い側のライトが、右のライトより光が黄色っぽい。それが一台もしくは二台をあいだに入れてついてくる。異常に長いあいだうしろにいると、突然気づいた。

しまった、と思った――近道をすべきではなかった。やつらが何者であるにせよ、こっちが西ベルファストを通ったときに目をつけたにちがいない。左手前方に、数軒の店の明るい明かりが見えた。幹線道路に面してはいるが、私道があっていくらか奥にひっこんでいる。おれは方向指示器を出し、幹線道路をそれて、目当ての店を捜しているふうをよそおって、ゆっくりと走らせた。何軒かはすでに閉まっていたが、あいている店もあった。

左右がちがうヘッドライトは、こっちの動きをなぞっている。待避所にはいると、それが様子をみるようにのろのろと進んだ。おれは幹線道路に戻って急加速したが、あいにく前方にロータリーがあった。エンジン・ブレーキを使いながらそこに高速で進入する。減速したとき、うしろからぐんぐんライトが近づくのが見えた。予定では進行方向へそのまま突っ切るか、あるいは左右にそれるつもりだったが、そうはせず、左右にもそれないで、ギアをセカンドに入れたまま右に急ハンドルを切り、タイヤを鳴らしてロータリーを一周した。ロータリーの小山ごしに右手を見ると、つけてきた車の側面が目にはいった。街灯を浴びている車体は気味の悪い緑色で、かなりでこぼこがある――ぼろぼろの古い車だ。コーティナかもしれないが、確信はない。前の席にふたり乗っている。

ふたたびバンガー街道に飛び出すと、ライトは依然うしろにあった。疑問の余地はない。ちくしょう！　首すじがまたぞくぞくしはじめた。おれはやつらを――やつらのうちのひとりを付け狙っている――だが、やつらもおれを付け狙っている。

あいつらは、なにをするつもりだ？　こちらの行き先を突き止めようとしている、というのがごく単純な答だ。それなら、まず今夜の計画は放棄しなければならない。あるいは車のナンバーが知られていて、それで発見されたのか。小隊の車輛は、これもふくめ、すべてさまざまな地域で使うナンバー・プレートが何組も用意されている。だが、それでもその日におれが使った車の番号が知られていた可能性はある。あるいは、フォールズ・ロードでデモ隊に近づいたときに目をつけられたのかもしれない。それともふたりのＩＲＡの敵情監視員（ディッカー）が、よくやる一般人に対する脅しを実行しているのか。自分たちの界隈で見慣れない車を見ると、運転している人間を困らせるだけのために、やつらはすぐいやがらせをする。追い抜いて車をとめさせ、くそったれといいたいだけなのかもしれない。最悪の想定(シナリオ)は、ふたりが組織だって動いているプレイヤーで、前方に仲間がいるというものだ。その場合は、二台目がすでに待ち伏せの配置につこうとしているはずだ。

おれはシフト・レヴァーのそばの押しボタンを手探りして呼びかけた。「タンゴ・フォア」

「ゼロ・アルファ」本部が応答した。

「タンゴ・フォア。ハリウッドを通過し、執拗な尾行を受けている。応援をよこせないか？」

「了解。位置は？」

「A2号線のヘレンズ・ベイの手前だ。レッド・セヴンに向けて東へ走っている。クレイガヴァドを過ぎたところだ」

「了解。スタンバイ」しばらく間があった。「そっちの南に慣熟訓練に出ているインディアンが二台ある。尾行されているのはまちがいないな？」

「たしかだ。さっきロータリーを一周したが、それでもついてきた。おれをさらおうとするつもりなのか、意図はわからないが、ふり切れない」

「了解。レッド・セヴンに向かえ。なにをやってもいいが、幹線からそれるな」

「了解」レッド・セヴンは、つぎの大きな交差点で、そこは海沿いの町バンガーの郊外になる。このまま町にはいるか、あるいは右に折れ、ニュータナーズに向けて南下するか。応援が来るまでは建て込んだ市街地は避けたほうがいい、と勘が告げた。インディアンは要撃(インターセプト)用の車輌だから、ひとたび彼らが応援につけば、事態はまったくちがう様相を呈するはずだ。迷路のような脇道でひとり迷うなど、考えたくもない。信号でとまるのもまずい。それに、なにより袋小路にはまりたくない。

しばらくのあいだ、パニックを起こしていないことを示すために、一定の速度で走らせた。やがて送信した。「タンゴ・フォア。レッド・セヴンで右折してはどうか」

「ゼロ・アルファ」本部が応答した。「了解。右折しろ。レッド・エイトでもう一度右折しろ」

「了解」

「インディアンがそちらに向けて走っているのを確認。目当ての車は？」

「ぼろぼろの古い車だ。色は緑。コーティナかもしれないが、確実ではない。ライトが不揃いなので見分けている。縁石の側のヘッドライトが黄色で、反対のが白だ。前から見ればまちがいようがない」

「了解」

片手で運転しながら、反対の手で地図をハンドルの上に置き、ルートを確認しようとした。室内灯をつけると、前が見づらくなるので、危険でやりづらかった。

依然として、ミラーをのぞくと、例のヘッドライトが、二台をはさんでうしろに見えた。厄介なことにならないように、義父母の家には近づかないほうがいいと思った。携帯電話を手探りし、ダイヤルして、待っていると、デンが出た。

「こんばんは、デン。ジョーディです。申しわけないが、呼び出しがはいりました。お宅へうかがうのは延期します」

「ああ、それは残念だ。ティムがものすごく楽しみにしているのに」

「わかっています。ぼくもです。あすはどうでしょう？」

「なにも心配はないんだね？」

「ええ、ええ。なにも心配はありません」

「車に乗っているのかね？」

「そうです。どうして？」

「やかましい音が聞こえる」

「そうなんです。あの、あとでまた電話します。ほんとうにすみません。代わりにティムをぎゅっと抱いてあげてください」

だいじょうぶどころではない。レッド・エイトにさしかかっていた。そこも大きなロータリーだ。右手の大きな道に出る。ライトはあいかわらずついてくる。

「タンゴ・フォア」おれは呼びかけた。「レッド・エイトを通過している」

「了解」応答が返ってきた。「一キロ半前方にレッド・ナインがある。そこでもう一度右折、ニュータナーズをめざせ。インディアンがそちらに向かっているのを確認」

「了解。ありがとう」

これまでのところ、本部が要撃車輛と交信するのを聞いていない。おそらくべつの周波数を使っているのだろう。だが、不意にそれが切り換わり、明瞭に聞こえた。インディア・ワンが、位置はレッド・ワン・シックスと報告するのが、まず耳にはいった。声でわかった。マット・マシューズ、ヨークシャー出身のひょろりとした長身の男だ。地図をちゃんと見ることができなかったが、そこはたしかニュータナーズの八キロ南のコムバーという小さな町だ。やがて本部が確認した。「インディア・ワンがレッド・ワン・ファイヴへ移動中」そこはニュータナーズの中心だ。彼らはまっすぐこっちへ向かっている。それがまるで、すばらしい跳躍を見せながら田園地帯を近づいてくる二頭のチーターのように思えた。

地図をなんとかひと目見た。ニュータナーズで左折すると、ストラングフォード湾の岸に向かい、市街地から遠ざかることがわかった。

「タンゴ・フォアよりインディア・ワンへ」おれは呼びかけた。「いまレッド・ワン・ツーに向けて南下している。そこで左折し、海岸道路に出てはどうか。そこで早急になにか計画できるか？」

「インディア・ワン」マットが応答した。「ちょっと待て」

「タンゴ・フォア。コンリグを通過。尾行はあいかわらずついているが、接近しようとする様子はない」

「インディア・ワン、了解。できれば速度を落とせ。そっちより先に行く必要がある」

速度を落とせだと！　くそ！　おれはアクセルをゆるめ、時速四五マイル（約七〇キロ）に落とした。ふぞろいなヘッドライトが、うしろからぐんぐん迫る。右手をのばし、ショルダー・ホルスターからワルサーPPKを抜いた。非番のときに車を運転するとき、拳銃を尻に敷いたり、股に挟むものもいる。だが、ぶつけられたり、衝突したとき、銃が座席から落ちて、下の見えないところへはいったり、ペダルの下にいってしまう可能性があると、おれはかねてから思っている。ショルダー・ホルスターのほうが安全だ。PPKを持って、薬室に一発を送り込み、運転席側のドア・ポケットに入れた。

驚いたことに、インディア・ワンがこう呼びかけた。「レッド・ワン・ファイヴに到着」たまげた！　もうニュータナーズに着いたのか。よっぽどすっとばしたにちがいない。数十秒後にまた、彼の声が聞こえた。「レッド・ワン・フォア」無事にこっちの前方に出て、湾岸沿いの道路に曲がったのだ。

うしろのヘッドライトが、また遠ざかった。もう町が前方に見えている。

「タンゴ・フォア。ニュータナーズの郊外に到達」

「ゼロ・アルファだ。レッド・ワン・フォアに向けて進みつづけろ。そこで左折」

「了解」

インディアンと本部が、ふたたびあわただしく相談した――なにか駐車場のことをいっている。地図をしばらく見ていないので、彼らが話しているのがどれなのか、わからなかった。時速三〇マイル（約五〇キロ）の速度制限なので、時速三五マイルに減速する。町に向かう車より、町を出て北へ向かう車のほうが多い。

そのとき、かなり前方に信号が見えた。くそ！　なんとしてもとまりたくない。タイミングが肝心なのだ。そこへ接近するあいだ、信号はずっと青だった。うまくやれば、黄色から赤に変わるところですばやく引き離し、追跡をかわせるかもしれない。

速度を落としてのろのろと走り、最後の瞬間にアクセルを踏みつけた。やった！　と思った。甘かった。ブレーキの悲鳴と腹立たしげな叫びが聞こえた。例のヘッドライトが左に右に激しく揺れ動き、やがてまた安定した――やつらは赤信号を突っ切ったのだ。

「タンゴ・フォア。レッド・ワン・フォアに接近中」

「インディア・ワン。了解。そこを過ぎて一キロほどいくと、右手に湾が見える。道路は水ぎわを通っている。もう一キロ行くと、右手に駐車場がある。道路と水ぎわのあいだだ。われわれはそこで完了（コンプリート）して（車に乗って）いる。ぎりぎりになってそこへ飛び込むと同時に、ヘッドライトを上向きにしろ。どうぞ」

「タンゴ・フォア。了解」

「インディア・ワン。悪党があとをついてはいってきたら、まっすぐそこをもう一方の出口まで抜けて、幹線道路に戻れ。われわれはやつらのうしろにつける。駐車場にはいらずに通過すれば、それはそれでいい。どっちみちわれわれが追う」

「了解」

T字路で左折可の矢印信号が出ていたので、とまらずに曲がり、加速した。

そのときインディア・ワンが本部に呼びかけた。「まもなく要撃。われわれの主導でやるのを承認してください」

「ゼロ・アルファ。了解。自由裁量をあたえる。生命に危険のある状況であれば、やってよい」

ほどなく右手に湾の水面が現われた。おれは時速六〇マイルに速度をあげ、さらに時速六五マイルまで加速した。

「タンゴ・フォア」報告した。「湾のそばに出た」

「インディア・ワン。そのまま進め」

「駐車場までの推定所要時間は五十秒。四十、三十……」

「インディア・ワン。そちらを捉えた。尾行も。そのまま進め」

「タンゴ・フォア。あと二十秒。標識が見えた。曲がる……いま曲がった！」

ありがたいことに、対向車はなかった。方向指示器も出さず、ブレーキも踏まないで、ぎりぎりの瞬間にハンドルを右にまわした。シエラの車体がかしぎ、タイヤを鳴らして横滑りした。大きな揺れとびりびりという震動を感じながら、水面を見おろす位置にある駐車場に飛び込んだ。そのへりには低い石塀しかない。

その動きは、追ってきたやつらの意表をついた。運転手の反応が遅く、駐車場の入口を通り過ぎる。ブレーキ・ランプが一瞬ともるのが見え、やがてまた速度をあげた。駐車場の奥で二台の車がじっと待っている。いずれも濃い色の車だった。エンジンをかけたまま、即座に飛び出せる構えをしているはずだ。果たして、尾行の車が出口の前を通過すると、二台が躍りだして幹線道路に乗った。

二台が追跡し、ヘッドライトがぎらぎらと輝いた。対向車がライトを上向きにして警告するが、まるで効果はない。すべてがあっというまにたてつづけに起こった。おれは停車せず、速度をゆるめもしなかった。またアクセルを踏みつけ、道路に戻って、追跡にくわわった。

IRAの敵情監視員（ディッカー）二名（あるいはどういう役割の人間にせよ）は、様子がおかしいと悟ったにちがいない。逆上したように飛ばしはじめたところを見ると、窮地に追い込まれたのを知ったのだろう。八〇マイルがせいぜいの車なのに、すごい急カーヴでもその速度を維持している。こっちはシエラが道路から飛び出さないようにするのがやっとだった。

先頭のインディアンは、四輪駆動の大きなアウディ・クアトロで、四本のタイヤが蟹みたいに道路をがっちりとつかんでいた。エンジンは強化され、加速はフェラーリなみになっている。ディッカーの車ではとうてい引き離せない。しかし、いまのところはアウディのほうがそれを追い越すのも不可能だ。

「インディア・ワン」マットが呼びかけた。「要撃の指揮をとる。イエロー・エイトに向かっているターゲットのうしろを走って（モバイル）いる。チャンスがあれば即座に追い越す」

「インディア・ツー」新しい声が割り込んだ。「マウント・スチュアート公園の下で道路が広くなっている。そこが絶好の場所だ」

「インディア・ワン。了解。やってみる」

と、不意になにもかもが急激に遅くなった。ターゲットがべつの車、なにも知る由のない赤いミニに行く手をはばまれた。対向車があるので追い越せない。ターゲットはアウディのライトで明々と照らされている。思ったとおりコーティナだ。

インディア・ワンのアウディが、コーティナに急接近し、強いライトで運転手を恫喝しようとした。が、そのとき対向車がとぎれ、コーティナが飛び出して、のそのそ走っていたミニを追い越した。

「スタンバイ、スタンバイ」マットが叫んだ。「行くぞ……い、ま、だっ！」

コーティナの運転手は、追い越したあともしばらく右側を走るというへまをした。すさまじいパワーを発揮していたアウディがミニを追い抜き、ターゲットの左側にならんだ。もう一台の要撃車輛、ローヴァーが、コーティナのリア・バンパーまで数十センチに接近する。

しんがりの位置から、おれはすべてをスロー・モーションのように眺めていた。アウディが、コーティナの左斜め前に突っ込む。コーティナの運転手が急ブレーキを踏むが、重いアウディがその左側をこするようにぶつかり、脇に飛び出したコーティナは石塀にぶつかってとまる。つぎの瞬間には、乗っているやつらがしばしショックで呆然とするように、ローヴァーの運転手がわざと追突する。その間にアウディのチームが車から飛び出す。たちまち道路は、自分たちの車を楯にして屋根やボンネットの上から銃の狙いをつけているわれわれの仲間によって固められた。

おれはシエラをゆっくりととめて飛びおりた。赤いミニはどうにかアウディのうしろを通り抜けていたが、運転手が心臓発作でも起こしたように、一〇〇メートルほど行ったところでとまってしまった。

「おりろ！」マットがどなった。「おりろ！　両手を屋根に置け！　早くしろ！」

きわめて危険な瞬間だ。敵が武器を持っていれば、やけくそになって撃つかもしれない。だが、武器を持っているかどうかを確認しないかぎり、こっちから発砲はできない。

ようやくコーティナの助手席のドアがあき、頭を剃りあげた若者が、目をしばたたきながら外を見た。

「さっさとおりろ！」マットがどなりつける。

若者がよたよたとおりた。すぐさまコーティナのボンネットに顔を伏せて手足をひろげた格好で押しつけられる。身体検査が済むと、道路にうつぶせにされ、膝で背中を押さえつけられる。運転手もおなじようにされる。運転手は、衝突のときにドアにぶつけて右のこめかみを切っていたが、たいした傷ではなかった。

車内をざっと捜索したときには武器が見つからなかったが、そのあいだにおれは石塀を飛び越え、その向こうを調べにいった。衝突のとき、うしろにいたおれのところから、運転席側の窓からなにかが飛び出すのを見たように思ったのだ。案の定、足になにか重い物がぶつかった——拾いあげると、九ミリ口径のルガー自動拳銃だった。見つけたと叫ぼうとしたが、第六感がその言葉を発するのをとめた。そのとたんに、その銃は利用価値があると気づいた。ゲイリー・プレイヤーに近づいて殺すことができた場合には、セクト間の抗争に見せかけたいという考えを固めていた。したがって、プレイヤーがよく持っている武器が使用できれば、これほど都合のいいことはない。彼を殺した弾丸を発射した拳銃の種類を法科学研究所が突き止めたとしても、それをおれと結びつけるものはなにもない。それどころか、仮にそれが以前の銃撃事件で使われていたとすると、ＩＲＡに結びつけられることはまちがいない。その殺人事件は宿根による内部抗争が原因だと、警察は結論づけるだろう。だから、おれは銃を発見したことを大得意で告げたりしないで、ルガーをベルトの内側に差し込み、塀をまた飛び越えた。

マットは、じつに徹底していた。本部を通じてＲＵＣと連絡将校を呼んだだけではなく、法科学検査と完全な捜索をするために、コーティナを運ぶトラックを手配していた。とにかく指紋は見つかるだろうし、ひょっとして秘密の隠し場所があって、武器か、爆薬の痕跡か、あるいはその他の犯罪に結びつく証拠が見つかるかもしれない。いずれにせよ、コーティナは塀にぶつかったときに右の前輪が曲がって、運転不能になっていた。いっぽうアウディは、かすかにへこんだだけだった。

目立たないよう、じゅうぶんに間隔を空けて車輌縦隊を組み、基地にひきかえした。シエラがまんなかで、前後を要撃車輌が固めた。それが小隊としてそのシエラを使う最後になる。偽装がばれたので、すくなくとも北アイルランドではお払い箱だ。今後の唯一の使い道は、イングランドでの射撃場用車輌だ。要撃車輌は、おそらく塗り替えられるだろう。

その出来事は一時間足らずで終わった。何事もなく基地に到着したが、倉庫の雰囲気は暖かいとはいえなかった。「やあ、ジョーディ」おれが装備を部屋に置きにいくとき、先任の下士官が声をかけた。「用心しろよ。おまえさんが救援をもとめてからずっと、ここは上を下への大騒ぎなんだ。行っちゃいけないとこへ行ったんじゃないだろうな？　きちんとした釈明を準備しておかないと、厄介なことになるぞ」

事情聴取は、たいへん厳しいものだった。准尉はどうしておれが目をつけられたのか、理解できないといった。おれが持ち出すまで、シエラは一度も偽装がばれたことがない。通行してはならない場所へ行った疑いが濃厚だ、というのだ。おれは、市街のはずれをまわるルートをでっちあげて、それを激しく否定した。それでなんとか通用したようだったが、報告聴取が終わると、とんでもないでまかせをいったものだという気持ちになった。嘘をつかなければならない状況に追い込まれたのも不愉快だった――よりによって仲間に嘘をつくなど、ぜったいにいやだった。それに、敵はいったい何人いるのかと、不安になった。やつらはいたるところに隠れひそみ、ターゲットを捜すのに専念しているようだ。ただひとつの大きな慰めは、義父母の家をやつらに知られなかったことだ。そんなことになったら、最大級の惨事を引き起こす。

状況が落ち着くと、おれは義父母の家に電話した。メグが出た。

「ほんとうに申しわけありません」おれはいった。

「なにがあったの？」

「急に仕事がはいっただけです」

「そう――もう時間が晩いわ。ティムは寝ているわよ」

「いや、いいんです――これから行くつもりはありません。ただあやまりたくて電話したんです。ティムにプレゼントを用意してあったし」

「やむをえなかったんでしょうね。急ぐ用ではなし。でもね、もっとしょっちゅう会いにこないといけないわよ。ティムはちょっと難しくなることがあるの」

「えっ、どんなふうに？」

「わたしのいうことをきかないときがあるのよ。よく癇癪を起こすし。手に余るとまではいかないけれど、あなたにもっとたくさん会えば、よくなるでしょう」一瞬の間を置いて、つづけた。「それはそうと、あなたにお手紙が来ているわよ」

「そうですか。どういう手紙ですか？」

「わからない。ありきたりの手紙みたい。ちっちゃな茶封筒に、タイプしてあって――それだけ（イギリスではふつう差出人は自分の名前や住所を封筒に書かない）」

背すじが粟立った。モリスン警視正がよこしたのかもしれない。

「たいしたものではないでしょう」おれはさりげなくいった。「開封して読んでくれませんか」

「いいわよ。取ってくるから、ちょっと待ってて」

しばしかかった。やがてがさごそという音と、紙を破る音が聞こえた。

「あらまあ！」たいそう偉ぶった口調で、メグがいった。「ほんとうにどうでもいいような手紙ね。一行しか書いてないわ」

「なんと書いてありますか？」

「〝その男の名は、デクラン・ファレル〟」

「なんですって？　もう一度いってください。名前のところだけ――いや、鉛筆をとってきます。ちょっと待って」

食堂の外の公衆電話からかけていたので、作戦室まで走っていって、当直の書記に紙と鉛筆を借りなければならなかった。電話の前に戻ると、受話器をつかんでいった。「もしもし。もしもし」

「いったいどうしたの？」メグがいった。「ずいぶんあわてているみたいだけれど」

「いや、だいじょうぶです。鉛筆を取りにいかないといけなかったので。もう一度、名前を読んでください」

メグがくりかえし読み、綴りをいった。

「わかりました」

「どういうことなの？」

「よくわかりません。でも、調べます。ありがとう」

翌朝、直通回線でモリスンに電話して、会えないかとたずねた。

「それじゃ、メモを受け取ったんだね？」

「はい」

「コムバー街道の〈オールド・ベル〉というパブを知っているか？」

「捜します」

「よし。そっちから来ると道の右側にある。今夜、七時半にそこで会おう」

静かな一角に腰を据えたモリスン警視正は、仕事を終えて家に帰る前に一杯飲んでいる年配のビジネスマンという風情だった。だが、そのビジネスにまつわる彼の話は、一般のひとびとの話とはまったくかけ離れていた。しごく簡単にいえば、ファレルはものすごく残忍な男だからかかり合わないほうがいいと、モリスンはおれに警告しようとしていた。

「やつには手を出さないほうがいい」と、モリスンはいった。「一例を挙げよう。彼の車を盗んで乗りまわそうと思って捕まった、たいして悪気のない若者がふたりいた。ファレルはそのふたりを連れてこさせ、脚を痛めつけるのに電気ドリルを使うという伝統的なやりかたをしないで、押さえつけておいて手回しのドリルを使い、膝の皿に穴をあけた。その暴虐な刑罰がよっぽど楽しかったのだろう。ファレルはすぐに出かけていって、豪勢な食事をした」

モリスンは、ジョッキの黒ビールをごくごくと飲んでから、物静かな疲れた声でつづけた。

「それから、ちょうど去年のいまごろに殴り殺された若い女の話を知らないか？　知らない？　そうか、ファレルは、彼女がプロテスタントの情報提供者（インフォーマー）か、あるいはわれわれの手先だと思い込んだ。それで捕まえた。むろん、なにもやつらに教えなかった。しゃべろうにも、なにも知らなかったからだ。まったく罪のない女性で、何事にも関与していなかった。まず強姦され、それからパブの奥へ連れ込まれて、体がぐちゃぐちゃになるまでハンマーで叩かれた。踏み潰しても死なないとわかると、頭にブロックを投げつけて息の根をとめた。きみの目当てのファレルとはそういう男だ。IRAの拷問は、繊細さというものが欠けている。単純かつ残虐な殺しでしかない」

モリスンはなおも話を進め、ファレルはIRAで財物強要（ゆすり）を主な任務としており、脅して保護料を組織的に取りたてることにより、年間数万ポンドをかせいでいるといった。「大規模な土木建設現場へ行って、管理者にこういう。『工事の機械がなくなったり、壁が落ちたりするのがいやなら、一週間に数百ポンドかかるぞ』警備会社――そいつがもうひとつの顔なんだ。IRAは工場の警備員七、八名分の請求を出す。じっさいはふたりしか勤務していない。皮肉なことに、IRAのものがいれば、そこは襲われない。強盗にはいったやつは、かならず膝に穴をあけられる。

薬物（ドラッグ）の売買もおなじだ。街路でもクラブでも、PIRAは売買に参加する人間の数を絞り、その連中の利益からかすりをとっている」

モリスンが言葉を切り、おれをじっと見据えた。「きみの目当てのファレルは、あらゆるパイを指で抑えている――そこに手を出すやつがいれば、容赦なくその手をちょん切るだろう」

7

つぎの朝、便所から帰ってきたピンク・マイクが倉庫を横切っているのを見かけた。ものすごくでかい糞でも垂れたのか、いかにも晴れ晴れした表情だった。髪ももとに戻っている——すこし濃い目の赤毛というところだ。

「やあ」おれは声をかけた。「ちょっといいか？」

「ああ。なんだ？」

「デクラン・ファレルというプレイヤーを聞いたことがあるか？」

「なにいってんだよ！」

「どういう意味だ？」

「そいつはローマ法王を知らないかときくようなもんだ。ファレルは、大物の糞野郎のひとりだよ」

「そうか！　やつに関する情報を知らないか？」

「あいつの悪行を綴ったものすごく分厚いファイルがある。なにが知りたい？」

「なんでも、あらゆることを——外見、どのあたりが縄張りなのか」

「なんで興味があるんだ？」

「だれかが話しているのを聞いた。すごく悪逆なやつらしいな」

「そうだ。情報をみつくろって持ってきてやるよ。どこにいる？」

「待機中だから、なにかが起こらないかぎり、倉庫のどこかにいる。これから一時間、ジムへ行ってくる。そのあとは自分の部屋だ」

「それじゃあとで」

そのときほどウェイトが軽く思えたときはなかった。アドレナリンの分泌で元気いっぱいだったからか、ウェイトを挙げるのが信じられないほどたやすかった、その日は、背中と胸を鍛える予定だった。腕を負傷する前は、二二〇クラブの一員で、五五ポンドのオリンピック競技用ディスクをバーに四つはめてベンチ・プレスをしていた——ほんもののウェイト・リフティングの基準からすれば、それでもたいしたことはないが、いまやっとそこまで復帰しつつある。まだ日によっては苦しいのだが、その朝は時間があっという間に過ぎていった。つぎは自転車こぎを二十分、そしてシャワーを浴び、コインランドリーで洗濯をして、部屋に戻ったところへ、マイクが現われた。

マイクは巻いたタオルを小脇に抱えていて、そこから大きな茶封筒を出した。「たのむから気をつけてくれよ」こちらに渡しながらいった。「これは超極秘なんだ。作戦室から出しちゃいけないことになってる。国内保安部（ボックス）が借り出しているから最新のデータの書類がないが、あとはぜんぶそろってる。昼飯のあとで取りにくるよ」

マイクが立ち去ると、おれはドアを閉めて、その下に内側から楔をつっこみ、あと一時間は招集がかからないことを願った。それから封筒をあけた。

まず目にはいったのは、二枚の写真だった。望遠レンズで撮影した顔写真だが、ピントがぴったり合っている——くっきりと撮れているいい写真だ。精神を集中して、それをじっと見た。ゲイリー・プレイヤーの姿形は脳裏にはっきりと思い描いていて、似顔ができあがっていた——それとはまるでちがう。想像力ででっちあげたものを頭から払いのけ、現実に注意を集中するまで、しばし手間取った。

砂色の髪がくしゃくしゃに乱れた穢らしい男をおれは創りあげていたが、写真の男は髪が黒く、浅黒い、顔立ちの整った三十代の男だった。ネアンデルタール人もどきの顔立ちの凶悪犯どころか、秀でた容貌といえる。額が広く、眉が濃い。黒い髪は、きちんと刈って、うしろになでつけている。顎は角張って力強い。双眸も黒く、映りのけっしてよくないこうした写真でも、生き生きとして見える。いつのことか鼻が折れたようで、鼻梁がすこしつぶれているが、それも顔つきに魅力をくわえている。

その容貌を見ておれはとまどいをおぼえたが、略歴を読んで、もっと激しいショックを受けた。

姓名：ファレル、デクラン・アンブローズ
生年：一九五八年
生地：ベルファスト、アンダースンズタウン・ロード、フルートヒル・パーク
学歴：ベルファスト、グレン・ロード、クリスチャン・ブラザーズ・スクール
　0レヴェル8
　Aレヴェル3　BBB
　ベルファスト、クインズ大学
　一九七九年、二級機械工学士
　ラグビー、大学代表選手（一チーム十五名）選考試合参加、フォワード・ウィング
宗教：カトリック
身長：一八八センチ
体格：肩幅が広く、がっしりした体格
外見：きちんとした服装を好む。スーツを着る。
体重：約九〇キログラム
外見上の特徴：少年時代にボクシングで鼻を骨折。鼻梁が低くなっている。自動車事故のため左足をいくぶんひきずる。
政治信条：狂信的な民族独立主義者（ナショナリスト）

表向きの職業：顧問技師を名乗ることがある。
財政：財源は不明
偽名：シーマス・マローン。ファーンという名も使う。

詳細を頭にたたきこむために、何回も読まなければならなかった。この男は馬鹿ではない。それどころか、おれよりずっと教育程度が高く、Aレヴェルを三つ取り、大学の学位も持っている。それに体格も勝っている――身長が三センチ高く、体重はずっと重い。肉体的にも強靭で、大学のラグビー選手にもうすこしでなれるところだった。ボクサーでもある。体の大きい強い男で、それに攻撃的でもあるようだ。思ったとおり、べつの書類に〝攻撃的〟、独断的、ごり押しをしたがる、という描写があった。若いころは、好んで公の場で喧嘩をした。（だれかが欄外に〝いまでも喧嘩を好む。一九八八年、ブラック・バレル騒動〟と鉛筆で書き込んでいる）ファレルはサディストの気味があり、捕虜を拷問するのが好きだという。敵を縛りあげてチェーン・ソーでばらばらに切ったことがあるそうだ。自宅では犬を何頭も飼っている――それも大型犬だ――ロットワイラー、ローデシアン・リッジバック、闘犬種のブルドッグ。
どんなときでもずる賢く立ちまわって捕まったことがないうえに、はっきりした活動の痕跡も残さないので、テロリズムにおける経歴はくわしくわかっていない。事件における彼の関与は、総じて〝確認された〟ではなく〝疑いが持たれている〟とされている。かつてアーマー州南部の国境付近でしばらく活動していたことがあり、どうも市街より田舎での作戦を好むようだ。だが、のちにベルファストに活動の中心を置くようになって、この調書のもっとも新しい記載によれば、いまはＰＩＲＡ西ベルファスト旅団の副官ということになっている。ファレルが指揮をとったと見られるいくつかの事件が調書では挙げられていたが、クインズフィールドの爆弾事件への言及はなかった。おそらくこの調書の最後のページが作成されたあとで起きた事件なので、借り出されているとマイクがいった書類に載っているのだろう。なぜ国内保安部(ボックス)——ＭＩ５をわれわれはそう呼んでいる——が借り出したのだろうと思った。きっとファレルの経歴にあるなにかを調査しているのだろう。

〝現住所〟の欄には、何行も記入されてはまた線で消されていた。かなり頻繁に引っ越すようだ。いちばん新しい記入は、ただ〝バリコンヴィル〟とだけ書いてある。最後にそこにいたという消息があったらしい。全体として、多数のＩＲＡの容疑者とほぼおなじ範疇にある——何者で、どこにいるかを官憲は知っているが、重大事件との関与はつかめていない。モリスン警視正の言葉を思い出した。〝やつらが何者かは知っているとも——ただ、そいつをひっ捕らえられるかどうかが問題なんだ〟

調書のなかで記憶しなければいけない固有名詞は、バリコンヴィルという地名だけだ。それを紙切れに書きつけ、ファレルの顔が脳裏に焼き付くまで写真を見つめる。よし——もう一度、徹底的に吟味しよう。唇は薄く、酷薄な感じだ。両眼もおなじだといえる。しかし、どうしてこれだけの知性のそなわった人間が、ろくでもない所業をなすのか？　どうしてテロリストになったのか？

　調書を仔細に読むと、自分の身に危険が迫っているような気になった。意図せずにとんでもない強敵を選んでしまった。ファレルは、ありとあらゆる意味で強大な力を持つ人間だ。とはいえ、彼のそうした属性に、敵意はいっそうつのるばかりだった。なにも知らなかったときは、ただ彼を憎悪していた。いまでは妬みも感じている。結構な感情の組み合わせだ。

　何事もなくファイルをマイクに返すと、おれは作戦室の地名事典を調べにいった。バリコンヴィルは数カ所あるが、たしかにそこだろうと思えるのは、一カ所だけだ。西ベルファストの北の低い山地の裏側の村だ。そこからは自動車専用道路に簡単に出られるし、フォールズやアードインにあるＩＲＡの堅固な砦まで十分で行ける。


　さらなる調査を進める前に、ふたたび作戦がはじまった。またしてもデトが、著名なユニオニストを銃撃する計画があることを、密告者を通じて嗅ぎつけた。今回狙われているのは、予備役として北アイルランド防衛隊で軍務に服している農民だ。キンランとおなじように、何年も前からＰＩＲＡに公然と反抗しており、警備手段がほとんどない孤絶した農家に住んでいる。そこへそういう情報がはいったので、当然ながら緊急に用心棒（ベビーシッター）が必要になった。

　それと同時に、銃撃のための武器が、攻撃目標（ターゲット）から一〇キロメートル以内の一時的隠し場所に運ばれる手はずになっているという情報も得ていた。その隠し場所とは古い納屋で、一年以上前から売りに出されている農場にある。銃撃の正確な日時がわからないので、本部はその納屋の付近に監視所を置くことにした。そうすれば経緯を見守って、悪党が向かったと警護のものたちに未然に知らせることができる。そいつらが襲撃から戻ったときに、武器を所持しているところを捕らえられるかもしれない。

その監視所にだれが配置されたか？　自分である。ちっとも苦にならなかった。そういうたぐいの仕事は好きだ。ただ、このテロリストたちのなかに身許のわかっているものがいるかどうかを確かめるのに、経験豊富な監視員がいたほうがいいと本部が考えたので、デトの人間をいっしょに連れていかなければならないとわかった。それがちょっといやだった。デトの連中のなかには、つらい状況になるとからきしだめなやつがいるので、マイク・グリグスンがいっしょに行くとわかったときにはほっとした。マイクはパラシュート連隊にいたから、監視所でどうやればいいかをこころえているし、自分のめんどうが見られる。

予備ブリーフィングの際に、小隊長（ボス）はパット・マーティンとおれに現場の事前偵察をするようにと命じた。その敷地には納屋のほかに放置された小さな田舎屋（コテージ）があって、地所は六エーカーにおよぶとわかった。その農場はベルファストの南西の山地にある。作戦室のテーブルで地図を穴があくほど見つめているうちに、ハゲワシがそこから山を越えて飛べばバリコンヴィルまで五分とかからないと考えていた。

「通過は一度だけだ」小隊長がしゃべっている。「この道路は往来がすくないから、二度眺めるような危険は冒せない。見張りがいることは、じゅうぶんに考えられる。まっすぐ走って通過しろ。減速もするな」

「わかりました」おれはいった。「この家について、わかっていることは？」

「売りに出ている。不動産屋は空き家だといっているが、われわれはそうは思っていない。だれかが使っている可能性がある」

「徹底的な偵察をやりたいのでしたら」パットがいった。「スーツを着て、そこを買うかもしれないというふりをしたらどうですか？　不動産屋から鍵を借りて、まともに調べるんです」

「名案だといいたいが」と、小隊長が答えた。「やはりそういう危険は冒せない。家のなかにプレイヤーがいたら、あるいは入口に向けて監視カメラを設置しているかもしれない。農場の入口には鉄の門があって、南京錠と鎖で厳重に守られている。きみらは鍵をいじくっているあいだに、さんざん撮影され、それがあとでやつらのファイル用の顔写真になる」

「では、通常の監視所ですね」おれはいった。「こうしてはどうでしょう？　農場を囲むように、塀か生け垣らしきものがあります」二万五〇〇〇分の一の地図の淡い色の点線を指さした。それが敷地の境界を表わしているらしい。「それなら溝もあるはずです。野原に穴を掘るほうがいいかもしれません――ここに――そして夜間はもっと接近する。隠し場所はどこだと思われているのですか？」

小隊長が、メモを確認した。「納屋に向かって右手の奥の隅だ。容量が四五ガロン（約二〇〇リットル）のポリ・タンクを、てっぺんが地面とおなじ高さになるように埋めて、上を藁（わら）で覆ってある」

「それじゃ、それに武器を出し入れするのを見張るには、われわれは……このあたりにいないといけない」納屋の奥がのぞけると思われる生け垣もしくは溝の一カ所を、おれは指さした。

「そうだ」小隊長が背筋をのばし、小さく悪態を漏らした。何カ月か前にパラシュート降下の際に背中を痛め、それがいまも痛いのだ。「現場ではかなり接近することになるな――落ち着いてやらないといけない。さて、地図でわかることはもうない。もう出かけていいぞ」

「わかりました。四時には戻ります」

デッドロック作戦が開始された。パットとおれは、作戦用車輛のうちでいちばん汚くみすぼらしい、土埃にまみれ、煤けた緑色のマリーナに乗り、遠回りのルートでベルファストの南西の山地に向かった。目標地域のバリダフの農場は、不動産会社の広告では〝要改装〟となっている。いかにもIRAのテロリストが一時的隠し場所に使いそうなところだ。辺鄙な田舎だが、それでいて西ベルファストのIRAの根城から二十分で来られる。

パットが運転し、おれが地図を見た。「そこを左」低い尾根を越えたところで、おれは指示した。「あとはまっすぐだ」

山地の上のほうにあるその農場は、さんざんに荒れ果てていた。でこぼこの牧草地はイグサの藪だらけで、まばらな草のあいだにごろごろ岩がある。冬のさなかの景色は、どこもどんよりと暗い色合いで、生気が感じられない。錆びた鉄条網はたるみ、生け垣のあいだにたつ矮小な樹木は、つねに西風が吹くためにみなおなじ方向に曲がっている。高みの湿地のくぼんだところは、どこも水溜まりが鈍く光っている。まさに西ベルファストの雰囲気をそのまま田舎に持ってきたようだ——穢く、ぼろぼろの、糞の山。ＰＩＲＡの心的傾向(メンタリティ)や習慣とまさにぴったり合っている。

「ここで飼われてる牛じゃなくてよかったぜ」と、パットがいった。

「ゴミを食って生きるしかないからな。よく見てろよ——家が右手に見えてくる」

われわれが走っているのは、地図では黄色の線で記されている田舎道で、ゆるやかな下り坂になっている。定規のようにまっすぐだが、幅が二メートル強しかなく、両側に溝があるので、追跡して追い越すことはできない。

「これじゃ追い抜けないな」パットが、おれの考えているのとおなじことをいった。

「無理だ。さあここだ。ほんのちょっとだけ速度を落として、進みつづけろ」

こういうふうに時間があまりないとき、一心不乱に集中し、頭のなかでスナップ・ショットを何枚も撮影できるように、自分を鍛えてある。そうやって、つぎのような事柄を見てとった。敷地の裏手の様子、落葉した木立、おれたちに裏を向けて坂の下に面して建っている白壁の細長く低い平屋。錆びたトタンの波板の屋根、裏に窓はない。その先の道路からさらに奥へはいったところに、コテージと直角に建つかなり大きな納屋がある。壁もトタンの波板だ。納屋とコテージの端との距離は三〇メートル。コテージの正面は壊れかけ、ガラスがなく、板を打ちつけてある窓もある。水色のドア、錬鉄の門扉もおなじ色。門は鎖で閉ざしてある——鎖は古いが、南京錠はぴかぴかで新しい。地面は荒れほうだいだ。

家の正面を過ぎて一〇メートル、それと平行して、トネリコの並木が草ぼうぼうの溝に沿ってのびていた――地図に載っていたのはそれだ。溝の外側は、でこぼこの牧草地がはるかかなたまでひろがっている。おそらく下りきったところに小川があるのだろう。
四、五秒で、われわれはそこを通過した。
「なにかとくに気がついた点は？」おれはたずねた。

「新品の南京錠だ。仕事が終わるまでつけておくんだろう」

「だろうな」

「電気も来ていない」

「水道もないと思う。ドアの外に手押しのポンプがあるのを見たか？」

「ああ。あの並木の下の溝は、ＣＴＲ（近距離偵察（ターゲットの））にもってこいだな」

「絶好の場所だ。あの牧草地から登ってくればいい」

「コテージの正面のドアが、ちゃんと閉まっていなかった」パットが、なおもいった。「だれかが使っているにちがいない」馬鹿にするように不動産屋の口調をまねた。「『改装の必要がございます』といわれなくてもわかるよな！　屁をこいてもぶっこわれそうじゃないか」

三キロメートルほど行くと、小さな十字路があり、そこを右に曲がった。冬の短い日が早くも暮れかかり、夕闇に包まれた野原はいっそう広く見えた。

「このあたりならどこでも降車（ドロップ・オフ）に使えるな」おれはいった。「まもなく交差点があって、左から道がまじわっている。そこがいいんじゃないか」そこの座標をメモしてから、基地へひきかえした。

倉庫に戻ると、警護を担当する連中が装備の整理をしていた。彼らのほうも偵察を済ませ、畑を越えてひそかに侵入し、裏庭からターゲットの家にこっそりとはいるための降車地点（ドロップ・オフ・ポイント）を決めていた。

マイクとおれは、持っていく装備に関して、たがいになんの異存もなかった。どのみちマイクの装備はG3、暗視照準器など、きちんとそろっていた。彼が借りる必要があったのは、ライニングがゴアテックスで迷彩模様の、つなぎになった狙撃手用スーツだけだった。体が濡れず暖かいすぐれた装備品だが、ただひとつ、着ていると走りづらいという欠点がある。だが、われわれふたりは走るようなことにはならないだろう。重要なのは、数日のあいだじっとしているのに必要な品物をそろえることだ。食糧や水はもちろんだが、大便を包むラップや、それを入れて密封するポリ袋のような余分なものもいる。小便を入れるための容器も必要だ。湿地のどまんなかで何度か小便をしたところで、どうということはないと思うかもしれないが、臭気は意外とひろがるものだ。だいいち、われわれがどれだけその監視所にいなければならないのか、見当もつかない。また、容器には〈水〉あるいは〈小便〉と、はっきりわかるように書かなければならない。

そうした基本的な事柄はべつとして、食糧もいる——おもにレトルト・パック入りの調理済食糧で、それを暖めずに食べる——着替えのシャツ、寝袋、懐中電灯、折畳式のスコップ、観測所の屋根に使う金網、望遠照準器、その他。そうしたものをひっくるめると、たいへんな荷物になる。

　一八〇〇時に、最終ブリーフィングを行なった。第一四情報中隊（デト）は、車六台ないし八台と、大挙出動する。SASの側も要撃車輛を四台出すが、怪しまれることのないように、遠巻きに配置される。その晩のわれわれのコールサインはすべてシエラだった。シエラ・ワンが警護班、シエラ・ツーがわれわれ、あとの車輛班は、それより大きい番号になる。重要な位置はブラックと呼ばれる。ブラック・ワンは、ターゲットの家、ブラック・ツーは武器の隠し場所、ブラック・スリーは警護班の降車地点、ブラック・フォアはわれわれの降車地点。なにか支障が起きたときは、ブラック・スリーとフォアが、緊急集合地点になる。

　ブラック・フォアまで、パットが運転した。そこへ近づくと、ブレーキ・ランプがつかないようにするスイッチをパットが操作した。幹線道路との交差点の手前でパットが速度をゆるめた瞬間に、おれとマイクはそれぞれのドアをさっとあけて右と左にすばやくおりた。車はとまらずに進みつづけ、左折して丘を越え、見えなくなった。

　われわれは五分のあいだじっと耳を澄まし、目を配って待った。穏やかで静かな晩だった。車の往来はない。大事ないと判断すると、われわれは道路を渡り、鉄条網の柵を乗り越え、方位一六〇ミル（九度）に向けて牧草地を登りはじめた。おれが先頭をつとめ、マイクが背後を見張りながら、濡れた草を踏んでゆっくりと進んでいった。

　周囲はどちらも平坦で、家の明かりも車のライトもなく、真っ暗だった。ベルファストの街の明かりが立ち昇っている北東の空がかすかに明るいだけだ。だが、目が暗さに慣れるにつれて、じゅうぶんに見えるようになった。

四〇〇メートルばかり進むあいだに、柵や生け垣を六カ所越えた。最後の生け垣は、低い土手の上にある。浅い窪地を挟んだ向こうのコテージがそこから見えるはずだと、おれは判断した。暗視照準器でのぞくと、木立の向こうにコテージと納屋が鮮明に見えた。風を調べるためにしばし待った。吐く息が顔の上でひろがる。風は北東からかすかに吹き、われわれのにおいを後方へと吹き払っている。

敷地の柵の二〇〇メートル以内に近づいて、野原の適当な窪みに監視所を確保する、というのがおれの意図だった。三〇〇メートルまで接近したところで、おれはマイクの耳もとでささやき、前方を偵察するあいだ掩護するよう命じた。うまい場所は、いくらでもある。その牧草地はひどく地面が荒れていて、泥炭質の地面が水で押し流され、岩が露出しているようなところには、九〇センチから一二〇センチほどの深さの穴が、あちこちにあった。前面に六〇センチほどの高さの岩が壁のように立ち、泥炭質の土と叢(くさむら)がかぶさっている窪地を選び、ひきかえしてマイクを案内した。そこは自然にできた蛸壺そのものだった。できるだけ音を立てないように金網で傾斜した屋根をこしらえ、上と下を金釘(ペグ)で固定し、近くの窪みから削り取った牧草で覆った。長い枯れ草をそこにぱらぱらと撒いて傾斜した屋根ができあがった。いっぽうは地面とおなじ高さだが、もういっぽうは隙間をこしらえて、体を横にすれば転がり出られるようにしてある。前面の岩の上の土の中央に細い切れ目をこしらえて、見張り用の覘視孔(てんしこう)とした。

「フォート・ノックスみたいに堅固だ」おれはマイクに向かって断言した。「これからここをそう呼ぼう」そして、本部に連絡した。「シエラ・ツー、監視所を確保した。CTRのためにこれから前進する」

狙撃手用スーツを脱ぎ、とりあえず必要のないものは、なにかが起きて逃げ出さなければならなくなった場合にそなえて、すべてベルゲンに詰めた。かなり暖かな晩なので、いっこうにつらくはない。通常の迷彩服の上に作戦用ヴェストとパーカだけを着けて、前進した。

牧草地がひどくでこぼこなので、闇のなかで歩くのは厄介だった。しじゅう穴につまずくので、ゆっくり進むしかない。何度か前方でごそごそ走りまわる音がしたが、兎だろうと思った。暗視照準器でざっと眺めまわすと、その野原には兎がいっぱいいた。

記憶をたどって、納屋の入口の位置と、都合のいい角度を考えつつ、コテージの正面玄関に向かって右手の生け垣へと慎重に接近していった。水のない溝、茨の藪、何本かあるトネリコの木が、じゅうぶんな遮蔽物になる。慎重に移動しながら、周囲の安全を確認し、服にひっかかりそうな茨の枝を切り落とすと、腰を落ち着けて待った。

コテージの玄関までは一〇メートル、納屋の入口までは三〇メートル。時刻は二一三〇時。密告情報によれば、武器の引き渡しは二三〇〇時に予定されている。ターゲットにかなり接近しているから、声を出したくなかった。本部が呼びかけて、位置についたかどうかをきくのを待ち、押しボタンを二度押して応答した。

時間のたつのがひどく遅かった。あちこちで動きまわっているデトの連中の報告が聞こえたが、敵の活動の気配はない。やがて、二二一〇時に、われわれの背後の小径のどこかにいるデルタ・フォアが送信を開始し、「スタンバイ。車輛が一台、ブラック・ツーに向けて走っている（モバイル）」と伝えた。ほどなくヘッドライトが見えたが、そのまま速度を落とさずに門の前を通過した。

その直後に、おれは凍りついたように動きをとめた。それまでは、農場にはだれもいないと思っていた。が、暗視照準器を通して、納屋の入口の奥に立っている人影が見えた。車が通ったのではっとして出てきたのだろう。あるいは武器を引き取りにきた車だと思ったのかもしれない。その男がずっとそこにいるのに気づかなかったと思うとひやりとした。さいわいわれわれは鍛練されているので、それまでまったく音をたてていなかった。おれはマイクを肘で突き、納屋のほうを指さした。おれの考えを呼んだかのように、本部が呼びかけた。

「シエラ・ツー、ターゲットにX（エクスレイ）を捉えているか？」おれはふたたび押しボタンを二度押した。

「何人だ？　二人以上か？」

一度だけ押す。

本部が、あれこれと質問しはじめた。ボタンを押すだけでは答えられない。納屋はじゅうぶんに離れているから、小声ならしゃべってもだいじょうぶだと判断し、穴のなかで頭を低くして、パーカのフードで顔を包んだ。それなら喉のマイクが音を拾えるし、声が遠くへ届かない。状況を説明すると、待機しろと命じられた。

引き渡しの時刻が過ぎた。「例によってアイルランド人らしさ（パディ・ファクター）が働いているな」と、マイクがささやいた。

そう――いかにもアイルランド人らしい。ＩＲＡのテロリスト（プレイヤー）のやることはあてにならず、それがよけいわれわれの仕事をやりにくくしている。ひどく悪賢いくせに、規律がまったくできていないのだ。おれは北アイルランド（プロヴァンス）に来て間もないが、こんな話をもう耳にしている。ふたりのプレイヤーが、ひとりの警官を殺すために出かけていったが、途中で士気をたかめるためにパブに寄って一杯やることにした。六杯飲んでも、ふたりはまだパブにいて、任務のことはすっかり忘れていた。また、あるときは銃撃のために出かけていったふたりが口論になり、動けなくなるまで喧嘩をした。やはり任務はすっかり忘れ去られていた。そんな調子だから、今夜のわれわれの客人も来ないのかもしれない。

　午前零時を過ぎてかなりしてから、納屋にいた男が足をのばしに出てきた。われわれの横の三メートルと離れていないところを通り、門まで行って、そこで小便をした。ほんとうに静かな夜だったので、しぶきの落ちる音がすっかり聞こえた。そのあと、そいつは南京錠をいじくり――だれが錠前を取り付けたにせよ、そいつはそれに合う鍵を持っていた――鎖をはずすと、門を片方ずつあけた。蝶番（ちょうつがい）のきしる音と、金属が私道の砂利をこする音が聞こえた。それが済むと、そいつはまたぶらぶらとひきかえして、われわれの横を通り、納屋に戻った。あの男は警備員、もしくは見張りのたぐいで、ここに近づくものがないように配置されているのだろう。何時間も真っ暗ななかにいて、明かりひとつ見せないようにしてきたのだから、かなりまじめなやつにちがいない。

ようやく、午前一時半ごろに、くだんのデト隊員が、べつの車がこちらへ向かっていると告げた。われわれの後方にふたたびヘッドライトが現われた。こんどはそれが向きを変えて門を抜け、つかのまコテージが照らし出されたと思ったとたんに消えた。スモール・ランプだけをつけた車が、われわれの横を通過し——バンだ——そのまま走りつづけて納屋に頭をつっこんだ。ふたりが飛び降りて、待っていた仲間に小声で挨拶の言葉をかけた。暗視照準器で三人の姿がくっきりと見える。

おれは押しボタンを一度押した。

「ゼロ・アルファ。ターゲットにエクスレイを捉えているのか？」

フードをかぶって、おれはささやいた。「シエラ・ツー。捉えている。エクスレイ二名がバンで到着した。バンから荷物をおろしている。ちょっと待て。そう——ひとりが長物（ロング）（小銃）二挺を持っている。もうひとりもおなじだ。ロング四挺が納屋に運び込まれた。なかはよく見えない。待て——見えるようになった。奥の右手の壁に懐中電灯が吊るしてある。ロングが地面の穴におろされている。まわりに藁（わら）がある。ロング四挺は隠し場所に入れられた……エクスレイがバンの後部に戻っている。重そうな箱をおろしている——箱はふたつだ。重量からして、弾薬らしい。箱がふたつ、納屋へ、隠し場所へ運び込まれている。弾薬も穴に入れられた」

彼らはやることが手早かった。蓋のようなものを置き、藁を熊手でかき集めてもとに戻し、三人とも出てきてバンに乗った。ひとりが後部のドアからはいったところを見ると、運転席とのあいだには仕切りがあるようだ。門のところでひとりがおりて、鎖と南京錠でもとどおりにしっかりと閉ざした。

「エクスレイは全員バンに乗り（コンプリート）、北へ向かって走っている（モバイル）」と、おれは報告した。「納屋のCTRをしてはどうか？」

「ゼロ・アルファ」本部が応答した。「安全だという確信はあるか？」

「だいじょうぶそうだ」

「では、そちらの裁量に任せる」

「了解。いったん通信を切る」

「顔を見たか？」おれはマイクにたずねた。

「よく見ていない。明かりがじゅうぶんでなかった。しかし、今夜はどのみちたいしたことはないと思っていた。武器を運ぶああいう連中は小物のプレイヤーだ。見たいのは射撃をやるやつだ」

「それじゃ、ここにいて、おれが納屋を調べるあいだ掩護してくれ。なにか起きたら、撃ちまくれ。そしてフォート・ノックスに集合だ。そのあいだ、交信チャンネルを聞いていてくれ」

　敵は全員引き払ったという確信があったが、危険は冒せない。納屋の戸口に立ってしばし耳を澄ましてから、なかにはいった。それから、肉眼では見えない赤外線を発する懐中電灯をつけた。ＰＮＧ（受動暗視ゴーグル）を通し、納屋の内部がまるで昼間のように明るく見える。

右手の奥のほうに、バラバラになった藁が山と積まれ、その右側に梱にまとめたものが二段ぐらい積まれている。その上がくぼんでいるのは、だれかが寝ていたからだろう。下は踏み固められた地面だった。まんなかあたりに架台に板を載せたテーブルがあり、フライパンひと口と皿数枚が置いてある。どれも脂で汚れている。缶切りも一本あって、手付かずの〈パル〉のドッグ・フードの缶が一個あった。なんてこった。あんなものを食っているのだとしたら、よっぽど困窮しているアイルランド人にちがいない。納屋にあったその他のものは、すべて屑だった。古い麻袋がひと山、錆ついたかなり古い乾草裁断機、把手のねじれた穴だらけのバケツが二個。臙脂色の布地からばねや詰め物が飛び出しているぼろぼろの肱掛け椅子。

おれは三叉の折れた柄を拾い、藁の下の地面を叩いて音を聞いた。四回か五回目に突いたときに、うつろな音が響いた。片膝を突き、藁を脇にどけると、船などによく使われる厚い合板を樽の底のように丸く切ったものが現われた。まんなかにツー・バイ・フォアの角材を釘で打ちつけて、把手の代わりにしてある。へりに指を突っ込んで、周囲を探りながら、そっと持ちあげた。仕掛け爆弾のたぐいは見えないし、それらしい感触もない。

合板をどかす。その下に、黒いプラスティックのゴミバケツの蓋があった。それも取る——あった。懐中電灯の光を浴びてぎらぎらと光る四挺のＡＫ－47突撃銃が、銃床を下に、銃口を上にして、立ててある。その脇に黒い弾薬箱が二個、ぴっちりと積んである。手袋をはめた手で銃身を慎重に握り、一挺を持ちあげてみると、かなり使い込まれているとわかった——金属部が傷だらけで、銃床と銃身の下の木の部分が欠け、摩耗していた。PNGをはめていると細かい部分がはっきり見えないので、額に押しあげ、ペンシル・ライトを出して、機関部の脇の刻字に細い光をあてた。漢字が書いてある——どこの国の製品か、疑う余地はない。それを慎重にもとに戻し、弾薬箱の蓋を取った。実弾がバラバラのままいっぱいにはいっていたが、その隙間に緑色に光るものが見えた。手でざっと探ると、L2対人手榴弾二発がはいっていた。拳ほどの大きさのなめらかな楕円形で、緑色の地の上のほうに黄色の帯があり、L2-A2と記されている。やつら、どうやってこんなものを手に入れたのだ？英国陸軍の標準装備品を。

隠し場所の様子を記憶すると、箱を穴に戻し、ゴミバケツの蓋、合板、藁をもとどおりにして、足跡が残りそうな地面を踏まないように気をつけながら撤退した。戸口で立ちどまり、夜間照準器で溝の監視所を捜したが、マイクはどこにいるのか気配も感じさせなかったのでほっとした。だが、彼はちゃんとそこにいた——隠し場所に武器がはいっていることを本部に報告し、われわれは牧草地のバーシャ（シェルター）にひきかえした。

その翌日はずっと、見張りを二時間交替でやりながらじっと隠れていた。スポッター・スコープ（超望遠レンズや照準器にも使用できる望遠鏡）をコテージに向けてあったが、その距離からは門も視界にはいる。

ときたま車が道路を登りおりするほかには、午前十時ごろに、農場を買うかどうかを決めるために見にきた連中がいただけだった。

マイクは眠っていたが、おれは起こした。「おい、あれを見ろ。新しい錠前をつけたのがIRAのやつらだったとすれば、ドジを踏んだな。客が見にくるとは思っていなかったにちがいない」

ダーク・スーツを着た中年の紳士が車からおりて、南京錠をはずしにいった。何度かためし、強くゆすってから、頭を掻き、車のほうをふりかえって、もう一度あけようとした。ついに向きを変え、車の窓越しになにかをいった。ふたり連れの若そうな男女が出てきた。女のほうはなかなかきれいなブロンドで、ミニのタイト・スカートをはいている。ふたりの夢の家に近づくには、門の横の石塀を乗り越えるしかない。太っちょの不動産屋がまず乗り越え、ふりむいてブロンドに手を貸した。尻をこっちに向けたブロンドが塀を越えるとき、スカートが腰までの半分ぐらいめくれて、とんでもなく派手な紫色のパンティが見えた。

「ウグググッ！」マイクがいった。

「どうした？　そんなにやりたいか？」

「あんたはこっちに一年もいるわけじゃないからな」

ふたり連れは身繕（みづくろ）いをして、私道を歩き、玄関からはいった。パットが最初の偵察のときに気づいたように、ドアは鍵がかかっていないので、不動産屋はそのまま押しあけた。首尾はよくなかった。三十秒とたたないうちに三人が出てきて、車に戻った。家の裏にも行かず、納屋にも近づかなかった。コテージをざっと見ただけでじゅうぶんだったのだ。そしてまた塀を越え、ふたたびロイヤル・パープルがちらりと見えて、マイクが瀕死のうめきを発した。「ウグググッ！」まるでだれかに下腹をナイフで刺されようなな声だ。不動産屋は、最後にもう一度、不愉快そうに南京錠を見てから、車を出した。

いつだったか、どこかであれとおなじ色のパンティを見ている。不意に思い出した。シンガポールだ。演習のときだ。チャンギ国際空港で降下訓練をして、そのあとでＲＡＦ（英国空軍）の士官食堂に招待された。壁にガラスの陳列ケースが取り付けてあり、さっき見たものとまさにおなじ紫色のサテンのパンティが飾ってあって、〈超音速パンティ〉。このパンティは、一九七六年一月十四日にジャカランダ・ナイト・クラブのグロリアから奪い取り、ジェレミー・ターナー少佐の操縦する第四三飛行隊のＭｋ３ファントムが翌朝、マッハ一・五で空輸したものである。汝安らかに眠れ〉という由緒書きがあった。

マイクにその話をすると、お返しにこんなことを聞かされた。デトの同僚が、ベルファストの男好きの女と付き合いはじめた。その女の兄貴がＰＩＲＡだとみんなが知っていたので、頼むから用心しろと忠告した。彼の唯一の譲歩は、女を迎えにいくときに、同僚ふたりにもう一台の車であとを追うようにたのんだことだけだった。彼が女を乗せて間もなく、なにかが助手席側の窓から飛び出すのを、うしろの車の同僚が見た。あとでそれをきかれると、彼は説明した。「あいつにいったんだよ――おい、こないだはパンティをはいてなかったじゃないか。なんでいまはいてるんだ？　そうしたら、あいつはパンティをつかんでビリッと破き、もうはいてないわよっていいながら窓から投げ捨てたのさ」

パンティの話で、しばらくは楽しく時間をつぶしたが、これから六時間も、明るいあいだずっと我慢していなければならない。きょうはずっと雨が降りそうな気配があるのだが、いまのところはもっている。さいわい、われわれのいる牧草地も付近の牧草地も牛がいない。つまり、近くの農夫が見廻りに出てくる気遣いはない。いちばん厄介なのはコリーを連れた羊飼いだが、羊もいない。風はずっとコテージからわれわれの背後のひろびろとした土地に向けて吹いているので、ときどき紅茶を沸かしたり、食事を温めてもさしつかえはない。予想にたがわず、監視所でのマイクのふるまいは、じつに申し分ない。アフターシェイヴの匂いが消えてからは——冗談ごとではなく、ほんとうに危険な場合があるのだ——文句をつけるようなところはまったくなかった。

こういうたぐいの仕事では、つねに退屈がいちばんの敵だ。二時間ほどなんの動きも見られなかったので、おれは頭がおかしくなるくらい退屈した。思考が堂々めぐりをして、きまってふたつの問題に戻る。楽しいほうはトレイシーのこと、楽しくないほうは義母の声にこめられたとがめる響き。あんな辛辣な口調は、あのひとらしくない。

ようやく、マイクとおれがふたりとも起きているときに、話ができるようになった。できるだけさりげなく、デクラン・ファレルの話題を持ち出した。以前にチェーン・ソーの件をだれかからきいたふうを装い、いったいどんなやつなんだろうと不思議がってみせた。「そんなことをやるぐらいだから、よっぽどの強硬派なんだろうな」

「そうさ」マイクが答えた。「興奮するとなにをやるかわからないそうだ。何人が膝を撃ち抜かれたか、数えきれない」

「なにが動機なんだ？　いったいどうしてそういうことをするようになった？」

「やつらがどうしてあいうことをするかって？　小さいころから仕込まれるんだよ。パトロール隊に石を投げたりする四つの悪ガキが罵詈雑言を吐くのを聞いたことがあるだろう。三つするのを見たことがあるだろう。生まれたときからそうなんだ。ほかのことはなにも知らないで育つんだよ」

「ファレルを見たことは？」

「二度ばかり。じつに見映えのする男だというのは、認めざるをえない」

「しかし、いまはもう自分では作戦をやらないんだろう？　だいぶ上にいるから」

「どうかな。やつらはここのところ、下っ端の工作員をだいぶ失っている。現場が手薄になっているかもしれない。それに、ファレルは干渉するのが好きなんだ。傲慢なやつだから、若いのにやりかたを見せるだけのために出てくるかもしれない。最近のように何度か失敗がつづくと、やつは手本を示したくなるかもしれない」

「今夜、来るとは思わないだろう？」

「来る可能性はある。どうした——怖いのか？」

おれは作り笑いをした。「いやいや、興味が湧いただけだ」とたんに、おなじ表現を前に口にしたのを思い出し、二度と使うまいと自分をいましめた。

日中は、予定の変更はまったくなかった。本部が連絡してくるとき、メッセージはつねにおなじだった。「NTR——報告事項無し(ナッシング・トゥー・レポート)」密告者からのあらたな情報はないので、銃撃は予定どおりその晩の二二〇〇時に実行されるのだろうと、われわれは判断した。

どんよりした冬の夕方、五時を過ぎたころに、われわれはまた溝まで前進して、前とおなじ位置を占めた。風がやみ、気温が下がっているのに気づいたが、さして注意を払わなかった。

護衛(ベビーシッティング)チームがわれわれとおなじように定位置におり、デトの連中がふたたび田園地帯に出ているのが、通信網を聞いていてわかった。われわれへの警戒の呼びかけは、なにもなかった。やつらはデトの目をごまかしたにちがいない。まだ二一二〇時だというのに、突然、背後の道路をヘッドライトが近づいてきた。その車がまだ門のところにいて、だれかが南京錠をはずしているあいだに、どうにかおれは無線で警告を発したが、じきに車がそばを通ったので、沈黙するほかはなかった。

こんどは乗用車——旧式の二リットルのローヴァーだ。外見はわれわれの要撃車輛と変わらない。運転手は車を右に向けてコテージの端まで進め、バックで出してからまた切り返して、われわれのすぐ目の前で道路に車首を向けてとめた。そんなに近いのに、ナンバー・プレートの文字が読めない。わざと牛糞でも塗りつけてあるようだ。四人がおりて、ドアをばたんと閉めた。音をたてるのを意に介するふうはない。みんなビールを何杯かひっかけているのだろう。やがてひとりがトランクをあけて、なにかの荷物を出し、四人いっしょに納屋に向かった。じきにマッチを擦(す)ったものがいて、ガス・ランプがシューッという音とともについた。

ギラギラする黄色い光が、納屋のなかにひろがった。ひとりがあまりにも不注意なのに気づいたらしく、入口まで戻ってきて、左右を見まわしてから、大声でいった。「この納屋にはドアがあったはずだ。いったいどこへいった」

「ドアなんかどうでもいい」もうひとりの声がした。「さっさと着替えろ」

荷物からひとりが長く黒い服を出して、四人ともそれを着た。

おれはマイクの耳もとでささやいた。「顔を知っているやつはいるか？」

マイクが目を凝らして、二度うなずいた。

「ファレルか？」

マイクがかぶりをふった。

一分とたたないうちに、四人は頭の先から足まで黒ずくめになった。そのうちのひとりが、隠し場所をあけて、AK47突撃銃を出し、弾倉に弾薬を詰めた。弾倉がカチリと叩き込まれる音が聞こえた。

心臓がハンマーのような音をたてていたので、二度ばかり深呼吸をした。くそっ！　G3のセレクターを連射(オートマティック)にして、三〇メートルほどのところにいる四人のテロリストに狙(ねら)いをつけた。ここで全員殺(や)れる。

四人のなかでいちばん背の低いやつが、あとの三人のまわりを歩いて、ざっと点検した。それからそいつがランプを消し、四人して車にひきかえした。

車が動きだしたとたんに、おれは無線で呼びかけた。「シエラ・ツー。エクスレイ四名が武器と弾薬をブラック・ツーから回収した。AK47四挺。いまダーク・グリーンのローヴァー2000に乗った。こちらの位置の北へ向けて走っている」

「ゼロ・アルファ」本部が応答した。「了解」

「くそったれ!」おれはあえいだ。「どうして殺っちまわないんだ」

「わかってるよ。ほんとうに頭にくるだろう」

マイクが立ちあがり、いらだちをふり払おうとするかのように、ぶるんと体をふった。やがて送信した。「デルタ・エイト。エクスレイ四名のうち——二名は知らない顔だが、あとはエイモン・オライリーとジョニー・ベストだ。どうぞ」

それから三十分のあいだ、われわれは攻撃チームが不規則に移動しながらターゲットに迫るのを無線で聞いているほかに、やることがなかった。デトの車が、ローヴァーの位置を報告しているのが聞こえる。グリーン・ファイヴからグリーン・フォア、そしてグリーン・スリーへと進んでいる。そこからターゲットまではわずか五〇〇メートルだが、なぜかプレイヤーたちは脇道にそれて、ひらけた田園地帯にはいり、二十分ほど姿を現わさなかった。やがてようやくまた位置が突き止められたとき、ローヴァーはグリーン・スリーに向けて折り返していた。こんどこそ、数十秒のうちに襲撃が行なわれるものと思った。だが、そのあとは予想外の展開となった。襲撃隊の車は、農家の前でとまらず、そのまま通り過ぎた。要撃チームが排除する許可をもとめたが、本部の指揮官は却下した。これからなにが起きるのか、本部は様子を見ることを望んだのだ。

マイクもおれも緊張して、片時も油断せずにじっと待った。われわれの側の人間はみんなそうだったろう——何人かは、このあいだのおれのように農家のなかにいる。何人かは家の外の監視所にいる。あとはたいがい車に乗って、いつでも対応できる構えでいる。プレイヤーたちは、なにか理由があってびくついているのか？　最後の瞬間にやつらが怖じ気づいて、任務がだいなしになることもある。あるいはおかしな場所に隠れているこちらの車輛に気づいたのか。あるいは農家そのもののなにかが目に留まったのか。われわれはじっと耳を澄まして、アマチュア無線を傍受している情報部がなにかを報告するのを待った。プレイヤーはたいがいそれを使って話をする。

三十分が経過した。と、突然、ローヴァーがまた発見された。農家に向かっている。明らかにもう一度通過する様子だ。本部はこんどは行動を決意し、要撃チーム二個を急行させ、ローヴァーが農家に到達する前に排除しようとした。要撃チームはすばやい機動を行ない、一台が道路の前方で横向きにとまり、もう一台がうしろから追うという単純なやりかたでローヴァーの動きを封じた。

そこからがまた意外な展開だった。挟み込まれたローヴァーに襲撃隊は乗っていなかった。乗っていたふたりは武器を持っておらず、ふつうの服装で、パブでちょっと飲んだあと、家に帰るところだと主張した。ざっと車内を調べたが、武器は出てこなかった。その車には、まったく不審なところがなかった。

すさまじい狼狽がひろがった。この車に襲撃隊が乗っていて、おりてしまったのか？　あるいは囮の似た車なのか？　やりとりを聞いていると、突然、本部がおれに呼びかけ、われわれの報告した車のナンバーはわかっているかと、もう一度たずねているのに気づいた。

「シエラ・ツー。わからなかった」おれは答えた。

ローヴァーに乗っていたふたりは事情聴取のために連行し、車内は科学捜査班に調べさせろ、と本部が命令した。では、今夜はこれで終わりか？

われわれにとっては、終わりではなかった。高速で北から接近する車に最初に気づいたのは、マイクだった。

「気をつけろ！」マイクがいった。「やつらが戻ってきた」

狭い道を、車が甲高い音を響かせて近づいてくる。運転している男は、ひどく急いでいるか、あるいは激怒しているようだ。右折して門を抜け、われわれのそばを轟然と通過すると、ヘッドライトをつけたまま、納屋の入口に鼻面を突っ込むような感じに急停車した。あまりにも明るいので、暗視照準器より双眼鏡のほうがよく見えそうだった。くだんの四人が飛び出し、大声で罵詈雑言を吐きながら、武器を車からおろしはじめた。ひとりが隠し場所の上の藁を蹴とばしてどけ、蓋をあけたが、四人ともひどく怒っていて、しばらく立ったまま口論していた。

「シエラ・ツー」おれはあわただしく報告した。「エクスレイ四名がブラック・ツーに戻ってきた。まだ武器を持っている。全員殺れる。発砲許可がほしい。どうぞ」

「ゼロ・アルファ」本部が応答した。「了解。待て」やがて答が届いた。「ゼロ・アルファよりシエラ・ツーへ。却下する——許可できない。なにもするな。やつらを行かせろ。どうぞ」

「シエラ・ツー、了解」

「くそ、まったくもう！」マイクが、おれの耳もとでささやいた。

あまりやかましく騒いでいるので、もう一台がやってきたのに、四人のプレイヤーはぎりぎりまで気づかなかった。われわれも同様だった。あっという間にその車が門を通ってわれわれの横をするすると通過し、ローヴァーのうしろにとまった。ふたりの男がおりて、ドアはあけたまま、納屋のなかで騒いでいる連中のほうに大股で歩いていった。なぜか運転していた男に目が行った。大男で、足をすこしひきずっている。近づきながら、よく響く低い声で、その男がいった。「なにをしてやがる。腐れまんこ野郎！　頭を冷やせ」

光のなかに男がはいって顔が見えたとたんにわかった。

マイクにもわかった。「ファレルじゃないか！」マイクが思わずいった。「やつがご登場とは！」

「シエラ・ツー」おれはまた呼びかけた。「エクスレイがさらに二名現われた。ひとりはデクラン・ファレルだ。くりかえす、ファレルだ。発砲許可を要求する。どうぞ」

要求はふたたび却下された。耳を疑った。こっちは、やつの側頭部に照準器の十字線をぴったりと合わせているのだ。引き金に指をかけてある。それをほんのちょっと動かすだけでいい。キャスの復讐を遂げられる。マイクとふたりで、六名のテロリストをその場で撃ち殺すことができる。ひとりとして、あの納屋から逃がしはしない。

そのとき、自分たちが切迫した状況に置かれていることに、突然気づいた。G3をおろしたとき、ファレルの車が揺れるのが目に留まった。まるでだれかが乗っていて、体を動かしたように。また揺れた。ぼんやりした逆光で、なにかがフロント・シートを乗り越えるのが見えた。運転席からおりてきたのは、プレイヤーではない。すごくでかい犬、ロットワイラーだ。

「しまった!」おれは息を吐き出した。「こいつはやばいぞ!」

ありがたかった日中の北風はやんでいて、あらゆる方向からときどき弱い風が吹いていた。犬はコテージの正面に駆けていって、玄関のドアの枠の前で片足をあげた。それから正面の壁のにおいを嗅ぎはじめた。動いたら犬の注意を惹くが、じっとしていても見つかるだろう。もうじきわれわれのにおいを嗅ぎつけるはずだ。

「おい」おれは低い声でマイクに告げた。「ずらかるぞ」

時すでに遅かった。犬が足をとめ、首をもたげて、こっちをじっと見ている。そしてひとしきり吠え、突進してきた。われわれはぴったり伏せた。犬はほんの六〇センチほど離れたところでとまり、のびあがるようにして足踏みしながら、激しく吠えたてた。

「バスター！」納屋からファレルが叫んだ。「黙れ、馬鹿！　こっちへ来い！」

それに対して、犬はいっそう激しく吠えるばかりだった。ほんとうに興奮しきっている。顎からよだれが飛び、われわれにかかった。死人も目を醒ますのではないかという吠えっぷり。まったくあがきがとれない。じっとしていたら、犬が逆上している原因をだれかがたしかめにくる（あるいはファレル本人が来るかもしれない——そうすれば、とにかく殺る口実ができる）。しかし、動けば犬が飛びかかってくるはずだ。

こうしたことが頭をよぎったのは、ほんの二分の一秒のあいだだったろう。おれは右手を下にのばし、ナイフを鞘から抜こうとしたが、そのちょっとした動きが、攻撃を触発した。セメントの袋が落ちるようなドサッという音とともに、犬はわれわれの上に飛びおり、激しくぎりぎりと咬(か)んだ。犬はマイクの右前腕にがぶりと咬みつき、喉を鳴らしてうなった。おれは犬にナイフを突き立てようとしたが、その瞬間に、犬が離れ、こんどはマイクの肩を咬んだ。後肢をふんばり、尻をふって、しっかりとくわえると、あとずさりしてひきずろうとした。手はひとつしかない。G3の銃口を犬の肋骨に押しつけ、胸に一発撃ち込んだ。銃声はいくぶん弱まったが、それでも大きな鈍いバンという音がした。

被弾の衝撃で、犬はわれわれの体から離れて、土手に叩きつけられ、そこに倒れてひくひく痙攣(けいれん)しながら、吠え声ともうめきともつかない最後の声を、喉から絞り出した。

「走れ！」おれは低く叫んだ。

後向きに溝から出ると、ぬかるんだ野原に飛び出した。一瞬、納屋の人声がぴたりととまった。やがていっせいに叫びはじめた。叢に足をとられながら、懸命に駆けた。木立を透かして、納屋から出てくる人影が見える。まもなくカタカタという連射が響き、銃弾がわれわれの頭の上を飛び越していった。溝から五〇メートル戻ったあたりの穴にはいった。暗いのでまずは安全だ。二挺目の小銃が射撃を開始する。はるか右手の地面に銃弾が突き刺さるのが音でわかった。われわれが道路から来て、そっちへひきかえしたと思っているにちがいない。やつらはそちらに向けて弾倉の全弾を闇雲に撃った。

銃撃が中断すると、われわれはフォート・ノックスに向けてまた走った。混乱したため目印がわからなくなっていたので、見つけるのに、左右に細かく動かなければならなかった。岩蔭のシェルターにようやく潜り込むと、われわれは息をととのえた。

「腕はどうだ?」

「血が出ているみたいだが、たいしたことはない。手はちゃんと動かせる」

「シエラ・ツー」おれは送信した。「発見された。死傷者はないが、緊急に回収してほしい。五分後にブラック・フォアへ行く」

「ゼロ・アルファ」本部が応答した。「了解」

「シエラ・ツー。ブラック・ツーの雀蜂の巣をつついてしまったので、全員撤退したほうがいいと思う」

悪漢どもは、まだわれわれが道路から来たと思っているようだ。私道をあちこち懐中電灯で照らしては、闇に向けて撃っている。あの石塀を越えた女の紫色のパンティを、ふと思い出した。

装備をまとめ、監視所を破壊するのは、一分で済んだ。ペグを抜いて金網をひっぱがすと、牧草と雑草の屋根はくずれて山になり、ひとがいた形跡はほとんど残らなかった。最後の仕上げに、盛りあがった土の部分に細く切った覘視孔のへりを蹴って崩し、自然にできた穴のように見せかけた。

十分後には、降車地点に戻り、格好な石塀の蔭に隠れた。その位置についたとたんに、パットから、そこへ接近しているという無線連絡があった。おれは確認の応答をして、道路に出た。とたんにヘッドライトが坂を登ってくるのが見え、数十秒後には無事に車に乗って、基地に向かっていた。

8

その大騒動のあと、怒りが鎮まるまで、三日四日かかった。いちばん残念だったのは、PIRAが作戦を中止して撤退したことではない。自分がしくじったのが腹立たしかった――というより、個人的な遺恨を晴らす絶好の機会を奪われたのが口惜しかった。なにもかも片がついていたはずなのだ。マイクとおれが発砲しても、あとで適切な武力の行使だったことを認めさせるのに、なんら苦労しなかったはずだ。武装した四名の男と対峙していたのだから、われわれに生命の危険があったと無理なく主張できる。

その後の経過を見ても、どうしてテロリストたちが銃撃を中止したのか、なにも手がかりは得られなかったが、本部が発砲を許可しなかった理由はわかった。四人の殺し屋のうちのひとりは重要な情報提供者なのだと教えられた。したがって、その男を生き延びさせることは、きわめて重要なのだ。ファレルを殺すより、その男を生かしておくほうがいいというわけである――とにかく、そのときはそういわれた。あとで、それがすべて事実なのかどうか、怪しいと思うようになったが。

この敗北にはいろいろ考えさせられた。ファレルはバスターという犬を失ったが、おそらくそれに命を救われたと思っているだろう。自分を殺そうとした暗殺者候補の身許を突き止めるすべはないが、治安部隊の一員だということは想像がつくはずだ。あれだけきわどい目にあったのだから、当分、現場に出る危険は冒さないだろう。おれが北アイルランドにいられる月日は、どんどん残りすくなくなっている。つまり、ファレルを殺るには、自分ひとりで付け狙うしかない。

そのことを考えると興奮した。単独の任務がどれほど危険かを知っているからだ。だいいち、ペアで作業するのがいかに不可欠であるかという実例に出遭ったばかりだ。おれひとりのときにあの犬に襲われたら、あっさりと捕らえられてしまったかもしれない。たったひとりで作戦をやれば、危険なのは目に見えている。だが、ファレルの傲慢さに、ついその気になった。納屋に着いたとき、部下たちをどなったあの様子――ふたことみこと聞いただけでも、あいつがやたらと威張り散らす男であることがわかる。

計画のあらましは、すでにできあがっていた。住んでいる場所を突きとめ、監視所を設け、行動を徹底的に観察する。偵察が終わったら、このあいだひそかに押収した九ミリ口径のルガーでやつを殺す。射撃場で何千発も撃ったので、一五メートルないし二〇メートルの距離からファレルの頭にダブル・タップを撃ち込む自信はある――それでやつは一巻の終わりだ。いちばんの問題は、それをやるだけの休みがとれるかどうかだ。やつの家を見つけるには、何度も偵察しないといけないだろう。行動パターンを突きとめるのにも偵察が必要だ。義父母のところへ行くといって、夜に半端な時間の休みをとることもできるが、遅かれ早かれ緊急の場合に嘘がばれる——招集がかかって隊員を呼び戻されるようなとき、連絡しようとそこに電話しても、おれはいない。どこか辺鄙な湿地でこの大物が帰宅するのを待っていて、すぐには動きがとれない。

つぎにキャスの両親をたずねたのは、クリスマスの昼食のときだった。付け合わせがきちんと添えられた手の込んだ料理を食べたあとで、昔ながらに、飾り付けられたツリーの下からプレゼントを出した。ティムがいちばん年下なので、メッセンジャーの役を仰せつかって、包みをそれぞれのところへ持っていった。ティムは、自分が関心の中心になっているあいだは行儀がいいのだが、そのあとでわけもなくふくれたりする。それに、祖父母がもてあましているのがよくわかる。母親を亡くし、家族がばらばらになっているせいなのだろう。癇癪を起こす回数が、とみに増えているようだ。不意に甲高い声で叫んだと思うと、聞き分けがなくなる。メグが癇に障るのも無理はない——おれもいらいらする。

ある晩、ポータキャビンの部屋で眠れないまま横になっているとき、トレイシーのことを(いつものように)考えていた。毎晩のように彼女に電話していたし、クリスマス・プレゼントには高価な銀のブレスレットを送った。おれたちの関係は、順調に進展していた——数百キロメートルも離れているにしては、うまくいっていた。うちに戻ったら仲良くやっていけるだろうし、トレイシーはティムを自分の子供のように世話してくれるだろう。ヘリフォードの医療センターに赤ん坊のころに連れていったとき以来、トレイシーはティムを見ていないが、それでもなんの不安も感じていないようだった。

そしていま、必死で知恵を絞っている。クリスマスのあいだ、志願して働いたからでもあるのだが、まもなく一週間の休暇がとれる。うちに帰るつもりでいたが、逆にトレイシーを呼んで、こっちで休みをとれば、北アイルランドで自分の不正な計画を実行できるかもしれない。それに、トレイシーはティムと親しくなれる。まだある——頭がめまぐるしく働いていた——北の海岸地方にある義父母の別荘で、婚前のハネムーンのようなものができるかもしれない。孤立してはいるが、安全な地域だ。ティムを連れていけば、とにかくメグがひと息つくことができる。そのあと、万事が順調にいけば、トレイシーにティムをキーパーズ・コテージに連れていってもらい、そこで落ち着いて一家の暮らしをはじめる——この最初の訪問だけでは無理かもしれないが、何回か会えば。

めずらしく、流れはこちらの有利に動いているようだった。電話を三本かけただけで、なにもかも手配がついた。トレイシー、メグ、そして航空会社。トレイシーのすばらしいところは——いや、すばらしいところはいっぱいあるが——おれの新しい案に積極的な反応を示したことだった。原則として考えもせずに提案をはねつけるような消極的な態度の人間には、とても我慢できない。トレイシーの見かたはそれとはまったく逆だ。新しい物事はなんでも楽しい、あるいは楽しいはずだと思っている——だから、こちらへ来たらどうかときくと、「最高!」というのが彼女の反応だった。コテージはスーザンが留守番をするし、一週間の休みならいつでもとれる。トレイシーはひとことだけ、「いつ?」とたずねた。

メグもおおいに乗り気だった。トレイシーはちゃんとした教育を受けている看護婦で、幼児の世話がきちんとできると、おれは説得した。彼女の姉に幼い男の子がふたりいて、ずっとめんどうをみていたという事実も話した。義父母は、どういう事情か察したのだと思う。トレイシーがイングランドのおれの家に住んでいるのをふたりは知っているし、その彼女がこちらに来るといえば、二と二を足したことはまちがいない。だが、そこはさばけた義父母のことで、おれの手配りに文句をいわなかった。小隊のほうへは——これで不正な探検のためにこっそり抜け出す必要はなくなった——たんに北部の海岸の別荘で過ごすとだけいった。

先日の騒ぎのあと、シエラはすぐさまわれわれの車庫から引退して、その代わりにはおれはキャヴァリエをあてがわれた。今回は、つねにバック・ミラーを片目で見ながら運転し、四番出口でM2をおりると、その必要はないのにわざと二度車をとめた——一度はガソリンスタンドでミントを買い、もう一度は、エンジンのぐあいが悪いふりをして、待避所にとめ、ボンネットの下をのぞき込んだ。あとをつけられていないと得心がいくと、山裾をまわってバリコンヴィルの村に向かった。

あまりにも小さな村だったので、そこを見たときには落胆した。四軒、五軒、いや六軒の小さな家が、道路に沿ってぽつぽつと立っている——それだけだ。一軒のドアの上に〈リーアムズ〉と緑の地に白く書いてあるのがバー兼雑貨屋で、あとは民家だが、ひどくみすぼらしく貧乏ったらしいので、ファレルが住んでいるはずはないし、足を踏み入れるとも思えない。のんびりした感じの村だったら、パブにはいってビールを一杯飲み、さりげなく近隣のことをたずねるところだ。しかし、この村はそうはいかない。話しかたでイギリス人とわかるよそ者が現われたら、たちどころに警報が発せられる。一瞬のうちに話が伝わる。住民全員が話をひろめ、見張りに出るだろう。

村をそのまま抜けて、丘を登っていくしか、方法はなかった。だが、左手をちらりとふりかえると、村の他の家とは離れた高みに、もう一軒、家があるのがわかった。岩棚に建っているので真下の道路からは見えない。他の家の前をかなり通りすぎてからでないと目にはいらない位置にある。庭を囲むように納屋がいくつかあるので、農場のように見えるが、ありきたりのおんぼろの農家でないことは、一瞥(いちべつ)しただけでわかった。古い建物を一、二年前に改築したものだ。屋根はこぎれいでへこみがないし、窓が新しい。農業をいとなんでいるものの家にしては、しゃれている。あれがファレルの家にちがいない。

そのまま二十分走りつづけ、待避所に車をとめて、十分のあいだ五万分の一の地図を眺めながら、間断なくミラーに目を配った。通る車はすくなく、不安をもよおさせるような車は通らなかった。村に駐車してCTRをやるわけにはいかない。車をとめておいても心配がない場所を捜さなければならない。地図に緑色で記された森林の部分を食い入るように見た。バリコンヴィルにもっとも近い森が、くだんの農場の裏手の山を囲んでいる。田園地帯を一キロメートル横切ったところにある。とにかく見ておく値打ちはあるだろう。

しばらく車を走らせると、それが見えるところに出た。思ったとおり、針葉樹の人工林が、山の斜面をぐるりと取り巻き、大きな椀を伏せたような形を成している。公道がその下を等高線に沿うように走り、林のきわには鉄条網の柵がある。数百メートル行くと入口があり、砂利道が林のなかにはいっていって、左カーヴを描いていた。その道路を進むと、一本の太い木の棒のいっぽうに蝶番をつけ、反対側の端を鎖と南京錠で杭に固定したゲートに行き当たった。ここには超音速パンティはない――看板に〈林野局。許可なく立ち入りを禁ず〉と書いてあるだけだ。

車から出て、あたりをざっと眺めた。この門は幹線道路からはまったく見えない。砂利道は整備され、荒れていないので、タイヤの跡は残らない。鎖と南京錠とあたりの地面を念入りに調べると、しばらく開閉されていないとわかった。この森では、間伐や伐採などの作業は行なわれていないようだ。こちらの目的に格好の条件がそろっている。LATAで錠前破り(ロックピック)の訓練を受けているから、こんなゲートをあけるのは朝飯前だ。なかへはいり、森の奥の適当なところで、車を隠し、山の肩を徒歩で越える。車から離れているときに万一だれかが車を見つけて報告したら、盗まれた、悪漢どもが乗り捨てたのだろうといい逃れをする。

そう決めると、車の向きを変えてひきかえした。バリコンヴィルをもう一度通過するときに、さきほどの印象が裏付けられた。村に近づくとくだんの農家が見え、その壁がすこし前に白く塗られたばかりだとわかった。窓枠は新しく、濃い茶色の木を使っている。屋根も従来のもの――昔ながらのスレートだ。裏手に高い金網があるのが見える。ずいぶん金のかかった家だ。だが、屋外に車は見えず、人間が立ち働いている気配はまったくない。

二度目に通過したときに、周囲の様子も見ることができた。家の裏手は荒れた草地で、山の側面に向けて登り勾配になっている。このあいだマイクとふたりで監視所を設けた野原と似たような地形だが、ここはグラウンド一面ほどの広さで農場の地所が終わり、その先は山になっている。区切りは地形の輪郭に沿い平行に張った柵で、その上のほうはワラビの叢のあいだにハリエニシダの茂みがある。さらに登ると、ワラビがヒースに変わる。ハリエニシダの茂みが、監視所にはもってこいのようだ——棘(とげ)が痛いが、格好の遮蔽物だし、ターゲットまで二〇〇メートルとない。

その翌朝が、トレイシーの来る日だった。パットに市営空港まで送ってもらい、車を借りたすぐあとに、バーミンガムからの便が到着した。レンタカー会社の女性に、赤のダットサンしか残っていないといわれたときにはうろたえた。赤！　その色だけはごめんこうむりたい。まして森へはいるのだ——何キロも離れたところから見える。だが、こう自分にいい聞かせた。〝いいじゃないか、おまえは街から来た観光客で、一週間いるだけだ。それらしくふるまえ〟そこでビザ・カードで支払い、義父母の住所を書いて、ダットサンの受け取りのサインをした。

みすぼらしい到着エリアにトレイシーが出てくると、おれたちはまっすぐに駆け寄って、無言でぎゅっと抱き合った。まわりのひとびとは、われわれの感情の電流の激しさを感じたのだろう、近づいてこず、目を向けようともしなかった。つややかなブルーのトラック・スーツごしに、すらりとした健康な肉体の感触がわかった。

「痩せたわね」トレイシーがいった。

「そうなんだ。こっちは緊張が激しくて」

「でも、あなたらしい」

「よかった!」

トレイシーは、ベルファストがはじめてなので、ヘレンズ・ベイに向かいながら、ここが市の北東部で、柄の悪い西部地区からだいぶ離れていることを教えた。別荘はトラブルの中心からもっと遠いので、なにも心配はいらないのだと説明した。

トレイシーは、義父母にたいそう気に入られた――きちんとした受け答えができたからだし、彼女は即座にヒットを一本放った。痩せすぎだからもっと食べないといけない、とデンがトレイシーにいった。つまりはメグがこしらえてコーヒーのときに出したレモン・ケーキを、もうひとつ食べろという意味だ。ティムのほうはといえば――トレイシーはインコースのストレートからはいった。具体的にいうなら、汽車のおもちゃでいっしょに遊び、おとなに対するように接した。信じられなかった。ふたりは、三十秒もしないうちに、どうして信号の青は進めで赤はとまれなのかと、真剣に議論していた。

ここで先行きの予定の話をするのにはふさわしくないように思われたので、三人で一週間旅行をするということにして、荷物をこしらえて出かけることにした。古いチャイルド・シートが小さくなったので、デンが新しいのを買っていた。それをダットサンのリア・シートに取り付けた。車を走らせながら、いかにもレンタ・カーで休日を楽しんでいる家族らしい見せかけは、無邪気かつ無害そのもので、うってつけの欺騙だと気づいた。だが、ルガーがトランクに入れてあることを、おれだけが知っている。食料品などをそろえるために村の小さなスーパーマーケットに寄り、ドライヴそのものは一時間とかからなかった。

別荘は、予想していたものとはまったくちがっていた。一軒だけ奥まって建っているようなものを想像していたのだ——沿岸警備隊街(コーストガード・ロウ)一番という住所は知らなかった。地元の沿岸警備隊のために建設された四軒のうちの一軒で、海を見下ろす岩棚の端に建っている。道路のずっと上にあるので、下で車をおりて、庭まで石段をあがらなければならない。即座に、これは好都合だと思った。四軒とも道路からは見えないし、夜の変な時間や早朝に車で出ていっても、見られる気遣いがない。

家のなかも、すべて申し分がなかった。メグが鍵を持っている親切な近所の人に電話をかけて、床暖房のスイッチを入れるよう頼んであったので、暖かく迎え入れられた感じだった。ティムは前に来たことがあるので、この家の間取りの権威ぶって部屋を案内してくれた。ティムを連れてきてよかった。そうでなかったら、夜はもとより、昼間も一日中ベッドのなかにいただろう。

居間で暖炉を燃やすと、その家は繭(まゆ)のようにおれたち小さな家族をやさしくつつんだので、あまり表へ出たいという気にはならなかった。とはいえ、最初の日の夕方は砂利の浜を散歩した。潮が満ちているところで、海はうねりもなく凪(な)ぎ、岸に打ち寄せるときだけほんの小さな波が砕けた。平たい石を拾い、アンダーハンドでさっと投げると、水を切って何度も跳ねるその投げ方を、ティムに教えてやった。ティムはまだ投げるのが下手で、腕に勢いをつけようとして、何度もぐるぐるまわった。おれは満潮線のあたりに流木がたくさんあるのに気づき、別荘の裏の小屋にためておこうと思い、集めて腕にかかえた。

そのあいだも、バリコンヴィルの白い農家と、その裏山の暗い森のことを考えていた。何時間か出かける必要があるのを、どう説明しようか？　ハネムーンといってもいいような旅行の最中にいなくなるというのは、どう考えてもおかしくはないか？

SAS（レジメント）隊員は、仕事の内容を妻や恋人にはできるだけ漏らさないのがふつうだ、そう前にトレイシーに説明したことがある。知識を最小限にとどめるほうが賢明だし、そうすれば秘密が守れるからだ、と。つねにずばりと要点を突くトレイシーは、こう反駁した。「そういうのって感じ悪いわ。仕事のことをきちんと話してくれないひとは、ほかにも隠しごとをしているかもしれないじゃないの」むろん彼女のいうとおりだ。秘密は不信をはぐくむ――それをいま、ふたりの関係がはじまったばかりなのに、おれは彼女をあざむこうとしている。

その日、おれはなにも話さなかった。トレイシーが夕食の支度をしているあいだに、村の反対側のパブまで歩いていった。観光地なのでそこはだいじょうぶだとデンに聞いている。ましてデンとメグは、このあたりではよく知られている。〈スパニッシュ・ガレオン〉という店で、スペインの無敵艦隊を偲ぶようすが壁いっぱいに飾ってある。大半は、一五八八年にここの沖で難破したヒロナ号から回収したすばらしい金の宝飾品の写真だ。おれは黒ビールを一杯注文し、デンの別荘に一週間泊まるのだと、店の主人に話した。彼がキャスのことを知っているかどうかは定かでなかったので、釣りのことなど、あたりさわりのない話をした。カウンターにいたおれとおなじ年ごろの男が、近くに釣り舟を持っている友人がいるといった。しばらくして、夕食用に安いワインを一本買い、家に帰った。

朝方、すっかり明るくなる前に、ティムがおれたちの部屋にパジャマ姿で飛び込んできた。

「どうしてベッドをくっつけてるの?」と、大声できいた。

「そうすれば抱き合って寝られるでしょう」と、トレイシーがいった。

「おばあちゃんとおじいちゃんは、そんなふうにしないよ」

「あらそう――はいってきていっしょに抱き合いましょうよ」

つぎの瞬間には、ティムはおれたちのあいだで、イタチのようにもぞもぞ動いていた。

「どうして裸で寝てるの?」ティムが、とがめるようにきいた。

まいった! おれは笑いをこらえられなかった。

「このベッドは寝心地がよくて暖かいでしょう」と、トレイシーが答えた。「だからパジャマはいらないのよ」

そんな調子でやりとりがつづいた。トレイシーはティムの扱いがものすごく上手だった。とりわけ、ティムが神の話を持ち出したときがすばらしかった。

「神様ってだれ?」ティムが質問した。

「大きなお父さんみたいなもの。天国にいるの」

「それじゃ、どうしてぼくに見えないの？」

「風のようなものなのよ。風は感じるけど、見えないでしょう。ほらね。神様もおなじ」

「神様ってどんな感じ？」

「暖かい感じ。だれかに親切にされたときみたいに。とてもいい感じ」

「ママは天国にいるの？」

「そうよ。いると思う」

「どうして天国に行かなきゃならなかったの？」

「神様がお望みになったんでしょう」

「なんでお望みになったの？」

「ママはとってもいいひとだったからよ」

「ママに会いにいける？」

「それは無理……」

たいへんな質問攻めだったが、トレイシーは対等に相手をした。冷静さを欠いたり、質問をさえぎって思いやりのない返事をするようなことは、一度もなかった。朝食が終わるころには、ふたりのあいだには強い絆が結ばれていた。その朝のおれたちは、仲のよい家族そのものだった。

そのあとで、昼過ぎに仕事で出かけなければいけないと打ち明けたとき、ひどく厄介なことになった。トレイシーは、本気で怒っていた。「でも、休暇のはずじゃなかったの。わたしがきたのは、そもそもお休みだからでしょう」

「わかっているよ」おれは言葉を濁した。「でも、やりかけのことがいくつかあって。やっておくと仲間に約束したんだ」

おれがわざと話をぼかしているのをトレイシーは知っていたが、秘密保全について話をしたばかりなので、それ以上は追及してこなかった。夜には帰るとおれがいうと、トレイシーはこういっただけだった。「気をつけてね。晩御飯はこしらえておくわ」

バリコンヴィルは車で一時間足らずの距離にある。だが、そこへは行かなかった。大縮尺の地図を頼りに、右手つまり西へ大きく迂回し、森林局の人工林へ逆の側から接近した。入口はやはり人気(ひとけ)がない。ざっと調べたところ、このあいだおれが来てから、だれもゲートを動かしていないとわかった。薄い絹の手袋をはめて、先の曲がった棒や釘のようなものから成るロックピックの道具を出し、てきぱきと南京錠をはずす。ゲートの横木はコンクリートの重しがいっぽうにつけてあり、簡単に上にあがった。車を奥へ入れると、ふたたびゲートをおろして、南京錠を取り付けた。

人工林にはいると、道路は左に大きくカーヴを描いていた。左右の唐檜(とうひ)は、たいへんな巨木で——樹齢三十年ほど、高さは一五メートルくらい——間伐がなされていないために、密生している。遠くから森の奥を見透かすのは不可能だから、この車が走っているのも見えないはずだ。五〇〇メートルほど登り坂を進むと、二股になっていたので、左の道をとり、地形の輪郭に沿って目当ての方角に進んだ。急カーヴを曲がったところで、道路が突然終わり、砂利を敷いた空き地になっていた。木材運搬用のトラックが向きを変えられるぐらいの広さがある。その斜面の上のほう、人工林のきわに、裸の地面がすこしあった。車を降りて、そこがじゅうぶんに固いことをたしかめると、ヘリコプターが通っても枝に隠れて見えないように、できるだけ奥へバックで車を突っ込んだ。枝を切り取って完全に隠そうかとも思ったが、やめた。それでは、隠そうという意図があまりにも明白すぎる。だからはったりで押し通すことにした。助手席に、わざわざ注文して取り寄せた一冊の本、『英国各地の野鳥フィールド・ガイド』を置く。それが倉庫に届き、爆弾ではないことを確認するために警備課が開封したときには、だいぶ不愉快な目にあった——「おいおい、ジョーディが興味がある鳥(バード)は一種類だけだぜ(バードは俗語で女のこと)」などと、嫌味ったらしくいわれた。その本がいま役立ってくれるといいのだが。

ドアをロックして、デイパックを背負うと、道路を延長するようにそのままのびている防火帯を歩いていった。G3自動小銃も超小型無線機もなしに野外で作戦行動をしているのが、どことなく奇妙に思える。それよりも、すぐに接触できる相棒がおらず、ひとりでやっているのが、もっと奇妙に思える。装備といえるような持ち物は、ルガーと暗視照準器をのぞけば、ナイフ、ワイヤー・カッター、剪定鋏(せんていばさみ)、懐中電灯、それに双眼鏡だけだ。この出撃を計画しているあいだ、小隊のカメラを借りようかどうしようかと、かなり迷った。ファレルの写真を撮って自分で現像すれば、本人であることが確認できる。だが、しばらくしてその案はあきらめた。ひとつの大きな問題点は、カメラを一週間借り出したら、それがないのにだれかがかならず気づくということだ——それに、どのみちファレルの人相風体はじゅうぶんにわかっている。ピンク・マイクが見せてくれた写真を見たあと、一時的隠し場所でじっさいに姿を見ているわけだから、人違いはまずありえない。

ヒースとぼうぼうの叢に覆われた小径だったが、まんなかのあたりはちゃんと道がついていて、進むのは楽だった。方向転換用の空き地から二〇〇メートルほど離れたあたりで、小径は右に弧を描いていた。車が見えなくなるとすぐに、身をかがめて森に潜り込み、半円を描いて戻るように這い進んだ。しばらくのあいだ、身を隠して観察し、あとをつけられていないことを確認するためだ。

それがいうは易しというやつだった。低い枝は光が届かないためにたいがい枯れていたが、固くとがっていたし、低いものは地面から五、六〇センチのところに突き出していた。古い松葉のなめらかな絨毯の上を這っているときも、そうした枝がデイパックにひっかかる。ほとんどぴったりと伏せて腹ばいに進むしかないような状態だった。もぞもぞと這いながら小径へひきかえすとき、こんな密生した林のなかを速く進むのはとうてい無理だと気づいた。

蛇のようにのそのそと慎重に小径のきわまでひきかえし、十五分のあいだそこにじっと横たわって、双眼鏡で自分の車を観察した。なにも動きはないので、やがて緊張を解いた。用心しすぎかもしれない——だが、なにがあるかわからないのだ。

ふたたび小径に出ると、シャツの襟から唐檜の松葉をはらって、進みつづけた。ほどなく境界の柵に行き当たったので——高さ二メートルの四角い金網の柵だ——用心深くその向こうをのぞいた。前方は見通しのいい山の斜面で、右から左へと低くなっている。かなり広い範囲にわたってヒースが繁茂している。枯れているように見える狭い牧草地と、ハリエニシダの藪がある。あの山にだれかが登らないかぎり、姿を見られることはないと確信した。まずそれはありえない——もっと近い農場や民家は、山頂を越えたずっと先だ。いずれにせよ、目立たない色のパーカ、ニッカーボッカーのようにジーンズの上に引きあげた灰色の厚手のウールの登山用靴下など、できるだけハイカーかバード・ウォッチャーのような服装を心がけている。

落ち着け、と自分にいい聞かせた。あせるな。柵の手前でしばしじっとしていてから、乗り越え、もう一度あたりをうかがった。闇のなかをひきかえすことになるので、侵入した個所に目印がいる。金網にハンカチを結びつけるのでは目立ちすぎる。森のほうをふりかえると、樹皮がすっかり剝けて白っぽくなっている枯れ枝が見えた。また柵を越えて戻り、金網の上のほうに、それを針を布に通す要領で、角度をつけて挿した。もとからそこにあったような感じにして、また柵を乗り越える。

ひらけたところを進むとき、等高線をたどるようにした。わずか十分後に、山のてっぺんから用心深く顔を出すと、下に農場が見えた。すこし腹ばいで進むと枯れた細い沢にはいり、いちばん高いところにある野原のすぐ上のハリエニシダの茂みまでそのまま行けた。這ってその藪をまわり、低い枝をすこし切り払ってから、その下の地面をこそげて、落ちている棘をどけると、居心地のいい隠れ場所になった。最小限の労力で、完璧な監視所ができあがった。

農家と納屋などの建物は、眼下の二〇〇メートルと離れていないところにある。向かって右手の母屋は低く細長く、山のきわまで達している。裏手には刈った牧草が高く積まれ、そのてっぺんはスレートの屋根の雨樋から一メートルも離れてない。母屋と牧草の山のあいだに、一メートルに満たない通り道がある。家の裏側には窓が二カ所しかないし、いずれも小さい——バスルームと便所だろう。家の左側が、山とは反対側に、太いLの字の足のように突き出している。その端の壁のまんなかのすこし傾斜した屋根付きのポーチのある玄関が、ここからすっかり見える。

家そのものには、二義的な関心しかない。もっと重要なのは、母屋の端と接して敷地を囲んでいる高い金網の柵だ。つまり、この農場は金網もしくは石塀によってすっかり取り巻かれている。しばらくは、母屋を囲んでいる部分が一種の広大な犬の檻だということに気づかなかった。おれのいるところとは逆の側にある二メートルほどの門から私道がのびている。ここはファレルの家ではないかもしれないと疑念がたとえあったにせよ、境界の柵に沿って嗅ぎまわっている犬が不意に見えて、それが雲散霧消した。かなり大型のロットワイラーが一頭。だれも哀しんでくれるもののいない故バスターの同僚にちがいない。

細かい部分を見ていくうちに、家のいっぽうの隅に接近路を見張る監視カメラがあるのに気づいた。壁の上のほうには、防犯灯とおぼしいものがある。はじめは赤外線感知装置で作動するのかと思ったが、敷地内に犬を放しているから、それではひと晩中ついたり消えたりして、なかにいる人間が頭にくるはずだ。

家にはだれもいないようだった。表に車がないのはたしかだ。やがて、監視をつづけるうちに、牛の鳴き声が聞こえ、納屋のうちのすくなくとも一棟は、本来の目的のために使われているとわかった。これは意外だった。母屋以外の建物がかなり改造されているところからして、農業はまったくやっていないものと思ったのだ。そのときふと思った。あるいは牛を飼っているのは偽装のためかもしれない。他の活動から目をそらさせるために、ごくふつうの農場のように見せかけているのだ。

午後がゆっくりと過ぎていった。三時半ごろに小雨がぱらつきはじめたので、防水コートを着た。前の晩にせっせとはげんだせいもあって、うとうとと眠りたいという誘惑は激しかった。目を醒ましているために、仮にファレルが帰宅した場合、どうやって斃すかを考えた。敷地にはいらず、はるか上の山からG3もしくはハンティング用のライフルで殺るのが、もっとも簡単な方法だ。だが、倉庫からG3をこっそり持ち出すのは不可能だから（ハンティング用のライフルも入手できない）、接近してルガーでやるしかない。犬が自分の巡回区域をたえずうろついているから、それはかなり困難だろう。ファレルが車からおりるはずのポーチと、柵のこっちにいながらそこを視界におさめられるもっとも近い場所との距離を、目測で判断した。せいぜい二五メートルというところだ。確実を期するためには、もっと接近したい。

なにはともあれ、ルガーの状態はいい。手に入れてすぐに、古くても非の打ちどころのない状態だとわかった。ＰＩＲＡの武器はだいたいそうだ。このルガーも、だれかがかなり真剣に手入れしている——それはそれとして、分解して徹底的にクリーニングし、じゅうぶんにオイルを注した。強風が吹き荒れて、風の音が銃声をごまかしてくれるような日に、それを使われていない砂利採取の穴に持っていって、二、三十発撃ったので、期待を裏切らない働きをしてくれるとわかっている。

四時をまわったころに、驚くようなことがあった。ほんものの田舎の農婦そのもののしわくちゃ婆さんが、私道をぶらぶら歩いてきた。黒いスカーフをかぶり、足首まで届きそうな古ぼけたオーバーを着て、きつめのブーツをはき、パイプをふかしている。犬が駆けよって出迎え、婆さんがゲートからはいってくると、犬は前足をその肩に載せた。婆さんが犬にキスをして、なにか好物らしきものをやった。そのあとで庭に向かう婆さんのあとを、犬がついていった。双眼鏡で見ていると、婆さんはパイプを口から取り、搾乳機の台だったとおぼしいものの上に置いた。それから物置にはいっていき、バケツを持って出てきた。正面があいている納屋に婆さんがはいっていくと、鋼鉄の扉のガラガラという音が聞こえた。おそらく牛に餌をやっているのだろう。つぎに婆さんは乾草をかかえて、またおなじ納屋へはいっていった。犬は婆さんがいるのが嬉しいらしく、そのあいだずっとあとをついている。婆さんはようやく、また門を通って出ていった。今回は、それが自動的にあくのがみえた。たぶん道の地面に圧力を感知する装置を埋め込んであるのだろう。

婆さんが坂を下って姿が見えなくなると、ほどなく宵闇があたりをつつんだ。もっと接近したいが、風が危険だ。上からくる風がおれの体を吹き降ろしているのがわかる――例の一時的隠し場所での経験から、犬が騒いだら万事がだいなしになるとわかっている。だから、そのままの位置で、じっと待った。

六時をまわったところで、努力が報われた。ギラギラ光るヘッドライトが坂を登って来て、一台の車が農場の門に向けて曲がり込んだ。車がすぐ前まで来ると、門があいた。ロットワイラーが飛び出して、ゆるゆると進む車が玄関の前にとまるまで、跳ぶように走りまわった。防犯灯がつき、三人の男が車からおりた。運転していたのはファレルだと、即座にわかったが、あとのふたりは見分けられなかった。その車はメルセデスのエステート・ワゴンで、男たちは家にはいる前にテールゲートをあけ、重そうなスーツケースを出して、ひとりが二個を持ち、よたよたしながら近くの納屋へ運んでいった。膝を曲げているところからして、かなり重いようだ。納屋に着くと、ファレルが鍵束を出し、ドアの鍵をあけた。スーツケースをしまうと、三人は母屋へはいった。そして、それぞれの部屋へ行ったのか、まもなくいくつか明かりがともった。

一日の作戦としては、これでじゅうぶんだ。あの農家がファレルの家であることと、現在も使用していることが確認できた。これからやらなければならないのは、潜入して母屋に近づく方法を考え出すことだ。闇のなか、斜面を登って引き返すときには、もうそれについて考えはじめていた。

森のゲートのところで、南京錠をかけるためにまた手袋をはめ、つぎに来たときにだれかが来ていればわかるように、特定の角度に傾けた。


その夜、ベッドでふたりして重ねもちに体をからませて寝ているとき、背中をこっちに向けているトレイシーがいった。「ジョーディ、あなたなにをやっているの?」

おれはうとうとしながらつぶやいた。「なに?」

「銃なんか持って出かけていって」

「どの銃?」

「あの拳銃よ。服の下にあるのを見つけたの」

「ああ、あれか。護身のためにいるんだ。それだけだよ」

トレイシーはしばらく黙っていたが、やがてこういった。「だれかを追いかけているんでしょう?」

おれはつとめて緊張するまいとした。体に力がはいったら、トレイシーに気づかれる。まったく厄介なことになった。はったりを通そうとしても、偽っているのがばれる——トレイシーはほんとうに勘が働くのだ。かといって、嘘をならべれば、とたんにふたりの関係に危機がおとずれるだろう。

「心配ないよ」おれはいった。「だいじょうぶだ」

「キャスを殺したひとね?」

「トレイス！」おれは緊張して、トレイシーから離れた。「どうしてわかったんだ？」

「推測しただけ。きょうの午後、ずっと考えていたの。このひとは休暇中なのか、それともちがうのか。このひとは半端に仕事をやることはない。わたしは知っているのよ。あなたたちはひとりではやらない。いつもふたりで組むんでしょう？」

おれはうなずいた。額をトレイシーの背中におしつけたままなので、見えなくても彼女にはわかった。

「やっぱり。あなたはそのひとを殺そうとしているのね？」

もう一度うなずいた。

「どうして？」

「キャスを殺したから。それが理由だ」

「殺すつもりではなかったと思う」

「だれかしら殺すために、爆破犯を送り出したんだ。ほかにもおおぜい殺している。とんでもない人殺し野郎なんだ」

「目には目を？」

「そうだ」

「ほうっておけばいいのに」

「トレイス、これはきみとは関係ないことだ」

「おおいに関係があるわよ！」トレイシーが不意に体をまわし、こっちを向いて腹立たしげにいった。「わたしたちがいっしょになるつもりなら、あなたのやることすべてにわたしはかかわっているのよ」

それはとても無理だ、おれのような仕事では、そういうふうにはできない、とやさしくいい聞かせたかった。しかし、おれは正面きってぶつかるのを避けて、あすの朝、元気なときにもういちど考えようといった。

「あなたの悪いところは」トレイシーがいった。「一匹狼だということ。自分でわかってる？　いつだってひとりで物事をやりたがるんだから」

翌日の火曜日は、天気のせいで骨休めができた。西からの強風が、すさまじい暴風雨を運んできて、それが暗くなるまで断続的につづいたため、野外に潜んでいられるような日ではなかった。昼食のあと、おれたちは海岸の北のほうへドライヴして、巨人の土手道（ジャイアンツ・コーズウェイ）の一部を歩いた。ティムは、その五角柱や六角柱をぶった切ったような驚嘆すべき形の岩の群れが気に入り、嵐がぶりかえして車に戻らなければならなくなるまで、岩から岩へと飽きずに何度も飛び移った。トレイシーは議論に勝ったと思っているにちがいない――おれはやめるとはっきり約束したわけではないが、あれ以来なにもやる気配がないように見えるはずだ。

じつのところは、バリコンヴィルのあの農場に侵入して母屋に接近する方法を、頭をフル回転させて考えていた。ワイヤー・カッターで柵を破ることはできるし、家の裏手の牧草の土手と母屋のあいだにはいり、その隅に陣取れれば、ファレルがメルセデスをおりるところまでは、ほんの二、三メートルだ。だが、あのいまいましい犬はどうする？　麻酔薬を仕込んだ分厚いステーキ肉かレバーを持っていけば、ロットワイラーはがぶりと飲み込むだろう。だが、ファレルが帰ってくるまえに犬を眠らせたら、犬が走って迎えにこないのでファレルはただちに異変を察するだろう。いや、最悪の場合、家の正面で犬が倒れてしまうかもしれない。そうなったらファレルの目に留まる。それに、前のように部下ふたりを連れて帰ってきたら？　こっちが逃げるためには、そのふたりも殺さなければならないのではないか？

明けて水曜日はよい天気で、もう一度出かけなければならないと決意した。トレイシーはむろん怒り、おれたちははじめて本気で喧嘩をしたが、ただ偵察するだけだと約束して、おれは被害を最小限にとどめた。偵察だけというのは、おおむね真実だった。決定的な行動に出る前に、ファレルの動きをせめてもう一度、確認する必要がある。

今回は遅く出発したので、人工林のゲートに着いたのは一六〇〇時だった。南京錠を丹念に調べて、このあいだ来たときからまったく動かされていないと判断すると、なおも車を進めて、例の駐車場所に入れた。監視所へ行くまで、やはりだれの姿も見ず、そこへ行くと、くだんの老婆がまた夕方の仕事をやるのを見ることができた。犬が放してあるのもおなじだ。犬は老婆にまとわりついている。老婆と犬の動きからして、ここからは見えない牛に餌をやる場所で、犬も餌をもらっているようだ。それが厄介かもしれない。餌をもらったあとでは、そうがつがつしていないだろう。

空が晴れているので、残光がしばらくとどまり、すっかり暗くなったのは五時過ぎだった。

それまでに風が北にまわり、顔に正面からあたっていたので、金網のわずか五〇メートル上の位置までおりてもだいじょうぶだろうと思った。そこにひとつだけぽつんとあるハリエニシダの茂みの蔭に寝そべり、暗視照準器で農場をじっくりと見た。犬の姿が見えない。どこかの塒にでもはいったのだろう。それから一時間、考えるほかになにもすることがなかった。さっきまで暖かな明るい家族にくるみこまれていたのに、いまは寒く暗い山の上でひとり腹ばいになって、闇の軍勢とただひとりで戦おうとしている。その極端な対比を思った。あるいはトレイシーが正しいのかもしれない。おれは一匹狼なのかもしれない。

前とほぼおなじ時刻、六時過ぎに、メルセデスが私道にはいってきた。今回も武器の配達かなにかなのか？　また犬が走りだして出迎え、車が玄関へ行くまで、踊りながら付き添った。が、前とはちがい、おりたのはふたりだった。ファレルとひとりの女。双眼鏡で見ると、若く、服装も垢抜けている。薄い色のジャケットとスカート、防犯灯の光を受けて光ったところを見るとパテント・レザーとおぼしいハンドバッグ。ファレルの姿も、こんどはよく見ることができた。写真よりも肥っている。顔にだいぶ肉がついている。やはり歩きかたが不自由だ――左足に体重がかかるときに、ちょっと傾く――それでも、かなり機敏に動く。ファレルがドアの鍵をあけて、女のために押さえるのを、おれは眺めていた。やがてなかの明かりがひとつまたひとつとついて、家が生気を取り戻し、防犯灯が消えた。

「そこにいれば安全だと思っているだろう」おれはつぶやいた。想像のうえで押しボタンを握っていった。「タンゴ・ワン、ターゲットが家にはいった。続行の許可をもとめる。どうぞ」馬鹿なことはやめろと自分にいい聞かせ、車に向けてひきかえした。

別荘に戻ったのは八時前だった。ティムはもう寝ていて、夕食のいいにおいが漂っていた。おれはキッチンのテーブルについて、緊張をほぐそうとしたが、トレイシーの言葉を聞いて、やにわに立ちあがった。「あなたに会いにきたひとがいたわ」

「なんだって？　どんなやつだ？」

「さあ。あなたとおなじぐらいの齢。ひどい身なりだった」

「アイルランド人？」

「もちろんそうよ」

「どんな用事で？」

「釣りに夢中だっていうのは、ここの旦那かい？」北アイルランドのなまりを上手にまねて、トレイシーがいった。

「ああ──そうか。パブで会ったあの男かな」〈スパニッシュ・ガレオン〉で、地元の釣り舟が雇えないかというようなことを、ひとりの客と話したのを思い出した──だが、なにも話は決めていない。

「ピアスをしていたわ」トレイシーがいった。

「それじゃその男とはちがう。ほかのやつだ」

「そんな心配そうな顔をしないで」

「おい！」おれはいった。「ここを出ないといけない」

「えっ――いま？」

「そうだ。いますぐに」

「どうして？　ここは安全な区域だって、何度もいったじゃない」

「そうだ。だが、やつらに目をつけられた」

「ねえ、ジョーディ――やめてよ！　憶測がすぎるんじゃない。親切そうなひとだったわよ。緊張をほぐして。座って一杯飲んだら」

おれは腰をおろし、トレイシーの注いだ赤ワインをひと口飲んだ。だが、緊張はこれっぽっちもほぐれなかった。

「そいつはなんといった？」

「いつまでいるのかって」

「どう答えたんだ？」

「週末までいるって」

「そうしたら？」

「そのひとは、あしたまた来るといったわ」

「くそ！」

ほんとうに釣り舟のことでたずねてきたのかもしれないが、パブでの話はたわいないものだったから、そうとは思えない。いや、トレイシーのいうとおりかもしれない。おれは空想の虜になっていて、だれでも敵に見えてしまうのか？

そういう心理状態になってしまうと、そこから抜け出すのは非常に難しい。どうしてもそれをふりはらうことができなかった。今晩はここにいようというところまで、気持ちを落ち着かせはしたが、まずキッチンの椅子二脚を持ち出して、一脚を玄関のドアの把手の下に斜めに支い、もう一脚を裏口のドアに支った。そして、デイパックからルガーを出し、どこにいるときもすぐ手が届くようなところに置いた。過剰反応だとトレイシーが思っているのはわかっていたが、おれが真剣だと見てとって、あまり意見しなかった。

夕食のあとで、おれはいった。「その――案があるんだ。そのとおりにしなくてもいい。きみが決めることだから」

「それじゃ、いってみて」

「やつらは、おれがここにいるのを見た。きみといっしょにいるのを見た。だれだかわからないが、とにかく見られた。あすの朝、おれたちはここを出て、ベルファストに戻る。そこできみを飛行機に乗せる」

トレイシーがテーブルごしに手をのばし、おれの手に重ねた。視線が揺れている。

「すまない」おれはいった。「でも、それがいちばん安全なんだ」

トレイシーは、まだじっとこちらを見ている。

「もうひとつ」おれは語を継いだ。「ティムも連れていってもらったほうがいいと思う。きみにその気があれば」

これはつらすぎた。トレイシーがわっと泣きだし、テーブルに顔を伏せた。おれは彼女の手をぎゅっと握った。

「泣くなよ。どうしてもそうしなければいけないわけじゃないって、いったじゃないか」

「ちがうわよ！」さっと身を起こすと、トレイシーが激しい口調でいった。「そうじゃないわよ。その反対。ティムは連れていきたい。でも、あなたにも来てほしいの。みんないっしょに、どこか安全なところに行きたいの」

その夜は何事もなく過ぎたが、朝には車を最大限の注意を払って検査した。発火装置がタイヤに仕掛けられていないことを確認し、道路に仰向けになって車体の下に潜り込み、仕掛け爆弾はないかと捜した。なにも見つからなかったので、なにもないのに自分勝手な想像で事件を創りあげているのだろうかと思い惑った。

別荘の戸締まりをして、早々と出ていくいいわけをしながら、鍵を近所の人間に返した。そして、となりの村の電話ボックスから義父母に電話して、帰ることを伝えた。トレイシーがティムをイングランドへ連れていく話はしなかった——直接会って話ができるときまで待ったほうがいい。電話でそういう話をするのは失礼だろう——メグがティムのめんどうをちゃんと見られないとわれわれが思っているように受け取られかねない。

午後の飛行機の切符がとれるとわかると、トレイシーはすぐにティムの荷物をまとめて、廊下に出した。それから、家族全員で機嫌よく愉快に昼食を食べた。ティムは、めそめそするどころか、また飛行機に乗れるうえに、キーパーズ・コテージに帰れるので、わくわくしていた。ティムを眺め、だんだんキャスに似てくると思った。たぶんティムはキャスのしっかりした性格を受け継いでいるはずだ。ティムは、相手がやさしくしてくれるのであれば、だれといっしょにいようが平気のように見える。それに、もちろんトレイシーは最初からティムとすごく気が合った。希望的観測かもしれないが、ティムはトレイシーのことを母親のように思っているというのが、おれの正直な印象だった。

休暇はあと三日しかないので、おれがイングランドへ行くほどでもない。空港へ行く途中で、もう個人的な敵を追いかけることはしないと約束した。このあとはずっとおとなしくしている、そうおれはいった。

ターミナルに到着したのは二時半で、出発時刻は三時十五分だった。チェックインを手伝い、ハイジャック防止検査(セキュリティ)を通るふたりに手をふって別れの挨拶をしながら、無事に帰ったのを確認するために、夜に電話すると約束した。

ふたりが行ってしまうと、おれは短時間用の駐車場へ走って戻った。トレイシーには、レンタカーを返して、小隊のだれかに迎えに来てもらい、基地に帰るといった。だが、レンタカー会社の営業所には行かなかった。赤いダットサンに乗って空港を離れ、まっすぐバリコンヴィルへ向かった。

9

人工林のゲートに、なにごともなく到着した。前の二度の偵察より時間が遅く、例の場所に車をとめたときには、夕闇が濃くなっていたが、心配はしなかった――ファレルがいつもとおなじように行動するなら、彼が帰宅するまで一時間半以上ある。おれは途中で村のスーパーマーケットに寄って、ステーキ用の大きな肉を一枚買い、待避所に駐車して、それに薬を仕込んだ。切れ目を入れてサンドイッチのようにすると、そこへ粉末状の睡眠薬をたっぷりと詰め込んだ。

完全に暗くなるのを待って、家の裏手の乾草の山の上の金網を切るのがいちばんいいだろう、と決めていた。敷地に侵入したら、家の裏側の角に潜む。そこからメルセデスがとまるはずの場所までは、四、五メートルしかない。風向きによっては、犬はほうっておいてもいい。おれの存在に犬が気づいたら、肉を投げあたえるしかない。ファレルを斃すために発砲したら、犬が襲いかかってくるかもしれないが、必要とあればそれも撃ち殺せばいい。

ファレルが崇拝者をおおぜい連れて帰ってこなければいいがと思った。このルガーの難点は、八発入りの弾倉が一本しかないことだ。それを撃ち尽くしたら、弾倉に再装填するのに二十秒ほどかかる。ファレルがあの女を連れてきたら、女には気の毒だが、それはそれでしかたがない。銃撃が終わったら、おれは柵を抜けて逃げる。

そのときに犬が来たら、いちおう肉を投げてみる——犬が目もくれなかったら、一発撃ち込む。

こうしたことを考えながら、車のドアをロックして、頭のなかで点検した。拳銃、予備の弾薬、ナイフ、懐中電灯、双眼鏡、ワイヤー・カッター、肉。それらすべてを身につけ、あるいはデイパックに入れると、もうぐずぐずしている理由はなくなった。だが、最後の瞬間に、興奮もしくは期待、あるいはその両方のためにふるえているのに気づいた。「冷静になれ」と、自分にいい聞かせた。

深呼吸を一度してから、黒々とした高木に挟まれた森の小径を歩きはじめた。弱い風が顔に当たる。この場所から判断したかぎりでは、風は農家から山に向けて吹いているようだ。幸先がいい。

森のきわの柵の手前まで行ったところで、様子がおかしいのを察した。ぜったいに自分ひとりではない。足をとめた。物音は聞いていないし、なにも見ていないが、なぜかあるメッセージがおれのもとへ届いた。じっと立っていると、血がどくどくと流れているのが耳の奥から聞こえる。空気のにおいを嗅ぐと、唐檜の清々しい香りがするばかりだった。通常の五感は、なにもトラブルの気配を察していない。しかし、第六感が、〝気をつけろ！〟と大きく明瞭に告げている。

頂上のへりにもう一歩近づくと、ふたたび足をとめて暗闇にまぎれ、動くものはないかと待った。唐檜の梢を風がかすかに揺らしたが、聞こえるのはそれだけだった。どこがおかしいのだ？　だいたい、おれはびくついたりしない。夜は友だちだと思っている。敵でも怖がるような相手でもない。だが、たしかになにかまずいことが起きている。

二、三分、そのままで待ち、気を鎮めようとした。もちろん中止してもいい——だが、それではなにもかもが無駄になる。一日二十四時間、毎日、これをやろうと精神を鼓舞してきたのだし、またとないチャンスなのだ。いまやめたら、ぜったいに自分が許せなくなるだろう。

やがて、そこに立っているうちに、だれかが前方の頂上、つまりおれと柵のあいだにいるという気がしてきた。やはり物的証拠はなにもなく、ただそう感じただけだ。そのとき、あるいは密猟者ではないかと思った。森にダマジカがいるのだろう。このあたりの人間がそれを狙うのは、おおいにありうることだ。おれの車が登ってくるのをそいつが見て、邪魔がいなくなるのを待っているのだ。それなら、鉢合わせしても、たいして難しい事態にはならないだろう。

時間は刻々と過ぎてゆく。もうぐずぐずしてはいられない。ファレルが帰ってきて、こっちが手が出せない屋内にはいる前に、射撃位置につかなければならない。それに、あらためてべつの方法で目的を達成しようとしても、成功の見込みは薄いだろう。森のなかの他の小径は調べていないし、いまからそれをやろうとしたら、迷う可能性が高い。

激しく体をふるわせれば迷いをふるい落とせるとでもいうように、なかば不随意に、なかば意識して、体を一度ぶるんとふるわせた。それから前進した。

五〇メートルほど進むと、直感が正しかったことがわかったが、そのときにはもう手遅れだった。前方の小径にだれかがいることが、たちまちわかった――それもひとりではなくふたりだ。黒いふたつの人影。夜の闇よりもなお黒い。それでもなお、密猟者だとつかのま思った。だが、おれに襲いかかってきた様子からして、密猟者のはずはないとわかった。

向きを変えて駆けだしたが、前方で懐中電灯の光がひらめくのが見えた。あとをつけているやつもいたのだ。行く手をさえぎられた。逃げ道はたったひとつ。横だ。山を下って森に分け入るしかない。いちばん低い枝の下めがけて、右に身を躍らせ、地面に積もったなめらかな松葉の上をもぞもぞと這い進む。だが、そううまくはいかなかった。たちまち枝がデイパックにひっかかる。べつの枝が左のこめかみに突き当たって、皮膚が切れた。うしろから大型犬の吠える声が聞こえる。

気がつくとひらけた場所にいた。ふたたび黒い人影がふたつ、目の前にぬっと現われる。頭を低くして突進し、左手のやつにしたたかに頭突きをくらわせて、前進していたところを倒した。もうひとりが脚に飛びついてきて、おれは転んだ。そいつの股間を膝蹴りし、左の拳で殴りながら、右手でルガーを抜こうと必死でもがいた。そのとき、がっしりした犬が木立から飛び出してきて、たちまちおれの右の足首にがぶりと食らいついた。

突然、四方におおぜいの人間が現われ、棒でおれを激しく叩いた。頭を守ろうとしたが、首に手ひどい打撃をいくつか受けた。肩と腰のうしろの急所も叩かれ、犬のせいで起きあがれなかった。吐き気がしてきた。と、懐中電灯の光を顔に向けられ、こういうのが聞こえた。「よし、もうやめろ！」立ちあがって駆けだそうとしたが、だれかが横からぶつかってきて、おれは仰向けにひっくりかえった。つぎの瞬間には、松葉の上でうつぶせになって、背中を膝で押さえられ、頭の上にも尻が載っていた。

しばらくは恐ろしくて失禁しそうだった。PIRAに捕まったのかと思った。ギラギラする懐中電灯の光で、襲いかかってきた連中が黒っぽいものを着て、スキー・マスクをかぶっているのがわかった。くそ、ファレルはおれの動きに勘づいたのか。もうだめだと本気で思った。

やがて、聞こえる声がわりあい教育のある人間のものだと気づいた。だれかがおれの両腕をうしろにひっぱって、手錠をかけた。頭に座っていたやつが立ちあがっていった。「立て！」犬は足を放したが、まだその辺を躍りまわっている。そのうちにだれかが手首に紐を結び、ふたりの男に追い立てられて、林の密生した低い枝のあいだを抜け、見通しのいい小径に出た。

そのころには、あちこちでたくさんの懐中電灯の光が揺れ動いていた。いたるところに人間がいるようだ。おれが足をほんのちょっと動かすと、ひとりが語気荒くいった。「足枷をはめられたくなかったら、じっと立ってろ」

つぎにやられたのは、いかにも専門家らしい身体検査だった。ふたりがわたしの顔を懐中電灯で照らし、もうひとりが手探りする。ルガーと鞘入りのナイフがすぐに見つかった。もちろんデイパックは両手に手錠をかけたままでは、はずせないから、ストラップをほどかなければならなかった。

ほどなく、ちょっと雰囲気のちがう男が、目の前に来て――指揮官のたぐいだろう、と思った――こういった。「こんなところでなにをしている?」

肩のあたりがたまにきらりと光るので、制服を着ているのではないかと思った。だが、何者かわからないので、黙っているのがいちばんだと思った。と、その男のうしろになにか白いものが見え、その直後にふたりが大きな袋をおれの頭にかぶせた。締め紐のついたフードが上にあって、それでぴっちり顔を包まれるが、視界はさえぎられない。下側は膝を巻くようになっていて、両手両足が袋にはいった格好になる。そんなふうにくるまれて縛られるのは屈辱的だったが、それがおれを捉えた連中を識別する手がかりになった。この白い袋は、RUCが捕縛したものをくるむのに使っている。爆発物、火薬、血など、証拠品となる物質の痕跡が、署に行くあいだにこすれ落ちたり、洗い落とされるのをさまたげるためのものだ。PIRAではなく、治安部隊の一部門――おそらくRUCのSASに該当するHMSU(本部機動支援部隊)に捕らえられたのだ。

「おい」おれはだれにいうともなくつぶやいた。「あんたらが何者か知らないが、こっちはSASだ」

「SASだと?」北アイルランドなまりの声が、唖然としたような口調でいった。「ルガーを持っているのに？　でたらめをいうな。もっとましな嘘を考えろ――さあ、行け」

背中を押され、車を隠してある場所に向けて、小径を歩きはじめた。懐中電灯を持った男が足もとを照らしたが、道がでこぼこなうえに、後ろ手に手錠をかけられているので、バランスをとるのが難しく、しじゅうつまずいた。路面のしっかりした道路を照らしているヘッドライトが前方に見える。方向転換用の空き地に着いたときには、数台の車が集まっていて、無線交信の音声が車のなかから漏れていた。

ロング・ホイールベースのランド・ローヴァーのうしろにまわると、だれかがドアをあけて、わたしを押し込み、床に寝ろと命じた。ふたりが乗り込んで、横のベンチに座り、ひとりがおれの顔にブーツを押しつけた。ドアがバタンと閉まり、ランド・ローヴァーはすぐに坂を下りはじめた。

まったくひどい乗り心地だった。でこぼこを越えるたびに、右の肩と肘と腰と足首が、鋼鉄の床にしたたかに叩きつけられる。しかし、もっとつらいのは精神的な拷問を味わっていることだった。あと数十分したら、おれの人生も仕事もめちゃめちゃになる。ＳＡＳではもうおしまいだ――追い出されてＲＴＵ（原隊復帰）になることはまちがいない。たぶんトレイシーとの仲も終わりだろう。おとなしくしていると約束しながら、その足でここへ来たのを知ったら、見捨てられてしまうかもしれない。

それより最悪なのは、ファレルとの決着をつけるのが不可能になることだ。もう二度とチャンスはあるまい。それにしても、この連中はどうしておれのことに気づいたのか？　ダットサンが森にはいっていくのをだれかが見て、通報したのか？

あれこれたずねれば弱みを見せることになるので、そうするつもりはなかった。どのみちおれがしゃべっても、だれも返事をしないだろう。ベルファストに向かっているのはまちがいない。三十分ほどして、うしろの窓を見あげると、オレンジ色の街灯が見えはじめた。信号で何度もとまってはまた発進する。やがて三重の高い細かい金網のゲートをゆっくりと通過して、警察署とおぼしいところに着いた。

運転手が斜路のようなところをすばやくバックして、急停止した。うしろのドアが表からあけられ、ふたりの護衛が急いでおりて、おれをひきずり出した。高い煉瓦塀の袋小路なのを見てとったとき、その奥のドアから押し込まれた。

なかは照明の明るいオフィスで、RUCの巡査部長がデスクに向かっていた。

「わたしはウェスト巡査部長だ」おれを捕まえている男がいった。「この男をセクション一四で逮捕した。バリコンヴィルを見おろす森にいて、不審な状況のもとで武器を所持、テロリストの疑いがある」

「わかった」勾留担当の巡査部長がいった。「そこへ入れて、袋から出してくれ」

巡査部長が、廊下の向こうのいちばん手前の監房を顎で示した。調度類はなにもないが清潔な監房で、消毒薬のにおいがしている。

そこへはいると、ドアを厳重に閉ざして、ふたりの護衛が白い袋を頭から脱がせ、ひとりが手錠をはずした。「よし。服を脱げ」

「ちょっと待ってくれよ」

「脱ぐんだ。靴下とパンツ以外は」ドアがあき、だれかが灰色のトラック・スーツを差し出した。わたしを逮捕した巡査部長が、それをベッドに投げた。ベッドといっても、ただのコンクリートのベンチだ。「あとでこれを着ろ」

「おい」おれは怒気をにじませていった。「おれは犯罪者じゃない。SAS隊員だ」

「なるほど」巡査部長が、落ち着き払って応じた。「それじゃおれはコールドストリーム近衛連隊の連隊長だよ。とにかくいうとおりにして、自分の服をここに入れろ」

巡査部長がゴミ用の黒いポリ袋を差し出したので、おれはしぶしぶ服を脱いでいった。

巡査部長が、じっとこっちの顔を見ているのに気づいた。「その顔はどうした？」

「どうもしない――なぜきく？」

「右側が血だらけだ。額を切ったようだな」

手でなでると、額から頬までがざらざらになっている。いままでなにも感じなかった。

「ああ、これか。木にぶつかった」

「殴られたわけじゃないんだな？」

「ああ」服をポリ袋に入れて、トラック・スーツを着た。樟脳のにおいがする。

巡査部長が床に袋を置いて、なおもいった。「犯罪現場検証官がまもなく来る」

おれはなにかに刺されでもしたように、ベッドにどさりと腰を落とした。SASにはこっぴどく譴責されるだろう。だが、それでもこの監獄から出て、小隊へ、自分の仲間のもとへ、一刻でも早く帰りたい。

　監房のドアがあいたが、はいってきたのはＳＯＣＯ（犯罪現場検証官）ではなく、勾留担当の巡査部長で、厚紙のカードとボールペンを持っていた。「おまえを未決囚一〇二号とする。氏名は？」

「シャープ。ジョーディ・シャープ。第二二ＳＡＳ連隊軍曹」

　巡査部長がおれを鋭い目でにらんだ。「なにかの病気にかかっているか？」

「いや」

「投薬が必要か？」

「いや」

「どこか怪我をしているか？」

「これだけだ」顔を指さした。「それと打ち身多数。足首に犬に咬まれた傷。たいしたことはないと思う」

「逮捕されたことを知らせたい相手はいるか？」

「いる」小隊の指揮権上の次級者であるトム・ドースン准尉の名と電話番号を教え、じかに話ができるかとたずねた。

「だめだ」という答だった。「わたしが直接話をする」

　勾留担当の巡査部長が出ていき、監房のドアがまた閉まった。つぎに現われたのはＳＯＣＯ、イタチのような顔の痩せた哀れっぽい感じの男で、道具を載せた白い盆を持っている。

「サンプルをとる必要がある」ＳＯＣＯがいった。

「なんのために？」

「そういう手続だ」

「くそったれ！」

「心配するな。手を片方ずつ差し出してくれ」

ロボットのように指示に従い、彼が脱脂綿でおれの指と掌を慎重に拭い、それから角張ったガーゼを使って指の爪にはさまった土をほじるのを、嫌悪をおぼえると同時に感心しながら眺めた。最後に彼は鋏（はさみ）を持ち、それでなくても短いおれの額の毛をすこし切った。

その作業のあいだに、おれはいよいよ腹立ちをつのらせて、ついに口走った。「ばかばかしいったらねえよ！　おれはなにもしていない」

「その台詞（せりふ）は前にも聞いたことがある」ＳＯＣＯがおだやかにいった。「みんな、なんにもしていない。羊みたいに罪がなくて無邪気だとさ」

ＳＯＣＯの作業が終わると、勾留担当の巡査部長がまた姿を現わした。「よし。こんどは事情聴取だ」

廊下を横切り、取調室へ連れていった。テーブルに向かってやや距離を置いて椅子が一脚置かれ、テーブルの反対側には数脚がならべられている。しばらく座って、だれかが来るのを待っていた。隊のものが来るまでは、できるだけしゃべらないでいようと決意していたが、そのときふと思いついた。

「ここはどこの署だ？」おれはたずねた。

「教えてはいけないことになっている」

「モリスン警視正はここに勤務しているのか？」

「モリスン警視正？」おれが名前を知っているので驚いている様子だった。一点かせいだ。だが、巡査部長はいった。「いや、ここにはいない」

「それじゃ、伝言してもらえないか？　おれがここにいることを伝えてくれ」

　巡査部長が、時計を見た。「もう非番だろう。八時過ぎだ」

「それじゃ、自宅に電話してくれないか？」

「邪魔されるのをいやがると思う。きっとお茶を飲んでいるころだ」

「モリスン警視正がいれば、おれの身許が確認できるんだがね」

　ドアがあき、髪が砂色でさっぱりした身なりの小柄な警視正がはいってきて、テーブルの向こうの椅子に腰をおろし、口を切った。「さて、いくつか質問させてもらおうか」

　静かなしゃべりかたで、口調も丁寧（ていねい）だったが、こっちのいうことがすべて録音されているのはわかっているので、最小限のことだけをいうようにした。名前と階級、認識番号のほかはなにもいわないようにして、SAS隊員だとくりかえしいった。だが、警視正が、「きみは正式な作戦で役割を果たしていたのか？」と質問したときには、「ちがいます」と答えるしかなかった。

「では、いったいなにをしていた？」

「申しあげられません」

「どこでルガーを手に入れた」

「答えるのを拒否します」

「きみらの部隊の通常の銃器ではないな」

「はい」

そのあいだずっと、頭のなかでは倉庫の作戦室のことを考えていた。おれが逮捕されたという知らせが、どんな驚愕を引き起こしているだろうと気になった。隊員が無軌道なことをやったのだから、さぞかし周章狼狽しているにちがいない。おれを助け出すために、だれかがこっちへ向かっているといいのだが。できることなら、よく知らない小隊長のピーター・エイルズではなく、トムだとありがたい。エイルズのことをみんながよく知らないのは、本人のせいではなく、TCG（戦術統制グループ）で連絡を担当しているため、隊員にめったに会うことがないからだ。

やがて警視正の質問が尽きたので、こちらからいくつか質問をした。

「レンタカーはどうしました？」

「心配するな。ちゃんと処置する」

「キイはパーカのポケットです」

「ああ。みつけた」

「隊に、わたしがここにいることを伝えてくれましたか？」

警視正が電話を取りあげて、しばらく話した。「ああ。きみの隊は知っている。迎えが来る。それまでに医者にその傷を手当てさせよう。食事をしたのはいつだ？」

おれは警視正をじっと見た。食べ物をくれるというのか？　ここはなんだ？　ホテルか、それとも留置場か？　ちょっと考えなければならなかった。そうだ——義父母もまじえてみんなで昼食を食べた。

「いまなにか食べたいか？」「一時ごろです」

おれはかぶりをふった。なにも食べられそうにない。「いいえ、結構です」

勾留担当の巡査部長が医務室に連れていってくれて、医師がおれの額の切り傷をきれいに拭い、縫う必要はないといって、消毒薬をスプレーして、包帯をあてた。足首の咬み傷も診て、おなじ処置をした。

「狂犬病の心配はないと思う」医師がいった。「いちおう抗破傷風薬を飲んだほうがいい」つぎに肩の打ち身を診た。「警官ひとりがきみのおかげで鼻の骨を折ったと聞いたら嬉しかろう」

監房に戻ると、頭脳を目まぐるしくはたらかせながら、ベッドに腰かけた。連隊内部で嘘をつくことは、ぜったいにできない。唯一の途は、真実を認めることだ。だが、くそ——なんたる辱め！　あらゆる規則を破って自分ひとりでターゲットを消そうとしただけならまだしも、その作戦を効果的に実行できなかった。問題の地域の偵察に失敗し、監視されているのに気づかず、なにもかもしくじった。

時間のたつのが遅く、自責の念は吐き気を催すほどだった。九時。トレイシーはいまごろ家に着いているだろう。急に連絡がとりたくなった。電話すると約束している。

ドアの内側のボタンを押して、ブザーを鳴らした。しばらくして覗き窓があき、格子の外に顔が現われた。

「電話はかけられないか？」

「あいにくだが、だめだ」

「代わりに電話してくれないか？」

「あんたが勾留されているのを知らせるためならいい」

くそったれ！　トレイシーにそんなことを聞かせたくない。だから、「わかった。いいよ」と答えて、気を鎮めようとした。

ようやく、九時半ごろに、表の廊下が騒がしくなり、何人かのブーツが床を踏む音が聞こえた。監房のドアがあき、心臓の鼓動が激しくなった。トムだ。いくぶんやつれてげっそりした顔だが、あのでかい図体を見ると、いつもほっとする。ぎゅっと抱きしめたくなるくらい、トムに会えたのが嬉しかった。

「この男ですか？」勾留担当の巡査部長がいった。

「そうだ」

「話がしたいですか？」

「ああ」

トムを監房に入れると、ドアが閉ざされた。しばらくのあいだ、トムはわたしを幽霊でも見るように眺めていた。やがて口を切った。「おい、ジョーディ、これはいったいどういうことだ？」

おれは光沢のある黄色い壁を見まわした。「トム、ここでは話せない。盗聴されているにちがいない。頼むから連れ出してくれ」

「ああ。しかし、いったいなにをやっていたんだ？　おまえさんはどでかいくそを落としちまったんだぞ。もう上を下への大騒ぎだ。おまえさんはSAS連隊（レジメント）の面汚しだよ」

トムの怒声らしきものを聞くのは、はじめてだった。やがてすこし落ち着き、こういった。

「心配するな。いっしょに出ていく。おまえさんは逮捕されたわけじゃない。だけど、なにをしでかしたんだ？」

「なにもしていない。だれも殺していない。だれも脅していない。財物も損壊していない。なにもしていない」

「では、問題はなんだ？」

「ここから出たら話す。もうひとつある」

「なんだ？」

「おれをここに入れたやつらが、記録に記入した。記入するのを見たんだ。それを消滅させる必要がある」

「心配するな。それは掌握してある。この一件は、ヘリフォードのお偉方のところまでいっている」

「こんなに早く？」

「そうだ。なにもかも大急ぎで封じ込めている。これがほんのすこしでも漏れるようなことがあれば、おまえさんはほんとうにのっぴきならないはめになる。当面、おれがおまえさんの身柄の責任を負うことになっている。まずはそのパジャマもどきを脱げ」

トムは、だれかがあけるまでドアをガンガン叩き、それから装備を返せとどなった。おれが着替えているあいだに、トムは警視正と話をつけるために出ていった。どういう取り決めになったのかわからないが、いっしょに出ていけるようにトムが万事片をつけてくれた。レンタカーのことがまだ気になっていた。パーカのポケットを探ると、キイはなかった。ダットサンが森のなかに何週間も置かれ、莫大な額の請求書がレンタカー会社から送りつけられるのを想像した。しかし、勾留担当の巡査部長にそれをいうと、さっきとおなじことをいわれた。車は処置した。

トムは、応援（バックアップ）もふくめた車二台で来ていたが、運転手は車輛課の人間だからおそらく秘密が守れないはずなので、街を横切っていっしょに帰るあいだはしゃべれなかった。作戦室にたどり着くと、ようやく話ができるようになった。

そのころには午後十一時になっていた。小隊長（ボス）が来ていた。あるいはおれに会うために、特に残っていたのかもしれない。小隊長がデスクの向こうに、おれがその向かいに、トムがおれのとなりに座って、メモをとり、テープレコーダーを操作する書記がついた。雰囲気がわりあい同情的なのでほっとした。みんな怪訝そうで、心配してくれ、さほど悪意は感じられなかった。

「だいぶ疲れているようだな、ジョーディ」小隊長が切り出した。「なにか食べたか？」

「昼からなにも食べていません」

「紅茶でも飲むか？」

「ありがたいです」

「それとサンドイッチだな。よし」あいたドアから小隊長がどなった。「サンドイッチと紅茶を持ってきてくれるか？」

だれかが食堂へ向かうと、小隊長はいった。「本来ならおまえをリズバーンに送るところだが、むこうでは大きな事件が起きていて、おまえの処置まで手がまわらない。それはわたしもいっしょなんだが、仮供述をとるように命じられたんだ。それで――一部始終を話してくれ」

あらいざらい話した――キャスが殺された爆弾事件の裏にファレルがいたとわかったこと、いどころを突きとめて付け狙ったこと。どうやって情報を得たのかと小隊長がきいたときには、「RUCから」とだけいった。つぎにトムがルガーの出所をたずねたので、車の襲撃のあとでくすねたのを白状しなければならなかった。おれの話は、これっぽっちもごまかしがなくまともだと受けとめられたようだった。まったく感心した行動ではなかったし、最後にはしおれてこういった。「なにかに取り憑かれていたんだと思います」

「たしかにそうだな」トムが灰色の髪をかきむしった。「頭がおかしくなっていたのさ」

だれかがサンドイッチとマグカップに注いだ紅茶を持ってきたので、それを平らげた。なにもかも終わったのだという気持ちで、不思議に落ち着いていた。「ちょっときいてもいいですか？」

「ああ」

「おれはどうしてパクられたんですか？」

小隊長が苦笑した。「デトにきいたんだが、あのターゲットを付け狙っていたのは、おまえだけではなかったようだ。たくさんの人間が、何カ月も前から見張っていた。おまえのいうとおり、彼は大物プレイヤーのひとりで、麻薬取り引きに手を染めている。どうやらわれわれのささやかな計画は、うまいぐあいに実りつつあるようだ——つまり、ファレルを糸口に核心に迫ろうとしているところなのに、そのファレルを殺されては困るわけだ」

その情報が脳裏に刻まれるあいだ、おれは黙り込んだ。最初のＣＴＲのとき、ファレルとふたりの仲間が、重いスーツケースをよたよたと納屋に運んでいった。それをいま話すべきだろうか？　黙っていることにした。ＲＵＣの捜査官からきびしく追及されるのはまっぴらだ。小隊長がこういって、おれは現実に引き戻された。「ふむ、この先どうなるのか、わたしにはわからない。あすの朝いちばんにおまえがヘリフォードに帰ることだけはたしかだが」

その決定に疑義を唱えるようにおれはトムの顔を見たが、トムはこういっただけだった。

「つまり、おまえさんは、もう北アイルランドではまったく使い物にならないんだよ。ヘリは九時にやってくるから、さっさと荷物をまとめたほうがいいぞ」

予想よりもずいぶん早く、突然こうして基地に戻ることになって、特別扱いされているような気分だった。知っている人間が、おれの顔を見て驚き、どうしたとたずねた。単純に質問の鉾先をそらすという手段を選んだ――「二、三日、戻ってきただけだよ」小隊のものはひと月ごとに一週間の休暇をとるので、理屈のうえでは休みであってもおかしくない。しかし、休暇中なら、どうして基地にいるのか?

基地に帰った第一日目が終わるまで、完膚なきまでにこっぴどく叱られた。しかし全体として、怒りよりはくそ真面目な雰囲気の漂う叱責だった。どなりつけたりわめいたりするのではなく、不思議がるほうが多かった。連隊長に呼びつけられて出頭し、腰をおろして、ほんとうに馬鹿だった認めると、連隊長がいった。「どうしてわれわれが物事を小規模なチームでやるか、よくわかっただろう。それがSAS連隊(レジメント)のすべての基本だ」連隊長は、レーザーのようにすべてを貫く澄んだ青い目の持ち主だが、おれはその鋭い凝視に射貫かれていた。「自分ひとりでおろかきわまりない任務を実行するようなことは、断じてやってはならない。おまえがそれだけのことを知っていて――それだけの下調べをしたのだから――ファレルに対しわれわれ独自の作戦をやることもできたかもしれない。おまえは味方を撃っていたかもしれないし、味方に撃たれていたかもしれない。HMSUと格闘したのはまずかった。われわれが馬鹿者の集まりだと思われる。自殺点（オウン・ゴール）というのは、とんでもなくひどい結果を引き起こすものなんだ」

おれはうなずいた。返す言葉もない。

連隊長が、デスクの書類をぱらぱらとめくった。「残念なのは、おまえがこれまでずっと非常によくやっていることだ。ここにも肯定的な報告書がある。さまざまな問題を乗り越えて、じつにすばらしいカムバックを遂げている。それをいっぺんに台無しにした」

連隊長は、両手の親指を頬骨にあて、指をこめかみにあてて、頭が痛いというようにデスクをじっと見おろした。「原隊に復帰させたら、もう立ち直れないだろうな」

おれはうなずいた。

「本来なら、原隊復帰させるべきだろう。こんなことが外部に漏れたら、連隊はたいへんな打撃をこうむる。だが、おまえが湾岸で経験したことと奥さんを亡くしたことに鑑みて、もう一度チャンスをやろう。それと同時に、おまえの行為を寛恕したわけではないことを示すために、三カ月の除隊猶予期間を置く。期間内にいかなる失態があっても除隊とする。

それから、重い罰金を科さざるをえない。ロンドンの特殊部隊グループ指揮官と相談したところ、二千五百ポンドの罰金を科すようにと指示された。わたしとしては選択の余地はない。なにかいい分はあるか？」

おれはかぶりをふった。たいへんな額の罰金だ——給料一カ月分にあたる。相殺されるのはわかっている。つまり、今月は口座にまるっきり金がはいらないということだ。

「ほとぼりが冷めるまで、一週間の休みをとれ」連隊長がなおもいった。「基地外に住んでいるんだろう？　そのあいだは基地に近づかないことだ。重要なのは、なにがあったかを、だれにも知られないことだ。なにかしら話をしなければならなくなった場合には、性格が合わないために衝突して戻るはめになったといえばいい。おまえのやったことが漏洩したら、三カ月の除隊猶予期間における違反行為と見なす。わかったな？」

「承知しました」

「これを肝に銘じておけ。肝心なのは、もっとしっかりしなければいけないということだ。これからは、他人の目がほんとうに厳しくなるぞ。生き残りたいのなら、ここを先途と精勤しろ」

そうしたことがすべて終わったときには、夕方になっていた。トレイシーはもうキーパーズ・コテージに戻っているだろうと思ったので、そっちへ電話した。おれがヘリフォードにいると知って、トレイシーはびっくりした。「なにかあったの？　一日だけ帰ってきたの？」

「いや、ずっといる」おれはいった。「ちょっと事情が変わってね。会ったら話す。これから帰る」

「ゆうべはどうして電話をくれなかったの？」

「電話できなかった。あとで話すよ」

ベルファスト市営空港で彼女にさよならをいってから二十四時間たっていないというのが、なにか信じられない。あれ以来、人生の半分が終わってしまったような気がする。

タクシーを呼ぼうとした。そこで罰金のことを思い出し、やめた。しばらくして、ひとりのコックをむりやり説得して、帰るときに寄り道してもらい、乗せていってもらうことにした。その途中で、花屋でとめてもらった。そこでまた生来の浪費癖をこらえ、心惹かれる大きな花束は意識して見ないようにした。銀行の金がとぼしいのを考え、紅薔薇六本で我慢した。

トレイシーが、開口いちばん、こういった。「また例の男を狙いにいったのね？」

「そうだ」

「それで逮捕された」

「どうしてわかったんだ？」

「顔に書いてあるわよ」

「それはまずいな。なにがあったか、いっちゃいけないことになっているんだ」

「でも、わたしには話すでしょう？」

話した。いちばん苦しかったのは、自分の意図を偽ってトレイシーをだました——ティムとトレイシーが発つ前から、襲撃を続行する計画でいたことだ。口ではいわなかったが、それはトレイシーの姿が見えなくなったとたんに出かけていって、べつの女とセックスをするようなものだという気がした。ひたすらあやまり、もう二度とふたりのあいだではごまかしがないようにすると約束するほかに、どうしようもなかった。

トレイシーがすばらしいのは、寛大なところだ――許してくれてこういったとき、なんとなく女教師のような口調だった。「まあ、これであなたも、馬鹿なことをすればどうなるか思い知ったでしょう」そして、居間で遊んでいるティムのところへおれを連れていった。

「ほら！」明るい声で叫んだ。「パパが帰ってきたわよ！　よかったわねえ！」

10

そのあとの一週間は、明るくなったり、暗くなったり、気分の波があった。憎悪と恐怖の汚水溜めのような北アイルランドを離れてよかったと思うときもあった。ＰＩＲＡの屑どもがやっている、あの暗くおぞましい陰湿な戦いから離れられたのは、なによりだった。

それ以外のときは、同僚を裏切ったことを思って、みじめな気分になった。あと九カ月、北アイルランドにいなければならないパットや、もうピンクでもパンクでもなく、ファレルのロットワイラーの咬んだ跡が肩に残っているマイクのことが、しじゅう気になった。

お偉方が寛大な処置をしてくれたからといって、面目ないことに変わりはなく、自分のいたらなさをつくづくと感じた。内心では、上層部がそういう態度を示したのは、おれを追い出したらＳＡＳのことを外部にしゃべりはじめるのではないかと怖れたのが、おもな動機ではなかろうかと思っていた。おれをいまのままの場所に置くほうが、だれにとっても安全だという計算が働いたのだろう。

原隊であるパラシュート連隊には、ぜったいに戻りたくない。数日のあいだ、この際きっぱりと陸軍を辞めようかと本気で考え、民間の仕事のあんばいを探ろうと、一年前に除隊したふたりに電話をかけた。ふたりとも、あまり勧められないという口調だった。ふたりはBD——ボディガード——のたぐいの仕事をしているのだが、報酬はかなりいいが退屈このうえないと、異口同音にいった。

ひとりはアラブの王族に仕えていて、ほとんど日がなぶらぶら過ごしているものの、電話が鳴ったとたんに地球のどこへでも出立しなければならない。もうひとりは、ふたりの男の子がいつなんどき誘拐されるかもしれないという恐怖に取り憑かれている奇矯なオランダの大富豪の家族に雇われている。両親はいずれも正気とは思えないような人間で、いつも仲が悪い。だが、子供たちは、両親よりも精神科医を必要としているように見える。いうことをまるできかず、暗闇で眠れず、昼も夜もひっきりなしにジャンクフードを食べ、寝そべってビデオを見ることしかしない。それも暴力的なものをことさら好む。そんな連中のところで働くのはごめんこうむりたいし、ほかに名案もないので、おとなしくじっとしていることにした。

それだけではなく、SASが自分にとってどれほど大切かということに気づいた——入隊するのがどれほどたいへんだったか、何年訓練に明け暮れたことか、辞めたらどれだけのものを失うことになるのか。今回、埒を越えるまでは、将来はたいへん有望と見られていたのだ——そこでようやく、SASの信頼に報いるためにも、精いっぱいやろうと決意した。群れを離れて戦うことはいっさい考えず、過去の復讐を遂げることなど忘れ去ろう。だいたいファレルを斃したところで、どうなるものでもない。殺人罪に問われるだけだ——それに、キャスが帰ってくるわけではない。

軍人らしく任務に服そうと決意したのは、ふたりの人間のおかげだった。ひとりはトレイシーで、日に日にすばらしい女性だということがわかってきた。うわべは、なにも起こらなかったようにふるまっていた——医療センターの仕事に出かけ、ティムを基地の保育所に預け、夜には食事をこしらえる——だが、内面的に計り知れない精神的な支えになってくれた。間の抜けたいいかたかもしれないが、こんなにほっそりとした体つきで明るい性格なのに強い力の源を秘めているとは意外だった。へまをしたうえに彼女を見くびっていた自分が、つまらない人間に思えた。

もうひとりの救い主は、トニーだった。予想にたがわず、彼は選抜訓練を楽々と通過し、D戦闘中隊の一員として完全に独り立ちしていた。おれが帰ってきたのを即座に聞きつけて、日曜日の朝、コーヒーを飲みにコテージへぶらりとやってきた。なにがあったかを彼に伏せておくわけにはいかないので、ジョギングのコースにしている森へ歩きにいって、一部始終を話した。

トニーの反応は、控え目にいっても肯定的だった。おれのやったことを批判するどころか、成功しなかったのは残念だといった。「おれが代わりにやりにいってやろうか」人工林とハリエニシダの茂みの監視所と境界の柵と農家の位置関係を説明すると、トニーは持ちかけた。「やつのいどころが精確にわかっているわけだから、そこへ鹿狩りを装っていけばいい。その森には鹿がいるんだろう？　よし、それじゃ狩猟許可をとって行こう。そうすれば、山の上からやつを撃てる銃を持ち込める。農家には近づかなくていい。これならどうだ？」

だが、狩猟の許可をとって北アイルランドへ行くという案は当面棚上げにすることにして、個人的なトラブルを解決する昔ながらのＳＡＳの手順にうったえた。タリボントまで車で行って、待避所に駐車し、ペネヴァンの頂上に向けて強行軍で登っていった。暴風雨が遮蔽物のない山地を横殴りに叩くような悲惨な天候の日でも、いっこうにかまわない。肉体の酷使と、山の雄大さが、例によって魔法のような効果を発揮し、家に帰ったときには、いくばくかの自信を取り戻していた。もちろん、ＳＡＳを辞めるつもりはなかった。


月曜日の朝、仕事に戻ると、状況はさらに好転した。中隊のインタレスト・ルームでの〝朝のお祈り〟のとき、これがすんだらすぐに執務室に来るようにと、中隊付き准尉がいった。はいっていくと、准尉がいった。「ジョーディ、これを伝えられて嬉しいが、おまえさん、ついてるぞ。とうていこんな仕事がもらえるような立場じゃないのに、おまえさん向けの空きができた。ＳＰチームのジェフ・ハントが、金曜日にちっぽけな壁から落ちて足首を骨折した。つまり、代わりの人間がいる。おまえさんは強襲の訓練を受けているから、出番がきたというわけだ」

「いいですね」おれはいった。「期間はどれぐらいです？」

「中隊の勤務期間は六週間残っている。そのあとはまたなにかを見つけよう」

「いいぞ！」

熱意を示したのは、なにも演技ではなかった。作戦室付き下士官を命じられるのではないかと、ずっと不安にかられていたのだ——作戦室に一日座って、お偉方の茶坊主をつとめ、尽きることのない書類仕事をやるという、最悪の仕事だ。特殊プロジェクト（すなわち対テロリスト）・チームの一員にくわえられると聞いて、ほんとうに嬉しかった。一度そこで勤務期間をつとめて楽しくやったことがあるから、復帰してもなんの支障もないだろう。

航空機のハイジャックや建物の占拠など、あらゆるテロリストの攻撃に即時に対応するのが、この部隊の仕事だ。レッドとブルーの二チームのうちいっぽうが、車輛に装備を積み込み、いつでも走りだせるようにして、常時三十分以内に出動できる態勢をとっている。もうひとつのチームは、三時間以内に出動できる。じっさいには、最初のチームは緊急出動の指令を受けてから十分以内に出発できる場合が多い。

SPチームの生活は、たいへんエキサイティングだ。招集がかかっても、それが演習なのか、あるいはほんものの緊急事態なのか、見当がつかない。SASの最大の手柄のひとつ、一九八〇年のイラン大使館人質事件も、はじまりはそうした不確かな状況だった。五月三十日の朝、元SAS隊員のダスティ・グレイが、ヒースロウ空港から連隊長のところに電話をかけてきて、空港に配置されているロンドン首都警察の対テロリスト用警察犬がすべて急遽ロンドン市内に移動させられているという情報を伝えた。

そのとき、たまたま大規模な演習が行なわれていた。想定は北東部の空港でハイジャックがもくろまれているというもので、SPチームはまさに出動しようとしていたところだった。

そこへダスティ・グレイからの電話があった。はじめのうち、連隊長は、だれかがふざけてでたらめな情報を流し、演習の出鼻をくじこうとしているのかと思ったが、やがて事実だと判断した。そして、公式な通知がある前に、「演習は中止だ」といい、SPチームをロンドンへ出動する際の中間待機地点に配置した。その結果、あとでマスコミがやってきて、戦士たちの出発を見張るために基地のゲートの外に陣取ったものの、なにひとつ見られなかった――その六日後、イギリス中のテレビの画面に、われわれの同僚たちが黒ずくめの装備で大使館の屋根から懸垂降下（アプザイレン）して悪漢どもを排除するのが映るまでは。その歴史的事件から十二年たったいまも、テロリストの脅威は減じていないので、われわれの腕が鈍らないように、お偉方はときおり前触れもなく演習を実施する。

その合間は、訓練に明け暮れる。三十分以内に出動する態勢のチームは、すぐに戻れる基地内や近辺で訓練するしかないが、他のものは田園地帯へ行ったり、航空機突入訓練をやったり、テロリストに乗っ取られるおそれのある重要な建物を訪問したりする。

いまの家は基地まで三十分とかからないので、そのチームにはいってもそのまま住んでいられる。車の往来がほとんどない夜間なら、基地まで十一分で行ける。隊員はみなそうだが、出かけるときはかならずポケット・ベルを持っていく。そのディスプレイに現われる数字がぜんぶ1なら、ふだんの点呼だとわかる。われわれが待ち構えているのは、9がずらりとならぶやつ――ほんものの出動だ。

われわれブルー・チームの強襲隊員は、十六名いる。その一員になるのは、おれにとっては格下げのようなものだ。前の勤務期間（ツアー）では狙撃チーム指揮官だった――中隊長（大尉）と中隊最先任軍曹に次ぐ、中隊の実質的なナンバー3に相当する。だが、作戦室のデスクに縛り付けられるよりは、どんなものでも実戦部隊に配属されるほうがいい。

八時三十分からの勤務は、まず一時間の体力強化訓練（フィットネス・トレーニング）からはじまる。つぎがヘリからの懸垂降下（アプザイレン）とファースト・ロープ（懸吊器具をまったく使わず、消防士がポールをすべりおりるように降下する方法）、吸盤を使ったガラスの壁登り、室内への突入――なにもかも肉体を使うことばかりだ。強い筋力を回復するというやりがいのある作業が楽しく、ジムで何時間も余分にかけた。この任務は、ことにありったけの体力を必要とする――人間を担いで運び、あるいは拘束するからだ。また、かなりの重量の装備も身につける――MP5サブマシンガンと拳銃のほかに、防弾チョッキ、ケヴラーのヘルメット、作戦用ヴェスト（斧、特殊閃光手榴弾（スタン・グレネード）、大量の弾薬を付けるためのもの）もある。そうしたことから、上半身の力がたいへん重要な資産になる。

あとは拳銃の射撃をやる。頭がおかしくなりそうなほど撃ちまくる。一日何百発も撃つ。基地の射撃場で〝ドイツ兵の首〟を撃つときもあれば、キリング・ハウス（近接戦闘訓練用の施設）でやることもあり、LATAの〝ガラバック〟でやることもある。ともすれば飽きて気合いがはいらなくなるものだが、自分の標的（ターゲット）はファレルだと（いまなおしつこく）考えることで、集中力をたもとうとした。いつか、どこかで、この練習が報われるはずだと、自分にいい聞かせた。

われわれの訓練は、当然ながらくりかえしの連続だ。眠っていてもやれるようになるまで、ファースト・ロープをくりかえす。なにも意識せず自然にやれるようになるまで、室内への突入をくりかえす。勤務期間も終わりに近づいたころに参加したのが、有利な点だ――おれは、そうしたことを、さほど長くくりかえしてはいない。なかには飽き飽きして頭がぼけているやつがいるのがわかった。そういう連中は、とんでもない危険を冒そうとする。たとえば、ビルの屋上にファースト・ロープ降下するとき、ヘリのパイロットにふだんよりも高速で接近するようにそそのかす。あるいはロープをまったく使わずに飛び降りる。骨折したという前任者は、それでしくじったにちがいない。お偉方は、そいつが壁から飛び降りたときに怪我をしたと思っているが、じっさいは予定にないロープなしの降下をヘリから実行したのだ。

SPチームの任務期間があとひと月で明けるというときに、突然あらたな流行語がひろまりはじめた。コロンビア。即刻出動（ファーストボール）の任務が出来（しゅったい）した――大統領の護衛を訓練するために、早急にチームを派遣するよう、戦闘中隊に指示が下った。

「コロンビア？」昼食のときに、赤毛のスコットランド人のマード・マクファーレンがいった。「カナダのコロンビアか？」

「冗談のつもりか」大男のジョニー・エリスが応じる。「カナダのは〝ロ〟が*lo*じゃなくて*lu*だ、阿呆。このコロンビアは南米だ。麻薬と腐敗の温床だよ。アマゾンの川の水みたいにそこからコカインが流れ出しているんだ。だから大統領はしっかりした護衛が必要なんだ。

大物の麻薬業者たちは大統領としのぎを削っている」

「ずいぶんくわしいじゃないか」おれはたずねた。「行ったことがあるのか？」

「いや。ビデオで見た」

「スペイン語のやつだな？」

「仰せのとおり（アブソルタメンテ）」

その噂を聞いて考えた。ひょっとして、スペイン語の授業の成績がよかったから、参加できる見込みがあるかもしれない。

それから数日が過ぎて、中隊事務室の掲示板に〈ブルーバード作戦〉と冠した名簿が載った。十名のボディガード訓練チームが、ピーター・ブラック大尉に指揮される。指揮権上の次級者はジョーディ・シャープ軍曹。通訳兼連絡係下士官として、トニー・ロペス軍曹（アメリカ海軍SEAL、現D中隊）が特に配属される。チームは一九九二年三月十日にRAFブライズ・ノートン基地より出発する――あと三週間しかない。つまり、ただちに準備をはじめなければならない。

それが発表された日の午後に、おれは指揮官（ルパート）と準備会議をもった。基地で見かけたことはある――長身の痩せた金髪の男で、まだ二十五ぐらいだ――だが、じっさいに顔を合わせるのは、はじめてだった。噂によるとイートン校を出ていて、経験は若干不足しているらしい。擲弾兵近衛連隊（グレナディアー）の出身であることはまちがいない。とにかくかなりの体力の持ち主で、風のように駆ける。中隊の十五人制のラグビーでウィングをつとめ、何度かみごとなトライを決めている。そういうことをやりながら生き延びてきた人間は尊敬する。なぜなら、われわれの試合のやりかたはすさまじい——野蛮人そのものだ。だが、訓練隊の軍曹に、彼のことを警告されている。その軍曹は、ブラック大尉を〝どうしようもない阿呆〟と決めつけた。なんでも口先で切り抜けるが、軍人の技倆はまったくないというのだ。射撃場で、ブラック大尉はかなり危険であることが判明した。彼が発砲するとき、もっとも安全な場所は、その正面だ。実弾を使うことの重圧で、統率力も自制もどこかへ消し飛んでしまう。そのいっぽうで、ブリーフィングや意見を述べるときの巧みさには、たいへん感心させられる。それでSAS士官の選抜を通過したことはまちがいない。

そんなわけで、ブラック大尉のことは厳しい目で見ていた。連隊長が知る由もないようなことで、嫌悪をつのらせていた、ということもある。基地の民間人の職員も招待される士官食堂のクリスマス・パーティで、ブラックはトレイシーを強引に口説いて、自分の部屋に連れ込もうとした。トレイシーが拒むと、ブラックはつきまとい、その晩ばかりではなく、そのあとでも何回かしつこく迫った——あまり度が過ぎるので、いいかげんにしろといいにいこうかと思ったほどだ。

そんなことがあったので、中隊長の執務室で正式に会ったときには、しごく冷ややかな気持ちだった。

「ジョーディ」中隊長がいった。「ピーター・ブラックは知っているな？　きみがいないあいだに中隊にはいった。航空小隊を指揮してもらうことになっている」

「どうも」おれはいった。「ええ――お見かけしたことはあります」われわれは握手を交わし、中隊長のデスクの前の椅子に腰をおろした。

中隊長が、こんどのチームの任務の手はずを説明した。おれがチームの直接の指揮をとり、ブラック大尉は英国大使館とコロンビアの連絡将校をつとめ、管理機能を果たす。

「ピーター」中隊長がいった。「ジョーディは経験が豊富だから、なにか問題があったら、まず彼に相談することだ」

「なんとかなるでしょう」とブラックは答えたが、中隊長の意見にむっときているのがわかった。

それからいくつか全般的なことを決め、中隊長の用事が済むと、ブラックとおれは中隊インタレスト・ルームへ行って、細かい点を煮つめた。

ブラックはたしかに洗練されたしゃべりかたで、馬面の目と目のあいだがずいぶん狭い。

「コロンビアについてなにを知っている?」ブラックがたずねた。

「正直いって、なにも知りません」

「おたがいさまだな」ブラックが、にやりと笑った。「あすブリーフィングがあるから、それでいろいろわかるだろう。ぼくはSASに来て数カ月だが、きみは何年もいるから、いろいろと知っていることも多いはずだ。だから、助言をもとめるつもりだ」

「承知しました」

「ふむ。基地を出発したら、チームはサンタロサというコロンビア陸軍基地を根拠にする。

ボゴタの二五〇キロ南だ。きみらはそこにいる——当然だが——トニー・ロペスが、地元のコロンビア軍との連絡係下士官をつとめる。だが、ぼくのほうは、英国大使館の連絡将校として、ほとんどボゴタにいることになりそうだ……」

　チームに選ばれた他の隊員について、ブラックが意見をもとめ、それぞれが受け持つ教科を決めていった。個人の警備、住宅の警備、ホテルの警備、車への襲撃に対抗する手順、応戦チームの手順、ヘリによる移動等々——ぜんぶで二十科目ある。

「エリスはどうなんだ？」ブラックがたずねた、「彼独自の長所（ストレンス）は？」

「ジョニー・エリスですか？　長所は力（ストレンス）そのものですよ。まるでゴリラみたいな体つきで、ものすごく頑健です。まさに肉体訓練と武器を使わない戦闘術向きですね。コロンビア人をなんなく手なずけるでしょう。ジョニーとマードのふたりで」

「マード・マクファーレンだな？」

「そうです。ジョニーがゴリラなら、マードは雪男ですよ。ちがいは毛色だけ——ひとりは金髪、もうひとりは赤毛です」

「マードというのは、パイプを吸うやつだな？」

「ええ。まったくはた迷惑ですよ。やめさせられないんです」

　徐々に、ひとりずつの役割が決まっていった。チームの重要なメンバーがあと何人かいる。ステュアート・マクウォリー（やはりスコットランド人）と、メル・スコットだ。いずれも二十代なかばで、ＳＡＳに入隊して間もない。ステュもやはり肉体が頑健で、力が強く、足が速い――自由落下の特技資格を有し、複葉機の翼の上を歩いてから降下したりする。彼には近接警護訓練をやらせることにした。かなり研究して、いくつか新しい発想を提供しているからだ。リヴァプール出身のメルは、小柄で物静かだが、たまにぱっと当意即妙の受け答えをする。また、わかりやすくおもしろいやりかたで物事を仕込むという、最高の教官にうってつけの才能をそなえている――非番のときは、中隊きっての呑み助だ。

自分は武器と爆破の訓練を受け持つことにした。いずれもかなり経験が豊富だからだ。むろんわれわれは元来、全員が人を殺す訓練を受けている戦闘員だが、他人に自分の技術の一部を教えるのは、楽しみでもある。ブラックとじかに接してみても、彼に対する印象はよくならなかった。目と目のあいだが狭く鼻がとがっている顔がイタチに似ているのとおなじように、物事に対する姿勢も、なんとなくイタチ的なのだ。口早に鋭い質問を連発し、飽くことなく情報を追究する。だからといって、それを適切に利用できるとはかぎらない。ブラックにはよく目を光らせておいたほうがいい、と思った――大使館で馬鹿なことをしなければいいが。部下たちと離れてひとりになり、否応なしに話を聞かざるをえない聴衆と交わっている士官は、ジェイムズ・ボンドを気取ってＳＡＳのことでほら話をする傾向があるので、ひどく評判が悪い。

海外におけるチームの任務のもっとも重要な一面は、慎重に身を処すことだ。ＳＡＳは世界各国の特殊部隊にひそかに訓練をほどこし、外国政府との連携は英国大使館に一任している。アフリカで隊員が自動車事故を起こしたとき、じっさいにそれが功を奏するのを目にしている。チームと大使館の関係がよかったので、万事てきぱきと処理され、運転していた隊員は投獄されるのをまぬがれた。メンバーが減ることなく――そうなると訓練計画に支障をきたす――チームは完全な状態を保った。

SASでの士官と下士官の役割については、たくさんの思いちがいがあると思う。たいがいの連隊では、下士官は敬意のしるしとして、自動的に士官に敬礼する。SASでは、だれも敬礼をしない。敬意は階級に付随するものではない。勝ち取るものなのだ。だからといって、下士官が士官を見下しているわけではない。そんなことはぜったいにない――一流の士官はいっぱいいる。あいにく、だめな士官も多い。どうやら、今回はそういうやつをつかまされたようだ。

翌晩、コロンビアとその問題点について、ロンドンからやって来た情報士官のブリーフィングを受けた。明解な話をするいい講師で、事情にもくわしかったが、彼が説明する複雑な政治状況は、われわれの頭には難しすぎた。当然、われわれがもっとも興味を抱いたのは麻薬に関するものだった――正確にいえば、コカインだ。

「さて、諸君の今後の行動を指導するのはわたしの仕事ではない」情報士官が切り出した。「しかしながら、いかなる薬物であろうと断じてかかわるべきではないと、きっぱり助言する。あちこちの町で勧められるだろうが、ぜったいに手を出すな。売人がはめようとしていることもあるし、私服警官の可能性もある。

知ってのとおり、純度の高いコカインは細かい白い粉だ。だが、コロンビアにはバスコと呼ばれるものがある。コカインを精製するもとのベースだ。もっと粒が粗く、灰色がかっている——グラニュー糖にちょっと似ている。もうひとつおぼえておいたほうがいいのは、ブルンダンガと呼ばれる麻薬だ。これは人間の抵抗しようとする意志を消滅させる。ばかげていると思うかもしれないが、じっさいそういう効果がある。悪党が食事か飲み物にそれを混ぜて、財布や車のキイを渡せというと、飲まされた人間は素直に渡してしまう。ブルンダンガは無味無臭だから、それを飲まされないようにするには、まっとうな人間とだけ飲み食いをするしかない」

情報士官が言葉を切り、水を飲んでからつづけた。「さいわい、諸君はＤＡＳ——秘密警察と協力し、その一部として行動することになっている。コロンビアでもっとも力のある政府機関だ。それ以外の人間は、つねにそれを怖れている——彼らはわが物顔にふるまい、陸軍すら動かすことがある。ナチス・ドイツの秘密国家警察（ゲシュタポ）もしくは王政時代のイランの秘密警察（サヴァク）にちょっと似ている。

麻薬がどれほど大きな問題であるかは、理解を超えている。コロンビアが世界のコカイン市場の八〇パーセントを支配しているといっても、よくわからないだろう。だが、こういうふうに考えてもらいたい。大物の麻薬業者は、とてつもなく裕福で、力があり、製品を世界中に運ぶために、外洋航海のできる大型ヨットや自家用ジェット機どころか、島まで所有している。数人の敵を殺すためだったら、飛行中の民間航空機を爆破して乗客もろとも殺すのをなんとも思っていない。無辜(むこ)の民が百五十人死んでも、屁とも思わない――自分たちの狙った人間さえ殺すことができれば。話は変わるが、地上で敵を始末するやりかたで好まれているのは、コロンビア式ネクタイというやつだ。喉を切り裂き、そこから舌をひっぱりだした死体を打ち捨てるというものだ」

それを聞いて、みんな耳をそばだてた。興味津々になってきた。LATAでモリスンがPIRAとその手口について話をはじめたときのことを思い出した。

われわれの来賓は、なおも語った。麻薬取り引きはカルテルと呼ばれるいくつかの地方マフィアに牛耳られている。一九八〇年代には、このカルテルのなかでもっとも強大なのは、メデジン・カルテル――ボゴタの北西の同名の街が根拠地の組織――だった。政府がそれをつぶそうとしたとき、カルテルは長期戦に持ち込んで、その戦いのあいだに法務大臣と有力紙《エル・エスペクタドール》の発行人と司法長官を暗殺した。

大統領は一九八九年に全面戦争を宣言し、政府軍は一千戸近い建物と牧場、航空機三百五十機、無数の船舶、千挺以上の銃器と弾薬三万発を押収した。カルテルはこれに対する報復として、国有航空会社アビアンカ航空のボゴタ発カリ行きの定期便を墜落させ、乗員乗客が全員死亡した。新聞社と首都の警察署数カ所も爆破した。やがて、とてつもなく規模の大きい捜査活動が行なわれ、〝エル・メヒカノ〟と呼ばれていたメデジン・カルテルの幹部のひとり、ゴンサロ・ロドリゲス・ガチャの死によって終結を見た。つづいて、彼のもとの仲間の大半が、悪名高いパブロ・エスコバルもふくめて投降した。

その名前を聞いて、記憶がよみがえった。濃い黒い髪が波打ち、右の目がとろんとしている、身なりのいい若者の写真を新聞で見て、興味を惹かれたのをおぼえている。世界一金持ちの犯罪者、という描写があった。

「コロンビアではなんでもそうだが」講師の情報士官がいった。「それもまた、とんでもない不正な取り決めでね。麻薬業者が降伏の条件を決めたようなものだ。いちおうこれこれの刑期に服するという判決を受けてはいるが、エスコバルの故郷のエンビガドに専用刑務所が建設されて、連中はそこで贅沢な暮らしをしている。

そいつらが収監されると、メデジン・カルテルの力は衰え、麻薬テロリズムはしばらくおさまっていた。だが、結局はカリ・カルテルがのしあがってきて、麻薬取り引きはまた隆盛をきわめていった。コカイン・ペーストは、ペルーやボリビアから流入しつづけている。コロンビア人はジャングルの奥の秘密工場でそれを精製し、純度の高いコカインを世界中の国、とりわけ北米へ運び込んでいる。

「昔はムラ——ラバのことだ——と呼ばれる運び屋が、少量を密輸していたが、いまではそんなものはどこにもいない。こんにちでは、それが大規模に行なわれている。カリ・カルテルは、カリブ海の島へ飛行機で運び、そこからヨーロッパ向けの船に積み込むというシステムを作りあげた。

さっきもいったように、想像を絶する規模の大きさだ。八〇年代のなかばには、エスコバルひとりだけでも二十億ドルをかせいでいると見られていた。不思議でならないのは、彼が信心深い家に生まれたなにひとつ不自由のない子だったことだ。だが、そのうちに学校を放逐され、犯罪に手を染めるようになる——墓石を盗み、車を盗む。二十歳前には金で雇われる殺し屋になっていた。やがてコカ・ペーストをアンデスからメデジンの工場へ車で運びはじめた。たいへんな金をかせいで、三十のときに六千億ドルもする大農場を買った。

皮肉なのは、犯罪行為をさんざんやっていた時期のエスコバルが、たいへんな慈善家と見られていたことだ。スラム街の住民のために何百棟もの家を建てたので、みんな彼のことを聖者のように思っていた。どうもきわめて複雑な人間のようだな。片手では貧民のために病院を建設し、もういっぽうの手では家族を皆殺しにする。彼の好きな殺しかたは、赤熱した犬釘を脳に打ち込むというものだ」

情報士官が言葉を切り、われわれ十名の顔を見まわした。それから、言葉を継いだ。「きみらが行くコロンビアとは、そういうところだ。むろん、こうしたことは諸君の任務には直接かかわりはない。カリ・カルテルと戦ったり、エスコバルを追ったりするわけではないからね。まあ、そうでないことを祈っているよ」からからと笑った。「麻薬カルテルのほかに、純粋な政治目的から戦闘をつづけているテロ組織も数多い。べつのいいかたをすれば、コロンビアはけっして統治しやすい国ではない。現大統領のセサール・ガビリアが完全に改正した憲法を発布したところだが、だからといって安定が保証されたわけではない。それどころか、彼はきわめて有能なボディガードを必要としている——だからこそ、きみたちSAS連隊に協力をもとめたんだよ」

それからの二週間は、目がまわるような忙しさだった。もちろんSPチームに籍を置いたまま、招集がかかるのを期待しつつ、毎日訓練にはげんでいた。その合間に、補給品や装備はなにが必要かを考えた。チームのものはみな、基地のチーム作業班へ行って、さまざまな授業に必要な物資を選んだ。ビデオ、スライド、図表、書類——あらゆるものを専用の容器に入れて、床から天井まである整理棚に積んだ。また、われわれがかかる危険のあるいろいろなおぞましい疾病について、医官の説明を聞いた。黄熱、発疹チフス、破傷風、狂犬病、それにいうまでもなくエイズ。

夜にはスペイン語の再教育特別講習があり、前にわれわれを導いてくれたカーディフの女教師が、現地で早く慣れるための講義を行なった。とりわけ、コロンビアのスペイン語とスペイン本土のスペイン語のちがいをいくつか教えてくれた——たとえば、*ll*はリャ・リュ・リョではなくジャ・ジュ・ジョに近い発音だし、iとeの前のcは無声歯間摩擦音のス（*th*）ではなく無声歯茎摩擦音のス（s）だ。また、彼女はカラホ（チンポ、くそ）、ヒンチョ（頭にくる）、カブロン（馬鹿、くそ野郎）というような、ぴったりくる地元の悪態も教えた。もちろん、トムなら、こういう表現はいくらでも教えてくれるだろうが、マリアという年配の女教師の口からこういう言葉を聞くのは、なかなか印象的だった。ブルーバード作戦ではコロンビア人の心と好意を勝ち取ることが非常に重要なのがわかっているので、スペイン語は一生懸命にやるようにと、全員に命じた。コロンビア人と一対一できちんとコミユニケーションをとって、よい関係を築けば、将来、コロンビア政府がイギリスの武器装備を注文する可能性が高くなる。

山ほどの装備が必要だった。個人用武器にはMP5短(クルゼ)（通常K型と略される）を選んだ――ヘッケラー&コッホMP5サブマシンガンの銃身を切りつめたタイプだ。それにベレッタ自動拳銃、ヘッケラー&コッホHK53数挺、M203数挺。M203というのは、M16自動小銃の銃身の下に四〇ミリ擲弾発射機(グレネード・ランチャー)を取り付けたものだ。現地では弾薬が不足しているはずなので、弾薬は大量に持っていく。それに、コロンビア軍の兵卒は、射撃がまるでだめで、武器訓練だけでもかなり時間がかかると聞いている。そこで、ぎゅう詰めの弾薬箱を何パレットも請求し、受け取りのサインをして――ガリル自動小銃用の七・六二ミリ弾、MP5とベレッタ用の九ミリ弾――大量のPE4プラスティック爆薬、といったものが、何百枚もの標的やわれわれの重い個人装備とともに、すべて鋼鉄のラコン・ボックスに詰め込まれるのを見守った。なにが起きるかわかっていたら、ジャングル用の装備も持っていくところだった――だが、その時点では、六週間ないし七週間、まあまあ設備の整った基地に滞在するつもりでいたのだ。どういうわけで〈マジェラン〉GPS――衛星の電波を受信し、数メートルの誤差で地球上の自分の位置を知る、携帯用の全地球測位システム――を荷物に入れたのか、いまだにわからない。あるいはジャングルで生徒に奇蹟のような西欧の科学技術を見せつけたいと思ったのかもしれない。

出発準備のなかでいちばんありがたいのは、旅行小切手(トラヴェラーズ・チェック)で三千ポンドが各人に支払われることだ。海外遠征手当と称し、通常の給料にくわえて支給される——外国へ行く余録のようなものだ。一カ月分の給料が罰金と相殺されて、やりくりに四苦八苦していたので、願ってもないタイミングだった。五百ポンドを残して、あとはぜんぶ銀行に預け入れた。それをもらったことで、また仲間に戻れたのだという気持ちも強まった。

　何人かは、おなじように思いがけなくはいった金を貯金したが、全額を持ったまま、ボゴタの夜の遊び場で使ったり、そこではすごく安いという評判のエメラルドを買おうとするものも、二、三人いた。そういう連中は、どうしようもない財政破綻者だ。だれかがいみじくもいったように、「ジョニーのやつにあんな金をやるのは、インディアンにウィスキーをやるようなものだ」ボゴタのナイトクラブでは、ダンサーがパンティをはかないでテーブルの上で踊るという話をすると、一同がどっと沸いた。大金を一度に手にし、暑い場所へ行くという意識と、言葉をおぼえた自信で、チームの面々はすこしのぼせている。彼らが基地内を歩いているときに、とんでもない挨拶をするのを耳にする。「こんにちは（ブエナス・タルデス）、くそったれ。元気（コモ・エスタ）？」「自転車（ビシクレタ）に乗れよ、馬鹿野郎（カブロン）」というあんばいだ。

　飛行機が出る日は、トレイシーが午前中だけ休みをとったので、しばらくいっしょにいた。それが湾岸に出発する直前のキャスとの場面と、嫌になるくらい似ていた。

「たったふた月だよ」おれはいった。「それに、危険はなにもないんだ。そうはいっても、自分たちの立場は明確にしておかないといけない。うろたえないでほしいんだが、遺言を書き換えた」

「それで？」

「おれがボゴタでバスにはねられたようなときは、この家もふくめて、ぜんぶきみが受け取ることになる。ティムの信託財産をのぞいて。そっちはいまのままだ」

「それはとってもありがたいけれど。でも、ジョーディ」

「なに？」トレイシーが奇妙な表情でこちらを見ているのに気づいた。

「こんどは馬鹿なことはしないでね。わたしとティムにフェアじゃないわ」

「もちろん、そんなことはしない」

それでも、トレイシーはまだおかしな目つきで見ていた。「ジョーディ、これを持っていてほしいの」ジーンズのポケットに手を入れて、青いヴェルヴェットの小箱を出した。

それを受けとってあけた。なかには鎖のついた小さな銀の像がはいっていた。小さいわりにずっしりと重い。

「それを首にかけていて」

「これはだれ？」

「聖クリストファー。旅人の守護聖人よ。幸運をもたらしてくれるわ。あなたを無事に帰らせてくれる」

「だけど、どこで手に入れたんだ？」

「買ったのよ、馬鹿ね！」

「そんなことしなくてもいいのに」

「したかったのよ。かけて」

それに頭を通し、トレイシーにキスした。

「話しておきたいことがあるの」トレイシーがいった。

「なんだろう？」

「妊娠したみたいなの」

11

RAFの古いジョークによると、C–130ハーキュリーズ輸送機をこしらえたロッキード社は、騒音をすべて内側に封じ込めることで騒音問題を解決したという。たしかに上空をハーキュリーズが通過しても、そううるさくはない。そばへ寄っても、四基のターボプロップ・エンジンの甲高い爆音は耐えられないほどではない。しかし、後部に乗ると、話はまったくちがってくる。甲高いキーンという音が頭を貫き、七、八時間乗ると、耳栓やイヤ・プロテクターをはめていても、脳みそからその音が追い払えなくなる。

それには耐えるしかない――八時間、八時間、五時間という連続のマラソン・フライトだ。胴体の左右の折畳式の座席は、数十分以上座っていられる代物ではないので、みんなパラシュートの絹布のハンモックを吊り、機体の揺れにリズムを合わせて揺られながら寝る。たいがいのRAFの乗員は、自分たちの飛行機に乗っている連中が勝手にそんなことをしたらカンカンに怒るだろうが、われわれの乗ったハーキュリーズの乗員はもっぱら特殊部隊の作戦が担当だし、個人的なつきあいがあるものもいるので、まずまず気心は知れている。ラコン・ボックスのあいだにいくつか快適な塒（ねぐら）をこしらえることも可能だ。南京錠をおろして、ラベルを付け、頑丈な網で固定してあるそれらの鋼鉄のトランクを眺め、自分たちが運ばなければならない装備の重量を考えた。弾薬箱は四人で運ぶ。他の箱もそれとたいして変わらない重さだ。

ブライズ・ノートンを出発した輸送機は、轟々と大西洋を越えて、カナダのニューファウンドランドのガンダーへ向かった。そこの滑走路で輸送機がいかれてしまったので、べつの輸送機に荷物を積み換えるあいだ、時間をつぶさなければならなかった。つぎのひと飛びでパナマの北のベリーズへ着くと、そこはすさまじい暑さだった。ようやくコロンビア西部のどこかにある軍用飛行場に着陸した。われわれがだれにも見られることのないよう、夜中に到着の飛行予定が組まれていた。

長時間閉じ込められていたあとだけに、飛行機から出てはならないといわれて、隊員たちはむくれた。税関職員のほうが機内に来て、われわれの旅券にスタンプを捺した。僻地にあるほとんど使われていない軍用飛行場まで、あと二時間ほど飛ばなければならないと聞いて、乗員たちはもっと怒った。そこへ行ったことがないうえに、滑走路にまともな照明がないからだ。だが、ついになんの問題も起きずに到着し、〇四〇〇時ごろにわれわれは暖かな熱帯の闇のなか、ふらつく足で飛行機をおりた。朝食の前にシャワーを浴びてひと寝入りする時間がどうにかある。

夜が明けると、基地は平坦な土地に建設されていて、約五〇エーカーほどの広大な敷地を周辺防御柵が囲んでいた。その金網の先も幅一〇〇メートルほどは切り拓かれているが、そこから向こうはジャングルからひろがってきた植物が密生している。森の上のはるか遠くに裸の岩山が見える。建物はどれもコンクリート製で新しく、まずはきちんと仕上げられていた。窓には網戸があり、ドアもついていて、シャワーはちゃんと湯が出る。ただひとつの問題は、蝿と大きな蜘蛛とヤモリがいたるところにいることだ。ベルファストの鼠のかわりに、ここでは蜥蜴が壁を影のようにさっと伝い、廊下を走り、岩のあいだの穴に姿を隠す。

一日目のほとんどは、それぞれの体調を調えるのに使った。周辺防御柵に沿って走り、すこし運動をして、フライトの影響を体から追い出す。南米でベラノと呼ばれる乾季は終わりに近づいていたが、天候はもっているようだった。早朝はわりあい涼しいが、海抜九〇〇メートルという高地にもかかわらず、十一時ごろになると気温が三〇度前後に達する。まだ体が慣れていないわれわれにとって、息苦しいほどの暑さだった。それでもみんな昼食のあとは、ぼろの下着で寝そべって日光浴をした。赤銅色に日焼けするいい機会だと思ったにちがいない。火傷を起こす可能性があるのは目に見えていたので、不用意に焼きすぎたものには多額の罰金を科すと注意した。制服のたぐいを着て怪しまれるのを避けるために、われわれは半ズボンにTシャツという服装だったが、襟首と膝が真っ白なので、それも厄介な問題だった。

いつでも好きなときに使える広いプールという余録もあった。コロンビア側といっしょに使う食堂は楽しい場所で、ゆったりしているが、はじめはたいがいのものがそこの食事を受けつけなかった。なんにでも豆とチリが使われていて、一日が終わるころにはみんな便所に駆け込むという状態だった。使用済みのトイレット・ペーパーを便器ではなくゴミバケツに捨てるようにと厳しく命じられていたので、便所は座って物事を考えるのには向かなかった。

ピーター・ブラックは、われわれが落ち着くのを見届けるために初日はずっといた。トニーもふくめ、われわれ三人は、コロンビア側の指揮官のハイメ・オルティガ大尉に会いにいった。オルティガ大尉は、人当たりがよく、浅黒いインディオのような風貌で、細い口髭を生やしている。われわれを執務室に招じ入れるとき、満面に笑みをたたえていた。天井で大きな扇風機がまわっている白壁の飾り気のない部屋で、大尉のデスクの向こうの壁に掛けてある額縁入りのカラー写真が唯一の装飾だった。赤い帯のはいった軍帽をかぶり、合計三ハンドレッドウェイト（三三六ポンド。約一五〇キログラム）ほどの勲章を胸につけた中年男が映っている。

よしやれ、と思った。仲良くなるチャンスだ。そこで、精いっぱい正しいアクセントを心がけて、こうたずねた。「大統領（アイ・エル・プレジデンテ）がおりますね？」

オルティガ大尉が、度肝を抜かれたような顔をした。尻を針でつつかれでもしたようにさっとうしろを向き、写真を見たとたんに、おれのいったことを理解した。口髭が横にのびて、大きな笑みが浮かぶ。

「そう、そう（シ、シ）！　ガバリア大統領（エル・プレジデンテ・ガバリア）！　スペイン語がしゃべれる（アブラ・カステジャーノ）のかね？」

「すこし（ウン・ポーコ）」

「それはいい（ムイ・ビエン）！」

そのちょっとしたやりとりで、大尉はたいへん上機嫌になり、トニーを通訳に、われわれにたいへん丁重な歓迎の辞を述べた。質問に答えるのにいささか舌がくたびれたが、彼がしゃべっていることがほとんどわかったので嬉しかった。トニーに、どうしてそんなにスペイン語が流暢(りゅうちょう)にしゃべれるのかとたずねているのがわかった。トニーは、無用のトラブルを避けるために、子供のときに習ったと答えた。

われわれに訓練してもらいたいのはDASの四十二名だ、と大尉が話した。ボディガードの任務の経験がまったくないものもいるが、たいがいのものはアメリカ軍にある程度の訓練をほどこされている。突然、大尉が英語をしゃべりはじめた。「アメリカ人好まない。イギリスのほうがいい！　イギリスの戦術のほうがいい！」お世辞にちがいなかった。トニーの顔を見ていると、片方の眉が二ミリほど持ちあがるのがわかった。

訓練は翌朝からはじめると、話が決まった。準備が片づいたので、ブラック大尉は外交行嚢や通信暗号書などを携えて、ランド・クルーザーでボゴタへ向かった。約四時間かかるという。街の北の英国大使館近くのボナベント・ホテルという小さなホテルが宿舎だと、ブラックはわれわれに告げた。ブラックは大使館の国防担当官の執務室に詰めていることが多いだろうということだった。そこから本国へ、じかに衛星通信で連絡できる。われわれにも携帯用の衛星通信機器があるので、問題が起きたときは、それでブラックに連絡できる。

訓練は第二日に開始された。〇六三〇時ちょうどに、マード・マクファーレンの起床ラッパに度肝を抜かれた訓練生たちが、兵舎からあわてて駆け出してきた。DASのロゴが小さくはいったTシャツに紺のズボンという格好の、体型も大きさもまちまちな連中だ。

それを十五名、十五名、十二名の三グループに分けて、三列にならばせた。おれの指示でトニーがボディガードの仕事に必要な体力と腕力についてちょっとした演説をして、てきぱきと人間を担いで運ばなければならないことを教えた。コロンビア人のなかには、かなり体調の悪そうなものがひとりかふたりいたし、周辺防御柵に沿ってランニングをすると、肥った連中はすぐに落伍した。サーキット・トレーニングが終わるころには、みんなへたばったようだった。だが、シャワーを浴びて、朝食を食べると、また訓練を受けられるぐらいに生気を取り戻した。全員が訓練を修了できるようにしたいので、無理をせずに鍛えるつもりだった。

最初の段階で、われわれは彼らに説明した。完成したチームは、ふたつの要素からなっている。ひとつはボディガードそのもので、大統領を囲み、近接警護を行なう。もうひとつは反撃班で、大統領が移動するときは、つねにその前方に展開し、武器をわざと見せて、ほんものの牙をそなえていることを周囲に示す。大多数はあとのほうの仕事を好むだろうと思っていたので、ボディガードこそほんとうに男らしい（マッチョ）とほとんどのものが考えているのを知って驚いた。彼らは自分たちが神を護っていると思っていて、大統領の命を救う人間になりたがっている――すなわちボディガードそのものを希望している。しばらくしたら訓練課程をそのふたつにまわされるのは、とんでもなく腹立たしいことなのだ。しばらくは全員にすべてをすこしずつ教えるしかなかなかの大きな流れにわける予定だったが、った。

彼らにはたしかにきちんとした指導が必要で、ことに武器の使用法がなっていなかった。拳銃なら扱えるものが何人かいたが、それでも小銃や機関銃になるとまるで役立たずなのだ。彼らは武器を怖がっていて、引き金を引くときに目をつぶることがある。また、興奮しがちなので、非常に危険な場合がある。仲間にまで頭がおかしいと思われている短気な男がいた。アレハンドロという名だが、おおっぴらに頭が変なやつ（エル・ロコ）と呼ばれていたので、われわれもそう呼んだ。ある日、ガリル自動小銃を連射（オートマティック）で撃たせていたとき、そいつが突然悲鳴をあげて、ガリルをほうり出した。ガリルは勝手に発射しつづけて、地面を跳ねまわり、コロンビアの日干しになった地面に銃弾がばらまかれた。さいわい弾倉に残っていたのが十数発だったので、怪我人はなかった。銃を取り落としたことをとがめると、エル・ロコは、引き金を放しても銃が勝手に発射しつづけたと反論した――分解すると、たしかに逆鉤（シア）（引き金と撃鉄を連結する部品）が破損していた。

訓練生の観察能力を高めるために、基地周辺のジャングルに特別な小径をもうけ、コンパス、地図の細かくちぎれた一部、マッチ箱など、ふつうならそこにあるはずのないものを置いた。それから、ひとりずつその小径を歩かせ、見つけたものについてメモをとらせた。緊張させておくために、空包に引っかけ線（トリップ・ワイヤー）をつないだ仕掛け爆弾（ブービー・トラップ）をいくつかこしらえた。

それから、小規模な爆発物の取り扱いもおぼえさせた。プラスティック爆薬を扱わせる目的は、車に仕掛けた爆弾がどれほどの被害を生じさせるかを意識させ、地域の安全を確保するのになにを捜せばいいか――疑わしい包みや、なにかふつうとちがっているものに注目するすべ――を教えることにある。おれが包装を取った八オンス（二三〇グラム弱）の棒状爆薬を折って手でこねはじめると、彼らは啞然として見守った。その塊に火をつけてみようというと、逃げ出す構えをとった。点火すると、蜘蛛の子を散らすようにジャングルに飛び込んだ。PE4は燃えるときにオレンジ色の炎をあげ、派手な音をたてるからだ。だが、三〇ポンド以上ぐらいのでかい塊でないかぎり、火をつけただけでは爆発しないことを、彼らは知る由もない。そのあとで、岩に囲まれた場所に古い車の残骸を持っていって、大は小を兼ねるの原則にしたがい、シャシーの下に五ポンドを仕掛けた。車体が木の高さぐらいに吹っ飛ぶのを見て、訓練生たちはひどく奮い立った。

それが訓練生のやる気を引き出すのに役立った。だが、ほんとうに潑剌とやるようになったのは、車の運転の訓練をはじめたときだった。コロンビア人たちはそれまでは無関心を装っていた。ことにアメリカの訓練を受けた経験のあるものにその傾向が見られた。なにもかもわかったつもりで、身を入れて新しいことをおぼえようとしないのだ。ところが、われわれの説明を聞いて、こっちのやりかたのほうが格段に優れているのを悟ると、とたんに歩み寄る。たとえば、アメリカ軍は、いっぽうから攻撃された場合は、その方向を向いて敵を強襲すればいいだけだと教える。われわれが四方に散開し、掩護射撃を受けつつ、さまざまな方角から突入するのを見て、訓練生たちはたいそう感心していた。

もうひとつ彼らを活気づかせたのは、武器を使わない戦闘術だった。マードの赤茶色の髪と口髭や、首から下の刺青《いれずみ》を見て、はじめのうち訓練生たちは笑っていた。（尻に彫った目玉を見せたときには、地べたに倒れて笑い転げた）じきにマードを猿《エル・モノ》と呼ぶようになった。だが、ひとりずつかかってこいとマードにけしかけられると、連中はつぎつぎと倒され、あるいは許してくれと悲鳴をあげるほど強く締め上げられた。そこでマードが相手を動けなくするこつを教える。訓練生たちのマードへの尊敬は絶大なものになる。

　彼らは知る由もないが、マードは酒を飲まないというめずらしいスコットランド人なのだ。健康が彼の信条で、そのため薬に激しいまでに実利的な興味を抱いている。この遠征で隊の医療担当をつとめ、コロンビア人のちょっとした怪我も手当てする――たいがい、彼が負わせた怪我だ。それでよけい地元の人間に人気がある。

　コロンビア人たちにとってもうひとつの驚きの原因となったのは、マーキイ・スプリンガーだ。マーキイは一番手の通信士《スパークス》なので、スパーキイと呼ばれている。身長が一八五センチ以上で、針金みたいに痩せて、黒い毛が全身に生えているので、でかい蜘蛛のように見える。マーキイも酒を飲まないが、マードとはちがって、金銭のこととなるとものすごくこすっからい。ブヨのけつの穴みたいに締まり屋で、小銭まで貯め込み、ぜったいに飲みに出かけない。それでいて一流の特殊部隊員で、さまざまな特技を身につけている。

　運転テクニックと射撃場での訓練は、ステュ・マクウォリーが担当する。D中隊きっての醜男のステュは、呑み助との定評がある。きっと鏡で自分の姿を見たあとで自棄《やけ》酒に溺れるのだろう。白っぽい髪が針金のように固く、いつも眉間に皺を寄せて、いかにも哀れをもよおす姿だ。だが、ステュのすばらしいところは、夜に落ち込んでいても、つぎの朝には時間どおりに現われて、仕事に全身全霊を打ち込むことだ。ビールをしこたま飲むのに両手はぴくりともふるえず、われわれのなかでも最高の射撃の名手だ。

　巡回し、部下たちが作業にいそしんでいるのを眺め、講義をしているのに耳を傾けながら、進行状況におおいに満足をおぼえた。だが、みんな有能であるとはいえ、これがSAS隊員の典型というものが存在しないのを、おれは経験から知っている。みんなひとりひとりちがう個性を持った人間なのだ。

　コロンビア人のほうは、閉じた箱（クローズド・ボックス）（護衛の対象をぴっちりと押し包む）、オープンV（二名が前方の脅威に目を光らせ、内側にはいってこようとするものがいれば阻止する。もう一名は、つねに護衛の対象の斜めうしろにいる）などの近接警護のフォーメーションの実演がいちばん気に入ったようだった。

　一週間が終わるころには、われわれはすっかりなじんでいた。みんな「くそ！」（シット）の代わりに「ちんぽ！」（カラホ）、「どうしようもねえ！」（ファック・アップ）の代わりに「ろくでもねえ！」（ホディド）といいながら歩きまわっている。訓練をはじめるときには、「傾聴」ではなく「OK、注目しろ！」（パラ・ボラス）というし、「ママル・ガージョ」がひとを冷やかすときの文句であることを知った。

　訓練が終わると、訓練生たちは飽きもせずに麻薬の話をする。エスコバルが投獄されたことで、みんな奮起し、その話題ばかりだった。絶頂のころのエスコバルは、一日百万ドルかせいでいた、サイや象がいる本格的な動物園を自分の牧場にこしらえた、はじめのころにコカイン密輸に使っていた飛行機を屋敷へ通じる道のアーチのてっぺんに狩りの獲物(トロフィー)の首よろしく取り付けた、といったようなことだ。

　麻薬戦争のことがだれの頭にもあり、ある晩またブリーフィングがあって、コロンビアの麻薬取締機関の捜査官が講義をした。大部分はすでに知っていることだったが、事実関係の話になると俄然興味をそそられた。たとえばエスコバルのことでは、彼が妻と電話でしゃべった内容に触れた。電話口から聞こえる悲鳴がやかましいと妻に文句をいわれたエスコバルがどなった。「おれの話が済むまで、そいつをおとなしくさせておけ」その男が悲鳴をあげていたのは、多額の売上げから数千ドルをくすねたと疑われ、ボルト・カッターで指を一本ずつちょん切られていたからだとのちにわかった。その男がもう一度過ちを犯したら、本人だけではなく妻子や両親など、家族が皆殺しになっていただろう、と捜査官は述べた。

「そういうことだ」いくぶん文法がまちがっている英語で、捜査官がいった。「残念だが、コロンビアではひとの命は安い。去年、麻薬業者がサポを――ヒキガエルのことだが、密告者(たれこみや)を意味する――ひとり殺そうとしたのは知っているね。その男が警察署にいるのをやつらは聞きつけた。警察署のとなりに、アパートメントがあった。やつら、どうしたと思う？トラックに爆発物を満載してきた。そして表にとめる。すさまじい爆発が起きる。警察署は跡形もない。アパートメントも跡形もない。情報提供者は死んだ。ほかに数百人が死んだ。いやはやたまげた(マラビジョーッ)！」

　捜査官はまた、麻薬業者の拷問係で、家族の前で犠牲者の首を鋸(のこぎり)で切り落とすのが得意なゴンサレスという男を、つい先ごろ捕らえたといった。遺体から身許がわかるのを防ぐためではなく、ただ手足を切り取るのがおもしろくてやるのだという。

娯楽はほとんどなかったが、施設がすべて割合新しいので、それもさほど気にならなかった。ゲリラその他の危険なやからの脅威がないのがありがたく、警備は全体としてゆるやかだった。夜には、信じられないほど安い食事を出すバー兼レストランのある村まで、道路を歩いていく。五十ペンスに相当する額で、腹がはちきれそうになるまで食べられるし、地元のビールは一本十五ペンスだ。ラベルを見ると、すぐ近所で作られているものだとわかり、ペンキの溶剤みたいに腹を洗ってくれるが、それでもちゃんとぐでんぐでんに酔える。

最初のころ、コロンビアの国民的スポーツはサイクリングにちがいないと思った。基地から出ていくたびに、熱狂的な連中が群れをなしてレース用自転車で道路をすっとばしている。そのうち、ある晩にくだんのパブへ行くと、サッカーの大きな試合の最中だった。バーの一角に大画面のテレビがある。画質はひどいし、二〇〇〇デシベルぐらいでがんがん鳴っている音響もひどかったが、逆上したようにわめいているファンで店は大入り満員だった。贔屓（ひいき）のチームが勝つと、客たちはテーブルの上で踊る。それでコロンビアは国をあげてサッカー狂いだし、オルティガ大尉は〈エスプルス〉というチームの熱心なサポーターだとわかった。あいにく大尉の知識をしのぐ隊員はいなかったし、彼の贔屓のクラブ・チームの最近の偉業についての質問にだれも答えられなかったが、サッカーは気楽なやりとりの話題にうってつけだった。すくなくともオルティガ大尉のヒーロー、〈スパーズ〉の主将のゲイリー・リネカーの消息がわかり、彼のチームがランベロウのリーグ戦の準決勝でノッティンガム・フォレストに破れたのを地元のラジオ局が報じたときには同情することができた。

二週目の終わりに、われわれはボゴタへ行った。木曜の晩の作業が終わると、長い週末の休みを宣言し、ネオン街にくりだす準備をした。訓練生の多くはボゴタの出身で、早く帰りたくてたまらないものだから、ホテルで待ち合わせ、エメラルドや革製品を売っているいい店へ案内すると約束して、自分たちの車で先に出発した。

ピーター・ブラック大尉は、一度われわれに会いにきたものの、国際状況が厳しくなっているので大使館にいなければならないという口実で、二度目の訪問を延期した。金曜と土曜の二泊分、ボナベント・ホテルの部屋を、ブラックはわれわれのために予約してくれた。

金曜の朝、われわれはコロンビア人の運転手付きのランド・クルーザー二台で出発した。意気盛んで、期待に胸躍らせていた。ジャングルのきわで二週間過ごしたあとだけに、みんな快適な暮らし（ビダ・レガラーダ）がしたいという気持ちだった。贅沢な暮らし、といってもいい。いや、ひとりだけ例外がいる。スパーキイ・スプリンガーだけは、ひとりで基地に残ってまずい飯を食うほうを選び、できることなら一センターボでも使いたくないといい張った。ＰＲＣ３１９通信セットの取り扱いに彼ほど熟達した人間はいないので、残ってくれるのはありがたかった。

第三世界の国の例に漏れず、道路はひどかった。トヨタ製の四輪駆動車のスプリングがくの字に曲がるようなでかい穴がところどころにあり、荷物を運ぶ家畜やバスが行く手をさえぎる。巨大な荷を背負ったロバやラバが、とぼとぼと歩いているのだが、その荷物がまた車の幅ぐらいあって、道をふさいでいるのだ。それに乗ったり、あるいは追っている農民は、たいがい鍔（つば）がすこしめくれた中折れ帽に似た黒っぽい帽子をかぶっている。もっとも、何人かの農婦は黒いスカーフを巻いていた。

バスは荷車やロバよりは速く走るが、まあそんなに変わりはない。車体の塗装は隅から隅まで真紅、黄色、青といったあざやかな色が使われているので、見ているだけでもけっこうおもしろい。抽象的な模様の場合も多いが、車体のまんなかに精緻な絵が描いてあるのもよく見かける——山の風景、海岸、教会、橋といったようなものだ。どの車も、塗装に何百時間もかかったにちがいない。バスは定員をはるかに超えていて、フロント・グリルにまで乗客が乗っている。それに、サスペンションがへばっていて、酔っ払いのように車体を左右に揺すっている。軽油の黒い排気ガスが排気管から噴き出し、すこしでも登り坂になっていると、とまらないまでも速度が時速三〇キロメートルぐらいに落ちる。

われわれの通った山の多い土地の一部は開墾されていたが、かなり広大な土地がまだ藪のままだった。道沿いにトタン板でこしらえたちっぽけな小屋があって、農民が果物や壜入りの飲み物を売っている。どの村にも大きな十字架が屋根にある白壁の教会があり、道端のいたるところに聖母マリアの聖堂があって、小さなアーチの奥に聖像が建てられている。ある峠を通っているとき、そうした聖堂のいくつかは岩を彫ってこしらえたものだと気づいた。

なにもかも素朴で安閑として、この国が麻薬戦争にむしばまれているとは想像できない。

車がのろのろと進むあいだ、先のことを考えようとした。コロンビア側は、われわれの訓練の盛大なフィナーレをボゴタでやらせたがっている。要するに、訓練生のなかでもっとも優秀なチームが、おぼえたての技術を披露するべく、大統領もしくは副大統領を護衛し、装甲をほどこしたリムジンをまんなかにはさんで首都のまんなかを三台でパレードし、国立スタジアムに向かうというものだ。その派手な行事までまだ一カ月以上あるが、それに必要な技術の訓練を早く終わらせたいと思った。

車に乗っている四時間はほとんどずっと登りで、空気がどんどん冷たくなってきた。はじめは頭がふらっとするかもしれないと、ブラック大尉にあらかじめ注意を受けている。ボゴタは海抜二六〇〇メートル以上なので、あまり早くそこまで登ると、酸素不足を起こす。進むのが遅いので、きっとじゅうぶんに慣れる時間があっただろう。いずれにせよ、暑さから逃れられただけでほっとしていた。

ボゴタへはいるには平原を横切る。前方はスモッグでかすみ、東の地平線には広大な山地がひろがっている。はじめてボゴタの街を目にしたときには、ひどくがっかりした。道端に崩れかけた掘っ建て小屋が点々とあり、それがやがて建て込みはじめて雑多な穢らしい街並みを形作る。トタンの波板、古い車の一部、板切れ、ひっくりかえしたバスタブ、ドア、帆布、鉄板、合板、ボール紙――コロンビア人たちは、ありとあらゆるもので陋屋をこしらえている。皮膚病にかかっているような犬がゴミの山を嗅ぎまわっている。目を閉じ、耳をうしろに倒したロバがつながれている。「クソ街だぜ！」だれかが叫んだ――まさにそのとおりだった。これが話に聞いていた悪名高いバリョ、スラム街なのだ。窓を閉めたまま車で通っていても、天まで届く悪臭が漂っているにちがいないという印象を受けた。

だが、じきに最悪の区域を抜けて、やはり貧しくはあるがまともな建物が集まっている区域にはいった。英語があまりしゃべれない運転手のシモンは、北にあるわれわれの目的地へ行くには街の西を通ったほうがいいと提案していたが、中心部が見られるようにまんなかを突っ切るようにとおれは命じた。ぴかぴかの高層建築がある街区が前方に出現し、やがてその中心部にさしかかった。まるで別世界だ。ヨーロッパやアメリカの華やかな街にいるようだ――フランクフルト、ブラッセルズ、シカゴのような。ガラスと鋼鉄のギラギラ輝く摩天楼が、空に向けてそそり立ち、通りに面した商店も華やかで、高価な服、家具、ビデオ・カメラ、オーディオ製品、その他の電気器具がふんだんにならべられている。カフェ、バー、レストラン、映画館がその間にある。スラム街との対比は、信じられないほど大きかった。

ボゴタの街は碁盤の目のように造られ、主な通りは南北にのびているが、どれも車とバスで混雑している。無数のエンジンの排気ガスのために、汚染はすさまじい。スモッグと高度のために、息がしづらい。信号が変わり、たくさんの車が一斉に飛び出すたびに、どの運転手もみなクラクションを鳴らしっぱなしにするので、騒音もすさまじい。

「ここでは用心したほうがいいな」老女がセメントを積んだトラックの車輪に轢(ひ)かれそうになったときに、おれはいった。「やつら、歩行者なんか屁とも思ってない」

「そうだな」トニーが答えた。「それから、掏摸（すり）にも用心したほうがいい。ガキがいっぱいいるだろう――街の不良だよ。こっちではガミンというんだが、泥棒と乞食の両方をやる。ひとりが話しかけているあいだに、べつのやつが財布を抜き取ろうとする」

　通りの名前――というよりは番号による街の仕組みがこのうえなく単純なのが、すぐにわかった。山地と平行して南北に走る広い通りは、大通り（カルレラ）と呼ばれる。それと直角に交差している通りは街（カリエ）だ。われわれは七番大通り（カルレラ・セプティマ）を北に向けて走っているが、進むにつれて、中心部では一桁（けた）だった街（カリエ）の番号が大きくなる。のろのろと進むあいだ、シモンが名所を指さしながら実況中継をつづけた。

　ある街角で、歩道に露店がいくつか出ていて、ひとだかりができているのを指さし、シモンがいった。「あの連中、エスメラルダを売ってる」

「エメラルドを通りで？」

「そうとも（シエルタメンテ）」シモンが、むっとしたようにいった。「毎日売ってる」

　トレイシーの素肌にエメラルドのネックレスが光っている光景が、突然目に浮かんだ。グリーンの宝石は、栗色の髪に縁取られた雀斑のある頸にすばらしく映えるのではないだろうか？

　街（カリエ）の番号がどんどん大きくなる。二〇、三〇、四〇。われわれのホテル、ボナベントはだいぶ北の九三番街だが、九八番街まで数ブロックなので便がいい。北へ行くにつれてあたりの雰囲気が豪勢になる。壁に囲まれた敷地の奥に建つ屋敷が多いことからして、ボゴタでも品のいい住宅街にはいりつつあるようだ。しゃれた店構えのレストランもたくさんある。

　ボナベント・ホテルは、思ったよりも小さく、われわれをひと部屋に三人入れようとした。だが、四部屋とってあるはずだといって、おれはゆずらなかった。ひと部屋だけが三人、あとはふたりずつ三部屋だ。トニーとおれはいっしょの部屋にした。荷物を置いてシャワーを浴びると、軽い昼食をとりにいった。大使館に二時半に行くように手配りしてあるし、トニーにはいっしょに来てもらう。だが、あとの連中には、帰りの出発に間に合うように日曜日の昼食時までにホテルに戻れば、あとは自分で好きに予定を組んでいいと告げた。

　大使館が塀に囲まれた庭園のまんなかに建つコロニアル様式の古くて美しい建物ならいいのだがと、頭のどこかで思っていた。ところがまるきりちがっていて、サンチョ宣伝タワー（トルレ・プロパガンダ・サンチョ）というとんでもない名前の近代的な高層建築の四階のオフィス数室だった。何時間も座っていたあとなので、タクシーに乗らずに、歩いていくことにした。

　たしかに空気が薄い。ふつうの速さで歩いても息が切れる。コロンビアでは大使館にはいるところを襲われることがあると聞いていたので、べつべつにはいることにして、数ブロックいったあたりで別れ、おれが先に行った。

　宣伝タワーのロビーにはいると、受付が氏名などをきき、来客用のバッジを渡して、エレベーターに案内した。四階で降りたところのドアに、英国大使館（エンバハダ・ブリタニカ）と金色の手の込んだ書体で記されていた。呼び鈴を鳴らし、なにが起きるのかわからないままに待った。かなり長いあいだなにも起こらず、もう一度鳴らそうかと思ったとき、警備装置が作動して、女の声が聞こえた。「ご用件は？」

「シャープ軍曹です。ブラック大尉にお目にかかりたい」

ブザーが鳴ってドアがあいた。その奥で待っていたのは、白いシャツに黒いスカートというあっさりした身なりのすごい美女だった。長い黒髪、いかにもスペイン系らしい卵形の顔、浅黒い肌、黒い瞳。おれよりすこし年が上のようだが、さほど離れてはいない。

「いらっしゃい」女がにっこり笑いながらいって、手を差し出した。「ルイサ・ボルトンです。お待たせして申しわけありませんけれど、受付のものがぐあいが悪くて休んでいるので、わたしが兼務しているようなわけなんです」

英語は完璧だが、イントネーションがかすかにスペイン風だ。おれは自己紹介して、トニーがすこし遅れてくるわけを説明した。それからきいた。「それじゃ、ふだんのお仕事はなにを？」

「通信です——それが担当なんです。こちらへどうぞ。ピーターは、いま大使のところですわ。コーヒーを召し上がります？」

いっぷう変わった香水のかおりを漂わせながら彼女が先に立って、超現代的なオフィスへ案内した。ファクスやテレプリンターやワープロのあいだの回転椅子におれがもじもじしながら座ると、ルイサは小部屋にはいっていって、コーヒー・メーカーのスイッチを入れた。はめ殺しのガラス窓からすぐ東の山々の壮麗な景色と、その裾野にしがみついている高級そうな家屋敷が見えた。反対の壁の装飾はただひとつ、翼をひろげたコンドルのばかでかい絵の複製写真だった。幅は三メートル、ほとんど実物に近い大きさだろう。

ほどなく香水のかおりにコーヒーのうまそうなにおいが混じりはじめた。不思議なことに、彼女はトレイシーを思い出させた。肌の色もちがうし、脚もトレイシーほど長くはないが、男の気をそそる物腰やしぐさが似ている。職業上の興味を逸脱した目で彼女を見ていることに気づいた。頭のなかで自分を厳しく叱った。手を出すな！　だいいち、トレイシーはおれの家と子供をあんなにきちんとめんどうをみてくれているのだ。それに、大使館の職員と深い関係になったりしたら、深刻な問題が起きる可能性がある――ましておれは連隊から警告を受けている身なのだから、万事ひたむきにやらなければならない。

数分後にトニーが到着したので、紹介した。ルイサはカップとソーサーを用意しながら、ここまでの道のりはどうだったかとたずねた、われわれは礼儀正しく答えた。だが、そのあいだもずっと考えていた。〝ここではなにかが進んでいる。あのひとことでわかった。彼女は隊長のことをピーターといった。とっさにピンときた。ブラック大尉はこの女と寝ているにちがいない。そうでないなら、どうして馴れ馴れしくファースト・ネームだけで呼ぶのか？　基地への二度目の訪問をブラックが延期したのは、それが理由だろう。さっそく女とやってボゴタで楽しい思いをしているからだ〟

すぐにブラックと話をして、頭のネジを締めろといってやろうかと思った。これはやつのはじめてのチーム任務なのだ。ひとりが息子をズボンにしまっておけなかったばかりに失策に終わった任務は、過去にもたくさんある。だが、意見をしたら大きな対立が生じて、チームに悪影響があることはわかっている。それでなくても大尉とおれは一種の緊張した関係にあるから、批判したらそれが悪化するのは目に見えている。

ルイサがカップを持って戻ってきたとき、おれは彼女の左手をちらと見た。指輪はない。トニーを盗み見た。たいそう惚れ込んでいる様子だが、さっきの彼女のひとことを聞いていないのだから無理もない。

「ミルクは？」ルイサがたずねた。

「お願いします」

「お砂糖は？」

「いや、結構」

コーヒーをかき混ぜながら、おれは何気なくたずねた。「ここは長いんですか？」

「生まれてからずっといるわ」ルイサが、また晴れやかな笑みを浮かべた。「一族がここに落ち着いたのは、二十世紀のはじめなの。スペイン人なんです。それで、一九五〇年代に父がイギリスから来て、母と結婚し、ここに住むようになった。それでわたしは半分スペイン人で、イギリス人の姓なの。ルイサもＯがはいらない綴りよ」

「本国との通信状況はどう？」

「いまは最高よ」ルイサが答えた。「前は電話でひどかったわ。いつも回線が混んでいて、通じたと思うと、混線がひどかったりして。でも、衛星通信はすばらしいわ。ロンドンと話をしても、まるでとなりの部屋にいるみたい。もちろん、あなたがたの衛星電話もすごくよく聞こえるわよ」

それからしばらく雑談をしていた。やがて表で気配がして、束ねた書類を手にしたがっしりした体つきの男が戸口に現われた。四十代のはじめとおぼしく、やや肥満して、カラーからは首の肉が、ベルトの上からは腹の肉がはみ出している。

「やあ」その男がいった。「ジョン・パーマー、国防担当官だ」

ブラックがいっしょで、われわれとともに四人でパーマーの執務室へはいっていった。協議が必要な難しい問題はない。基地では万事順調に進んでいると報告した。たまに腹を下すものがいる程度で、全員調子がよく、楽しくやっている。地元の人間とのいさかいもない。それどころか、地元民は友好的だ。訓練生はすこしプレッシャーをかければきびきびと反応するから、優秀なボディガード・チームができるだろう。とりたてて問題は起こりそうにない。

それに反して、大使館側の話はかんばしくなかった。パーマーによれば、麻薬密輸の容疑でエセックス大学のコロンビア人学生が逮捕されてから、英国とコロンビアの外交関係は緊張しているという。両国政府は口頭で激しくやりあい、双方の大使館引き揚げの危険性もある。そういう事情なので、われわれの立場は非常に危なっかしい。悪感情をいっそう悪化させるようなふるまいは、つつしまなければならない。

「もちろん、コロンビアに諸君が駐留しているのは、まったくの非公式だ」パーマーが告げた。「諸君がここにいることをマスコミが報じたら、たいへん厄介なことになる」

「ご心配は無用です」おれはきっぱりといった。「だれも記事を《エスペクタドール》に売ったりはしませんよ。チームのものはみな分別をわきまえていますからね」腹のなかではこう考えていた。いやな野郎だ。いったいなにがいいたい？

三十分ほど、あまり愉快ではないやりとりをしてから、われわれは辞去した。帰るときに、ルイサが大使館関係者のすべての電話番号を記したカードを差し出した。非常用の番号にくわえ、ルイサとパーマー国防担当官の自宅の番号もあった。出しなに、トニーが最後の一矢を放つようにいった。「夕食でもいっしょにいかがですか？　すこし名所を案内してくれませんか？」

ルイサが、相手を悩殺する例の笑みをトニーに向けた。「それは楽しそうですわね。でも、今夜はここでレセプションがあるんです。勤務なの。あいにくだけど、お断わりするしかありませんわね」

「ああ、その――いいんです。では、またの機会に」

ブラックが、われわれといっしょにエレベーターで下におりた。途中でおれはいった。「今夜のパーティに招待されているんでしょう」

明かりが暗かったが、ブラックが赤面するのがはっきりとわかった。「そうだ。招かれている」

タワーを出るときは、わざわざ別れないことにした。歩きはじめると、トニーはしばらくなにもいわなかったが、やがて口をひらいた。「大尉はあの女とやってるな」

「なにかいおうかとも思ったんだ。あの男のせいで作戦全体が失敗に終わりかねない」

「あいつ、どうやってSASにはいったんだろう?」

「応募したときに将校が不足していたにちがいない」

〈フォア・シーズンズ〉というそのレストランをトニーとおれが選んだのは、ベリー・ダンスが見られるからだった。ほんもののコロンビア料理に、ちょっぴりのお楽しみ、というわけだ。七時半にはふたりともかなり腹が減っていたので、黒と黄の塗装のタクシーを呼びとめて繁華街へ向かった。あとの連中は、砂に染み込む水のように、もう影も形もない。たとえばメルは不機嫌な顔で財布をなくして帰ってくるのが、いまから予想できる。

われわれのもくろみは、みんなのものとさして変わらなかった。うまいものを食べて、ベリー・ダンスをちょっと眺め、それからもっとすごい夜遊びの場所を捜す。あいにく、そうはことが運ばなかった。

レストランは、なかなかいい店だった。ウィンドウの数枚の写真は、あまりぱっとしない――ダンサーのカルメンシータは、蠱惑的というよりはミシュランの宣伝のタイヤ人間みたいだ――しかし、われわれはバーでビールを一杯飲んでから、狭いダンス・フロアに近いテーブルを選んだ。メインの料理はおなじものにした――刻んだ肉と野菜をトウモロコシのパンケーキの皮に包んだすごくうまくて辛い料理だ。詰め物はうまいのだが、あんまり辛いので、酒を何杯も飲んで流し込まなければならない。それでカールズバーグ・スペシャルをがんがん飲んだ。

まもなく演物（だしもの）がはじまるので、期待にうずうずしてじっと待っているとき、衝撃的な出来事が起きた。われわれのテーブルは、店にはいってくる客がよく見える位置にあったが、おれはさして注意を払っていなかった。四人の男が、となりのテーブルについた。そのとき、トニーの左の肩ごしにそのうしろを見やり、おれは凍りついた。

「おい！」トニーが身を乗り出した。「どうした？　幽霊でも見たような顔だぞ」

「そうなんだ。急いでここを出よう」

つとめてさりげないしぐさで手をふり、通りすがりのウェイターに、勘定書きを持ってくるようにと合図した。だが、ビールを飲み干すためにグラスを持ったとき、手がふるえていた——というのも、そこに、三メートルと離れていないところに、デクラン・ファレルが座っていたからだ。

「なんだよ？」トニーがいった。「気分が悪そうだぞ。顔が真っ蒼だ」

「スペイン語で話せ」おれはささやいた。「サッカーの話でもなんでもいいから」

トニーは、こいつ頭がいかれたのかという目つきでこちらを見たが、べらべらしゃべりはじめた。必死で頭を働かせようとしていたので、まったく耳にはいらなかった。だいじょうぶだ、と自分にいい聞かせた。危険はない。ファレルに顔を見られたことはない。一度も目をつけられたことはないのだ。おれの風貌をファレルは知る由もない。馬鹿なことさえしなければ、ばれるはずがない。トニーもおれもことに怪しく見えることはない、と分別が告げた。レストランの客は、たいがいおれたちと似たりよったりのシャツにジーンズというくだけた格好だ。ファレルは、それとは対照的に薄手のジャケットを着て、ネクタイを締めている。相客のひとりもおなじだ。あとのふたりは皮のジャケットにオープン・シャツ。あまり長く見つめすぎないように気をつけながら、どれが何者なのか、当たりをつけようとした。ファレルもふくめ、全員髪が黒い。もうひとりのネクタイを締めた男は、肌が白いのでアイルランド人、あとのふたりはコロンビア人だろうと思った。

トニーが、なおもときどきスペイン語でしゃべっている。おれは財布を出して、テーブルごしに渡した。「払っておいてくれ」小声でいった。「電話をかけてくる」

電話は角をまわったところで、男子用洗面所へ向かう通路の戸棚のようなものの奥にあった——だれかが通りかからないかぎり、話を聞かれる気遣いはない。電話機は新しい型で、カード用と硬貨用の両方の穴があった。小銭にくずし、じっくりと見た。交換レートは一ポンドあたり千ペソ。市内ならおそらく百ペソだろうと判断して、受話器をあげ、硬貨を入れて、ルイサの執務室の番号にかけた。レセプションはまだ終わっていないはずだから、電話の音が会場から聞けることを願った。

呼び出し音が鳴りつづけた。十回、二十回、三十回。ようやくだれかが出た。「もしもし（ディガメ）？」

「ブラック大尉を、お願いします（ポル・ファボール）」

「だれ（キエン）？」

「ブラック大尉です」

「知らない（ノ・コノセール）」

「ではパーマー少佐を」

「ちょっと待って（モメント）」

受話器が置かれ、それを通してパーティの音がかすかに聞こえた。頭がフルに回転していた。ファレルがバリコンヴィルで監視を受けていたのは、麻薬にかかわっているからだ。ファレルは、よろけるほど重いスーツケースを納屋へ運んでいった。そのファレルが、いまボゴタにいる。モリスンの話では、ＰＩＲＡはコロンビアと深いかかわりがあるらしい。ベルファストの街でＰＩＲＡが末端の売人から掠（かす）りをとっているのは前から知っているが、これはそれとは規模がちがいすぎる。やつらは世界的な麻薬取り引きに関与している可能性があるわけで、そうなると武器購買力が飛躍的に上昇するおそれがある。

ようやくだれかが電話に出た。

「パーマーだが。そちらは？」

「ジョーディ・シャープです」

「だれだね？」

おれは名前をくりかえした。

「すまないが。知らないな」

ちくしょう！　こいつ、酔っ払っている。落ち着いた口調をたもつように気をつけながら、おれはいった。「きょうの午後にお目にかかりましたよ。ピーター・ブラック大尉を呼んでもらえませんか」

「ああ、そうそう。きみだったのか。SASの若い衆か。サヴァナから来た。どういった用件かね？」

「ブラック大尉に話があるんです。大至急」

「ブラック、ブラック。見かけていないな。わたしではだめなのか？　いま何時だ？　それはそうと、どこにいるんだ？」

「どうか……大尉を……捜してください！」子供に話すように、言葉を区切って頼み込んだ。

「ああ、わかった。ちょっと待ってくれ」

電話からビーッという音が聞こえた。あわてて硬貨を捜し、何枚か入れた。通路をだれかがやって来て、そばを通った。ファレルの連れではない。ブラックがパーマーほど酔っていないといいのだがと思いつつ、そわそわと足を踏み換えながら待った。

ようやくブラックが電話に出た。「もしもし。どうした、ジョーディ？　トラブルか？」

「ええ、それもでかいやつです。PIRAが街にいる」

「ぼくをかつぐつもりか？」

「ちがいますよ。それがファレルなんです」

「なんだって！」

「コロンビア人といっしょにいます」

「どこにいる？」

「この電話をかけている店ですよ。〈フォア・シーズンズ〉というレストランです。一五番街の八四‐二二」

「知ってる。たまげたな！」

「おっしゃるとおり」

「だれといっしょだ？」

「トニー・ロペス」

「そこを出たほうがいい」

「ご心配なく。これからホテルに戻るところです」

「わかった。チームのあとの連中は？」

「さあ。街のあちこちで飲んでいますよ」

「呼び戻せないか？」

「無理ですね」

「きみらは全員、できるだけ早くボゴタを出るんだ」

「あすまでは無理ですよ」

「やむをえないな」

「ヘリフォードに知らせてくれますか？」

「むろんだ」

「よかった。ではホテルでお目にかかります」

となりのテーブルの会話が聞こえないかと思ってぶらぶらしながら、ゆっくりと席に戻った。案の定、ファレルの相客のひとりが北アイルランドのなまりでしゃべっている。「それで結構」というのを聞いただけだが、結構（ファイン）をフェイーンと発音している。

トニーはもう勘定を済ませていた。「万事順調か？」とトニーがたずねた。

「そうでもない。タクシーを拾おう」

「どこへ行く？」

「ホテルに帰る」

「歩きたくないのか？」

「いまは」

「ベリー・ダンスは？」

「知るか」

ファレルのことだから、通りに見張りを立てて掩護させているはずだ。そういうやつらに見つかりたくはない。タクシーに乗っても、話をしないほうがいいという気がした。運転手が手先で、英語がわかるかもしれない。ホテルの部屋に戻ると、そこでようやくトニーに一部始終を打ち明けた。

「やつにまちがいないのか？」

「ぜったいにまちがいない。一〇〇パーセント確実だ。どこにいようが見分けられる。あんたのうしろにいたでかい男がそうだ」

「あのとき、あそこで背中をナイフでぐさっとやればよかったのに」

「そんなことをしたら、ふたりともリンチに遭っていたよ」

「やつはここでなにをしているんだ？」

「でかい麻薬取り引きをまとめようとしているにちがいない。あるいは武器の調達か。その両方か。たぶん両方だろうな」

「われわれがここに来ていることと関係があるとは思わないのか？」

「それはありえない。やつがわれわれのことを知るはずがない」

「さて、どうする？」

「案を練るためにここへ来ると、ブラックがいっていた」


ブラックは来なかった。トニーとおれがホテルに帰ったのは九時半、十時をすぎると不安になってきた——大使館からは車でたった五分だ。十時半になると、なにか重大な事態が起きたのだと悟った。

ホテルの部屋には電話がない。ロビーからかけなければならない。さいわいそのときには、あたりにだれもいなかった。

百ペソを穴に入れて、大使館にかけた。またしても長いこと待たされて、ようやくスペイン語が聞こえた。トニーに受話器を渡した。トニーがしばらく先方の話を聞き、「ちょっと（モメ）

待って」といってから、送話口を手でふさいだ。

「みんなでレストランへ行ったそうだ」

「みんな？」

「パーカー、ブラック、それにあの女」

「三人いっしょに？」

「そうらしい」

「何時ごろ？」

「あんたが電話した直後だ」

「くそっ！　いったいどういうつもりだ？」

　トニーが首をふった。「ファレルを自分の目で確かめたかったんだろうよ」

「あいつら、なにを血迷ったんだ。どうなったかわかるか？　三人とも拉致されたんだと思う」

　トニーが、送話口から手をはずしていった。「もうちょっと待ってもらえますか」

「ヘリフォードに連絡しなければならない」おれはいった。「大至急。ここでは無理だ。大使館の秘話通信を使う必要がある。これから行って使えるかどうか、きいてくれ」

　トニーが談判をはじめたが、先方——夜間当直員——は、当直の上級職の許可がないと入れられないといった。かなりいい争ったあげく、二等書記官の名前と自宅の電話番号をトニーが聞き出した。

受話器を戻し、ふたたび電話した。もう十一時を過ぎている。おそらくもう寝ているだろう。だが、ちがった——即座に相手が出た。

「エジャートンです」きびきびした若い声だ。

夜分に電話したことをわびてから、いっさいを手短にはしょって事情を説明した。エジャートンは、くだらない質問やいい逃れをいっさいいわず、「十分後に大使館のビルのロビーで会おう」といった。

「よかった」おれはトニーにいった。「まともな働きのできるやつがいた」

エジャートンという姓に、どことなくおぼえがあった。前に聞いたことがある。だが、そのときは思い出せなかった。

やはり歩く気分ではなかった。北アイルランドの邪悪な霊が八〇〇〇キロメートルの海を越えて追ってきて、このコロンビアの首都の街路にはびこっているような気がした。だから夜間勤務のポーターにタクシーを呼んでもらい、行方不明の隊員たちが姿を現わした場合のために、トニーには残ってもらった。

「いいよ」トニーがいった。「だけど、こうしたらどうだ？　まずおれがタクシーに乗ってあのレストランに戻り、三人が行ったことを確認する」

「ファレルがいたら、顔を見られるぞ」

「なにかをなくしたふりをする。本をなくした。ボゴタのガイド・ブックだ。ひょっとしてそこに忘れたのかもしれない」

「それじゃ、用心しろよ。大使館に電話してくれ」


ビル・エジャートンは、眼鏡をかけた長身の痩せた男で、齢は三十過ぎ、室内にいることが多いらしく長い顔の血色が悪く、一見学者風だが、驚くほど早く要点を把握した。

「そうだ」即座に同意した。「ヘリフォードに連絡したほうがいい。イングランドはここより五時間早いから、向こうは午前四時十五分だな。だいじょうぶか？」

「やるしかないでしょう」

スターリング・ラインズ基地の緊急用の番号は財布に入れた紙に書いてあるし、日直下士官が衛兵詰所で勤務を行なっているのはわかっている。電話がつながったとたんに、先方が出た。受信状態はいいし、ついていたことに、知っている声だった。

「チョーキイか？　おれだ、ジョーディ・シャープだ」

「たまげたな！　いまごろ電話してくるとはどういうわけだ？」

「おい、よく聞いてくれ。やばいことになってる。当直将校はだれだ？」

「ボブ・キーリングだ」

「よし。話をさせてくれ」

「いま？　朝の四時だぞ」

「わかっている。緊急を要するんだ」

「わかった。起こす」

一分間待った。その間、掲示板にさまざまなリストが貼ってあって鍵束がぶらさがってい
る衛兵詰所を思い描いた。そのとき、すぐ近くでべつの電話が鳴った。エジャートンが受話
器を取り、ふたことみことしゃべってから切った。「きみのアメリカ人の同僚がレストラン
を調べた。彼らはいない。もういっぽうの一行もいない」

「ありがとう」

秘話通信が息を吹き返した。

「もしもし」ボブ・キーリングが、眠たそうな声でのろのろといった。

「ボゴタのジョーディ・シャープです。拉致事件がありました。英国大使館員二名とわれわ
れの指揮官（ルパート）、ピーター・ブラック大尉が攫（さら）われました」

「もう一度いってくれ」

くりかえした。

「なんてこった！」すっかり目が醒めたキーリングが大声をあげた。「いつ起きた？」

「三十分ほど前です」

「すぐに作戦幕僚を呼ぶ」

「はい。こっちの番号はご存じですね」

「作戦幕僚に連絡させる」

電話を切ると、エジャートンがじっとこちらを見ていた。「パーティに出ていたんですか
？」おれはきいた。

「ああ――だが、当直なので、オレンジ・ジュースを飲んだだけだ」

「気を悪くされると困るんですが、国防担当官はひどく酔っていましたね」

エジャートンの頬がぴくぴく動いた。「そう。彼はたしかにいささか飲みすぎる」

しばらくのあいだ、おれはじっと考えた。それからたずねた。「これが麻薬にかかわりがあるとしたら、やつらは三人をどうしますかね？」

「たんなる麻薬業者なら、身の代金を要求するだろう。しじゅう起きていることだ。だが、IRAが関与しているとなると――見当がつかない。そっちのほうはあまりくわしくない」

「どこへ連れていく可能性があるでしょう？」

「どこか辺鄙なところだな。たぶんジャングルだろう」

「それじゃ、どうやって追跡すればいいんですか？」

「そのことか！」エジャートンが、かすかな笑みを浮かべた。「われわれの情報源はきわめて優秀でね。非公式にだが、サポと呼ばれる情報提供者たちと接触している」

「ヒキガエルのことですね」

「知っているようだな。買収資金のなかから、ごくささやかな金――たとえば二万五千ペソを払えば、きわめて役に立つ情報を流してくれる」エジャートンは、なおもいった。「むろん、ハイテク機器から得る情報にくらべれば、たいしたものではないが」

「どんなハイテク機器ですか？」

「トランキランディアの工場群をどうやって見つけたか、知っているだろう？」

話が通じていないと見てとると、エジャートンは説明した。「史上最大のコカイン精製工場だ。十数棟の工場で毎月三トン以上を製造していた。なんと、麻薬業者は労働者のために町をひとつこしらえていた——住宅、道路、簡易滑走路、ジャングルのまんなかにあらゆるものがそろっている。だいぶ前のことだ。メデジン・カルテルの全盛期、八〇年代の話だ。アメリカのDEA（麻薬取締局）がそこを発見したのは、エーテルのドラム缶数本に発信装置を仕込んだからだった。コカインの精製には、ドラム缶が必要なんだ。衛星が、そのドラム缶をジャングルの奥まで追跡した」

「ずいぶんくわしいですね」

「まあ、興味を持ったんでね」

「DASがこの国を牛耳っているというのは、ほんとうですか？」

「そういっていいだろう。じつに強力な組織だ。国民はほとんどそれを怖れながら生活している」

「DASにコネはありますか？」

「強いコネがある。司令官とは個人的に親しい。どうして？」

「そこの協力が必要かもしれないと思ったので」

「DEAが協力してくれることはまちがいない。常時こっちに捜査官がいる。コロンビア警察の麻薬取締課も協力するだろう」

「これは仲間うちにとどめておきたいんです。規模の大きい捜査機関が銃をぶっ放しながら突入したら、麻薬業者はまず人質を殺すでしょう。われわれの特技も、ひそかに接近し、奇襲することですし」

　時間が刻々と過ぎていった。秘話回線の電話が鳴ったので、あわてて受話器をつかんだ。

「ジョーディか？　問題が起きたそうだな？」作戦幕僚のアラン・アンドルーズは、ベッドからひっぱりだされたのを怒るどころか、元気そのものだった。

「お邪魔してすみません」おれはいった。

「気にするな。どういうことだ？」

「こちらはボゴタにいて、即刻出動（ファーストボール）の事件が起きました。ピーター・ブラック大尉がＰＩＲＡもしくはコロンビア人の一味、もしくはその両方に拉致されました」手短に一部始終を話した。

「ただちに特殊部隊グループ指揮官にお知らせする」アンドルーズがいった。「外務省の勤務時間がはじまったらすぐに、そちらに出動されるはずだ。一個中隊に出動準備をさせる」

「よかった」問題は、こっちがどうするかだ。チームのものたちは、早くともあすの朝にならないと集まらない。基地にできるだけ早く全員で戻りたいが、ボゴタから車で四時間かかる。

「そっちはいま何時だ？」

「零時十五分前です。そちらより五時間遅いので」

「ちょっと待て。連隊長と話をしてから電話する」

五分後に、アンドルーズがまた電話してきた。「連隊長と話をした。三人の奪回が最優先だ。その他のことはあとまわしにするしかない。訓練は一時中断か、必要とあれば中止しろ」

「了解。これからこの電話のそばにだれかがいるようにします。いまのところ最善の通信手段ですから」

「よし。もうひとつ、この冒険物語がよそに漏れないようにしなければならない。公式には、きみたちはそこにいないことになっている。エセックス大学の例の学生の件で、すでに外交問題が起きている。だから、できるだけ目立たないようにしていてくれ」

「そのつもりです」

電話を切った。「思ったとおり、コロンビアを関与させたくないという意向です」と、エジャートンに説明した。「それだとやりにくいですか？」

「成り行きを見守るしかない。国防担当官が姿を現わさなかったら、いなくなったことを報告しなければならない。だが、何時間か遅らせることはできる。大使は週末で出かけている。呼び戻さずにすめば、それにこしたことはない」

「あの」おれはいった。「ずいぶんよくしてくださいますが、ご迷惑をおかけしたくないんですよ」

「平気だよ。兄がＳＡＳにいたんだ。喜んで手伝うよ」

12

エジャートンが大使館に泊まるといい、夫人に電話でその旨を伝えた。そして、執務室の裏に寝室が二部屋あるのだと打ち明け、そのうちのひと部屋を使ってはどうかと勧めた。ホテルに戻るよりそのほうが都合がいいので、そうした。寝る前にトニーにもう一度電話して、最新の情報を伝え、そっちも眠っておいたほうがいいと指示した。

眠ろうとしたが、眠れなかった。あけてあるドアの向こうから電話の音が聞こえないかと耳を澄ましつつ、こんな事態になったことを呪った。ある面では、おれのミスだ。ファレルを識別してその存在を報告しなかったら、なにも起きなかった。とはいえ、ファレルを見なかったことにして、やつがもくろんでいる悪事をそのままやらせておくわけにはいかなかった。ＰＩＲＡがファレルをボゴタに送り込むほど麻薬取り引きに深入りしているとしたら、北アイルランド情勢にとってはたいへんな凶報であり、ただちに対処しなければならない。

さまざまな想定（シナリオ）を思い浮かべて、その晩はまんじりともしなかったような気がする。しかし、エジャートンが紅茶を持って立っているのに気づいてはっとしたところを見ると、眠り込んでいたのだろう。朝の六時になっていた。

「事態が動きだした」エジャートンがいった。「レストランの表で騒ぎがあったという警察の報告をつかんだ。それにちがいない。それから、電話を何本かかけた。一時間ほどで結果がわかるだろう」

「すばらしい。このビルに裏口はありますか？」

「もちろん。エレベーターで下の駐車場までおりれば、歩行者用の出口から出られる」

「よかった。片づけなければならないことがあるので、ホテルに歩いて戻ります。こういうことが起きたからには、だれかがこの大使館を見張っているにちがいないし、姿を見られたくない」

「当然だな」

イギリスでは、もう十一時過ぎだ。ヘリフォードにもう一度電話すると、そのまま連隊長にまわされた。

「はっきりした情報はまだはいらないか？」連隊長がたずねた。

「ええ。まだです。でも、事態が動きはじめました。われわれの位置ですが、どうすればよいでしょう？　チームを基地に送りかえすこともできますが、ボゴタから四時間の距離です。どこかへ緊急に行かなければならないときのために、そばに置いておきたいのですが」

「そうだな。安全な場所にいるのか？」

「まずまずは。ホテルはわれわれを水力発電所の技師だと思っています」

「当分そこにいて、人質が連れていかれた場所がわかったら、その近辺に前方出撃基地を設置し、そこへ送り込まなければならないだろう」

「ええ」

「中隊を派遣してきみらを応援させる方法をずっと検討している。国防相と外相のレヴェルまでいっている。外務省の許可がおりるのを待っているところだ」

「よかった。いまのところ、こっちは心配ありません。大使館が全面的に支援してくれています」ビル・エジャートンがちょうど話の聞こえないところにいたので、たずねた。「エジャートンという隊員をご存じですか？」

「ドナルド？　ドン・エジャートンか。むろん知っている。花形だった。四、五年前にアフリカで演習中に死亡した」

「ああ――そうですか。どうりで聞いた名前だと思った。こちらの大使館で指揮をとっているのが、そのエジャートンの弟なんです」

「それはよかった」

電話を切り、時計を見た。公式にはどうあろうと、なんとかして応援をよこす方法を見つけるはずだとわかっている。ＳＡＳがこうした作戦に着手したら、障害物はいっさい払いのけられる。

それに……きょうは土曜日の朝だから、トレイシーは家にいるはずだ。ためしにかけてみよう。

電話すると――トレイシーはいた。

「ジョーディ！　どうしたの？」

「どうもしない。万事順調だ。ちょうど電話をかけられたものだから」

「嬉しいわ。どこにいるの？」

「ボゴタ」

「天気はどう？」

「まあまあだ。基地ほど暑くはない。海抜二六〇〇メートルだからね。そっちはどう？」

「いつもどおりの三月——寒くて雨ばかり」

「ティムは？」

「すごく元気よ。きょうはお友だちが来ているの——村のアレックス・カークビーという子」

「それはよかった。それじゃ、なにも変わったことはないね？」

「ええ、まあ……ちょっと変なことが。きのう、男のひとから電話があったの」

「どういう用事？」

「あなたが太陽を浴びて楽しくやっているかってきいたの」

「ほかには？」

「それだけ。どういう意味かときいたら、電話を切ったの」

不安が胸を突き刺した。「どんなふうな声だった？」

「ふつうの声。べつになにもわからない」

「アイルランド人ではない？」

「たぶんね」

「いいか。もう一度そういうことがあったら、警察に電話するんだ。いいね？」

「わかった」

「心配しなくていいよ。たぶんどこかの頭のいかれたやつだろう」

さよならをいって、電話を切った。電話ではどうでもいいようなふりをしたが、胸騒ぎがしていた。連隊の人間以外に、われわれのいどころを知るものはいない。おれがコロンビアにいるという情報を、いったいだれが流したのか？

あれこれ心配をする間もなく、エジャートンが戻ってきて、非常階段から出る経路を教え、そこを通ってまたはいれるように鍵を貸してくれた。

駐車場の階まで駆けおりて、ドアから用心深く出た。駐車場は四分の三ほど駐車スペースが空いていて、人影はまったく見えない。裏手の通りもひと気がない。右に折れて歩きはじめたとき、ビルの横手にすばらしく鮮やかな色の花の咲く庭園があるのに、はじめて気づいた。

短い距離をホテルまで歩いたが、尾行されている気配はなかった。トニーが全員をベッドから叩き起こし、おれとトニーの部屋に集めていた。みんなひどい様子だった。予想どおり、メルは金をなくしていた。財布は持っていたが、ぐでんぐでんに酔っていて、そこから現金を抜き取られても気がつかなかったのだ。残っていたのは、通りで買ってジーンズのポケットに突っ込んであったエメラルドだけだった。とにかくエメラルドだとメルは思っている。あとの連中は、緑色のガラスにちがいないと見ていた。

「いいか」おれはいった。「とんでもない事態が持ちあがった」

状況を説明してから、こう告げた。「当面はじっとしているしかない。そして、人質のいどころがわかったら、救出に向かう。とりあえずオルティガ大尉に連絡して、訓練を二、三日、中断することを伝えよう。おれは大使館に戻る。トニーがいっしょにきて、秘話回線の電話の番をする。あとのものはホテルから出ないように。いいな？」

作戦のにおいを嗅いで、みんな宿酔いがすっかり醒め、革のジャケットを買いにいく計画を喜んで放棄した。それはあとでいい。おれはシャワーを浴び、急いで朝食を食べてから、タクシーを捕まえて大使館に戻った。エジャートンはまったく万事に卒がない。髭剃りの道具と週末用の服を持った彼の夫人が来ていた。

「進展があった」エジャートンがいった。「手がかりをつかんだ。どうやら一行はカケータ川流域のジャングルに建設したばかりの精製工場へ飛行機で向かったらしい」

「どこなんですか？」

「ずっと南だ。アマゾン側流域のペルーの国境に近いところだ」

「われわれはどうやって行けばいいんですか？」

「容易ではない。道路がない。飛行機で行くしかない」

「ということは、当然、DASのあなたのお友だちの力を借りることになりますね。お友だちは手配してくれますかね？」

「やってくれると思う」受話器を取りあげ、ダイヤルすると、早口のスペイン語でしゃべりはじめた。こちらをちらちら見ながら話をして、「はい（シ）、はい（シ）。どうもありがとう（ムチャス・グラシアス）」といって電話を終えた。

　エジャートンが、こちらを向いた。「きみに会いたいそうだ」

「いつ？」

「これから。まもなく車が迎えにくる」

「英語は話せるのですか？」

「完璧に。ハーヴァードを出ている」

「名前は？」

「フェリペ・ナリニョ将軍だ」

　そのときドアのブザーが鳴って、トニーがはいってきた。「みんな移動する準備ができた。オルティガ大尉にはおれが連絡して、しばらく訓練を中断するといっておいた。スパーキイとも話をして、状況を説明した」

「基地に戻ったほうがよさそうだな」おれはいった。

　エジャートンが、咳払いをした。「たぶん空輸手段を自由に使わせてもらえると思うよ。きみらは装備を取りにいかないといけないだろうし、これまでいた基地には滑走路があるんだろう？」

「ああ」
「それなら、車で出発するのはやめたほうが賢明だ。将軍に会うまで待ったほうがいい」

五分後、エアコンのきいたスモークト・ガラスのメルセデス500の後部座席に乗り、街の郊外を抜けて、山の斜面に位置する豪勢な建物群に向かった。危険はないと安心する気にはなれなかった。拉致される可能性がなきにしもあらずだと思っていた。そんなはずはない――DASはこちらの味方のはずだ。彼らのためにボディガードの訓練をやっているのだし、われわれは麻薬業者との戦いに巻き込まれたのだから、いわば彼らを応援する立場にある。

そこは、けっして平和な環境とはいえない。広壮なコンドミニアムは外側を高い金網で護られ、ボディガードがサブマシンガンをこれ見よがしに持っている。メルセデスの運転手――若く、浅黒く、灰色の制服を着ている――は運転が上手だが、ひどく権柄ずくでもある。赤信号を二度突っ切り、しじゅうクラクションを鳴らして歩行者をどかした。きっと罪に問われる気遣いがないからだろう。

ほどなく、てっぺんに割れたガラスを埋め込んだ三、四メートルのコンクリート・ブロックの塀に挟まれた高い金網のゲートの前に着いた。監視カメラは見当たらないものの、ベルファストのRCUの警察署にびっくりするほどよく似ている。姿の見えないだれかが機械を操作してゲートをあけ、真新しいオフィスの集まっている一角でメルセデスがとまった。停車するかしないかというときに、ひとりの男が進み出て、おれの側のドアをあけ、ビルのなかへ案内した。

通路でその男が「失礼（ディスクルペ）」とささやき、慣れた手つきですばやくおれの体を探って、ボディチェックをした。腰のパンケーキ・ホルスター（抜きかたをいろいろに変えられる平たいホルスター）のSIGが、たちまち見つかった。「ディスクルペ」ともう一度いって、男がSIGを取りあげた。それから廊下を先に立って、低い階段を昇り、ドアをノックした。

ナリニョ将軍は、小柄だががっしりした体つきで、額が広く、白髪の混じった髪を横に分け、瞼（まぶた）がやや厚ぼったい。そういった風貌を見て、すぐにマーロン・ブランドを思い出した――肥りすぎてつやつやしたマーロン・ブランドという感じだが、それにしても似ている。高級なものらしいスカイ・ブルーのスーツに、まんなかに稲妻の柄のある黒いネクタイを締めている。こちらが部屋にはいると、デスクの向こうで立ちあがり、歩を進めて挨拶をした。手は品がよく柔らかだ。

「シャープ軍曹だね。よく来てくれた」ナリニョ将軍がいった。「どうぞかけて」

「どうも」

エジャートンがいったように、ナリニョの英語――というよりは米語――は、非の打ちどころがなかった。だが、うわべは愛想がいいものの、ほんとうは厳しく冷たいという気がした。

それにしてもすばらしい執務室だった。ビルそのものが山の中腹にあるために、窓からボゴタの街の全景が望めた。ばかでかいデスクと楕円形の長い会議用テーブルは、いずれもマホガニーのようなほどよい濃さの茶色の高級な木だった。床もおなじ材料が使われていて、あざやかな色の敷物が彩りになっている。リノリウム、クローム、ガラス・テーブルといったものは、ここにはない。腰をおろすと、コーヒー・カップの載った盆が、すぐ横に置かれた。コーヒーにヘリフォードで話に聞いた抵抗する意志を奪う薬物――ブルンダンガ――がはいっているのではないかという疑いが萌したが、いや、そんなことはない、これは公明正大な会見だと思い直した。

「厄介な問題を抱えているようだね」ナリニョ将軍が切り出した。

「そうなんです。三人が拉致されました」

「ＩＲＡがからんでいるんだね？」

「事実そうだとわかっていると思っています」個人的なかかわりは抜きにして、ファレルのことをかいつまんで説明した。仕事でベルファストにいたときに見たことがある、とだけいった。

「ふむ、きみたちが追っている一団は、カケータ川流域のそこへ飛行機で行ったらしいな」

「ずいぶん辺鄙な場所なんでしょう？」

「そうだ。ほら」ナリニョ将軍が立ちあがり、突き当たりの壁のところへ行って、コロンビアの巨大な地図を照らすスポットライトのスイッチを入れた。ビリヤードのキューを使い、細かい個所を差し示しながら説明する。

「われわれはここ、ボゴタにいる。コロンビアのほぼまんなかだ。南部のこの広大な地域はアマソナスと呼ばれている。アマゾン川流域の一部だ。見てのとおりものすごく広い。ここいるだけだ。

からここまで八〇〇キロメートルある。道路はなく、何千エーカーも熱帯雨林がひろがって

それで、われわれは何週間も前から、カケータ川の岸——ここ——に新しい工場があるという噂を耳にしていた」ナリニョは、アマゾン川の本流に向けて大きく孤を描いている川に沿い、ビリヤードのキューを動かしていった。「この——」円を描いた。「——プエルトピサルロという入植地の下流だ。数日前に、アメリカの偵察衛星が新しい建設現場を発見した」

ナリニョが戻ってきて、腰をおろした。「麻薬業者がこういう場所に工場を建設する理由は簡単だ。ひとつ、防御が容易だ——われわれにはそれが見つけられるような資産（武器装備および人員）がない。ふたつ、原料をアマゾン川を使って上流から運べる。みっつ、ペルー国境に近いので、軽飛行機に飛び乗ってすぐに国境を越えられる。

これまでは簡易滑走路のそばに工場を建設していたが、最近はもっと巧妙になっている。滑走路から離れたところに建物をこしらえるので、発見が難しい。双方の連絡には道路を使う場合もあれば、水路を使う場合もある。本流から分かれている細い支流をな。

カケータ川の工場は、この新しいパターンを裏付けるものだろう。プエルトピサルロは、すぐ近くに陸軍飛行場と前哨基地がある。しかし、われわれはあまり身を入れて低空偵察をやっていない。ひとつ、距離があまりにも長すぎるからだ。ふたつ、工場が川から数キロメートル離れていたら、一回の航過（パス）ではまず見つからない。みっつ、麻薬業者は、低空飛行中

の航空機を撃墜する能力を持っている。やつらは、ＳＡＭ（地対空ミサイル）もふくめたあらゆる近代的な兵器を所有している」

　おれはうなずいた。気まずい沈黙が垂れ込める。行動計画を提案したいが、かといっていわずもがなの講釈をされたと相手に思われたくはない。ついにおれはこう持ちかけた。「ひとつ提案してもよろしいでしょうか？」

「話してくれ」

「その施設に対し大規模な強襲を――たとえば攻撃ヘリ（ガンシップ）で行なった場合、麻薬業者は来襲する部隊が地面に降り立つ前に、人質を殺して川に投げ込むでしょう。それに、いってみれば今回の問題は、われわれがみずから引き起こしたようなものです。できれば自分たちの力で決着をつけたい。わたしのもとに十名のチームがおりますが、どれも高度な訓練を受けたものばかりです。われわれは独立部隊として行動することにより最高の力を発揮しますし、敵に気づかれないように接近するのが専門です。悟られることなくその地域に侵入し、基地の日常業務を探り出し、もっとも有利にことが運ぶと思われる瞬間に攻撃します。そういう秘密作戦は、われわれのもっとも得手とするところです。人質がそこへ連れていかれたことが確認でき、ある程度の距離だけそちらの手で運んでいただければ、われわれが自力で彼らを救出します」

　ナリニョ将軍が、どれだけの戦闘力をそなえているかを推し量るように、こちらに強い視線を据えた。やがてこういった。「きみの部下は、サンタロサでたいへん尊敬されている」

「われわれはジャングル戦の訓練も受けています」

「こっちにはヘリがある――ヒューイだ」

「どちらにあるのですか？」

「いたるところにある」

「二機をプエルト……プエルトピサルロまで行かせることは可能ですか？　きょう」

「だいじょうぶだと思う」

「兵站面でも応援をお願いしたいのですが」

「どういう？」

「蚊帳(モスキート・ネット)、ハンモック、迷彩服、医療パック。ヘリから降下しなければならなくなった場合のためのロープ。膨張式ボートもいりそうですね。ふつうならこうした物は恒常的にそなえているのですが、こうした作戦用の装備は持ってきませんでした。緊急用の食糧は、少量持ってきましたが、作戦を行なうには足りません」

「ぜんぶ手配できる」ナリニョ将軍がメモをとり、こんどは冷ややかな視線を向けた。

「訓練を中断することになって、申しわけありません。順調に進んでいるのです」

「まことに残念だ。これが済んだら、またはじめてもらおう」

おれはまたうなずいた。「目下の問題は、サンタロサに装備の大部分を置いてきたことです。緊急にそこに武器装備を取りにいかなければならないのです」

「そうだな。ちょっと待ってくれ」ナリニョが受話器を取り、ボタンをひとつ押して、声は低いが断固とした口調で話しはじめた。だいたいの内容はわかる。航空機を一機、用意するように命じているのだ。おれは巨大な地図をじっと眺めた。はるか南のジャングルは緑色で表わされた、大海原のようにひろがっている。

ナリニョが送話口に手を当ててたずねた。「きみの部下はいまどこにいる?」

「ボナベント・ホテルです」

ナリニョがまた電話で話をして、やがてこちらを向いていった。「トラックが十一時に迎えにきて、軍用飛行場まで運ぶ。そこからのフライトは一時間足らずだ。その飛行機がサンタロサで給油し、そのままプエルトピサルロへ行く」

「ありがとうございます。敏速な対応に感謝します」そういったとき、嘘くさいように思った──しかし、あまり感情をむき出しにはしたくない。すこしは真心を示そうと思い、こういい添えた。「大使館のビル・エジャートンが、よろしく伝えてほしいとのことでした」

ナリニョ将軍の無表情な大きい顔に、はじめてかすかな笑みが浮かんだ。右手の肘をデスクに突いたまま、掌を下にして指をひろげ、左右にふるという妙なしぐさで、DASと英国大使館がある程度まで持ちつ持たれつの関係だということを強調した。「ああ。ビルはわれわれにとっていい友だちだよ」

立ちあがって出ていこうとすると、ナリニョが名刺を出して裏に番号を書き、差し出した。

「わたしの直通番号だ。ここと自宅の。いつでも遠慮なく電話してくれ。喜んで手伝おう」

大使館に戻ると、トニーが秘話回線の電話機で話をしていた。座標を教えているのか、あるいは確認しているようだ。「ああ。西経七三度五〇分、南緯〇度五〇分。わかった」

おれがはいっていくと、トニーが親指を立ててから、受話器に向かっていった。「つぎのを見たら、また電話してくれ。そうだね。ありがとう」

トニーが電話を切っていった。「わかったぞ！」

「なにが？」

「人質のいどころだよ」

「どうやって？」

「人工衛星だ。フォートワースの同僚に電話したら、すぐにヴァージニア州ラングレー（CIA本部）に問い合わせてくれた。衛星が一台か二台、二十分ごとにこの上を通過している。彼らが記録を調べて、カケータ川の大きな湾曲部の新しい建設現場が、数週間前からだいぶひろがっているのがわかった」

おれは手を挙げて制した。「ケチをつけるつもりはないんだがね、トニー、それはもうわかっているんだ」

ナリニョ将軍に聞いた話を教えた。

「なるほど」トニーが平静に答えた。「とにかく、管制官がつぎの通過のときに高画質の画像を撮影してくれる」

「そいつはすごい！」

われわれの地図は縮尺が小さく、たいして使い物にならないが、入植地から約八〇キロメートル東にあたる、カケータ川の北の緑色の部分に、トニーが点でしるしをつけていた。そこが町といえるような場所なのかどうかは知らないが、道路は通じていない。

もう十時半をまわっていた。時間があっという間に過ぎる、ホテルに電話して、十一時の出発にそなえるようにとチームのものたちに知らせた。それからヘリフォードに電話を入れて、連隊長に最新の状況を教え、前方出撃基地をプエルトピサルロに設置し、そこから作戦を行なうつもりだということを伝えた。トニー・ロペスを連絡担当として大使館に残し、携帯衛星通信機器のところに戻ったらただちに連絡する、と告げた。

出ていこうとしたとき、トニーのラングレーの知己がまた電話してきて、衛星の高画質画像に映っているカケータの現場の作業状況を報告した。一週間前には新しい建物はふた棟だったが、それが三棟になっている。また、二十分前に撮影した画像には、川に沿って一キロメートル離れたところのジャングルを切り開いてこしらえた簡易滑走路にとまっている双発機が映っている。

「われわれの捜している一行を運んだのは、その飛行機にちがいない」おれはいった。「ぴったりつじつまが合う」

立ちあがって出ていくとき、ほんとうにいろいろと尽くしてくれたビル・エジャートンに、心からの感謝の言葉をいおうとした。「すみません。せっかくの週末を台無しにして」

「そんなことはないよ。ここにいなかったら、庭で《タイムズ》の週刊版を読んでいたところだ。こっちのほうがずっとおもしろい！」

トニーが、エレベーターで下までいっしょに行った。「なあ」おれはいった。「留守番を頼んでほんとうにすまない」

「いいってことよ、ジョーディ。こっちもじゅうぶんに楽しんでる。大使役をつとめるのも悪くない」

「でも、戦闘があるときは参加したいだろう」

「そうだな。だが、どこで戦闘が起きるか、わかりゃしない。ま、気をつけろよ」

十一時の数分前に、古ぼけた陸軍の三トン積みトラックが、ガタガタ揺れながら、ホテルの前にとまった。勘定が済んでいて、全員の部屋が片づいているのを確認すると、トラックの後部に乗って、十五分足らずの道のりを飛行場へ向かった。

その軍用飛行場は、民間用のエルドラド空港の一部だとわかった。標章がなにもないくすんだオリーヴ・グリーンの塗装のハーキュリーズ輸送機が、みすぼらしい姿で佇んでいた。軍用トラックが一台、尾部の傾斜板（ランプ）の脇にとまり、兵隊たちが蟻よろしく補給品を積み込んでいる。トラックがその横に停止したので、われわれはぞろぞろとおりた。輸送機の後部にはすでにかなりの量の装備が積み込まれていて、われわれが到着したころには、数名の作業員がそれを固定していた。

コロンビア軍の機上輸送係が操縦席からおりてきて、兵站の責任者と早口で打ちあわせ、リストの品目にチェックマークをつけた。それからこちらを向き、愛想よくにやりと笑って、手をふって乗るようにうながしながら、「どうぞ」といった。機上輸送係は、あとをついて乗ってくると、われわれが帆布の折り畳み座席に座ってベルトを締めるのを確認した。そして、「一時間飛ぶ」といった。それから機長とインターコムで話をして、傾斜板をあげるボタンを押した。エンジンが回転しはじめ、例の恐ろしいキーンという音がめいっぱい大きくなるとともに、ハーキュリーズはビリビリと震動しながら前進をはじめた。

フライトは五十分とかからなかったが、それで考える時間ができた。新しい麻薬精製工場に対する作戦を実行する場合、すべては不意討ちになるかどうかにかかってくる。救出作戦のことを嗅ぎつけるか、あるいは攻撃がありそうだと思ったら、麻薬業者はまちがいなく人質を殺すだろう。だから、われわれは隠密裡に潜入し、監視所を設けて、そこの日常の動きを調べあげ、防御している連中の不意を衝かなければならない。

機長が高度をあまりあげなかったので、山からの気流のためにひどく乗り心地の悪いフライトだった。サンタロサの舗装されていない滑走路にどすんと着陸したときにはほっとした。スパーキイが、滑走路のへりで躍起になって手をふっていた。自分が金を節約しているあいだにわれわれが金を使い果たして早く帰ってきたと思い、ざまあみろとあざけっているのかと思った。そうではなかった。早くボゴタのトニーに衛星通信で連絡しろとせかしていたのだ。

「しかし、さっき別れたばかりだぞ」と、おれは文句をいった。

「知ってるよ。だけど進展があったんだ。すぐに連絡してくれといっていた」

「わかった。みんな」周囲を見まわした。「コロンビア軍の装備は積んだままでいい。個人用の装備をまとめて、出発の準備をしろ。弾薬とＰＥ（可塑性爆薬）も、ぜんぶ持っていかないといけない。なにも残さないようにしろ」

「帰ってこないのか？」だれかがたずねた。

「帰るかもしれないし、帰らないかもしれない。成り行きしだいだ。とにかく、数十分後には出発だ」

　スパーキイが、監理部の建物の近くの地面に小さなディッシュ・アンテナを立てていたが、人工衛星がちょうど電波の届かないところへ移動していて、数分のあいだ連絡できなかった。やがて、スパークスがコンパスで確認して、仰角を調整すると、突然衛星が見つかった。送信がつながり、音声も明瞭だった。

「トニー――やあ。どうした？」

「やつらがふた手に別れた。あんたが出ていった直後に、情報提供者（ヒキガエル）から報告がふたつ来た。いっぽうはまちがいなくカケータ川流域に向かったが、もういっぽうはカルタヘナにいる」

「なんだって！　どこだ？」

「北部の海岸の港だ」

「くそ。だれがどこにいるんだ？」

「片方のヒキガエルは、外国人（グリンガ）の女ひとり、外国人（グリンゴ）の男が四人といっている。ひとりは年配で、三人は若い。それがカケータ川へ行ったと」

「われわれの捜している一行のようだな。PIRA二名をふくむ」

「ああ——だが、これも聞いてくれ。もうひとりのヒキガエルがいうには、金髪・(グリンゴ・コン・カベリョス・)

ルビオス(の男)は、カルタヘナの船に乗せられたそうだ」

「なんだって！　金髪——おれたちの指揮官のピーター・ブラックじゃないか」

「そのとおりだ」

「船の名はわかるか？」

「ああ。〈サンタ・マリア・デ・ラ・マル〉という貨物船だ。九〇〇〇トン。パナマ船籍。アムステルダムへ向けて出帆の予定だ」

「まいったな。やつら、ブラックをこの国から連れ出そうとしている。PIRAは、ブラックがSASだというのを知ったにちがいない」

「そうだ。口を割らせるために叩きのめすだろうな」

「ひょっとして北アイルランドへ連れていくつもりじゃないだろうか。トニー、その船をなんとしても攻撃しなければならない。おれたちはひきかえして、そっちへ向かったほうがいいかもしれない」しばし考えた。われわれには舟艇小隊の特殊な技術がそなわっていないと気づいた。陸上の作戦なら、どういうものでもある程度はこなせるし、何人かは舟艇小隊の訓練を受けているものもいる。しかし、船舶を攻撃するとなると、われわれは訓練が不足だし、装備もそろっていない。

それをトニーに話してから、こういい添えた。「こっちはこっちで作戦を続行する。しかし、ヘリフォードに連絡して、舟艇小隊に出動の準備をさせよう」

「ちょっと待った。それはそう簡単じゃないぞ。その船を攻撃するんなら、工場も同時に攻撃しないといけない。逆でもおなじだ。秒単位まで調整した攻撃をやる必要がある。さもないと、麻薬業者がもういっぽうの人質を殺す」

「わかった。二手(ふたて)の作戦。しかし、おい——その船はいつ出港の予定なんだ」

「あすらしい。われわれのつかんでいる情報によると、その船は麻薬の積み替えのために、どこかの税金や法の規制のゆるい島(オフショア)に向かうようだ。乗組員がなにも予測していないそこで攻撃するのが、いちばんいい戦術だ。しかし、それには行き先がわかっていないといけない。情報提供者(ヒキガエル)はアムステルダムだといっている。そうなのかもしれないが、故意の偽情報(ディスインフォメーション)の可能性もある。行き先を変える可能性もある。出帆の前に、追跡のための発信装置を取り付けなければならない」

トニーの話を聞きながら、舟艇小隊の面々を脳裏に描き出していた。何人か知り合いがいる。スティーヴ、ロジャー、マーヴ——みんな最高の特殊部隊員だ。彼らにうってつけの任務だろう。

「問題は」おれはいった。「舟艇小隊の連中は到着が間に合わないだろうということだ。われわれとおなじように四カ所を経由して来ることになるが、二、三日かかる」

「そうだな」トニーが答えた。「だけど、おれたちの部隊ならだいじょうぶだ。SEALなら間に合う。フロリダで一個攻撃中隊（チーム）が常時、待機している。英国政府の承認が必要だろうが、おれがさっそく連絡して、あらかじめ知らせておく。そうしたら、船が港にいるあいだに、連中が発信装置を取り付けるだろう。海上もしくは島での攻撃となると、まったく事情がちがってくる。外交問題になる可能性があるから、国防総省（ペンタゴン）の許可がいるだろう。だが、発信装置を気づかれないように取り付けるのは可能だ」

「ありがたい！　頼んだぞ。おれはヘリフォードの連隊長に事情を説明する」

「ちょっと」トニーがいった。「鉛筆と紙はあるか？　衛星の情報をもとに計算したんだ。ジャングルでのそっちの位置だが、だれにも警戒されないようにヘリで攻撃目標（ターゲット）をめざさなければならない。基地からターゲットの北のプエルトピサルロに向けてまっすぐ進むのが、いちばんいい。支流をめざして、そこへおりる。そうすれば、工場の八キロないし九キロ以内に接近することはないから、ヘリの音を聞かれるおそれはない。その基地から方位〇八七度に向かうと、新しい滑走路の一〇キロ北でケマニ川にぶつかる」

「わかった。メモした」

「その広い川の南に」トニーがつづけた。「山がひとつだけある。平坦なジャングルから突き出した感じだと思う。円錐状の山だ。その五〇キロ以内に近づくことはないが、右手遠くに見える。それが真横に来たら、目的の支流は近い」

　簡易滑走路や連絡道路（直線ではなく、森を通っている）や工場の建物の精確な位置関係を、トニーはなおも描写した。彼がしゃべっているあいだ、おれは手帳にメモをとり、詳しい見取り図を描いた。

「ありがとう、トニー。〇八七がわれわれの針路だな。いまからヘリフォードに連絡する」

送信をはじめようとしたとき、オルティガ大尉が近づいてくるのが目にはいった。ことさら明るい態度を装って、おれはいった。「やあ（オラ）、大尉（カピタン）！　まずいこと（エンパルラーダ）が」厄介な問題が起きたことを告げた。

オルティガがちょっと不機嫌な顔をして、説明をもとめた。早くやることを済ませたかったが、おれは説明した。「何日かかる？」と、オルティガがたずねた。

「一日か二日でしょう」落ち着いて答えた。「それで済むはずです」

むろん、どれだけかかるかはわからない。だが、四十名を遊ばせないためにどうしたらいいかと、オルティガは気に病んでいる様子だった。

スパーキイが、またアンテナの向きを変え、ヘリフォードにつながった。またしても連隊長にまわされた。状況を説明してから、さらにこういった。「ボス、これはたいへんな国際問題になりそうな要素がありますよ」

「心配するな」連隊長がいった。「外交面はきちんと掌握している。きみらを阻止する動きはないはずだ。ＳＥＡＬの関与についてもアメリカ政府の了承を得た。トニーがそこで連絡係をやってくれるのは、じつにありがたい」

「ほんとうについています」

「ちょっと待て。個々の位置をきちんと教えてくれ。ここに地図がある」

「はい。われわれはグリーン・ワン、ツー、スリー、フォアと呼んでいます。グリーン・ワンがボゴタのトニー。ボゴタの二五〇キロ南のサンタロサ訓練基地のわたしがグリーン・ツー。でも、これは基地と小さな村だけですから、そちらの地図には載っていないでしょう。ピーター・ブラック大尉が乗せられたと思われる船は、ボゴタから十一時の方角、北岸のカルタヘナにいます。この船をブルー・ワンとします」

「よし」連隊長がいった。「わかった」

「グリーン・スリーは、カケータ川沿いのプエルトピサルロの陸軍前哨基地、ボゴタのほぼ五時の方角で、わたしの現在地からは四〇〇キロ。アマゾン川流域です。それも載っていないでしょう——すごく小さな入植地ですから。グリーン・フォアは、人質が捕らわれているもうひとつの場所、プエルトピサルロの五〇キロ東、川が大きく湾曲している部分の北側です」

「プエルトピサルロか。これも載っていないな。とにかく、きみらの計画は？」

「陸軍前哨基地に簡易滑走路があります。ＤＡＳがハーキュリーズを一機、自由に使わせてくれています。これからそこへ向かいます。二時間ほどで着くでしょう。そこをわれわれの前方出撃基地にします。そこからヘリで飛び立って、ＦＯＢ（前方作戦基地）を設置、工場近くに監視所を設けて、奪回をはかる」

「応援が必要だな」

「そうなんです。資産、ことに武器が不足しています。拳銃のほかにはＧ３二挺、203二挺があるだけです。問題は、そっちからここまで何日もかかることです。われわれはコロンビアに来るだけでも三日かかりました」

「心配するな。ベリーズに山ほど軍事物資がある。それが数時間以内に届くように手配する。では――203を何挺かと、擲弾。ほかには？」

「まずジャングル用装備を十名分。ポンチョ、蚊帳（モスキート・ネット）、ブーツ、帽子。DASがいくらかは手配してくれたんですが、きちんとしたものなのかどうか、わからないのです」

「糧食は？」

「すこしあります。DASもいくらか用意してくれました。なんだかわかりませんが、もう積んであります」

「ボートは？」

「ええ。ゴム・ボートを一艘、借りました。まだ荷物をあけてません」

「そうか。それでは、あと二艘ほど準備しよう。フライトの無事を祈る。あらたな位置へ到着したら報告しろ」

「了解。のちほどまた連絡します」

宿舎にはいると、自分の装備を雑嚢とベルゲンにほうりこんだ。表に出たときには、オルティガ大尉がすでに弾薬の積み込みを指揮していた。三十分とかからずに、なにもかもハーキュリーズにきちんと積載された。基地とプールと土埃の立つサッカーのグラウンドを見まわしていると、こんなに早く行ってしまうのが申しわけなく思えた。

「さよなら（アディオス）、大尉（カピタン）」帽子はなかったが、きちんと敬礼をした。「すぐに戻れることを願っていますよ」

ハーキュリーズに乗ると、目的地を確認するために、操縦席へ行った。問題はなにもなかったが、コロンビアの地形をすこしでも知っておくために、そのまま上のキャビンにずっといた。後部に乗っていると、席を立って丸窓に顔をくっつけないかぎり、まったくなにも見えないが、ここからは壮大な眺めが望める。オリエンタル山脈の尾根や山脚がうしろに遠ざかり、濃い緑色の景色が前方にひろがって、そこを東に向けてくっきりした銀色の血管のような川が流れている。その土地の渺茫（びょうぼう）たる空漠は、人間をおびえさせる。おれはチェーンの先の聖像をまさぐり、うちのことを思った。

おおかたの人質救出と比較すると、今回のものはきわめて危険きわまりない。まず、資産が不足している——兵員数や武器の質と量が、ともに敵に劣っているのがわかっている。SPチームにいるとき、北アイルランドにいるときは、家屋強襲と人質解放の訓練を毎日やるが、火力に勝り、応援も望むままというのが、ふつうの状況だ。ところが、ここはまったく逆だ。距離はものすごく遠い、応援を呼べる可能性は皆無に近い。われわれの火力は、ごく限られている。傷病者後送施設がない。われわれは、精確に位置を把握してもいない未知の目的地へ行こうとしている。そもそも、戦闘中隊に課せられるような任務を、十名でやろうとしているのだ。しかも、さまざまな情報源により、敵は冷酷無比のやからだとわかっている——捕らえられたら、情けをかけられる見込みはまったくない。

ブラックのことが、しじゅう意識にのぼった。まだ生きているのか？　生きているとすれば、どれほど情報をしゃべったか？　捕らえられた場合、二十四時間はがんばり、そのあとは、できるだけ解放を条件にしながら、重要でない情報を漏らす——われわれはそのように訓練されている。だが、それがいうは易しで、実行が難しいのは、だれでも知っている。ブラックはファレルになにをしゃべったのか？　だいたいブラックはおれとトレイシーを恨んでいる。おれのことをなにかしゃべったのではないか？　ファレルの農場の裏山でおれが逮捕されたのをばらしたのではないか？　とっぴな想像ばかりしているとわかってはいたが、考えずにはいられなかった。

機長は気さくな男で、ときどき指さしながら地名をいったが、おれは景色にはあまり気持ちが向かなかった。自分たちがかなり無理をしていること、衛星通信だけが頼りであることばかりが気になった。電波の状態が悪くて連絡がとれなくなったら、非常に厄介なことになる。そのとき、機長がおなじ単語を何度もしつこくくりかえしているのに気づいた。「カケータ、カケータ」

ちょうど真下のジャングルを、広い川がくねくねと流れている。とてつもないひろがりを縫い、何度も何度も大きく曲ってはのびている。ちょうど三十分のあいだ、われわれはその流れに沿って飛んだが、眼下の眺めにはまったく変化がなかった。支流の岸に淡い緑色の切り開かれた小さな土地と、そのきわの丸太小屋らしきものが、ときどき目に留まった。人間が住んでいることはまちがいないが、インディオだろうかと思った。なんという暮らしだ！　これほど孤絶した状態というのは、想像もつかない。熱帯雨林の表面は、耕作されている大農場のように一様でなめらかではなく、樹木の高さもさまざまで、荒々しくごつごつしている。その色もまた、異様でなじみのないものだった。イギリスの緑とはちがって、暗く、どんよりと濁っている。

ようやく、機首前方にトニーが描写した山が靄を通して見え、ほどなく機長が降下を開始した。高度が下がるにつれて、川は英国海峡ぐらいの幅があるように見えはじめる。上空からだと白目のような鈍い銀色だったが、低空におりるとそれが泥の茶色に変わり、流れが速いのを示す渦巻きがそこかしこにあった。最後の数分のあいだに、川の北岸にうずくまる掘っ建て小屋と、その向こうのもっと堅牢な建物と、突堤に繋留された船数隻が見えた

やがて、基地の周辺を越えたが、そこはわれわれがさきほどあとにした基地と似たり寄ったりだった。舗装されていない滑走路、高い周辺防御柵、二列にならんだ平屋の白い建物、小さな倉庫ひと棟、土埃の立つサッカー・グラウンドの両側のゴールの横棒は下に曲がっている。そこで最高のものは、倉庫の表の浅い窪地に駐機しているヒューイ・ヘリコプターの姿だった。

ハーキュリーズをおりると、猛烈な熱気が襲いかかった。ここは標高が低いので、気温も湿度もすさまじい。陸軍中尉がわれわれを出迎えたが、カーキ色の戦闘服の腋の下に汗のしみがひろがっていた。ばかでかいサングラスをかけている。中尉の英語は、おれのスペイン

語よりもっと頼りないので、意思を伝えあうのにひどく苦労した。しばらく必死でやった末に、ヘリがギアボックスの故障で飛べないことがわかった。ふとひらめいて、通訳を頼もうと思い、トニーに連絡をとった。どのみち用事もある。

「プエルトピサルロに到着した」おれはいった。

「どんなふうだ?」

「地獄みたいに暑い。ジャングルに囲まれた小さな基地だ。ヒューイが一機あるが、使用不能だ。スペア・パーツが届くことになっている。そっちはなにか新しい知らせはあるか?」

「SEALが展開を開始した。今夜、潜入して〈サンタ・マリア〉に発信装置を取り付ける。そうすれば、船がどこへ行こうがだいじょうぶだ——そっちの作戦とタイミングを合わせて船を攻撃できる」

「よかった!」

「きみらの舟艇小隊も来る。どういうふうに手をまわしたのか知らないが、連隊長がRAFのトライスターを確保して、小隊は今夜ベリーズへ向けて出発する。経由地は一カ所だけだ。現地に今夜〇一〇〇時に到着する」いったん言葉を切ってから、トニーはいった。「おい——衛星でかなり細かいところまでわかったぞ。鉛筆と紙はあるか?」

「待て」いつもシャツの胸ポケットに入れておく、細い鉛筆を背に差した小さな手帳を出した。「いいよ。いってくれ」

「新しい工場の建物群は、川の大きな湾曲部の近くにある。それは前に話をしたとおりだ。

ところが、カケータ川からの距離は、北へ四キロだ。簡易滑走路が支流の岸にあるのが確認された。川の西岸に、船着き場のようなものがある。工場の建物は、その滑走路の一キロ西に、小さな庭を囲むように集まっている。道路らしきものが工場と滑走路をつないでいる。たぶん舗装されていない。林のなかを曲がりくねってのびている」

トニーが話しているあいだに、おれは見取り図を描いた。「建物の配置はわかるか？」

「ああ。できあがっているらしい長方形の建物がふた棟、いずれも長さは五〇メートルほどだ。それが東西に一直線にならんでいる。もうひと棟が、敷地のへりに横向きにあって、こっちはまだ建設中だ」

「トニー」おれはいった。「ひそかに接近するにはゴム・ボートで支流の上流から下るのがいちばんいいと思っていたんだ。そして忍び込んでCTRを行なう。どうだろう？」

「いいんじゃないか。確認するぞ。そっちの現在地から〇八七度をめざす、直線で六〇キロだ。そして、向かって左から右に流れているケマニ川にぶつかる。その川はほぼ南北に流れている。三五〇の方角から一七〇へと流れている。陳腐ないいかたをすれば、見落とすはずがない。いいな、ジョーディ？　だけど、頼むから泳いだりするなよ。鰐がうようよいるからな」

「わかった。こいつを〈鰐作戦〉と呼ぶことにしよう。略してオプ・クロックだ。なあ、ここの中尉は英語があまりできないんだ。こっちの計画を説明してやってくれるか？　ありがとう」

受話器を渡した。急に気分が楽になった。まもなく行動が開始される。いよいよおもしろいことになってきた。

中尉はしばらくトニーの話を聞き、いくつか質問をしてから、「はい（シ）」と何回もいった。話が終わったらしいと見て、おれは受話器を渡すように手でうながした。「トニー、やっこさんにヒューイをなんとか飛べるようにしろといってくれ。どこが悪いのかわからない——ギアボックスの不具合だと思う。パーツが空輸されるはずだといっているようなんだが、よくわからないんだ」

チームの面々は、ハーキュリーズから装備や補給品をおろし、一九四二年ごろの年式のえらく古いウィリス・ジープの曳く台車に乗せていた。「きんたまを食われたくなけりゃ、川では泳ぐなよ」と、彼らに注意した。「鰐がうようよいるぞ」顔色を失っている中尉のほうを向き、両腕を使って、顎をかぱっと閉じるしぐさをしてみせた。「はい（シ）！　はい（シ）！」中尉が請け合った。「鰐（ココドリロス）——ものすごくたくさん（ムチシモス）！」

「やれやれ！」マードがいった。「まったくとんでもねえ。アマゾンが世界のけつの穴だとしたら、おれたちゃその五〇〇〇キロ奥にはいってる」

マードのいうとおりだった。コロンビア軍がわれわれに貸してくれた施設は、これ以上ひどいものはないという代物だった。コロンビア軍のほうは、ふたつの兵舎群のうちましなほうにいて、まずまずの環境を維持している。発電機、網戸、冷蔵庫がある。なんとかできるだけ快適にしようと努力したのだろうから、そねむわけにはいかないだろう。こんなひどい場所で長期間過ごすには、正気を保つためにさまざまなものが必要だ。しかし、われわれが使うことになった棟は、そことはまったくちがっていた。電気はなく、コンクリートの打ち放しの部屋にはドアがなく、鉄のベッドはすべて錆びて、シャワーは出ず、便所は床に穴があいているだけだ。

荷物をほどくと、見通しはいくぶん明るくなった。将軍はほんとうに緻密な手配をしてくれていた。ゴム・ボート四艘、船外機二台、ハンモック、蚊帳（モスキート・ネット）、水筒、マッチ、ジャングル用迷彩服二十組。それを整理すると、それぞれの予備もふくめて、全員のサイズがおおむねそろった。MRE――アメリカ軍の標準装備の調理済糧食（ミールズ・レディ・トゥ・イート）。湾岸ではエチオピア人も食わない糧食（ミールズ・リジェクテッド・バイ・イーシオピアン）と呼ばれていた――の大箱も四つある。じっさいはかなりいい食事で、ことにコンビーフ・ハッシュやチリコンカルネはうまい。固形燃料の携帯コンロで、みんなさっそく紅茶を沸かしはじめ。食事をすると、気分も明るくなった。

通常、われわれが戦術を検討するときは、円座会議（Oグループ）、すなわち全員が輪になって地面に座る中国式議事の形式にする。今夜は出てゆくことはないが、計画を用意しておいても損はない。太陽は濃い靄のなか、ジャングルに沈みかけているし、気温はいくぶん下がっている。そうはいっても、われわれは豚のように汗だくだった。

ヒューイが飛べる状態になったとしても、機長と航法士をのぞいた最大積載量は、兵員三名と携帯装備、ゴム・ボート一艘と船外機、それに必要最小限の装備と補給品だけだ。

おれは残ってもいいといったが、前線で指揮をとるべきだということで全員が一致した。

つまり、三人のうちのひとりがおれになる。ふたり目は通信士のスパーキイ・スプリンガー。三人目には、マード・マクファーレンを選んだ。煙をさかんに吹き出すパイプさえ置いていけば、ジャングル戦で彼の右に出るものはいない。

第二波――ヒューイが飛べるとして、おなじルートでつぎの日の夕方に進発するもの――は、ジョニー・エリス、ステュ・マクウォリー、メル・スコットの三人だ。

13

著者覚えがき

SEALの〈サンタ・マリア・デ・ラ・マル〉への工作と舟艇小隊のデシェルト島強襲のときは、ジャングルにいたために、自分の目で見ることは不可能だった。よってその模様の描写は、参加したものの報告をもとにしている。すべてトニー・ロペスもしくはわたしのよく知るものばかりであるし、描写はかなり正確だと納得している。

SEAL攻撃中隊（チーム）は、古い植民地時代の港町のカルタヘナの郊外にある軍用飛行場に到着した。彼らをフロリダから運んできた標章のないハーキュリーズ輸送機が、現地時間の一六〇〇時に着陸した。まだ明るかったので、港をざっと下見することができた。トニーがのちに力説したとおり、通常SEALはもっと徹底した偵察を行ない、攻撃目標（ターゲット）を何日も見張って、船内の日常業務を探りだし、弱点を見つける。だが、今回は緊急の作戦なので、そうした細かい作業をやっているひまがない。

SEALチームと装備を運ぶために、DASが二台の地味なバンを用意していた。チーム

・リーダーのアル・レイトン上等兵曹に状況を説明する地元の連絡将校も用意した。問題の船は、湾の北側のマンガ島の海上ターミナル(テルミナル・マリティモ)の二本の大きな桟橋のうちの一本、一番埠頭の七番錨地に停泊していると、連絡将校が報告した。桟橋のゲートは正規の警察が警備しているので、そこを通るのは無理だが、湾の南側から船を見ることができる。そこで、アルは監視が可能な南岸へチームを車で行かせた。

　くだけた服装をしていても、チームの八名の体格をごまかすことはできなかった。アルは二十六歳で、中背ではあるが怪力で、ことに上半身の力がすごい。あとのものも、永年の水泳、ランニング、ジムでのワークアウトによって、おなじような体つきだった。ビーチで服を脱いだら、女性のあいだに暴動のような騒ぎを引き起こすだろう。

　バンは、まだ開発の手がつけられていない湾の南東の海岸に駐車した。ほかにも車が点々ととまっているので、あらたにやってきても注意を惹くおそれはない。したがって、アルのチームは邪魔されることなく隠密裡に観測ができた。港の向こうの岬に旧市街があるが、そっちには目もくれない。ずっと左手のボカグランデという郊外の高層建築物の高級住宅地にも興味は示さない。沖の珊瑚礁とのあいだを往復する観光船が港を出入りするのを眺めて時間を無駄にすることもない。彼らはもっぱら〈サンタ・マリア〉に注意を集中した。

　〈サンタ・マリア〉は、湾を隔ててかなり遠くに停泊していたが、双眼鏡と三〇倍の望遠鏡で、かなり細かい部分まで見てとれた。船首を湾に向けて繋留され、右舷が桟橋に接しているので、アルのチームは左舷の船首を目にする格好になっていた。港のそちら側にいる船の列のなかでは二隻目で、前後にもすぐ近くに繋留されている船があった。〈サンタ・マリア〉の船体は黒、喫水線から上が白だが、ところどころに錆が浮いている。パナマの国旗を翻している。かなりみすぼらしく、船齢は二十年以上と思われる。アルとチームの面々が見ていると、積み込みの作業はまだ行なわれている最中だった。桟橋の高いクレーンに吊られたネットの貨物が、甲板の上でゆらゆらと揺れ、やがて船艙へとおりてゆく。ＤＡＳの情報によれば、貨物は表向きはコーヒーとされているが、コカインが隠されていることはまずまちがいなく、おそらく数トンはあるという。アメリカの末端価格はキロあたり三万五千ドルだから、船艙のなかの禁制品の価値はゆうに一億ドルを超えているかもしれない。

ＳＥＡＬチームにとって、〈サンタ・マリア〉の位置は理想的だった。彼らのいるところからまっすぐに泳げば、他の船や桟橋に接近することはない。チームの通常の平均速力は三分間に百メートルだから、湾を横切るには三十分弱で済む。もっとも都合のいい侵入点は船室の前方の第三船艙の横だと判断した。ハッチ・カヴァーが甲板から一メートルないし一メートル二〇センチ高くなっていて、手摺を越えるときに遮蔽物になる。さまざまな要素を検討した結果、午前零時に進発することをアルは決定した。積み込みの途中だから、すぐに出港することはありえないし、したがって、真夜中過ぎに彼らが到着したとき、乗組員は通板（みちいた）の見張り以外は寝床にはいっているはずだ。

それまでのあいだ、チームはＤＡＳが借りている古い倉庫に引き揚げた。装備をひろげて徹底的に点検するための部屋がいくらでもあった。いつもどおり、アルは部下を四名ずつの組に分けた。チームABそれぞれが、さらにペアに分かれる。チームAは泳いで装置を取り付ける。チームBは控えで、見張りをつとめ、必要に応じて、つぎに発進するか、あるいは陽動作戦を実行する。

二三四五時には、チームは黒いスパンデックスのウェットスーツを着込み、海岸の進発地点にひきかえした。ペアになってバディ（ダイヴィングでペアを組む相手）の装備をチェックし、余分な空気をすべて押し出して、息もいっぱいに吐き、ウェットスーツが体にぴったりと張りつくようにした。ウェットスーツの上に、武器弾薬を取り付けた作戦用ヴェストを着込む。それぞれがMP5サブマシンガン一挺と予備弾倉三本にくわえ、ブローニング自動拳銃と予備弾薬二本も持った。武器はすべて〈シルヴァースピード〉に浸し、徹底的にオイルを注してある。水に浸かっても使用にまったく支障はない。安全のために、銃器はナイロン・ロープと小さなカラビナで体に取り付ける。

アルは、バディのガス・フォードとともに作業を進めながら、装備のすべてから空気を抜き、フーリガン・バー――先が曲がって鋭くとがっている金梃子（かなてこ）――をガスの背中の中央にくくりつけた。それぞれがバディの装備をチェックする。

「MP5？」

「よし」

「弾倉？」

「よし」

「ロープ？」

「よし」

「フーリガン・バー？」

「よし」

「呼吸装置？」

「よし」

　アルは、ポリ袋に密封した発信機を持ち、それをロープで腰のリングに取り付けた。海水の場合、アルはふつう浮上してしまわないために八キロのウェイトを必要とする。発信機と磁石式の吸着装置の重さは一キロなので、あいているポケットに一キロのウェイトをさらに入れた。そして最後に、チームの面々はドレーガー呼吸装置を背負った――マスク、フード、酸素ボンベ（通常のダイヴィング器材とちがい、一〇〇％の酸素を使う）をふくむ重く大きな装置は、閉回路式なので泡が出ない。ふたたびバディ・チェックを行なうと、アルが命じた。「よし。みんなガスを吸うぞ」

　肺から余分な窒素を出すために、アルは酸素を深く口から吸って、鼻から出した。マスクがたちまち曇り、背中に吊った重さ三〇キログラムの装置が意識にのぼって、落ち着かない気分になった。もう十年これをやっているが、いまだにこの瞬間がいやでならない。酸素中毒を起こすとすれば、この瞬間なのだ。アルは一度も中毒を起こしたことがないが、ほかのものが痙攣（けいれん）を起こし、背中を反らして硬直するのを見たことがある。新鮮な空気を大量に急いで吸えば治るが、けっして経験したくはない。

水中にはいると、なにもかもが変わる。自分が完全になじんだ世界で、アルは居心地のよさと安心感をおぼえた。三人の準備ができているのを最後にもう一度確認すると、針路三〇五度に向けてキックを打ちはじめた。

その晩は、非常に暗かった。月は出ておらず、薄い雲が星の光をさえぎっていた。湾のおだやかな水面は黒インクのようで、遠くの港と街の明かりがそれに映っている。前半は水上を進むほうが安全だろうとアルは判断した。能力をじゅうぶんに余して、ゆっくりとキックしながら、顔の前に持っている攻撃ボードのコンパス、深度計、タイマーを注視した。

十五分後には、四人は湾の中央に達していた。沖からの和風がつのりはじめ、水面に小波が立った。そのとき、左斜めうしろからスピードボートが近づいてくるのをアルが聞きつけた。ボカグランデから麻薬のはいった荷物を港の船に運ぶ、麻薬業者の船の可能性もある。道楽者が夜遅くまで遊び、家に帰るのに近道をしているのかもしれない。いずれにせよ、危険を冒すわけにはいかない——だから四人は潜降した——スピードボートはなんの問題も起こさずに上を通過した。

そのあとは深度四メートルを泳ぎ、三分ごとに浮上して、位置を確認した。二十一分になると、港の明かりがかなり近くなったが、まだ船を見分けることはできない。位置を把握するには、コンパスに頼るしかなかった。その間ずっと、ガスはアルの通ったあとに残る燐光に導かれつつ、ひとり分の間隔をあけてつづいていた。あとの二名も、同様につづいていた。

二十七分にアルは速度をゆるめ、ガスが横に来ると、腕を軽く握って、浮上して観測することを伝えた。真正面に巨大な船体が見えたが、船首の輪郭を眺めると、列の先頭の船だと判明した。ターゲットの左にいくぶんそれていたのだ。潮が予想したよりも強かったにちがいない。ふたたび潜降すると、ガスの腕を二度握って、ターゲットが近いことを伝え、右に向かって泳ぎだした。三分後にもう一度浮上した。こんどは〈サンタ・マリア〉の船首のすぐそばだった。船名の白い大きな文字が、どこまでも黒い船体にくっきりと浮き出して見える。

アルは潜降してガスの腕を三度握り、到達したことを伝えた。ガスが、うしろのふたりにそれを伝達する。四人は浮上して、ゆっくりと右手に向けて泳ぎ、距離を置いて観察した。船室の扉開口部が一カ所だけあいていて明かりが漏れ、荷役装置(デリック)から裸電球がぶらさがっているほかは、すべて闇に包まれている。

自分たちの計画が正しかったと納得すると、アルは船体に接近し、磁石二個で自分の体を固定した。近づくと発電機のうなりが聞こえ、船の動力が作動しているのがわかる。耳を澄ますと、海水がぴちゃぴちゃと船体にあたる音も聞こえる。手で押す合図が四人のあいだを伝わり、侵入点にいることが確認された。アルが呼吸装置をはずして磁石で舷側に固定し、あとの三人もそれにならった。船内にいるときにまずい事態になったときは、手摺を越えて飛び込み、この一時的な保管場所から呼吸装置を回収する。上を仰ぐと、だれかが見おろしてもカーヴした船体の蔭になっていて見えない——射界にもはいらない——とわかり、アルはほっとした。

背中に縛りつけて運んできた望遠鏡のようなポールをガスがのばすのに、ほんの数秒を要した。その間に三番手の潜水要員のジャック・アシュビーが、長さ一〇メートルのケヴラーの縄梯子をひろげた。そして、ふたりに短いロープで支えられたガスが海面から数十センチのびあがって、ポールをくり出し、梯子を船の手摺にひっかけた。

アルが最初に昇った。ブーツが舷側をこする音は、ほんのかすかだった。頭が甲板とおなじ高さになったところで動きをとめ、耳を澄ました。そしてすばやく手摺を乗り越え、ブローニングを手にハッチ・カヴァーにへばりついた。つぎの瞬間には、ブローニングをホルスターに収め、MP5をいつでも撃てるように構えた。梯子を軽く引く。ふたり目があがる。また引く。三人目があがる。四人目のソニー・ミッチェルが昇ってきて、侵入点を確保する位置につく。

最初の三人は、デリックの上のほうの裸電球の光がこしらえている暗い影を伝い、用心深く船尾をめざした。アルは心のなかでつぶやいていた。「どうせここまで来たのだから、突入して人質を救出すればいいのに」問題は、人質が船のどこにいるかがわからないことだった——下の船艙かもしれない——いずれにせよ、見張りがついているだろう。

夜気は熱く、湿気が多かった。ウェットスーツの下は汗だくだった。忍び足で船尾へ向かうにつれて、船室のある個所の真横に来た。とっつきの扉開口部があいている。その先の丸窓もあいている。管を通る水の音が、そこから聞こえている。便所だ。うってつけの場所だが、もっと高いところ、上のほうの甲板に取り付けたい。排水機構は階層がちがってもおなじ場所にある確率が高い。

　金属製の昇降口が、上に通じている。その下にジャックを見張りとして配し、アルとガスは昇っていった。やはり扉開口部があけ放たれ、おなじ位置に丸窓がある。その上にもう一層甲板があるが、外側の昇降口がない。船室の奥に侵入せずに高いところまで行くのは、これが限界だろう。

　アルが丸窓を指さし、親指を立てて、〝あそこがいい〟ことを示した。ガスがMP5を構えて見張りに立ち、アルが用心深く敷居を越えた。便所の金属製のドアはあいていた。きしむといけないので、そうっと動かしたが、蝶番はまったく音をたてなかった。ドアをあけると、必要な部分が見えるだけの明かりが差し込んだ。ふたつの朝顔（じょうご形の便器）の上、隔壁の舷側寄りに、水のタンクがある。

　その金属製の蓋は、左右一本ずつの蝶ナット付きのボルトで固定されていた。ボルトの溝はペンキで塗り込められ、ナットは素手では動かなかった。プライヤーを出し、ロープからはずすと、手をのばしてナットをゆるめにかかった。ほどなく蓋をはずして、蓋をそっと床に置いた。それからナイフの鞘を払い、発信機の包装を切り裂いて、ピンを抜き、装置を作動させた。強力な円形磁石によって急にひっぱられないようにしっかりと握って、蓋の裏に取り付ける。じきに蓋をもとに戻し終えていた。アンテナ線が縁を越えて外に出ているために、奥がすこし持ちあがり、手前が下がっているが、コロンビア人船員が気づくことはないだろう。蝶ナットを手で締め直し、ボルトの溝からペンキが剝がれたのはそのままにした。

それはどうしようもない——だが、その些細な変化にだれかが気づく可能性は、ほとんどないはずだ。都合のいいことに、水のタンクの裏側の鉄管が導体の役割を果たす。アンテナの裸に剝いてある部分をそこに巻き、あとは見えないところに押し込んだ。

表に出ると、アルは後方チームのいる湾の向こうに顔を向けて、赤外線懐中電灯を点灯した。肉眼ではなにも見えないが、受信機をそなえたものなら瞬時に探知できる。たちまちイヤホンから聞こえた。「わかった、アル。発信機の信号の強さを基地に確認する。スタンバイ」

頭上を通過している衛星のことを考え、たったいま便所に仕掛けたあの小さな装置が衛星と交信できることに驚きをおぼえながら、アルは持った。やがてまた海岸からの送信が聞こえた。「よし、アル。感明度は良好だ。信号の強さは六。それが精いっぱいだ」

アルは懐中電灯を消して、立てた親指をガスに示した。ふたりは小声で確認しあった。

「プライヤー？」

「よし」

「ナイフ？」

「よし」

「ネジはもとに戻した？」

「ネジ二本、戻した」

自分たちの存在を示すかすかな痕跡、ちょっとした見慣れない品物があるだけで、この訪問の秘密がばれてしまうことを、ふたりともよく承知していた。万事率（そつ）がないと納得すると、ふたりは昇降口を主甲板へおりた。侵入点にひきかえし、梯子をはずして、下からひっぱれば容易にほどける引き結び（スリップ・ノット）で結んだ長いパラシュート・コードで仮に固定した。三人がおりるのを見届けてから、アルがおりた。パラシュート・コードを二度引くと、縄梯子が低い音をたてて四人のそばに落ちた。呼吸装置をつけた四人は港の黒い水に潜降してゆき、〈サンタ・マリア〉に彼らの侵入した痕跡はまったく残らなかった。訪れたのが幽霊だったとしても、これほどひそやかではなかっただろう。

14

おれはずっと、ピーター・ブラックのことが心配でならなかった。あわれにもあいつはPIRAに生きたまま皮を剝がれるにちがいない。口を割らせるためにやつらが使いそうな手段が頭に浮かぶのを、できるだけ打ち消そうとした。

SEALが発信装置の取り付けに成功し、衛星がその信号を捉えていると知って、非常にほっとした。やがて、〈サンタ・マリア〉が〇八三〇時にカルタヘナを出て、カリブ海を北に向かっていると、トニーが伝えた。〈ヘリフォードからは、ベリーズの補給品がこっちへ向かっていること、B・G両戦闘中隊から引き抜いた即応部隊が飛行機で進発できるように待機していることを、連隊長が知らせてきた。

われわれはゴム・ボート四艘の荷をほどき、パンクしていないことを確認するために膨ませた。ヒューイのスペア・パーツはまだかと、一日に何度もコロンビア軍の責任者をせかし、無線で連絡させた。一五〇〇時になってようやく、パーツと整備員二名を乗せた古ぼけたダコタ（ダグラスDC-3輸送機）が、西から爆音を響かせて現われた。修理作業をわれわれは遠巻きに眺めていたが、早々と一六三〇時ごろに故障は直ったと彼らがきっぱり告げたので、びっくり仰天した。機長と航法士が出てきてエンジンを始動し、付近をテスト飛行した。着陸すると、まったく支障はないとふたりが報告した。

一七〇〇時に、詳細を確認する最終円座会議(Oグループ)をひらいた。それまでに、おれは補給品のダンボール箱の横におおまかな計画を書いておいたので、それを参考にした。DASにもらったかなり精確な地図もある。「〈鰐作戦(オペレーション・クロコダイル)〉では、前方作戦基地からの音声による通信は守秘が完全ではないので、位置をいうときはかならずコールサインを使う。いいな？　こちら側の位置はつぎのとおり。ボゴタの大使館がグリーン・ワン。サンタロサの訓練基地がグリーン・ツー。この前方出撃基地がグリーン・スリー。そして最後のターゲット付近もしくはターゲット内のFOB(前方作戦基地)が、グリーン・フォア。われわれが通ってきた順、もしくは通る順に番号をふってあるので、おぼえやすいはずだ」

「グリーン！」マードが、皮肉るように大声をあげた。「なんでもかんでもグリーンだぜ。目の届くかぎりぜんぶ」

「いいな」おれはつづけた。「では、グリーン四つだ。さて人間のほうだが、マード、スパーキイ、おれは、ヘリでおおよそこのあたりへ行く」ケマニ川の岸の一点を指さした。「ヒューイが着陸できれば、そのほうがありがたいが、だめならファースト・ロープ降下する。布を地面にペグで固定するか、木に結んで、位置がわかるようにしておく。そこからボートで進発し、川を下って、CTR(ターゲットの近距離偵察)の位置につく。あすには第二波の三名がヘリでおなじ地点へ降下、川を下ってわれわれと合流する。そのあとは臨機応変にやるしかない」

いくつか質問が出て、万事がまとまった。一七二〇時には、みんな出発したくてうずうずしていた。われわれ三人はG３一挺、203二挺、拳銃三挺、弾薬、PEひと箱を持っていく。さいわい、イギリスを立つ前にラコン・ボックスに作戦用ヴェストをほうり込んであったので、それに〈マジェラン〉をふくむ個人装備をかなり収納することができた。

機長のペドロと航法士はいずれも若く、短く刈った固い黒い髪が突っ立っている。いずれも英語は片言しかしゃべれないので、方角をまちがえることのないように、何度もくりかえし確認し——〇‐八‐七——ふたりの頭にたたきこんだ。機長に対しては、あすまた見つけられるように、われわれが降下した地点を記憶する必要があることも強調した。また、われわれをおろしたあと、北へ変針して、大きく弧を描き、ジャングルで行方不明になった兵士を捜索しているふりをするようにと命じた。

機長がエンジンを始動してなんなく離陸し、まだ暑い夕暮れのなか、たちまちわれわれは高木の梢(こずえ)をかすめるようにして樹木の海の上を飛んでいた。ときどき色あざやかな鳥が驚いて飛び立ち、エメラルド色や赤や黄色が目に映ったが、あとはなべて鈍い灰緑一色の世界だった。機長の肩ごしに前を見ると、コンパスの針は正しい針路をぴたりと指していた。

不安が萌(きざ)していた。われわれはどうしてこんな無鉄砲な作戦をやろうとしているのか？　自分はまずSASに忠誠を示しているのだから、ピーター・ブラック救出作戦に携わっているべきではないか。われわれは資産をすべてそちらに集中すべきなのではないか。そこでまた思い直した。たとえサンタロサで方向を変えて北に向かい、カルタヘナ港内で船を急襲できたとしても、ブラックはわれわれに救出される前に麻薬業者に殺されるだろう。SEALと舟艇小隊に任せたほうがいい。いっぽう、このジャングルでは……国防担当官のことはべつにどうでもよかった。どんな目にあおうが、さして気にならない。しかし、ルイサはちがう。知的な美しい女性が他人のあやまちのせいで、手荒な扱いを受け、レイプされ、殺されるのは、耐え難いことだ。性差別といわれるかもしれないが、とにかくおれにとっては、突入する第一の理由は彼女だ。

航法士とともにあらかじめ計算したところ、一二〇ノットの巡航速度だと二十三分でケマニ川に到達する。フライトを開始して二十一分、周囲がよく見渡せるように、機長が高度を上げた。すでに陽光が薄れはじめ、眼下の森林は灰緑から黒に近い色に変わっている。と、そのときわれわれの前方、進行方向に、川の輝きが見えた。

その直後には手前の岸を越えていた。ペドロに手で合図して、減速し、右に方向変換して、川の上を飛ぶようにと指示した。工場の簡易滑走路に向けて二キロ下流に進むつもりだったが、それ以上は近づきたくない。そのあいだに着陸できるような場所を見つけなければならない。

ペドロがヒューイを空中停止飛行（ホヴァリング）させているあいだにひらけた場所を捜したが、徒労に終わった。森林が川岸のきわまで迫り、樹木が流れを覆うように突き出している。ファースト・ロープ降下で林冠を抜けるしかないと思ったとき、盛りあがった場所を見つけた。岩山がひとつあり、小さな崖のようになっている。ヘリが着陸できそうな場所だが、割れ目から木が一本生えている。

おれは叫んで下を指さした。ペドロがまっすぐそこへ向かって飛び、かなりの高度でホヴァリングした。まずゴム・ボートのはいったパックをおろし、われわれのベルゲン三つをひとつにまとめたものをつぎにおろした。それからわれわれが、それぞれのロープで降下し、無事におりたことを手ぶりで伝えた。ヒューイが、われわれのロープをぶらさげたまま上昇する。指示どおりいったん北へ変針し、やがてエンジンの爆音が遠ざかっていった。

ヘリのせいで騒ぎはじめたらしい鳥が、まだときおり呼び合っていたし、蛙も啼いていたが、そうした自然の音をのぞけば、物音ひとつしなかった。どうにか残っている光を頼りに、われわれは周囲の状況を見極めた。三方は切れ目なくジャングルがひろがっている。もういっぽうは、真下を川が流れている。高さ一〇メートルほどとおぼしい低い崖のてっぺんにわれわれはいたが、垂直に切り立った崖ではなかった。這いおりられる程度の斜面で、手がかりもある。コロンビア軍から拝借した淡い色の布を出し、岩の上にひろげて、そのあたりに転がっていた石を三つか四つ、重しに置いた。

〈マジェラン〉を出してセットし、通過する人工衛星の電波をそれが捉えるのを待った。精確な位置がわかると、スパーキイがＰＲＣ３１９通信セットで送信するときに着陸地点の精確な位置を伝達できるように、それを手帳に書き留めた。それからゴム・ボートをパックから出し、手動のポンプで膨らませて、崖の上からおろし、べつのロープで船外機もおろした。降下してから十分後には、パドルで向きを調節しながら下流に向けて漂い、迫りくる薄闇に目を慣らそうとしていた。

われわれが降下したような岩が露出している場所をのぞけば、ジャングルが川岸ぎりぎりまで迫り、川面を覆うようにせり出していた。川幅は二〇〇メートル以上あり、岸の土の露出した部分を見ると、水量は最大のときよりかなりすくないとわかった。流れのなかごろにいて、しかも周囲の森林はほとんど変化がないので、どの程度の速度が出ているのか見当がつかない。だが、流れにくわえてパドルを使っているので、三ノットは超えているはずだった。つまり時速五キロ以上だから、このぶんだと、目的の飛行場に二時間以内に到着する。

ときどき、川のそこかしこから、水面を叩く音や、大きな水しぶきの音が聞こえた。ほとんどは魚のたてる音だったろうが、鰐ではないかと思って、何度かうなじの毛が逆立つのを感じた。ハーキュリーズの機長の話では、カケータ川は全長二〇〇〇キロメートル以上だという。われわれがいるのは支流だが、それでもずいぶん大きな川だ――それをこうして、世界一広大な熱帯雨林のどまんなかを、見も知らぬ目的地に向けてちっぽけなゴム・ボートで下っている。

思ったより速く進んでいたにちがいない。一時間四十分後にはっと気づいたときには、もう右側にジャングルの壁はなかった。このあたりは樹木が切り払われている。さらに下ると、船着き場にちがいない灰色の長い形が見分けられた。

「気をつけろ！」おれはささやいた。「戻れ！　漕いで岸に着けろ」

マードとスパーキイがゴム・ボートの向きを変え、流れを横切って岸をめざした。水ぎわにしがみつくようにまだ何本か木が残っていたので、その下のはびこった根のあいだにボートを入れた。おれは小さなゴム・ボートの艇尾で立ちあがり、上に突き出した枝をつかんで、ボートを奥へ引き込んだ。

岸にあがるのに乗り越えなければならなかったその根がまた危険きわまりなかった。水に没していて見えず、でこぼこで、氷のように滑りやすい。もっとも、太腿のあたりまで水に浸かるのは、暖かな夜なのでいっこうにかまわなかった。それより厄介なのは、もがき進むときに音をたてることだ。とりあえずボートを枝に舫い、急傾斜の土の岸を這いあがると、そこは平坦なひらけた場所の端だった。新しい簡易滑走路だ。左手のかなり遠くに、大きな白い蛾よろしく鈍く光る双発機があった。角張った機体からして、アイランダーのようだ。

たちまち大きな問題が持ちあがった。ボートをどうする？　からみあった根や枝のあいだから岸に引き揚げるのは不可能だ。もう一度乗って下流に漂っていき、新しい船着き場から岸に揚げるという選択肢もある。問題は、そこに見張りがいる可能性があることだ——それに、引き揚げたボートをどうする？　べつの選択肢は、上流にひきかえして、切り開かれていないジャングルのきわにボートを隠すというものだ。しかし、流れの強さからして、パドルだけで溯れるとは思えないし、船外機を始動するような危険なことはできない。結局、手短に中国式議事を行なった結果、そのままにしておくことにした。垂れ下がった枝に隠れているから、川を通る船から見えないはずだし、滑走路の周辺の岸をだれかが捜索する可能性はゼロに近い。滑走路に出ると、われわれはボートの位置を、一本だけ目立って高い木を指標に記憶した。

その晩はとにかく四方八方を調べた。さいわい、われわれは滑走路の北端近くに上陸していた。飛行機は南の端に駐機し、六〇〇メートルほど離れている。ひとりがそのまま前進して付近の様子を探り、あとのふたりが離れて掩護する。それから、低く口笛を鳴らして追いつき、先頭をひとりが交替する。土を削るようにして均した粗末な滑走路を音もなく動きまわって、アイランダー輸送機に忍び寄った。そのそばか機内にすくなくともひとりは見張りがいるにちがいないと思っていたが、意外にもまったく人気がなかった。ブービー・トラップを仕掛けたいという誘惑は、抗しがたいものがあった。爆薬も起爆装置もある。だが、自分たちの任務は隠密に接近して引き揚げることであって、破壊工作ではないと、自分をいましめた。

闇のなかで自分たちが跡を残しているかどうかをたしかめるのは難しかった。だが、われわれは一列になってアイランダーのまわりをまわり、しんがりのマードが大きな葉のついた枝で掃いて足跡を消した。

アイランダーのそばを離れると、滑走路の隅を目標にして、西側に壁のようにそびえる森林をめざした。案の定、そこに道路があり、ジャングルの奥へ通じていた。細長い白っぽいすじがかすかに見える。ひらけた場所でも闇夜で真っ暗なのに、木々の下はいっそう暗く、そのトンネルにはいる前にちょっと二の足を踏んだ。

「その枝を貸してくれ、マード」おれは小声でいった。「警備態勢は非常に甘いようだ。街とはまったく孤絶しているから、脅威はないと思っているんだろう。孤立に護られていると思っているんだ。だが、「万一ということがある」

枝から葉と若枝をむしりとり、一メートル二〇センチほどのよくしなる枝にして、それを自分の前に斜めに突き出したまま、道路を進みはじめた。警報装置に接続したトリップ・ワイヤーを探るためだ。だが、道路にはなにもなかった。

トニーが描写したとおり、その道はうねうねと木立のなかを通っていた。偽装(カモフラージュ)のために、そういうふうに造ったのかもしれない——できるだけ樹木を遮蔽物に使えるように。あるいは、効率を考え、障害物をどかす手間をはぶいたのかもしれない。きっと、技術者ができるだけ樹木を切り払う必要のない、もっとも楽なルートを選んだのだろう。

一気に走ってはとまる、というやりかたで前進した。おれが百歩進み、道路のまんなかで立ちどまる。ふたりが二分ほど待ち、それから追いつく、ほんとうに真っ暗なので、行きすぎたことが二度あった。こっちに気づかずに数十センチのところを通過するので、シッという声を発して警告しなければならなかった。

そういう不規則な動きで、一キロを行くのに三十分かかった。左右のジャングルのきわになにかが動く気配を聞いて、何度か凍りついたように立ちどまったが、しばらくすると動物だと気づいた。ジャガーか、あるいは蛇だろう。

十時半ごろに月が昇った。空が明るくなり、月の光に樹冠がシルエットをこしらえた。やがて機械のブーンといううなりが聞こえてきた——発電機にちがいない——前方のまだかなり遠くだ。ようやく木立を透かして、明かりが見えはじめた。

ひらけた場所の端に達したときには、十一時を過ぎていた。動きが感じられないところからして、やつらはもう眠っているのだろう。木立に潜んだまま、われわれはその新しい集落を観察した。森から出た道は、幅七〇メートル、奥行き二〇〇メートルほどの拓かれた土地につながっている。左手に細長い建物がふた棟、道路の延長線上にあり、われわれの位置から見ると、縦一列にならんだ格好になっている。その向こうに、それらとは直角に建つひと棟があり、そこが開拓地の突き当たりになっている。その建物はまだ建設中で、屋根の骨組が月明かりのなかで白く見える。その前に何台か車がとまっている。ブルドーザーが二台、ダンプトラックが二、三台、それにジープが二台。

いちばん近い建物が宿舎のようだった。ドアと窓がいくつかあり、まっすぐな壁が波板の屋根の軒まである。その向こうの建物は、柱にただ屋根を載せたような代物だ——側面の一部は、首の高さぐらいの壁があるが、あとはなにもない。あれが工場にちがいない。どこか裏のほうで発電機のバタバタという音が聞こえ、裸電球がやたらと明滅している。

「これだけのものを建てるのに、いったいどうやって資材を運んだんだ?」スパーキイがささやいた。

「水路を使ったんだ」おれは教えた。「船が川を溯ってくる。チェーンソーを持ったやつらがおおぜい上陸する。つぎは切り拓いて道路と建築現場をこしらえるブルドーザーだ。それからコンクリート・ブロックやセメントを運ぶトラック。一週間内外で、コカインの町ののできあがり」

　もっとくわしく観察するために、開拓地を迂回して右手に前進した。受動暗視ゴーグル（PNG）か夜間照準器があったらとつくづく思った。あいにく双眼鏡一挺で間に合わせるしかない。画像はかなり明るいとはいえ、とうていそうした暗視装置の代用にはならない。

　開拓地の右側に、切り倒した木や切り株や土が、高い塁壁のようになっている。現場からブルドーザーで押しのけられたものが、高さ六メートル、幅九〇メートルほどの山をこしらえていた。そのすぐうしろは密生した原生林だ。というより、残骸はすべて木立に押し込まれるように積み上げられているので、その奥を通ろうとしても、まったく進めない。しかし、長大な盛り土の裏側をよじ登ると、開拓地全体が見渡せるとわかった。まさに監視にはうってつけの場所だ。

「ここを監視所にしよう」おれはささやいた。

「建物に近すぎる」スパーキイがいった。「目と鼻の先じゃないか。直線距離で六〇メートルか七〇メートルしかない。こんなところにいて見つかったら、それこそ一巻の終わりだ」

「わかっている。だが、もっと離れたら森にはいってしまって、なにも見えないぞ。よし。おれはこれから建物の裏手を偵察してくる。おまえたちはここにいておれを掩護しろ。スパーキイ。アンテナを張って、基地に状況報告ができるかどうか、やってみろ。グリーン・フォアにいるのを報告し、舟艇小隊に関してなにか新しい情報があるかどうか、きいてくれ。めんどうなことになったら、ボートのところで合流する。犬がいなけりゃいいが」

残骸の山をそろそろとおりて、滑走路の方角へひきかえした。くだんの道路の脇まで戻ると、耳を澄まし、道路を渡って、宿舎の裏手に向かった。建物の裏には一〇メートルほどの幅の地面があって、進むのは容易だった。裏手は窓がひとつもなく、壁はむき出しのコンクリート・ブロックで、上のほうに細い換気孔があるだけだった。忍び足で進みながら、ルイサと国防担当官がここにいるとしたら、この壁のすぐ向こう側にいるかもしれないと思った。建物の端まで行くと、ふたたび二、三分のあいだじっと動かずにいたが、遠くの蟬の声と近くの発電機のバタバタという音と、首を狙っている蚊の羽音のほかは、なにも聞こえなかった。

われわれがさきほど推測したとおり、二番目の建物は工場だった。長さは五〇メートル、肩の高さの壁の上はなにもない。そこからのぞくと、長い作業台の面かバットのようなものが見えて、化学薬品のにおいが漂っていた。奥のほうにかなりの数の五五ガロン（約二五〇リットル）のドラム缶が二段に積み上げてある。あれがエーテルにちがいない。

工場を過ぎると、建築中の建物の端にさしかかった。その先に、開拓地のきわを流れている小さな川の岸があるとわかった。

建築中の建物の裏手を進みはじめたとき、不意に木の燃えるにおいがした。どこか前方に焚火（たきび）がある。ひょっとしてここの連中が、野外で寝泊まりしているのかもしれない。と、一メートルも行かないうちに、ある物音を聞いて、おれは凍りついたように動きをとめた。ひとりの男のいびき。頭の高さから聞こえる。手が届くような距離に、ハンモックを吊ってだれかが眠っている。おれは四分の一歩ずつそろそろとあとずさり、工場の角までひきかえした。さっきまでは、建物の表側をひきかえして、ドアの様子を見ようかと思っていた。だが、もうそうした行動は論外だ。この現場にいる人間が多すぎる。

午前零時には、塁壁のてっぺんの監視所に戻っていた。スパーキイは319で交信できていなかった。アンテナは張ったが、もっと高いところでなければだめなようだ。暗闇のなかを木に登るわけにはいかないので、夜明けを待とうと命じた。それまで眠っておく必要がある。

真夜中にジャングルでハンモックを吊る作業を、われわれはさんざんやって慣れている。地面に寝ると、森の地面を這うありとあらゆる気味の悪い生き物になにをされるかわからないし、そこにいた痕跡が残る――地面と落ち葉にくぼんだ跡が残る。木の幹に麻布を巻いて、樹皮にハンモックを吊る紐(ひも)の跡が残らないようにしてから固定するというのが、正しい手順だ。

ほどなくわれわれのうちのふたりは、蚊帳(かや)の下でやさしく揺られ、もうひとりが歩哨をつとめた。三人ともろくに眠らなかったような気がする。

15

舟艇小隊は機敏を旨としているが、それにしても迅速な出発だった。土曜の夕方、一七一五時に作戦幕僚が招集をかけたとき、たいがいのものは自宅か町のどこかにいた。指揮官のマーヴ・マンスン中隊最先任軍曹は、口の端から垂れているもじゃもじゃの口髭で知られたオーストラリア人だが、地元のテスコ（スーパー・マーケット）にいるときにポケット・ベルが鳴った。招集がかかったことを聞くと、買い物を切りあげて早く通れるレジへ走っていき、家に装備を急いで取りにいって、基地へ向かった。二時間躍起になって準備をして、マーヴのチームは隊伍をととのえ、海に降下して〈サンタ・マリア〉を強襲できるように装備と補給品をそろえた。

その間も裏では切迫した話し合いが行なわれていることを、マーヴは知っていた。チームを今夜のRAFのトライスターに乗せて出発させるために、連隊長が交渉している。チームをできるだけ短い時間でベリーズまで運び、事態が進展した場合にそこから展開するように準備させることが肝要だ。北回りのルートをのろのろと飛ぶハーキュリーズでは、時間がかかりすぎる。ロンドンの特殊部隊グループ指揮官が圧力をかけると、ライナム基地の航空機の運航を司る空軍中佐はトライスターの出発を二時間遅らせて、緊急の用事のない乗客十二名をおろすことに同意した。かててくわえて、ヘリフォードからライナムまで、ＲＡＦのチヌークがチームと装備を運ぶことになった。出発は二二〇〇時の予定だ。

八時間後、現地時間で〇一〇〇時に、舟艇小隊のチームはベリーズの空港基地の暑い闇に到着した。四トン積みのトラック三台が飛行機のところまで迎えにきた。チームはまっさきにおりて、装備とともに倉庫の待機エリアに運ばれた。連絡将校のキース・マーシャルが、そこに待機作戦室を設置していた。あとのものは旅客用宿舎で睡眠をとったが、彼だけは終夜眠らず、ヘリフォードとロンドンの特殊部隊グループ司令部から秘話回線のファクスで送られてくるメッセージを処理した。

政府上層部が外交交渉を行なっていることを、キースはそれらのファクスから知った。北米は日曜日の早朝だが、目標の船がどこへ行こうがそれを攻撃できる場所まで舟艇小隊のチームを運ぶのに協力してほしいという英国政府の要請は、首相からアメリカ大統領に宛てたものだった。

〈サンタ・マリア〉がカルタヘナを現地時間の〇八三〇時――ロンドンでは一三三〇時――に発ったとき、ホワイトホールの地下のＣＯＢＲ（内閣事務局ブリーフィング・ルーム）で緊急会議がひらかれた。この会議場ではこうした場合、人員が配置され、統制センターの役割を果たす。特殊部隊グループ指揮官が、そこで国防省や外務省の高級官僚、アメリカ大使館の担当官と顔を合わせた。ひとしきり打ち合わせをしたあと、〈サンタ・マリア〉が北に向かっていることが監視衛星の映像により判明すると、目的地がはっきりするまで会議を中断することになった。現地時間で二〇〇〇時（ロンドンでは〇一〇〇時）に船がデシェルトの港にはいると、そうした幹部たちは電話一本でベッドからひっぱりだされ、うつらうつらしながら集まった。その日の午前中に、グローヴナー・スクェアのアメリカ大使館の国防担当官が、ペンタゴンの作戦センターの当直士官に連絡し、ふたたび応援が必要になったことを告げた。今回は、ターゲットを攻撃できる範囲まで、舟艇小隊のチームを軍艦で運ぶことになる。「首相が大統領に話を通してある」と、国防担当官は力説した。「可能なかぎりあらゆる援助をせよとの命令だ」

こうした裏での活動は、ベリーズにいるマーヴ・マンスンやそのチームのあずかり知らないことだった。彼らにわかっているのは、〈カツオドリ作戦(オペレーション・ガネット)〉の準備をしなければならないということだけだ。日曜日の正午には、全長七・六メートルのジェミニ膨張式ボート二艘を膨らませて四〇馬力のマリナー船外機をふくむ全装備を積み込んだ状態でプラットホームに固定し、海にパラシュート降下する準備ができていた。午前中ずっと間断なく送られてくる秘話回線のファクスによると、ペンタゴンは、カリブ海で演習中の攻撃原潜〈エンデヴァー〉の針路を変更させ、舟艇小隊のチームを拾ってターゲット付近へ運ぶことに同意したという。〈サンタ・マリア〉は新しい船ではないが、性能のいいレーダーを装備しているはずだ。つまり、大型水上艦もしくは身許不明の航空機が接近すれば、麻薬業者は攻撃が間近だと察するだろう。したがって、潜水艦を使うのが、もっとも安全な手段だった。

日曜日の晩、二〇〇〇時過ぎにベリーズの待機作戦室に届いたメッセージが、デシェルトに関する情報を伝えた。海から突き出した死火山のてっぺんの集まりの小さな諸島のいちばん北の島で、人間が恒久的に住んだことはないという。他の島々は漁民の小さな村を養っているが、デシェルトは真水の供給が安定しないので、ひとが住まないのだという。アメリカのDEA（麻薬取締局）の情報によれば、一九六〇年代にボーキサイト採掘会社が島の西側の沢の下の岸に桟橋を建設したが、事業に失敗し、そのまま放置された。それを最近、大物の麻薬密輸業者が、安全な避難所兼輸送基地に使いはじめ、船から船へ貨物を積み換えたり、小型機でそこからメキシコへ運び込んだりしているという。

以前であれば、カリブ海のまんなかで航空機と潜水艦の会合（ランデヴー）をはかるためには、チーム指揮官とベリーズの通信担当が、緯度経度、距離、針路を何時間もかけて必死で研究したはずだ。だが、いまはコンピュータが数秒で計算し、そのあとで人間が検算する。そうすれば当事者は正しいと確信できるからだ。その結果、舟艇小隊のチームは日曜日の晩、二一〇〇時にハーキュリーズ輸送機に乗り込み、デシェルト西岸の二六海里沖の原潜〈エンデヴァー〉と会合するべく、針路一一二度に向けて二時間四十分のフライトを開始した。

輸送機が夜の闇を轟々と飛ぶとき、マーヴは九人の部下を見まわした。全員眠るか、あるいはまどろんでいる。不安げな顔をしているものはひとりもいない。夜間、海上に降下するのは、彼らにとっては日常業務でしかない。まさにこの〈カツオドリ（ガネット）〉のような作戦のために、何年も訓練を重ねてきたのだ。怖がるどころか、戦うのが待ち遠しくてしかたがない。

三十二歳のマーヴは、チームのなかで最年長だった——もっとも、短く刈ったくせのある金髪とあばた面のおかげで、そうは見えない。黒いウェットスーツの襟もとに指を突っ込むと、マーヴは体をずらして心地よい姿勢で落ち着いた。

一度、二二三〇時ごろに、機長とすこし話をして、座標の最終確認をするために、マーヴは操縦席へ昇っていった。だれもが満足していると見て、下に降りると、目前の任務に神経を集中した。潜水艦との会合（ランデヴー）は、いつもやっていることだ。だが、島への上陸は、すばやく情況を判断し、明確な決断を下さなければならない。ファクスで送られてきた地図で、川の周囲の海岸の形はわかったが、写真を送らせる時間はなかった。つまり、上陸する海岸の状態に、さまざまなことが大きく左右されるおそれがある。

二三〇〇時、機長がゆるやかな降下を開始し、高度二万フィートからゆっくりとおりていった。マーヴは、貨物室の壁にぶらさがっていたヘッドセットをはめて、耳を澄ました。二三三〇時に、突然アメリカ人の声が共用チャンネルの無線から聞こえた。「アルファ・ツーよりエクスレイ・ワンへ。感明度はいかが？　どうぞ」

「エクスレイ・ワン。感明度は良好。一一二に向けて飛行中。DZ（降下地点）上空へ九分で到達の予定」

「了解。こちらの右舷、そちらから向かって左に、白い光のブイを出す」

「エクスレイ・ワン。ありがとう」

「アルファ・ツー。つつがない着水を祈る。頼むからおたくのボートをこっちの上に落とさないでくれよ」

　航空機と交信するために、潜水艦は潜望鏡を出しているにちがいないと、マーヴは思った。こちらが到着するころには、浮上しているはずだ。

「ＤＺ通過まで四分」機長が呼びかけた。「スタンバイ」

　機上輸送係が、四本の指を見せた。ハーキュリーズの機体が水平になり、高度一二〇〇フィートで安定する。貨物室のあちこちで、チームの面々が縛帯（ハーネス）を調整し、あるいは締め直している。輸送機の貨物係がボートを固定していた索を解き、ネットをどける。降下二分前、機上輸送係がテールゲートの傾斜板をおろすボタンを押す。広い板がおりると、暖かく新鮮な空気がどっと流れ込み、機体の後部がぱっくりと口をあけて、黒く光る水面が眼下に見える。

　機上輸送係が、一本指を立てた。マーヴは、自分で六十数えた。彼らの慣熟した手順が開始される。「レッド点灯（オン）。グリーン・オン。降下！」

　まずボート。勢いよく押すと、プラットホームが床の鋼鉄のローラーの上をたちまち滑っていって、傾斜板のへりを超える。一降下群（スティック）五人の二降下群で、チームが即座につづく。

　パラシュートがぱっとひらいたとき、マーヴは海面から上に向けて射している明るい光を見た。その向こうに、潜水艦の船殻の上半分の長く黒い輪郭が見分けられる。やがてマーヴは、三〇〇メートルほど東で大きなしぶきをあげて着水したボートに向けてパラシュートを操った。

十分後、二降下群は、まだプラットホームに固定されたままのそれぞれのボートのまわりに集まっていた。固定索を切るのは非常に危険な作業だ。それにからまったらプラットホームがはずれたときに、海の墓場に沈んでいってしまう。索のほとんどを切ると、ふたりだけが残って、あとは遠ざかり、ふたり同時に最後の固定索を切断した。

二艘のジェミニが完全に運用可能になると、彼らは潜水艦の長く低い船殻に向けて、船外機でゆっくりと進んでいった。潜水艦の乗組員が、魚雷発射管室――艦首のがらんとした広い空間――の上の兵装積み込み用ハッチをすでにあけていた。装備はすべてそこに運び込まれた。ボートは空気を抜かれ、畳まれ、バッグに入れられた。船外機は防水バッグに収納される。チームのものたちは乾いた衣服に着替え、艦内におりていった。ハッチが密封され、ブザーが鳴って、乗組員が潜航にそなえた。

マーヴが指揮官であることを告げて、哨戒長に会った。潜水艦には前にも乗ったことがあったが、いずれも小型で狭かった。だが、〈エンデヴァー〉は巨艦で、甲板は四層、通路の長さは三〇メートル以上あって、空間がありあまっている。艦内はどこもたいへん静かで、エアコンのかすかなブーンという音だけが聞こえる。しかも汚れひとつないほどきれいだし、隔壁はパステル・カラーに塗られている。気温は快適な摂氏二〇度に保たれ、空気は新鮮で、乗組員はシャツ姿だ。下士官食堂には、テレビ、数多くのビデオ・ソフト、バーがあり、チームはそこで紅茶かコーヒーを自由に飲むようにといわれた。アメリカ海軍のホストたちは、彼らの任務に興味津々のはずだが、プロフェッショナルらしい遠慮を示していた。「外はどんなふう?」というような軽口をのぞけば、なにも質問しなかった。

いずれにせよ、チームがそこにいるのは、二時間ほどのはずだった。みんなが緊張をほぐしているあいだに、マーヴは展望塔(カニング・タワー)の下の発令所へ行き、デシェルト接近に関する詳細を確認した。そこまではたった二六海里、潜水艦は一二ノットでそこに向かっている。

門外漢にとって、潜水艦の発令所は異様な光景だった。薄暗い円形の部屋にびっしりと乗組員がいて、濃い赤の数字がまたたいている照明を落とした計器盤を注視している。存在を知られないようにするのが潜水艦の鉄則なので、〈エンデヴァー〉は聴音ソナーだけを作動し、他の艦艇に探知されるような電波や音波をいっさい発していない。複雑な計器類の前で、五名がさまざまな距離——遠距離、中距離、短距離——の発信源に耳を澄ませている。

「馬鹿にしないでもらいたいんですが」マーヴが、愛想のいい哨戒長にたずねた。「レーダーを使わずに、どうやって位置を知るんですか?」

「非常に精巧な慣性航法装置があるんだ」というのが、答だった。「ほら、ジャイロスコープだよ。いますぐに現在位置を数メートルの誤差でいえる。必要とあればときどきアンテナをあげて衛星で位置確認できるが、たいがい潜航したままで満足している。音もいろいろ聞ける。聞いてごらん」

哨戒長に渡されたヘッドホンで、マーヴは不思議なシューッという音や、ボーンという音を聞いた。

「聞こえるだろう?」哨戒長がいった。「バラクーダの群れが、われわれに挨拶しているんだ。きみたちの目的の島に接近すると、岸で波が砕ける音が、四海里沖から聞こえる。よし、指示してくれ。行きたい場所をいってくれれば、そこできみらを撃ち出してやろう」

「潜航した状態で出られますか？」

「むろんだ。そのほうがわれわれにとってもありがたい。浮上しなければ国際法を破らずにすむ。浮上したとたんに、船と見なされるんだよ」

〇三四五時には、前方の浜の波音が聞こえた。〈エンデヴァー〉は潜望鏡深度まで浮上し、沖合い五キロのところをそのままゆるやかに前進していった。広い魚雷発射管室でチームの面々がダイヴィング器材を身に着け、順序よくバディ・チェックをしていった。それが済むと、ふたりずつ脱出筒のハッチにはいった。マーヴは、その瞬間がいちばん肝が縮む。真っ暗なハッチに閉じ込められ、そこが海水で満たされると、もうあともどりはできない。なにかまちがいが起きれば命はない。

鋼索を取り付けたブイを放つと、最初のペアがそれを伝って浮上し、空気ボンベのバルブをあけて一番艇を膨らませ、乗り込んだ。重さが八〇キログラムある船外機を水から引き揚げて艇尾に載せるのは楽ではないが、なんとかやってのけて、ブイから離れた。第二のチームと二番艇が浮きあがってくる。最後に海面にあがってきたのは、装備を詰め込んだベルゲン、武器、爆発物。すべてエリソン・バッグに密封されている。チーム全員と装備すべてが乗ったところで、マーヴは十名のチームの員数を確認し、潜水艦の艦内で観察している士官に懐中電灯で支障なしの合図を送った。

時刻は〇四〇五時。月が没し、かなり暗い夜になっていた。弱い風が西から吹いているだけで、波はほとんどなかった。潜水艦はチームをターゲットの西に浮上させたので、二艘のボートは九〇度、つまり真東の針路をとり、八ノットで楽々と風下に向けて進みはじめた。

ほどなく前方の水平線に島の海岸が黒い一本の線となって現われた。それぞれの艇長が減速を指示し、一キロ沖までそのまま航走をつづけたところで、マーヴが停止の合図を出した。ボートを踟躕（ちちゅう）させたまま、マーヴともうひとりの戦闘潜水要員（スウィマー）が舷側を越えて水にはいり、浜の偵察に向かった。三十分後、ふたりは岸の数十メートル手前でうねりに乗って上下し、底に足が届いていた。自分たちの航法が驚くほど精確だったことがわかった。栈橋に繋留された大きな貨物船が前方わずか三〇メートル足らずのところに見え、船体の上半分が星明かりに白く光っている。

「近すぎるぞ」マーヴがいった。「角をまわろう」

ヘリフォードの情報担当が、島の地図をファクスで送ってきた。ただのコピーだが、港の周囲の様子はだいたいわかった。マーヴはその詳細をそらんじていた。栈橋が小さな湾の内側のへりに沿ってあること、湾が鉤のような形の岬の蔭になっていること。南の内陸部に簡易滑走路があるのもわかっている――海から向かって右手、一キロメートルほどのところだ。

海底から足を離し、さらに十二分泳いで岬をまわると、低い崖を背負ったもっと小さな入江があった。岸に到達すると、奥行きが三〇メートルもない傾斜の急な狭い砂浜にあがった。

奥はオーヴァーハングになった崖で、何世紀にもわたる落石が浜をいくつもの自然のパーティションで区切っていた。絶好の潜伏場所だ。暗いなかでも、そこが桟橋からは死角になっているのが見てとれたし、オーヴァーハングと落石が通過するかもしれない飛行機からボートを隠してくれるはずだった。しかも、海から隠し場所までの距離が、これ以上は望めないほど近い。

超小型無線機で、マーヴはメッセージを送った。「よし。われわれは当初の接近経路の四〇〇メートル右に移動した。海岸の安全は確保した」そして、曲げると発光する棒状の照明を用意してきた空き罐に差して、緑色の光がボートからは見えるが陸地からは見えないように、水平に置いた。

やがてボートが低いエンジン音とともに闇から現われた。隠し場所が水際からあまりにも近いので、上陸地点の安全を確保するために歩哨を置く必要もないほどだったが、それでもチームは手順を守った。二艘のボートを崖の下へ運び、船外機をはずして、薄手の麻布をかぶせた。そして最後にウェットスーツから迷彩服に着替え、紅茶をいれた。

「水をだいじにしろよ」指揮権上の次級者のロジャー・オルトンが注意した。「あとでものすごく暑くなるだろうし、ジャングルのほうでなにか問題が起きたら、おれたちはここに何日かいることになる。そうなったら、手持ちのものはなんでも貴重だ。日焼けにも気をつけろ。頼むから顔と腕を露出しないようにしてくれよ」

潮が満ちはじめ、まもなく浜は水に没するはずだった。だが、ロジャーは念を入れた。波打ち際へ戻り、あとずさりしながらパドルで足跡などの痕跡を消した。

「まるでロビンソン・クルーソーだぜ」ロジャーがつぶやいた。「ここに上陸した人間はひとりもいないんじゃないか」

基地の警備に歩哨をふたり残し、チームのあとのものはそろそろと上の尾根へ登っていった。椰子が何本か星空に輪郭を浮かべているが、藪がすこしあるだけで、地面にはほとんど植物が生えていなかった。

なにもかもが、ごく小さかった。島は直径が三キロメートル程度で、岬のいちばん高いところは海抜三〇メートルもない。彼らがそこへ達したときは、まだ暗かったが、前方の白みはじめている空に、デシェルト山のずんぐりした低い峰の輪郭が見えた。船のほうは、上半分が向かいの陸地を背景に白く見えている。向かって右が船首で、その前方三、四〇〇メートル、つまり桟橋の陸地と接する部分に、薄い色の建物がいくつか固まっているのが見える。

尾根に伏せたまま、マーヴは地図で見て記憶している地形を確認した。「あれは涸れた沢だ」右手を指さしていった。「われわれがいるこの岬までつづいている。川はない。滑走路はあそこ、あの角の裏側だ。旧ボーキサイト鉱山は、その奥にある。港から滑走路へ道路が通じているが、道はそれ一本だけだ。住民はいない。われわれに必要なのは、監視所用の遮蔽物だな」

尾根を左へ進むと、すぐにそれが見つかった。強風で倒れた椰子が一本あり、根に大きな土の塊がくっついたままになっている。だが、まだ枯れておらず、もつれた枝が飛行機に乗っている人間の目ばかりではなく陽光を避けるのにうってつけだった。夜が明けると、その監視所にはひとつ難点があるとわかった。太陽が右手の山から昇ると、正面からまともに逆光を浴びることになる。それをのぞけば理想的な場所で、岬の沖寄り、つまり後背が港から見えないので、監視所と基地を自由に往復できる。

〇六四五時、その船が〈サンタ・マリア〉であることを確認すると、チームはただちに衛星通信でボゴタのトニーに連絡した。

「ブルー・チーム、位置についた」マーヴが報告した。「ターゲットはここにいる」

「了解。人質の身許は確認したか?」

「まだだ。こっちの人間はようやく起きはじめたところだ」

「わかった。絶え間なく報告をつづけてくれ。よくやった。レッド・チームもほぼ同時に用意ができた」

「了解。また連絡する」

二名を尾根の上に、二名を下の歩哨につけるローテーションをマーヴが決め、あとのものは眠ったり、食事をこしらえたりした。敵の兵力を判断して計画を練るために、マーヴとロジャーが最初の歩哨をつとめた。

まず気づいたのは、桟橋の端の建物に人が住んでいるということだった。未明のうちからドアがあけたてされ、何人もの人間が出入りした。観察により、建物も桟橋も、最近かなり補修がほどこされていることがわかった。桟橋の側面に新しいセメントの部分があちこちにあったし、建物もペンキや漆喰を塗ったばかりだった。

　麻薬業者の行動計画は、じきに明らかになった。船の甲板で機械が動きはじめる音がして、デリックが貨物を満載したネットを陸に揚げはじめた。貨物はおんぼろの四トン積みトラックの荷台におろされた。まもなくトラックは滑走路に通じる道路を走りだし、監視所の右手の山のカーヴをまわって見えなくなった。

「アメリカ本土に空輸するにちがいない」ロジャーがいった――双発のセスナが到着し、すぐにその推理が正しかったことが裏付けられた。セスナは北西から飛来し、彼らの左斜めうしろを横切っていったん南にそれてから、向かい風に機首を向けてまっすぐに近づいてきたと思うと、降下して見えなくなり、着陸した。三十分後、離陸のためにエンジンの回転がふたたび高まるのが聞こえた。それが真上を低空で飛ぶのがわかっていたので、ふたりは椰子の葉のなかに潜り込んだ。思ったとおり、セスナは重い荷物のために思うように上昇できず、数十メートル上を通過した。

「船が出発できないようにするのは簡単だ」と、ロジャーがいった。

「泳いでいって、スクリューに爆薬を仕掛ければいい」

「そのとおり。困ったことに、それではやつらがこっちの将校さんを殺す時間がありあまるほどある。どうにかして、ブラック大尉をまず離脱させないといけない。あわれな大尉が船室に閉じ込められているとしたら、太陽が高くなったら蒸し焼きになっちまうぞ。あんなボロ船じゃ、エアコンはなさそうだからな」

さらに二便が飛来して去った。その前に、監視チームは交替していた。双眼鏡で見張っていたスティーヴが突然いった。「おいっ！　やっこさんがいるぞ！」

相棒のジェリーが、自分の双眼鏡をさっと持ちあげて眺めると、チームが二番棟と名付けた建物から、体の前で両手に手錠をかけられたブラックが出てきた。迷彩服を着てMP5で武装した番兵がつづいている。ブラックはずっと陸にいたのだ。白いシャツに黒いズボンという格好だが、ひどい様子だった。服は汚れ、顔がどす黒く、腫れているように見える。

スティーヴが、崖の下の基地に通じている連絡用の紐を二度引くと、ロジャーが登ってきた。「あれがそうでしょう？」

ブラックといっしょに任務を行なったことはないが、ヘリフォードの基地で何度も顔を合わせているロジャーが、嫌悪もあらわにいった。「ああ、まちがいない。それにしてもだいぶ痛めつけられたようだ。畜生どもが」

ブラックと番兵は、滑走路に通じる道路を数百メートル歩き、やがて向きを変えて戻ってきた。運動の時間というわけだ。三度往復した。ブラックは、手錠をかけられているために、ゆっくりと歩きづらそうに歩を進めた。それから、しばらくのあいだ捕虜と番兵は、低い壁の上で陽にあたっていた。さらに二名の番兵が出てきて、そこにくわわった。やがて四人とも、建物のなかに姿を消した。

「よし」ロジャーがいった。「いどころがわかった。しかし、どうしてあそこに連れていったんだろう？」

「暑さのためだろう」スティーヴがいった。「あの船は奥まったところにとまっているから、きっとオーヴンみたいなはずだ」

「夜もあの建物に泊まったんだろうな――上陸するのを見ていない。今夜もそうだとしたら、そのほうが好都合だ。船内よりあそこのほうが、ずっと奪回しやすい」

日没までに、計画ができあがっていた。捕虜はまだ二番棟にいる。午後のあいだずっと番兵は何度も出入りしたが、ブラックは閉じ込められたままだった。あらゆる要素が、夜襲が最適であることを示している――それをやるのに、関係者がすべて深い眠りに落ちているはずの〇三〇〇時にまさる時刻はない。

〇一三〇時に二名が海にはいり、船のスクリューのひとつに爆薬を仕掛け、タイマーを〇三〇〇時に合わせる。〇二三〇時に四名が右へ進み、陸地を横断して道路を渡り、建物群に忍び寄って、獄舎に使われている建物のドアを破って突入しなければならない場合のために、いくつか爆薬を仕掛ける。〇二五五には建物を強襲する位置につくが、船で爆発が起きるのを待つ。さらに数十秒を置いて、爆発によってだれかが建物から飛び出してきた場合に備える。駆けだすものがいれば倒し、突入する。人質を奪回したら、ボートを隠してある場所に向かうが、ひとりが道路を横切りながら滑走路の方角に発砲し、救出隊があたかもそちらで銃撃戦を行なっているかのように見せかけて牽制する。そして、敵の多くが船の火災に気をとられているあいだに、ジェミニで沖へ向かい、あらかじめ決めてある座標で〈エンデヴァー〉と会合(ランデヴー)する。

一七三〇時に、マーヴが衛星通信でトニーを呼び出した。

「すべて準備できた」マーヴが報告した。「計画を立てた。現地時間の〇三〇〇時に突入する。そっちがそれでよければだが」

「それで結構だ」トニーが答えた。「では、それを伝達する」

「ありがとう。それから、われわれの運ちゃん(キャビー)に、ランデヴーは〇四三〇時にしてほしいと伝えてくれないか」

「運ちゃん?」

「タクシーの運転手さ」

「ああ、わかった。行かせよう。つつがない上陸を祈る」

16

われわれのいるジャングルは、ほとんど赤道に近いので、夜明けがあっという間に来る。北国で慣れている長い薄明というものがない。〇六〇〇時、耳を聾する虫のコーラスに、不意の襲撃を受けたような心地になる。まず樹冠から、警戒待機中の甲虫とわれわれが呼ぶもののの鼻にかかったうめきが聞こえ、それが下のほうのコオロギその他の虫へとひろがってゆく。たちどころに開拓地がめっぽう明るくなり、アンテナを張ることもふくめて、監視所設置の細かい段取りを終える時間が逼迫（ひっぱく）してきた。

マードとおれは、残骸の山のてっぺんをすこし歩いて、枯葉がまだ残っている枝が自然の衝立てになっている個所を見つけた。その裏側の大きな木片をいくつかどかし、地面を足で掘って、ぐあいのいい窪みをこしらえる。そこに落ち着くと、スパーキイがアンテナを持って木に登り、その先端——東側が三メートル高くなるようにして、東西に張った。上には木立という遮蔽物があるし、完全に明るくなったときには、準備がすべて整っていた。だれかが残骸の山のてっぺんを歩かないかぎり——木や切り株が入り組んで足場が悪いから、まずその気遣いはない——ぜったいに心配はない。それでも、火を使って料理をするのは敵に近すぎて危険だから、コンビーフ・ハッシュと水筒のレモネードという冷たい朝食を食べた。

予想したとおり、地元の人間は起きるのが早い。六時をすこしまわったところで、建物から人間が出てきて動きまわりはじめた。われわれは、常時二名が敷地内を見張れるように、当番を決めてあった。はじめのころの動きは、もっぱら奥のほうだった。建築中の棟の右側の端に調理場がもうけられているらしい。何人かはインディオだとじきにわかった——小柄で、肌が灰色で、腰蓑しか身につけていない。迷彩服のコロンビア人の番兵もいる。出入りが激しいので正確な人数はわからないが、おそらく十名内外と思われた。

〇六三〇時に、われわれの向かいの宿舎のドアがあいて、明らかにインディオでもコロンビア人でもない人物がひとり出てきた——人参(にんじん)色の髪、雀斑のある顔、汚れた白いTシャツにジーンズという格好で、タオルをぶらさげている。

「たまげたな！」おれはマードに向かってささやいた。「あれはPIRAだ」

マードの髪と口髭は赤茶色だが、あの男の赤毛はオレンジ色に近い。だらだらした身のこなしで、建物のずっと奥のドアへ向けて歩いていった。入浴洗面施設か便所にちがいない。しばらくして戻ってきたとき、その男がさっき出てきた部屋のドアがあいた。なんと出てきたのはファレルだった。

一瞬、激しい衝撃をおぼえた。なぜかファレルは船に乗って、ブラックをいたぶっているものと思っていた。そうではなかった。ここにいて、伸びをしてはあたりを見まわしている。

「動くな」おれは声を殺していった。「あれがおれの狙っている男だ」

これで二度、一〇〇パーセントやつを殺れる機会がめぐってきたことになる。北アイルランドでの納屋の表の光景が、つかのま脳裏をよぎった。いまもあのときとおなじで、引き金を絞ればいいだけだ。だが、いま撃てば、ファレルの仲間がパニックを起こし、人質を殺そうとするだろう。IRAのテロリストを残らず斃せたとしても、番兵がなにかしら受けていた命令を実行するはずだ。

ファレルがこちらをまっすぐ凝視しているように見えたが、じっさいはただ頭をはっきりさせようとしていただけで、やがて例の左脚に体重をかけたときに傾く歩きかたで、小便をしにいった。おれはほっと息を吐き、首をふりながらマードのほうを向いた。ファレルのすぐあとに、もっと小柄だが髪がおなじく黒い三人目のプレイヤーがつづいた。ボゴタのレストランで見た男だと、即座にわかった。七時ごろに、三人はそろって歩きだし、敷地の奥の調理場へ向かった。

マードが、宿舎のいちばん端、向かって左手のドアを見ろと合図した。他のドアとおなじ金属製だが、そのドアだけが掛け金と南京錠でしっかり閉ざされている。「人質はあそこにちがいない」と、マードがささやいた。「鍵がかかっているのはあそこだけだ」

十分後、番兵二名がぶらぶらと歩いてきた。たるんだ様子のふたり組だ。ウージかそれによく似たアメリカ製のイングラムとおぼしいサブマシンガンを持っている。くだんのドアの前でひとりが鍵を出して、南京錠をはずし、もうひとりがそれを掩護した。ドアがあき、やはり迷彩服の手錠をかけられた男が出てきた。一瞬、わけがわからなくなった。あれはだれだ？　われわれはとんでもないドジを踏み、ちがう人質を追ってきたのか？　密告屋が情報をとりちがえたのか？　そのときはっと気づいた。あの薄汚い人物は国防担当官だ。不潔で、みすぼらしい格好をしていて、前に会ったときとは、まるで様子がちがっていた。

　彼が番兵に厳しく見張られて入浴洗面施設へ行って、やがてまた連れ戻されるあいだに、怒りがしだいにつのっていった。ルイサはいったいどこにいる？　たぶんべつの監房だろう。国防担当官がひきかえしてくるとき、顔が蒼白く、やつれているのがわかった。一〇キロほど痩せたように見える。


　その日は、あとはたいした出来事はなく、なにもない時間が長かった。午前八時に、メスキットの食器とおぼしいものに入れた食事を、ひとりが国防担当官のところへ運んだ。それと同時に、新しい建物で建築作業がはじまった。コンクリート・ミキサーががらがら回転し、インディオが列をなして資材を運ぶ。工場のほうも動きがあり、積まれたドラム缶のあたりから鮮やかなブルーのきらめきが見えて、それにエーテルがはいっているという推理が裏付けられた。

　建築作業がはじまってしばらくして、敷地の奥付近のジャングルから乾いた銃声が一発聞こえた。

「ちくしょう！」おれはいった。「やつら、だれかを殺した」人質ではないだろうと思った。国防担当官は室内に監禁されているはずだし、ルイサもおなじだろう。数分のあいだ、われわれはしきりと憶測を働かせた。処刑のための発砲だろうか――PIRAは故国でのやり口をここでも実行しているのか？　調理場のあたりがさわがしくなり、重そうな動物を引きずっている五人のインディオが現われて、どういうことかすっかり判明した。意味不明のやりとりや叫び声を発しながら、彼らは足場に吊りあげ、そこで皮を剝いでさばきはじめた。われわれのいるところからよく見えたが、なんの動物なのかはわからなかった。茶色く毛むくじゃらなところは熊みたいだが、形はばかでかいビーヴァーを思わせる。ジャングルを去ってだいぶあとで、それがカピバラという世界最大の齧歯類だということを知った。

九時ごろにPIRAの連中が迷彩服を着た数名に混じり、武器と弾薬の箱を整理して、激しくバックファイアを起こすおんぼろトラックに全員が乗り、滑走路に通じる道を走っていった。ほどなく小火器のカタカタという発射音が遠くから聞こえた。PIRAが地元の人間に訓練をほどこしているにちがいない。やつらのプロフェッショナルのテロリストとしての名声は、ジャングルにまで届いている。ここでやつらは滑走路を射撃場に使っているのだ。やがて、爆発物の訓練に移ったらしく、ときどきパーンという大きな音が聞こえた。

彼らがしばらくいないと、もやもやした感じが晴れたような気がする。舟艇小隊のチームと調整する必要があるという制約がなければ、攻撃を行なう絶好の機会だ。ひとりがジャングルを迂回し、道路をすばやく渡り、宿舎の裏手を忍び進んで、まもなく救出が行なわれることを換気孔から人質に伝えようか、と思った。いや、やはり夜になって攻撃の態勢が整ってからのほうがいい。

ひとつの計画が、頭のなかで固まりつつあった。203の擲弾を一発、エーテルのドラム缶の積んであるところへ撃ち込めば、ものすごい爆発が起きて、工場はたちまち火の海になる。それよりPEをタイマー付き信管で爆発させるほうがもっといい。敷地の裏手で大きな爆発が起きれば、麻薬業者をだまして、滑走路の方角ではなくそちら側から攻めてきたと思い込ませることができるかもしれない。最初の混乱に乗じて、べつの小さな爆薬で獄舎のドアの掛け金を吹っ飛ばし、国防担当官を連れ出す。ルイサのいどころは彼が教えられるだろうし、人質をひとりずつ、さしたる銃撃戦にもならずに滑走路へ通じる道路に連れていく。まずは機先を制することができる。道路をなんらかの手段で通れないようにするか、あるいはブービー・トラップを仕掛ければ、邪魔がはいることなく逃げられるだろう。それからボートに乗り、船外機を使って上流へ向かう。アイランダーがまだ滑走路にあれば、離陸できないようにに銃弾をたっぷりと撃ち込む。

低い声で、おれはふたりに計画を話した。

「爆破ではじめるのはいい」マードがいった。「しかし、火力がまだ不足だ」

「後続が今夜、到着する」

「夜襲にしたほうがいいな」

「賛成だ。だが、船のほうがどうなっているか、確認しないといけない。スパーキイ、無線機を頼む」

運よく、スパーキイがダイヤルをいじりはじめたとき、ブルドーザーが動きだした。それがものすごくうるさく、声をかぎりに叫んでも聞かれる気遣いがないのはいいが、音声で交信するにはあまりぐあいがよくなかった。一、二分後に、プエルトピサルロの基地とつながった。ジョニー・エリスは、コロンビア軍の通信士のすぐそばにいたらしく、交信がはじまると即座に出た。

「グリーン・フォア」おれはいった。「人質一名が現場にいるのを確認。ふたり目もここにいるものと思われる。ブロンドの髪の人質はいない。PIRA三名もいる。それにくわえコロンビア人の番兵約十名。連隊長に伝えてくれ。どうぞ」

「グリーン・スリー、了解」ブルー・チームも目標地域にいると、ジョニーが告げた。また、こっちの急襲はブルー・チームと同時に行なうようにと、連隊長が重ねて指示している。

「向こうの準備ができればいつでもいい」おれはジョニーにいった。「そっちがここに到着しだい、暗くなってからならいつでもいい。ヘリは飛べるか?」

「グリーン・スリー、飛べる」

「グリーン・フォア。そういうことなら、今夜来るものと思っているぞ。ヘリの機長に、きのうとおなじ場所に行くようにといえ。ロープで降下しなければならない。それと、チェーンソーを借りられるかどうかきいてくれ。木が一本邪魔になっていて、ヘリが着陸できない。できればそいつを切り倒して、チェーンソーはそのまま持ってきてくれ。それからボートに乗って流されればいい。エンジンは使うな。舵をとるため以外には、パドルを使う必要はない。流れはかなり速い。一八〇〇時をめどに川を下りはじめてくれ。一時間四十分後に、右手に広い開拓地が見える。そこに迎えにいく。懐中電灯を二度明滅させる。どうぞ」

「グリーン・スリー。了解。ではそこで会おう」

「グリーン・フォア。ボルト・カッターも捜してくれ。それから、グリーン・ワンに、こっちは順調だと伝えてくれ。ほかになにかあるか？　どうぞ」

「グリーン・スリー。ある。麻薬業者は、イギリス人の人質の身の代金として十億ペソを要求している」

「グリーン・フォア。十億（ビリオン）か、百万（ミリオン）か？　どうぞ」

「グリーン・スリー。ブラヴォーのB、十億（ビリオン）だ。どうぞ」

「グリーン・フォア。途方もない金額だな。奪回は完全に可能だと力説して、交渉をつづけるようにと伝えてくれ。通信を終わる」マードのほうを向いて、おれはいった。「十億ペソだと。百万ポンドじゃないか」

「ざまあみやがれ、くそったれども。あいにくそいつは手にはいらねえよ。ジョニーがでかい缶切りを持ってこられないのは残念だな。それで屋根を切って人質ふたりを吊りあげりゃ簡単なのに」


その日は、一日がひどく長く思われた。太陽が真上にある正午の暑さは、すさまじいものがあった。ジャングルの林冠の下にいれば、そうたいしたことはないが、ひらけた場所に出ると、熱気が頭を殴りつける。宿舎のトタン屋根の下はさぞかしひどい暑さだろうと思わずにはいられなかった。水に関しては、われわれはまだ余裕があった。ひとりが水筒二本を持っているので、ふだんの倍の量が飲める。暗くなってから、川で汲むこともできた——浄化剤のステレオタブがある。麻薬業者は水をどうしているのだろうと思った。おそらく裏の小川から汲んで煮沸するのだろう。

射撃場へいっていた一行が戻ってきて、トラックをおりると、昼食をとるために調理場へはいっていった。そのあとは午睡だろう。ひとりが国防担当官の部屋へ食事を持っていく。建築作業が中断し、敷地は静かになった。猛暑と蚊と、われわれの監視所に進軍してくる二センチ以上もあろうかという巨大な蟻の大群に、その午後はたいそう居心地の悪い思いをした。

山場は、まったくありがたくない客の登場だった。うとうとしていると、マードが急におれを小突いた。「おい！　あれを見ろ！」

おれは転がって、木の葉のあいだからのぞいた。ひらけた場所のなかごろに、とんでもなく大きな蛇がいて、向こうからこっちへむけてのそのそと這っている。クリケットのピッチほどの長さだといったらおおげさだろうが、とにかく五、六メートルはある。胴体の太いところは、直径三〇センチぐらいだろう。

「ニシキヘビじゃねえか！」マードがささやいた。

「ちがう。アナコンダだ」

「どうしてわかる？」

「南米にニシキヘビはいない。なにかで読んだ」

「なんだっていいが、山羊でも呑み込めそうだぞ」

「そしてあんたを卵のように押しつぶす。失せろ、蛇」

それが聞こえたかのように、巨大な爬虫類は右にのろのろの向きを変え、地面に丸太を引きずったような深い跡を残して、滑走路に通じる道路へ這っていった。双眼鏡を使うと、舌がちろちろちろと出入りしているのが見えた。


四時をまわったころに、遠くで雷鳴が轟き、空が暗くなって、激しい嵐が発生した。サンタロサにいるころ、乾季はそろそろ終わりだとだれかがいっていたから、いよいよ雨が降りだすのかもしれない。一日ずっと楽しげに甲高く啼いていた森の鳥が沈黙した。やがてむっとする風のなかで木々がざわざわと揺れはじめ、嵐は着実に近づいて、耳朶を打つ騒音がしだいに大きくなり、五時ごろにとうとうわれわれの真上で炸裂した。

敵に近いので、派手に光を反射するポンチョはひろげたくない。だから、じっと雨に耐えるしかなかった。すさまじい勢いで叩きつける雨に、数十分でたちまちどこもかしこも水浸しになった。残骸の山の斜面を水が滝のように流れ落ち、あらゆるくぼみが水たまりと化した。敷地のほうを見ても、篠つく雨に奥まで見通せない。茶色く泡立つ洪水が地面から一〇センチほどに達し、叩きつける雨滴が空気を泥のスープに変えているありさまが見えるだけだ。とてつもなくやかましい。沛然と降る雨の音は、さながらトンネルを通る列車で、稲光がパッと光ったと思うと、たちまち地面を揺さぶる雷鳴が轟く。

三十分たつと、嵐は先へと進んでいった。おかげでわれわれはずぶ濡れでみじめな状態になったが、気温がいくらか下がったし、新鮮な水を水筒に入れることができた。スパーキイをジャングルに行かせて、ポンチョをひろげ、それでミニ貯水池をこしらえさせたのだ。

あたりが完全に暗くなるとすぐに、スパーキイを監視所に残し、マードとおれは後続のチームを迎えにいった。嵐が土の地面を泥濘に変えていたので、どうしても足跡は残るが、できるだけ目立たないように道路の端をあるいた。簡易滑走路に着くと、観測のために十分間動かずにいた。アイランダーはあいかわらずおなじ場所に駐機していて、虫の音と水のしたたる音をのぞけば、まったく静かだった。見通しのいい場所のへりを通って川岸へ行き、隠し場所の目印の高い木を見つけて、はじめてボートに向けておりていった。

根元にそれを舫っている場所からは、水面まで垂れている枝のために川が見えない。そこで舫いを解いてきわまでボートを出し、流されないように枝の先にしっかりと舫った。

そのころには七時半になっていた。「どうする？」マードがたずねた。「懐中電灯の点滅をはじめるか？」

「ああ、そうしよう。上流で大雨が降っていたら、川の流れは速くなっているはずだ。もう来るかもしれない」

そこで暗闇に座って待った。マードが三十秒ごとに、上流に向けて二度、懐中電灯を点滅させる。時間がたっぷりとあったので、起こりうるありとあらゆる失敗を考えた。ヘリがまた故障して飛べなくなる。離陸したがひきかえさなければならなくなる。機長が例の岩山を見つけられない。ボートがパンクする。ボゴタの宣伝タワーに思いを馳せ、そこの四階に缶詰になっているトニーのことを考えた。大馬鹿野郎のピーター・ブラックが、〈サンタ・マリア〉のオーヴンのような船室で汗だくになっているところを想像した。イングランドのトレイシーとティムのことを思った。あっちは何時だろう？　二時半か。昼食を食べているころだ。それともコテージの裏の雑木林を散歩しているか。もうおかしな電話がかかっていなければいいが……

突然、われわれの右手の水面から低い口笛が聞こえ、マードがそれに応じて口笛を吹いた。ほどなく頭がいくつか突き出した黒い塊が闇からこっちへ向けて突き進んできた。マードが懐中電灯で誘導し、やがて二番艇がわれわれのボートに軽くぶつかった。

「舵取りの腕前はどんなもんだ？」スコットランドなまりの声が聞こえた。スチュアート・マクウォリーだ。

「たいそう張り切っているな」おれはいった。「みごとだよ、ステュ。あとはだれだ？」

「おれ」ジョニー・エリスがいった。

「おれ」もうひとりがいった。

「だれだ？」

「メルだよ。ほかにいるか？」

「よし！　糞町へようこそ」

「そんなはずはねえ。おれたちゃ、そこから来たんだから」

「もう一カ所あるのさ」

「どんなふうだ？」

「めちゃくちゃひどい。まあ、すぐに慣れる。チェーンソーは持ってきたか？」

「もちろん。例の木も切り倒した」

「いいぞ。ボルト・カッターは？」

「だめだった。なかった」

「それは残念。北からなにか知らせは？」

「ああ。舟艇小隊のチームは、いまもなおターゲットにいる。で、計画実行の時刻は？」

「舟艇小隊の作戦は〇三〇〇時に開始される。特に連絡しないかぎり、こっちもおなじ時刻にやると、トニーにいっておいた」

「くそ！　それじゃ早く行こう。武器はなにがある？」

「203がたった一挺、それにMP5。ベリーズから装備が届くはずだったが、コロンビア軍の飛行機が北のほうで飛べなくなった」

「ちんぽ(カラホ)！　弾薬は？」

「山ほどある」だれかが金属の箱を叩いた。

「よし。とにかく上陸しよう。木の根に用心してくれ。すごく滑りやすい」

われわれはゴム・ボート二艘を岸に寄せて、もつれた根のあいだに固定し、エンジンは二〇メートル離れた岸に隠した。

滑走路の周辺部にあがると、新手のものたちが状況をよく呑み込むように、おれはざっと説明した。敷地から離れたその広い場所のほうが話がしやすい。図を描かなくても配置がわかるように、言葉を慎重に選ばなければならなかったが、彼らはじゅうぶんに理解した。おれは救出計画のあらましをくりかえした。

「工場には何人いるんだ?」ジョニーがたずねた。

「PIRAが三人、番兵はおそらく十名ほどだ——ゲリラかなにかわからないが——ほかに麻薬を精製する技術者が何人かいる。あとはインディオだ。われわれが監視所をもうけた小山は、自然の防御拠点だ。開拓地全体が見渡せる。やつらが爆発に反応して敷地に飛び出してきたら、そこからほとんどのやつを楽々殺れる。チェーンソーが手にはいったから、道路を横切るように木を切り倒せば、車では追ってこられない。飛行機にも弾丸を撃ち込めば、やつらはあがきがとれなくなる。そしてこっちは船外機を使って上流のLZ(会合地点)へ行き、ヘリで脱出する」

「やつらの通信手段はどうなんだ?」ステュが質問した。「それを破壊すれば、やつらはなにが起きているかを連絡できなくなる」

「VHFのアンテナは見ていないから、衛星通信を使っているんだと思う——例の船といっしょだ。やつらはおそらく絶え間なく状況を報告しあっているだろう」おれはいったん言葉を切ってからつけくわえた。「できるだけ早くここを抜け出すほうが賢明だ」

麻薬精製工場の敷地に戻ると、残骸の山の上に全員集め、こんどは指さしながら、小声であらためて配置を説明した。兵舎の人間があちこちに移動しはじめていたが、その動きの中心は調理場だった。

雨上がりなので、蚊の大群が押し寄せ、みんなたっぷりと虫除けを塗ってはいても、叩いたり悪態をついたりしていた。

エーテルのドラム缶に爆発物を仕掛けるのはマードにやらせようと思っていたので、敷地内の活動がやむと、彼を連れて建物の裏側の偵察に行った。

今回は、宿舎の裏手を通るとき、最初の換気孔を見あげた——地面から二メートル五〇センチほどに、水平に孔がうがたれている。建物の角から二メートルと離れていないので、国防担当官が囚われている部屋の換気孔にちがいない。

工場の裏側の角で、おれはドラム缶の山を指さし、しばしふたりで接近路を検討した。じっさいのところ、使えるのは一カ所しかない——われわれがいる場所だ。

「だいじょうぶだ」マードがささやいた。「ここでいいよ」

戻るとき、おれはいった。「おい、おれは国防担当官と接触してみる。台になってくれ」

換気孔の下でマードが背中を曲げ、壁に手をつっぱった。おれはちょっとジャンプしてその背中に乗り、換気孔に顔を近づけた。

「もし！」おれは低い声で呼んだ。「パーマー少佐」

すぐに返事はなかったが、なかで動きがあった。

「パーマー少佐！」おれはもう一度呼んだ。

「だれだ？」

「ジョーディ・シャープ。ＳＡＳ。助けにきました」

国防担当官が、うめきのような声を発した。「ありがたい！　いつだ？」

「午前三時です。あの——ルイサはどこですか？」

「知らない。連れていかれた」

「いつですか？」

「おぼえていない。悲鳴が聞こえた」

「えっ。くそ！　あなたは縛られていますか？」

「いや。手錠だけだ」

「鎖につながれてはいませんね？」

「ああ」

「わかりました」

ちょっと考えた。もうここを離れないとまずい。だからこういった。「いいですか。三時前にドアを軽く叩きます。敷地の離れたところで爆発が起きるのがはじまりです。その直後に、この部屋のドアを爆破します。最初の爆発が聞こえたら、ドアが吹っ飛ぶまで両手で耳を押さえていてください——でも、すぐに出られる用意をして。いいですね？」

「ああ。わかった」

「ドアから離れていること。ノックしたら、正面の壁の、ドアから離れたところにへばりつく」

「わかった」

「それじゃ、がんばってください」

残骸の山に戻ると、ルイサがどうなったのか、全員であれこれ推測した。表から見たかぎりでは、彼女を監禁するような部屋はほかにはない。麻薬業者の他の隠れ家に連れていかれたのか?

もう偵察を行なうことはできない。発見される危険があまりにも大きい。作戦が失敗するおそれがある。

全員の役割を決めた。マードがエーテルの破壊工作をするあいだに、おれがドアに爆薬を仕掛け、人質が出てきたら護衛する。スパーキイがその手助けをする。人質はなにがなにやらわからない状態で、目配りの必要があるだろう。ジョニーはチェーンソーを持って滑走路との連絡道路へ行く。エーテルが爆発したらすぐさま大きな木を切り倒す作業を開始する。道路をふさぐように木が倒れたら、チェーンソーは捨てる。ステュとメルは、できるだけ長いあいだ、もしくは必要と思われるあいだ、残骸の山の上から掩護射撃をする。全員が動きだしたら、大きく散開して、ボートへひきかえす。

「楽勝さ」と、ステュがいった。

17

われわれは時計を秒針までぴったりと合わせた。おれは宿舎の角をまわったところで待機した。時計は〇二五九時を指している。とてつもない騒ぎが起きるまで、あと一分。じつに長い夜だった。歩哨以外のものはすこしでも眠ろうとしたが、なかなか眠れなかった。調理場の火のまわりで地元の連中が飲み会のようなものをやっていて、酔っ払いのどなり声がかなり聞こえた。一一三〇時に三人のプレイヤーが自分たちの部屋にはいっていくのが見えた。とにかくあの三人のいどころはつかんでいる。だが、番兵のほうははっきりとはわからない。何人かは宿舎のいちばん端の部屋に寝泊まりしているだろうが、ほかの場所で寝ているものもいるはずだ。ファレルとルイサのことが、しじゅう意識にのぼった。

午前零時、スパーキイが最後の状況報告をプエルトピサルロの前方出撃基地に送り、われわれの作戦が〇三〇〇時に開始され、そのあと簡易飛行場、上流の降下地点へと移動することを確認した。

〇二五九時には、全員が配置についていた。マードはＰＥ一ポンド（約四五〇グラム）を持ってエーテルのドラム缶の近くにいる。起爆装置はすでに差し込んであり、離れたところから起爆するために三〇メートルの長さの黒いドン・テン導爆線も用意してある。おれは先ほど宿舎の表に這っていって、国防担当官が監禁されている部屋のドアの南京錠に、指の先ほどの小さな爆薬を仕掛けてきた。さらに、注意をうながすために何度かドアを軽くノックした。

いま、おれは発火装置を左手に、MP5を右手に持っている。掩護射撃と、人質を正しい方角に導く手助けをするために、スパーキイがそばにいる。ジョニーは道路に行き、夜中に偵察したときに目をつけた木のところにいる。あとのふたりは残骸の山のてっぺんにいて、防御部隊が前進しようとしたときには銃弾を浴びせる用意をしている。ふたりはせっせと立ち働いて、われわれの監視所から一〇メートル離れたところに第二の陣地を築いたので、そこから射撃できるし、応射を受ければ移動できる。

また嵐が発生しそうだ。ズシンと腹に響く雷鳴が徐々に近づき、闇はひどく濃い。いつものように工場では裸電球がふたつともっていて、その明かりで、マードが壁に体をくっつけているのが見える。MP5を背負い、組み立ててある爆薬を持って、用心深く進んでいる。

そのとき、おれははっと息を呑んだ。突然矢のような動きが見えたと思うと、人影が右手からマードに向けて突進した。爆薬を仕掛けるほうに注意が向いていたと見えて、マードが不意を衝かれた。だが、襲いかかったやつにとって相手が悪かった。そいつがつかみかかる前に、マードは爆薬を手から離し、そいつの股間を蹴りあげた。つぎの瞬間にはそいつの上に乗って、両腕で首を絞めていた。そいつは悲鳴をあげるいとまもなかった。刺青のはいった大きな手が口をふさぎ、一度ぐいとねじっただけで、そいつの頸は折れた。そうしたことはすべてあっという間に終わっていたので、作戦のタイミングは狂わなかった。

見守っていると、マードは爆薬を拾って前進し、仕掛けて、蔭になっているところに隠れた。あと十五秒。きちんと装備がそろっていて、超小型無線機があれば、全員の耳のイヤホンから聞こえるようにカウントダウンするところだ。無線機がないので、自分ひとりで数えた。「七、六、五、四」目を閉じた。「スタンバイ……スタンバイ……いまだ！」

ドーン！

派手な爆発が起きるのは予想していたが、それにしても超弩級だった。まるで核爆発だ。衝撃波で敷地全体がびりびりふるえ、揺れた。目をあけたとき、差し渡しが一五メートルはあろうかという火の玉が空に向けて噴きあがり、そのまま灼熱の火柱となった。周囲のジャングルが、にわかに赤い光に照らされる。いたるところに破片が降り注いでいる。

心臓が激しく打っていたが、じっと待った——ドアがあくのを待ち、地元のやつらが火から逃げ出すのを待つ。と、出てきた——まず番兵、それからＰＩＲＡ。ＰＩＲＡの三人が、あたふたと飛び出す。暗いので武器を持っているかどうかはわからない。ぎざぎざの影がほとばしる炎にシルエットになっているだけだ。

叫び声がひとつくわわっても、わかりはしない。「耳をふさげ！」おれはどなった。それから、発火装置を握りしめる。ボン！　錠前の爆薬が爆発する。おれは突進した。ドアが外側にあいている。部屋に躍り込むと、すぐ内側に国防担当官が呆然と立っていた。

「行くぞ！」おれはどなった。耳が聞こえず、方向感覚も狂っているはずなので、腕を握ってひっぱった。

「走れッ！」もう一度どなる。**「走れ！　走れ！　来い！」**

敷地の向こうの炎の明かりを浴びて、男たちが四方八方へ駆けだしている。ひとりがこっちへ走ってこようとしたが、残骸の山の上から一連射が放たれ、そいつは動きをとめ、ぐるりと向きを変えた。倒れながらウージを構えようとしたが、つぎの短い連射で地べたもろとも穴だらけになり、動かなくなった。

国防担当官が激しいショックに陥っているのが見てとれた。戸口でつまずき、倒れそうになる――その体が、まるで脂肪の袋みたいな感触だ。おれはつかむ力を強めて支えた。**「よく聞け！」**悲鳴のような声で詰問した。**「ルイサはどこだ？」**

国防担当官は、首をふるばかりだった。もう行かないと。炎の勢いはすさまじく、近くの木立からシュウシュウと蒸気が出るほどだった。もう燃えあがっている木もある。残骸の山から、また何発か放たれた。そのとき、爆発が二度、たてつづけに起きた。はじめは、離れたところにあったエーテルのドラム缶が破裂したのかと思った。が、ステュかメルがやったのだと気づいた。トラックに203の榴弾を撃ち込んでいるのだ。

数十秒後にはわれわれは道路に出て、森のなかを進んでいた。うしろにいるスパーキイが、ときどき背後に向けてＭＰ５の連射を放っている。マードが宿舎の裏手から姿を現わし、必死で走ってきた。

「女を見つけた！」マードがどなった。「死んでる。早く行け！」

われわれといっしょに走りはじめた。あとのふたりは、まだ残骸の山にいる。前方でジョニーのチェーンソーが悲鳴を発し、つづいて木が倒れる音がした。

火明かりは道路の一部までしか届いていない。その奥の木立は真っ暗闇だ。ここからは、同士討ちをしてみずから墓穴を掘ることのないように、用心しなければならない。

「だいじょうぶですか？」おれは国防担当官に大声できいた。まだ動転のあまり返事もできないようだ。脱糞しているのがにおいでわかった。

「もうすこしです」おれはいった。「滑走路まで行けばいい」

ジョニーのこしらえた障壁に行き当たった。ジョニーは、炎を背負ってシルエットになったわれわれに気づいていた。「こっちだ」小声で指示した。「こっちのほうが通りやすい」

われわれの掩護射撃がやんでいた。うしろを見ると、ステュとメルがわれわれに合流しようと、脱兎のごとく駆けていた。切り倒した木のためにひっくりかえることのないよう、おれは大声で警告した。ふたりが追いついたとき、何発もの銃弾がそばを通って、道路の先のジャングルに向けて飛んでいった。チームのものは地面に伏せたが、国防担当官は突っ立ったままだった。

「伏せろ！」おれは叱りつけた。「地べたに伏せろ！」

体をつかんで引き倒した。また何発かがピシピシという音をたてて上を通過する。

「撃ち返すな！」と命じた。応射すれば位置がばれる——それに、ここからではどのみち狙う相手は見えない。

工場の敷地の光景は、じつに異様な眺めだった——原始のままのジャングルという額縁のなかで、炎がほとばしり、煙がもくもくと噴き上がっている。

「これで十億ペソとおさらばだな」マードがわめいた。

「まだ逃げ出せたわけじゃない」おれはいった。「ステュ——おれたちが前進するあいだ、おまえとメルはここにいろ。だれかが来るのを見たら撃っていいが、ちゃんと狙いがつけられた場合だけだ。できるだけ早く、ボートのところで落ち合おう」

「合点だ」

おれは国防担当官のほうを向いた。「よし——行くぞ」

早足で道路を進みはじめた。ひどく暗いために、最初のカーヴではまっすぐに進んでしまい、道をそれて藪にはいったのがわからなかった。気がついたときには、有刺鉄線のような棘の先が釣り針のように食い込み、ひっかかったのを無理に引き離そうとすると肉を引き裂かれる、〝チョット待ッテ草〟（棘のある植物全般を指す言葉）と呼ばれる恐ろしい茨にからめとられていた。

必死でもつれた茨をはずそうとしているとき、突然、轟然となにかが脇を通過し、たちまち前方の樹冠で閃光とともに爆発が起きた。棘が腕に食い込むのもかまわず、おれは地面に伏せた。

「ちくしょうめ！」マードが叫んだ。「やつら、RPG（対戦車ロケット弾発射機）を持ってやがる」

おれは立ちあがってどなった。「行くんだ！」

こうなったら、懐中電灯を使っても使わなくてもおなじだ。背後に光を向けないように気をつけながら、懐中電灯で照らした。われわれは、さらに速い足取りで進みはじめた。

小火器の銃声が、背後から聞こえる——味方のふたりが敵を敷地内に釘付けにしているのだ——と、また銃弾がわれわれの脇を通過して木立へ飛んでいった。そしてもう一発、ロケット弾——だが、こんどはわれわれにつきがなかった。

ロケット弾は、われわれのすぐ近くの木の幹にあたったようだ。そのとたんにおれは倒れていた。爆風で吹っ飛ばされ、閃光で目がくらんでいた。立ちあがると、耳鳴りがしたが、怪我はないと即座にわかった。

「みんなだいじょうぶか？　マード？」

「おう」

「ジョニー？」

「だいじょうぶだ」

「スパーキイ？」ちょっと間を置いた。「スパーキイ？」

スパーキイがいるはずの場所に、懐中電灯の光を向けた。四肢を投げ出すように、うつぶせに倒れて、じっとしている。おれは駆け寄った。頭の横の血溜りがどす黒く光った。さらに光を近づけると、右耳の下の穴から血がどくどくと流れ出しているのが見えた。とっさにベルゲンから医療パックを出そうとしたが、ストラップから腕を抜く前に、手遅れだと知った。スパーキイは目を閉じていた。顔は死者の白さだ。脈を探る前から、どうであるかがわかっていた。脈はない。榴弾の破片が頭に突き刺さり、頸動脈を断ち切っていた。ゆっくりと頭を動かした。頸がまったく抵抗がなくまわったので、脊柱が砕けているとわかった。

「死んでいる」おれはいった。「運ばなけりゃならない」

背後の銃声がやんでいた。

おれは国防担当官のほうを向いた。「だいじょうぶですか？」

「ああ」ようやく声が出た。

「これが持てますか？」スパーキイの上半身を持ちあげて、319通信セットを布ケースとストラップごとはずし、差し出した。「重いけど、もうすこしだから」

「だいじょうぶだろう」

「よかった」

おれはスパーキイのベルゲンをはずして、左肩にかついだ。あとのふたりがハンモックを出した。両端に把手があって、担架にも使える。スパーキイをそれに載せようとしたとき、背後の道路の動きが聞こえた。

「ステュ」おれは小声で呼んだ。

「やあ」

「死傷者が出た」

「ちくしょう――だれだ？」

「スパーキイだ。RPGにやられた」

「死んだのか」

「ああ。ボートまで運ばなきゃならない」

「くそ！」

「あっちはどうなった？」

「六人以上殺った。はっきりとはわからない。203でもっと死んだかもしれない。それプラス爆発で。生き残ったやつらは、鳩首協議している。とにかく工場はめちゃくちゃだよ」

「それじゃ行こう」

　四人でスパーキイの遺体を運びながら、曲がりくねった道をできるだけ急いで進みつづけた。滑走路に着くまで、なにも邪魔ははいらなかった。息苦しい真っ暗な森からひろびろとしたところに出たときは、たとえようもないくらいほっとした。遠くでまだ雷が鳴っているが、雲は晴れたようで、闇がいくぶん薄らいでいる。

　飛行機は前とおなじ場所にあった。格好の標的だ——しかし、あれを撃ってよけいな音はたてたくない。それでなくても危険はいまだに大きいのだ。

「タイヤを切ってくるから待っていてくれ」おれはいった。「いや、それより進みつづけろ。ボートを隠してある場所の上で会おう」

　一行はぐんにゃりした荷物をまた持ちあげ、見通しのいい滑走路を斜めに横切って例の高い木をめざした。足跡が残るのも意に介さず、おれはひとりで飛行機に駆け寄った。夜が明けてだれかが追ってくるころには、こっちはもう上流に遠く離れている。

コマンドウ・ナイフの切先でぜんぶのタイヤに穴をあけるのは十秒で終わり、空気の漏れるシューッという音がしているうちにそこを離れた。

おれが追いついたとき、マードがボートを調べにおりていったところだった。やがて下から悪態と怒りの声が聞こえた。

「どうした?」

「ボートがない!」

「馬鹿をいうな」

「ないといったらない」

すかさずおれはマードのそばの木の根におりていった。岸を懐中電灯で照らした。青い舫いが、枝に結びつけたところにある。

「だいじょうぶだ。浸水して沈んだんだろう」

舫いを引くと、いやに手応えが弱い。ようやくボートが水面から現われたとき、愕然とした。ゴム引きの布の表面がずたずたに切り裂かれている

「鰐がやりやがったんだ!」マードがののしった。「信じらんねえ!」

もう一艘もおなじだった。修理の道具は持っているが、これだけめちゃめちゃになっていると、それでは直せない。鰐がどうしてゴム・ボートに八つ当たりしたのかは、神のみぞ知る——が、とにかくみごとに天国に送り込んでくれた。

船外機は捜さなかった——捜してもしかたがない。岸に戻ると、われわれは車座になった。

「おおまかにいうと、選択肢はふたつだ」おれはいった。「陸路で降下地点に向かうか、それとも救援を呼び、近くに潜んでいるか」

「降下地点までの距離は?」メルがたずねた。

「九キロぐらいだろう」

「このジャングルじゃ、とうてい行きつけない」

いうまでもなく、救出した人質と死体というよけいな荷物がなければ行けるはずだ。

「それじゃ、無線で連絡しよう。マード――通信士ができるのはあんただけだ」

「319はどこだ?」

「国防担当官が運んできた。ここだ」進み出て無線機パックを受け取り、マードに渡した。マードがそれをあけようとしたが、ほどなくこういった。「こいつじゃ、たいしたメッセージは送れないぜ」

「どうして?」

「壊れてる」

無線機を差し上げ、懐中電灯で照らして、榴弾の破片がそのはらわたを吹っ飛ばしているのを見せた。

〇二〇〇時、西からの風が起こり、デシェルト島をめぐっていった。

「ありがたい」小さな浜でダイヴィング器材の空気を抜きながら、マーヴがささやいた。

「水面に小波が立ったほうが、われわれには都合がいい」

マーヴとその相棒のテリー・フラウェリンは、たがいに点検しあいながら閉回路式呼吸装置をつけ、酸素中毒にそなえていつもの手順をやり、もう一度バディ・チェックをしてから、するすると海にはいった。マーヴはふだんの装備にくわえて、五ポンドのプラスティック爆薬に起爆装置を埋め込んだもの二本を防水バッグに入れて持っていた。べつのバッグには導爆線と時限発火装置がはいっている。

ふたりは沖に出て岬の端をまわった。空は一面の雲に覆われ、〈サンタ・マリア〉にも桟橋にも明かりは見えない。発見されるおそれはきわめて低いが、マーヴはけっして油断しないたちだった。〈サンタ・マリア〉が視界にはいると、潜降し、〇八二度に向けて深度三メートルを泳ぎ、三分ごとに進行状況を確認するために浮上した。

その三分の航程を五回くりかえして、〈サンタ・マリア〉の船尾の下に達した。貨物船はうねりのなかでゆるやかに揺れ、舷側を波が叩いていた。マーヴはテリーの腕を四度握って、ターゲットに到達したことを伝え、船体のでっぱったカーヴを手袋をはめた手でなぞっていくと、右舷側のスクリューの羽根に手が軽くぶつかった。船の真下のそこは甲板からはまったく見えないはずなので、マーヴはヘルメット・ランプをつけて、五分とたたないうちに、最初の爆薬をシャフトが船体にはいってゆく部分に取り付けるのを終えていた。つぎに、導爆線をくりだしながら下へ泳いで、竜骨の端をくぐり、左舷のスクリューまで行った。二番目の爆薬を取り付けて、配線を終えたとき、時計は〇二三五時を指していた。そこで時限発火装置のタイマーを二十五分に合わせ、すばやく遠ざかった。

二十分後、マーヴとテリーは浜にあがっていた。ひとりでボートを見張っていたフレディ・テイラーが、器材をはずすふたりのところへ来た。

「問題はなかった？」フレディがたずねた。

「楽なもんさ」マーヴが答えた。「おれたちは急いで花火を見にいってくる」

フレディは二艘のボートを膨らませて、すぐに浮かべられるように準備していた。マーヴとテリーは、岬の尾根にどうにか間に合うように登ることができた。

「ブルー・ワンより、全ブルーへ」超小型無線機を使って、マーヴは小声で連絡した。「こっちは万事順調に進んでいる」

応答は予期していなかったし、じっさい応答はなかった。そのときには急襲班は敵のすぐ近くで配置についていたので、声を出したくなかったのだ。結局、ロジャーは六名を連れていった。やかましい騒ぎが起きる前にひとりが滑走路に通じる道路へ向かい、陽動のために銃を発射することになっている。先に行っていれば、必死で走らなくていいからだ。

見物のふたりが尾根のてっぺんに伏せているあいだ、風は彼らの背後から湾を渡って陸に向けて吹いていた。八倍五六㎜の双眼鏡をのぞくと、建物がくっきりと見えた。ロシア製のガズ（ゴーリキー自動車工場製）の四輪駆動車が、目標建物の数十メートル左にとまっている。

「あれだ！」テリーが突然いった。「だれかが二番棟の前を横切った。またひとり。無事にターゲットに到達した」

「あと三十秒だ」マーヴが無線で伝えた。「二十秒前、スタンバイ、スタンバイ。十五秒。十。五、四、三、二……」

マーヴがカウントダウンを終える前に、ドンという重く鈍い音が、水面を越えて伝わってきた。水柱としぶきが〈サンタ・マリア〉の船尾から宙に噴き上がり、まるで追突されたように船尾から船首へたわみがゆっくりと伝わって、船全体が持ちあがった。そして、何事もなかったかのように、もとの姿勢に戻った。

船室の明かりがついた。叫び声が聞こえた。マーヴとテリーが見ていると、貨物を積んだ甲板を船尾に向けて何人もが走っていった――だが、船上の出来事にふたりはさして関心はなかった。ふたりの注意は、もっぱら二番棟に向けられていた。その表のふたりが、入口を挟み、四、五メートルの間隔をあけて壁にへばりついているのが見える。

「ふたりがこれからドアを爆破する」マーヴが手短にいった。「さあいくぞ」

二番棟の正面から閃光がほとばしり、数秒後にドンという爆発音がマーヴとトニーのところへ届いた。白い煙と土埃が、まばらな雲のように噴き出す。急襲者の姿はない。と、自動火器の短い連射が二度聞こえた。最初の連射は見守っているふたりのイヤホンから大きく聞こえた。二度目のくぐもった銃声は、それに遅れて、空気を伝わってきた。

そのとき、ロジャーの叫びが聞こえた。「ボルト・カッター！」即座にバチンという切る音と、金属の落ちる音が響く。

その瞬間、マーヴは左手の道路を走ってくる黒い人影を見た。

「ブルー・ワン」マーヴは鋭い声を発した。「気をつけろ。エクスレイ一名が船の方角から接近している」

ロジャーが見張りをたてておいたらしく。またカタカタという連射が二度聞こえ、人影が倒れた。その直後にロジャーが命じる。「行くぞ。走れ！」

男たちが戸口から飛び出す——一、二、三、四、五。六人目が左から駆けだしてきて合流する。四人が右手に走り、あとのふたりは掩護射撃のためにしばし身をひそめる。やがてそのふたりも立ちあがって走る。彼らがマーヴらの視界を出るとすぐに、これまでのものよりはるかに大きな爆発——今夜最大の爆発——が、二番棟を引き裂いた。あっというまに建物が火に包まれ、屋根から炎が噴き出す。何人かが出てきて、船に向かおうとしていたが、さかんに燃えている二番棟を見て立ちどまった。最後の無線交信で、滑走路へ向かったチャーリーに、陽動は必要がないからやらなくていい、基地に戻れ、とロジャーが指示するのが、マーヴの耳に届いた。

浜に撤退しかけたときに、マーヴはもう一度〈サンタ・マリア〉を眺めた。

「すげえ！」マーヴが叫んだ。「船尾が沈んでいる。沈没するぞ」

「どのみちもう尻が底に届いてるよ」テリーが相槌を打った。「行こう」

五分後、息を切らしてはいるが意気盛んな急襲班がたどり着いて、浜にひっくりかえった。

ピーター・ブラックは左手首から手錠と鎖をぶらさげていた。この四十八時間、監禁されているあいだはどこでも鎖につながれていたのだ——一夜は麻薬業者のボゴタの隠れ家、つぎが船室、そしてさっきの建物。まだパーティのときの服、というよりはその名残を身につけたままだった。スーツの上着はどこかでなくしたらしい。かつては白かったシャツが、汚れ、破れている。都会的な黒いズボンと靴が、ひどく場違いに見える。緊急の場合のためにロジャーが握らせた拳銃を握っている。

「お目にかかれてよかった、ボス」マーヴが、愛想よくいった。「楽しい休暇でしたか?」

「おかげですばらしかった。ありがとう。五つ星級のもてなしだ」

「まじめな話――だいじょうぶですか?」

「ぴんぴんしている。いや、それにしても、きみらの顔を見てほっとしているよ。じつにすばらしい作戦だ!」

「まあ仕事ですからね。さて、短い航海に乗り出しましょうか」

なにも残していかないように、付近を手早く調べると、エンジンを取り付け、ジェミニを海に押し出して、向かい風のなかを船外機で航走していった。岬を過ぎてかなり沖に出てからふりかえると、沢よりも高く炎があがっているのが見えた。マーヴが衛星通信を接続して、ボゴタのトニー・ロペスに、作戦が成功したことを報告した。

その夜はけっこう涼しかったので、だれかがブラックにセーターを貸した。食事と飲み物を腹に入れると、ブラックはだいぶ落ち着きを取り戻した。一行が沖に向かうあいだに、舟艇小隊のチームは自分たちの作戦の概要を説明した。だが、ブラックは〝あとのものたち〟がどうなったかをぜひとも知りたいようだった。

「あとのものって?」マーヴがたずねた。

「知らないのか?」

「ええ。われわれはあわただしく出発したし、全体の説明は受けていません。われわれが知っていたのは、船もしくはそれが停泊している場所からボスを救出しなければならないということだけです」

「そうか……」ブラックは、言葉に窮しているようだった。「大使館の国防担当官と、それに……通信担当の女性だ」

「そのふたりはジャングルのある場所にいて、D中隊の訓練チームが救出に向かいました。向こうの作戦は、われわれの作戦と同時に行なわれることになっていました」

「では、どうなったか、大使館にきいてみよう」

ふたたび衛星通信でボゴタを呼び出して、ブラックがトニーとじかに話をした。だが、連絡担当のトニーは、南からは連絡がないという報告しかできなかった。

「319はどうだ?」ブラックがマーヴにいった。「それで呼び出せないか?」

「やってみます」

PRC319通信セットは、もう一艘に積んであるので、ボートを近づけて交信を指示した。ほどなく、連絡はとれないという答が返ってきた。

〇四四〇時、マーヴは〈マジェラン〉で最後の位置標定をして、会合地点にほぼ到達していることを知った。約束の時刻まで余裕があるので、二艘の艇長は船外機の回転を落とし、うねりに向けてゆるやかに進ませた。やがてそれぞれのボートの二名が、潜水艦を釣るための三角形の信号発信機を海に沈めた。

じつは〈エンデヴァー〉は二艘の船外機の音を、三十分前から聞いて、あとをつけていた。二艘が発信をはじめたときには、ほとんど真下にいた。数分後、潜望鏡が一〇〇メートル東の海面から出るのが見え、つぎに展望塔がぬっと突き出し、ようやく鯨のような黒光りする船殻の上半分が現われた。十五分以内には、一行は装備とともに巨大な海獣の腹のなかに無事におさまっていた。

われわれが国防担当官の手錠の鎖をようやく切ることができたのは、ちょうどそのころだったろう。鎖の輪を切るのに使える道具は、わたしの作戦用ヴェストに収められていた弓鋸しかない。力をくわえすぎて刃が折れないように用心しながら交替でごしごしやり、時間をかけて鎖を切っていった。

そのときは、たいそうな仕事をやり遂げたような気になった。たしかに両手がべつべつに使えたほうがずっといい。手錠が食い込んでいる手首の傷をのぞけば、国防担当官はそうひどい状態ではなかったが、疲労困憊し、ショックを受けていた。とにかくいやに言葉すくなく、どういうふうに拉致されたのかときくと、ようやくちゃんとした話ができるようになった。

「すべてわたしが悪いんだ」国防担当官はいった。「われわれがけっこう飲んでいたのは知っているだろう。わたしが運転していた。例のレストランの表で車をとめて、のぞき込んだ。それから車を出して遠ざかり、もう一度おなじことをやった。気がついたときには、武装した連中の乗った二台に挟まれて――どうしようもなくなった」

「そして、ルイサといっしょにここへ連れてこられた？」

「そうだ。だが、着くとすぐにべつべつにされた」

「それからどうなりました？」

「彼女はだいぶ痛めつけられたようだ。悲鳴が聞こえ……」声がふるえ、とぎれた。

「いいんです」おれはいった。「もう結構ですよ」

「その先はおれが知っている」マードがいった。「彼女の死体が、もうひとつの部屋の床に転がっていた。裸で、ひどく殴られたようだった」

おれは言葉を返さなかったが、たったひとつの名前を頭に浮かべていた。ファレル。やつのやり口そのものだ。強姦と拷問。おそらくコロンビアに来ているのはＳＡＳのどの部隊かを聞き出そうとしたのだろう。個人的な復讐はやめようという決意がまた雲散霧消し、せっかくの好機にやつを殺せなかったことを激しく後悔した。


われわれは、滑走路の北端からジャングルへすこしはいったところにある、いくぶんひらけた場所に撤退した。雨はまだ降っていないが、蚊がいちばんの悩みだった。国防担当官はコロンビア人に渡された迷彩服を着ているので両腕は覆われているが、帽子がないので、顔を保護するために、網を小さなテントよろしく頭からかぶせなければならなかった。

われわれは暗闇に座り、みじめな思いで選択肢を検討した。マードを筆頭とする数名は、ひきかえして工場をもう一度攻撃するという意見に傾いている。まだ奇襲の強味がこちらにある、とマードは論じた。麻薬業者とＰＩＲＡは——どれだけの人数が残っているにせよ——われわれが下流に逃げていったと思っているにちがいないから、再度の攻撃は予期していないだろう。

「いいか」おれはいった。「われわれは人質を救出するために来た。人質を救出し、一名が死亡したいま、逃げるにしくはない。すでに一名を失っているんだ。これ以上死傷者が出る危険を冒すわけにはいかない。ＰＩＲＡが生き残っていたら、いまごろはジャングルに逃れているはずだ」

「それなら」マードがいった。「降下地点へ戻ろうじゃないか。ヘリが迎えに来られるように」

それが賢明だ——ナヴィゲーションもそう難しくない。基本的には、真北をめざすだけでいい。当然、ジャングルの通りやすいルート、おそらくは獣道を選んで、ジグザグに進むことになる。だが、仮に迷う危険があったとしても、川に引き返して、それを手がかりに進めばいい。厄介なのは、進むのが物理的にたいへん困難なことだ。過去の演習によって、川のきわほどジャングルが密だとわかっている。われわれとしてはもっと内陸部のそれほど密生していないところを進むほうがいい。

訓練やこれまでの作戦の際の苦い経験から、真っ暗ななかでジャングルを進むのは不可能だとわかっている。それでもマードはやろうといい張り、北へ向かうといって、メルとともに出発した。二〇〇メートルと進めなかった。それから二十分のあいだ、藪を突破しようとするふたりの悪態がすぐ近くから聞こえていた。三十分後、ふたりは迷彩服を〝チョット待ッテ草〟にずたずたに引き裂かれて戻ってきた。明るくなったらすぐに道を切り開きながら北へ進もうということで、意見が一致した。その前の〇五〇〇時に、TACBE（戦術ビーコン発信機）で国際救難信号の電波を発信し、プエルトピサルロがそれを受信して、われわれの後方部隊に、われわれが窮地に陥っているのを知らせてくれることを祈った。

そのあとはじっと夜明けを待つほかに、やることはなかった。深い樹林の奥にいるので、紅茶を沸かし、すこしは気持ちが明るくなったが、時間は元気のない蝸牛のように進むのがのろかった。ハンモックにくるまれたスパーキイの無惨な遺体に、しじゅう目がいった。かわいそうに、と思った。あれだけ金を節約しても、なんにもならなかった。床に横たわっているルイサの遺体に蠅と蟻がたかっているさまも想像した。

「舟艇小隊のほうがうまくいっていればいいが」おれがいうと、みんながうめき声で賛意を示した。

やがてようやく夜が明けた。空が一面の雲に覆われているために、白むのは遅かった。灰色の光が林冠から差し込み、出発の準備をしているとき、滑走路のほうでエンジンが咳き込んで始動する音が聞こえたので、肝をつぶした。

「くそ!」おれは叫んだ。「アイランダーだ!」

二十秒でジャングルのきわまで行った。アイランダーは、六〇〇メートルほど離れた滑走路の隅でこちらに尾部を向けていたが、薄明のなかでもプロペラがまわっているのが見てとれた。

「正気の沙汰じゃない!」おれはどなった。「タイヤに細工したんだ。離陸できるはずがない」

「離陸したら、撃墜すればいい」マードがいった。「どのみちこっちに滑走してくる。おれたちの真上を通過するだろう。連射にして、たっぷり撃ち込んでやろう」

アイランダーが動きはじめるのを、おれは呆然と見守った。だれかが滑走路へ来て二時間でタイヤを交換するなどということが、可能だっただろうか? それとも機長があわてふためいてタイヤの点検をせずに乗り込んだのか?

アイランダーがゆっくりと右にまわって、滑走路と一直線になった。エンジンの回転が高まるのが音でわかる。が、そのときべつの音が聞こえた。

この一時間、低いピーッという音をたてて遭難信号を発していたTACBEが、不意に息を吹き返した。イギリス人らしき声が聞こえた。「グリーン・フォア、こちらはQRF(即応部隊)。感明度はいかが? どうぞ」

おれはTACBEをひっつかんで、音声チャンネルに切り替えた。「固有識別しろ!」とどなった。「固有識別しろ!」

「オペレーション・クロコダイル」と応答があった。「オプ・クロックだ」

「グリーン・フォア、了解。感明度は良好。どこにいる？」

「そちらの位置まで〇八キロと思われる。そちらに向けて飛行中」

「了解。われわれは北の端にいる。くりかえす。川のそばの新しい簡易滑走路の北の端だ。いまアイランダーが離陸しようとしている。麻薬業者の輸送機だ。離陸したら撃墜しろ」

「了解。川を目視している。いま、下流に向けて旋回している。西のジャングルから煙があがっている。それがそうか？」

「否。それは工場だ。昨夜われわれが攻撃した。われわれは煙の一キロ東にいる。川のすぐそばだ。くりかえす、煙の一キロ東だ」

「了解、二分で到着する。待て」

おれは自分の耳を疑いながら、TACBEをおろした。

「どうしたんだよ！」マードがどなった。「だれだ？」

「連隊のQRFだ。頼むから同士討ちはやめてくれよ」

「グリーン・フォア」おれは呼びかけた。「確認する。われわれは滑走路の北の端、森のきわにいる」

「了解」QRFが応答した。「その位置が見えてきた。飛行機をめざしている」

地上では、アイランダーがエンジンを全開にして、滑走開始の位置についた。ようやくわれわれのいるほうに向けて動きだしたが、加速がじゅうぶんでなく、当然出せるはずの速度がでなかった。それどころか、よろめいている酔っ払いのようなのったりした動作で、左右に機首をふりはじめた。百メートルと行かないうちに左にそれ、ジャングルの壁の十数メートル手前で停止した。

機長がエンジンを切ったとき、べつの音にわれわれは気づいた。ヘリの回転翼の重いバタバタという音と、タービンの悲鳴。その直後、あけ放たれた昇降口に銃手が座っている二機のヒューイが、頭上をかすめ飛んだ。われわれが必死で手をふると、一機が頭上でホヴァリングをはじめた。もう一機はそのまま飛びつづけ、動けなくなったアイランダーのかなり向こうに着陸した。

アイランダーの昇降口がぱっとあいた。ふたりが地面に飛びおりて、走りはじめた。ひとりは道路をめざしている。もうひとりはこっちへ向かい。われわれの右手のジャングルに飛び込もうとしている。たちまち上空で機銃がハンマーで叩くような腹に響く連打を発した。機銃弾が光芒をなして滑走路を横切り、遠いほうのやつの前方で土煙があがる。これほど明白な警告はない。とまらないと死ぬ。だが、そいつは走りつづけ、たちまちつぎの連射になぎ倒された。

それと同時に、われわれの頭上を銃弾が飛び越していった。コロンビア人が二、三人、滑走路のだいぶ先のほうにいることに、遅ればせながら気づいた。応射をはじめたとき、われわれの右手に逃れようとしている男が、足をひきずっているのに気づいた。ファレルだ！　さっと向きを変え、ＭＰ５の連射を放ったとき、ファレルの姿が木立に見えなくなった。

「国防担当官といっしょにいてくれ！」おれは叫び、マードに予備の弾薬を渡した。「やつらをひきとめろ。おれはあいつを追う」

敵の銃弾がなおも鋭い音をたててそばを通過していたが、またとない好機だと悟ったおれは妄執に取り憑かれ、銃弾がかすめ飛ぶのも意に介さなかった。やがて、さっきあの迷彩服が見えなくなったジャングルのきわに達した。そこの大きな木の葉に、垂れたばかりの血がついていた。やつは怪我をしている。死んだ可能性もあるが、とにかく手傷を負っている。

片膝を突き、なにかが動く音はしないかと耳を澄ました。背後ではあいかわらず銃撃がつづき、ヘリが着陸するのが音でわかった、おれは前方の樹木の壁に注意力をすべて集中していた。手負いの獣ほど恐ろしいものはない。ファレルはどんな武器を持っているのか？長物は見ていないが、拳銃は持っている可能性がある。

前方の植物に、また血がついていた。森の地面の枯葉が裏返っている個所がある。さらに進むと、ひらけた場所のきわの棘のある潅木からぶらさがっているシャツの切れ端があった。やつはそう遠くない。

ひらけた場所を二〇メートルほど進むと、藪が動いた。そこへ連射を放つと、悲鳴が聞こえた。枝が揺れ動き、ファレルがよろけながら出てきた。さらに撃とうと構えたが、引き金を引いても、弾丸は出なかった。胃が裏返るような吐き気をおぼえるとともに、弾薬が尽きたことを知った――予備の弾薬はマードに渡してしまった。

ファレルは四つん這いになり、立ちあがろうとしていた。おれはまっすぐ突進し、脇を思い切り蹴り上げた。ファレルが吹っ飛んで仰向けになる。右側が血だらけなのがわかった——さっきの一連射が腕と脇腹に命中していた。

おれは生まれてこのかた、自制を失ったことはないが、このときばかりは我を忘れた。MP5を両手でつかみ、ファレルの顎に叩きつけた。ファレルが怪我をしていないほうの手でおれの袖をつかみ、引き倒そうとする。おれはバランスを崩し、倒れたとき、左前腕の前に骨折したところに体重がすべてかかった。痛みが全身を突き抜け、つかのま悪夢の一場面がよみがえった。

悲鳴をあげて身を離し、ファレルの睾丸を蹴ってふりほどき、息を切らしながら立ちあがった。ファレルは口から血を流している。もう一度頭の横を蹴ると、ファレルの体は横倒しになった——だが、それでも立とうとしている。もう一度MP5で殴りつけようと思ったとき、だれかが腕に触れるのがわかった。さっとふりむくと、マードがいて、自分の武器を差し出していた。

「撃ち殺せ、ジョーディ。そのほうが簡単だ」

おれはMP5を受け取り、ファレルの頭に狙いをつけた。ファレルはなおも左の肘を使って起きあがろうとしている。おれの顔を見て唾を吐いた。そして、うなるようにいった。

「はずすんじゃねえぞ」

「やれ！」マードが怒声を発した。「殺っちまえ！」

「だめだ」おれはマードにMP5を返した。激しい憎しみはとたんに消えていた。「だめだ」もう一度いった。「こいつは生かしておいたほうが役に立つ」

簡易滑走路に戻ると、飛行機に乗っていた連中は降伏していた。全員が身体検査をされて、ひろいところにならばされている。二機目のヒューイが着陸したとたんに、完全戦闘装備のSAS隊員六名がすばやくおりて、機長がエンジンを切った。静寂があたりをつつんだ。

マードとおれは、ファレルをQRF指揮官のもとへひったてていった。指揮官はG中隊最先任軍曹のビリー・ブレイスウェルだとわかった——たくましい体つきのブロンドの大男だ。

「ジョーディ！」ビリーが叫んだ。「だいじょうぶか？」

「まあな。さっさとここを離れよう」

「そいつはだれだ？」

「デクラン・ファレル。PIRAの幹部だ。警察の捜査に協力するために、自発的にわれわれといっしょに帰国するそうだ」

「わかった。あっちのふたりに引き渡してくれ。人質はどうした？」

「あれが国防担当官だ。彼は元気だ」背後にいるチームのほうを指さした。「だが、女は殺された。死体はコンクリートの建物のなかだ。スパーキイも死んだ。あっちだ」ポンチョをかけた小さな山を示した。

一分後、みんなが集まっているなかで、おれはビリーを脇にひっぱっていって、激しい口調でささやいた。「ファレルはおれの女房を殺したくそ野郎だ」胸苦しくなってきた。不意になにもかもが一斉に襲いかかった。がくんと緊張がゆるむ。睡眠不足、ファレルにまつわるやりきれない思い、スパーキイを失った悲しみ。地べたにへたり込んで、両手で頭を抱え、気を鎮めようとした。

やがて、肩に手が置かれるのを感じた。マードだった。夜明けの灰色の光のなか、口髭がいやに垂れ下がって見える。

「来いよ、ジョーディ」マードがいった。「まともな紅茶をいれて、朝飯をたっぷりと食おうや。そうすりゃ、ちっとは気分がましになる」

18

上層部は、これ以上早くはできないだろうと思うほど敏速に、われわれを国外に出した。かなり大きな騒ぎになっていたうえに、われわれのいどころを麻薬業者の親玉たちが知ったら報復攻撃が行なわれるのではないかと官憲がおそれたからだ。マスコミがわれわれにまとわりつき、突拍子もないことを報じるのではないかという懸念もあった。要するに、われわれはひと目に触れないようにしなければならない。したがって、ろくに地上にいさせてもらえなかった。

ヒューイによる二度の空輸の二度目の便に乗って、われわれがプエルトピサルロに着陸すると、ファレルをふくめた捕虜はすでにどこかの収容所に連れていかれたあとだった。ハーキュリーズ輸送機が待っていて、われわれはそのままボゴタへ運ばれた。大使館へ行くことは許されず、市街の陸軍兵舎でシャワーを浴び、着替えて、まともな食事をした。トニーに電話することはできたので、これから帰国するとトレイシーに伝えてほしいと頼んだ。舟艇小隊の作戦が成功し、チームのメンバーは〈エンデヴァー〉に乗ってフロリダへ向かっているところだと、トニーが教えてくれた。

そして、その晩、給油すればとんぼ返りできるように予備の乗員を乗せて飛来したRAFのVC10に、われわれは乗った。出発のまぎわにトニーがくわわったので、飛行中にたくさん話をした。トレイシーと話ができたし、元気だった、とトニーがいった。

ベリーズには寄らず、はるか北のニューファウンドランドのガンダーまで行って、そこで給油し、大西洋を越えてブライズ・ノートンをめざした。十四時間の空の旅を終えて二二〇〇時にそこへ着陸したときには、生きた心地もないくらい疲れきっていた。荷物が出てくるのを待つあいだに家に電話したが、なぜか留守番電話に切り替えてあったので、怪訝に思った。まあいい。飛行機が遅れた。たぶん基地で出迎えるつもりなのだろう。

そう思おうとしても、懸念がちくりちくりと突き刺さった。ちがう、夜の十時にトレイシーがティムを連れて基地へ行くということはありえない。なにかおかしなことが起きているのだ。

作戦が大成功を収めたこともあり、基地のヘリコプターが迎えにきていて、南へ飛ぶあいだに機内でさっそく報告聴取があった。ヘリフォードに着くと、大がかりな歓迎会の用意ができていた。作戦幕僚と連隊長がいたし、特殊部隊グループ指揮官までが夜中にロンドンから駆けつけていた。シャンパンの栓を抜き、祝辞や背中を叩いての激励が、午前一時までつづいた。その雰囲気に浸ろうとしたが、ぴりぴり緊張していて、パーティにのめり込む気分にはなれなかった。抜け出して電話すると、やはり留守番電話になっていたので、なおさらだった。

ようやく、〇一四五時に、当番の運転手がキーパーズ・コテージへ送ってくれた。ジャングルから返ってきたばかりなので、四月の夜気がひどく冷たく感じられ、玄関の前で車をおりるときに、ガタガタとふるえた。闇のなかで見るかぎり、なにもかもこぎれいで整然としている。キャヴァリエが砂利の地面にとめてあり、ティムのちっちゃなマウンテン・バイクが壁にもたせかけてある。だが、どうして窓に明かりが見えないのだ？　トレイシーはどうして玄関の明かりをつけてくれていないのだ？

鍵を持っていなかったので、ドアのブザーを押そうとしたが、そこで考えた。いや――帰るのはわかっている。鍵はあいているはずだ。

そのとおり、把手をまわすとドアはあいた。明かりをつけ、見まわした。すべて異状はないようだ。ベルゲンとダッフル・バッグをおろし、階段の上に向けてどなった。「トレイシ――おい！　おれだ！」

返事はない。

ぐっすり眠っているにちがいない。だが、頭のなかではやかましく警報が鳴っていた。階段を三段ずつ駆けあがり、踊り場の明かりをつけた。寝室のドアがあいている。そこの明かりをつけた。ベッドメイクされていて、寝た様子がない。ティムの部屋へ行った。やはりおなじだ。

下に戻り、キッチンを見た。やはりどこも掃除が行き届き、きちんと整理されている。キッチンのドアの把手を握って、おれは立ちつくした。激しい恐怖のあまり、根が生えたように動けなかった。やがてなんとかそこを離れ、居間へはいっていった。明かりをつけたとき、薪用ストーヴの前の敷物に置いてある見慣れない物が、即座に視線を捉えた。

さっと飛び出し、それを拾いあげた。五インチ×三インチのポラロイドのカラー写真。暖炉の前で、腰にティムを抱いているトレイシーが写っている。その左右に、黒い目出し帽をかぶり、拳銃を持った男がいる。ベルファストでよく見かけるＩＲＡの壁画とおなじ、英雄ぶったポーズで立っている。

おれは椅子の肘掛けにどさりと腰をおろし、ショックのあまり息もつけなかった。どうしてやつらにわかったのか？　絶望的な気持ちで考えた。彼女とおれの結びつきがどうしてわかった？　そのとき、閃光がひらめくように記憶がよみがえった。アントリム州のパブ、〈スパニッシュ・ガレオン〉でなにげなく釣りの話をしたあの男。翌朝、コテージに来た男。あの一度の接触でじゅうぶんだったのだ。

手がふるえていた。写真を食い入るように見つめ、トレイシーの表情を読んだ。知らない人間には、ほほえんでいるように見えるかもしれないが、フラッシュが光ったとき、彼女がどれほどおびえていたか、おれにはよくわかった。

訳者あとがき

一九九一年一月――湾岸戦争のさなか。

イラクのスカッド・ミサイル移動発射機と地上通信線の破壊という秘密任務を帯びたSAS（イギリス陸軍空挺特殊部隊）のチームが、夜間、イラク北部の主要補給路付近にヘリコプターから降下した。

だが、とんでもないことに、彼らが降下したのは敵の陣地が密集している区域のどまんなかで、しかも地形が平坦で隠れる場所がろくにないとわかった。そのうえ、通信が途絶し、本隊と連絡がとれない。そしてついに発見されたチームの行く手を、イラク軍の装甲車輛がはばむ……

このチームのうち、捕虜になったアンディ・マクナブの壮絶な戦記『ブラヴォー・ツー・ゼロ』（拙訳／早川書房刊）は英米で大ベストセラーになった。本書の作者、クリス・ライアンも、マクナブをリーダーとするそのチームにいたが、途中ではぐれ、徒歩でついに脱出を成し遂げて、ノンフィクション『ブラヴォー・ツー・ゼロ――恐怖の脱出行』を書いた。

クリス・ライアンのそのときの経験は、そちらを読んでいただくとして、ここではマクナブが彼について描いている場面を『ブラヴォー・ツー・ゼロ』から引用し、プロフィールの一環としよう。

――ハンサムでもの柔らかなしゃべりかたをするクリスは、一般市民として国防義勇軍のSASに所属していたが、正規のSAS連隊にはいろうと思い立った。やる価値のあることは徹底してきちんとやるべきだというのがクリスの考えかたで、歩兵としてまず基礎を固めるためにパラシュート連隊に入隊するという典型的な方法をとった。予定通り上等兵になると、さっそくオールダーショットからヘリフォードに行き、選抜訓練をパスした。

いったん予定を立てれば、クリスはそれをかならずやり遂げる。彼はわたしの知るなかでもっとも意志が強く、目的意識の明確な男だ。肉体的に強靭(きょうじん)であるとともに、精神力も強く、熱烈なボディビルダー、サイクリスト、スキーヤーだ。野外では、昔のアフリカ軍団のひさしのあるキャップを好んでかぶる。(中略)SASにはいったころは目立たなかったが、三カ月ほどたつと、彼の強い個性が明らかになった。クリスは理性の人だった。喧嘩を仲裁し、処理するのは、いつでも彼だった。たとえでたらめをいっても、彼の口から出るともっともらしく聞こえる。

また、マクナブは、クリスの脱出について、こう賞賛している。

――クリスは、八日間の脱出行で三〇〇キロ以上を踏破(とうは)した。そのあいだ口にしたのは、ヴィンスやスタンと分けた小さな袋入りのビスケットふた袋だけで、飲料はほとんどなかった。（中略）じつにSASはじまって以来の壮絶な逃走劇だった。デイヴィッド・スターリング（当時中佐、第一SAS連隊長）がSASを創設したときの隊員のひとりであるジャック・シリトーが一九四二年に行なった伝説的な北アフリカ砂漠徒歩横断に比肩すると、わたしは思う。

アンディ・マクナブが『ブラヴォー・ツー・ゼロ』、『SAS戦闘員』につづいて小説『リモート・コントロール』（拙訳）を出して、これまた大ヒットさせたのに対抗するかのように、クリス・ライアンは本書『襲撃待機』*Stand By, Stand By*（1996）をものした。マクナブが、一人称でありながら自分を醒めた目で仔細に描写しているのに対し、ライアンは多少の感情をこめ、内面を掘り下げて筆をすすめている。したがって、ストーリーの展開の傾向もまったくちがう。

ライアンのこの小説の主人公であるSAS隊員のジョーディ・シャープは、湾岸戦争で捕虜になったときの経験から、悪夢に悩まされている。飲酒の問題もあり、隊の医官と相談したジョーディは、妻のキャスと幼い長男ティムをしばし実家の北アイルランドに戻し、独りで生活をすることにした。

厳しい訓練をつづけるうちに心も癒(いや)され、ジョーディは妻子を呼び戻す決意がついたが、その矢先、PIRA（IRA暫定派＝過激なテロ組織）の爆弾テロに巻き込まれたキャスが死に、ジョーディはIRA実行部隊の首謀者に復讐することを誓う……。

その先は読んでのお楽しみだが、舞台はSASの敵地北アイルランドへ、そして麻薬業者の支配するコロンビアのジャングルへと移る。一度本をひらいたら最後まで読み通したくなるページ・ターナーであることを請け合おう。例によって、SASの各種訓練、武器装備の取り扱い、さまざまな環境でのサバイバルや身の処しかたが詳述されている。こんなぶっそうな世の中だから、一般市民の日常の心得として役立つようなことも多い。

クリス・ライアンは一九六一年イギリスのニューカースル近郊に生まれ、正規のSAS連隊にはいったのは一九八四年で、世界各地へ出征、対テロ活動の分野でも広範な任務をこなし、強襲隊員や狙撃手を経て、最終的には特殊プロジェクト・チーム（対テロ用の作戦小隊）の狙撃チーム・リーダーをつとめた。一九九一年一月のイラクからの脱出行により、ミリタリー・メダルを授与されている。一九九四年に退役、本書のあとも、*Zero Option*（1997）、*The Kremlin Device*（1998）、*Tenth Man Down*（1999）と、一年一作の割合で書き、しかも筆力をめきめきとあげている。現在はアメリカ在住。

Zero Option は、本書の結末から物語がつづいていて、ジョーディは恋人と幼い息子のために、PIRAの非情なテロリストで本書の悪役でもあるファレルを脱獄させ、首相を狙撃

しなければならないという、ほかの選択肢（ゼロ・オプション）が皆無の状況に追い込まれる。
ひところ低迷していたかに思えるイギリスの冒険小説だが、アンディ・マクナブにつづいてこのクリス・ライアンと、〝SAS組〟の活躍によって、すっかり勢いを盛り返した感がある。アメリカ式の蛮刀をふりまわすような荒っぽく単純（プリミテイヴ）な暴力と正義に飽いたむきには、格別に楽しんでいただけるだろうと思う。

一九九九年十二月

ジャック・ヒギンズ

裁きの日
菊池　光訳

西側への亡命援助組織のリーダーが誘拐された。元英国情報部員サイモンは救出に東独へ

エグゾセを狙え
沢川　進訳

フォークランド紛争の最中、高性能ミサイルをめぐるアルゼンチン軍とSAS隊員の闘い

非情の日
村社　伸訳

IRAに強奪された金塊を追って、ヴォーン少佐は過激な武装テロ集団に単身で潜入する

廃墟の東
白石佑光訳

グリーンランドの雪原に眠る謎を秘めた墜落機。現場に向かうマーティンたちに罠が迫る

暗殺のソロ
井坂　清訳

名ピアニストにして超一流の暗殺者ミカリに娘を轢き殺され、SAS大佐は復讐を誓う。

ジャック・ヒギンズ

ウィンザー公掠奪
ハリー・パタースン名義／井坂　清訳

英国に傀儡政権樹立を企むヒトラーは、元国王のウィンザー公の誘拐をSS将校に命じた

シバ　謀略の神殿
黒原敏行訳

第二次大戦前夜、古文書を手掛かりに幻の神殿を目指す考古学者にナチスの魔の手が迫る

狐たちの夜
菊池　光訳

Dデイ前夜、ナチ占領下の島に漂着した米軍将校を救出すべく英陸軍大佐が潜入するが!?

ルチアノの幸運
菊池　光訳

連合軍のシチリア島上陸作戦前夜、特命を帯びた者の中に伝説のギャング、ルチアノが！

反撃の海峡
後藤安彦訳

ロンメルのドイツ軍防衛計画会議を探るべく占領下のフランスに英国女工作員が潜入した

マイクル・クライトン

失われた黄金都市
平井イサク訳
調査隊全滅の真相を究明せんとコンゴのジャングルへ向かった科学者たちが目にした驚異

スフィア—球体—上下
中野圭二訳
南太平洋に沈んで三百年が経つ宇宙船を調査中の科学者たちは銀色に輝く謎の球体と遭遇

サンディエゴの十二時間
浅倉久志訳
大統領が来訪する共和党大会に合わせて仕組まれた恐るべき計画とは……白熱の頭脳戦。

アメリカ探偵作家クラブ賞受賞
緊急の場合は
清水俊二訳
違法な中絶手術で患者を死に追いやって逮捕された同僚を救うべく、ペリーは真相を探る

ターミナル・マン
浅倉久志訳
脳への外傷が原因で暴力性の発作を起こす男が、コンピュータ移植手術に成功するが……

ハヤカワ文庫

マイクル・クライトン

北人伝説
乾　信一郎訳
十世紀の北欧。イブン・ファドランはバイキングと共に伝説の食人族と激戦を繰り広げる

ジュラシック・パーク上下
酒井昭伸訳
バイオテクノロジーで甦った恐竜が棲息する驚異のテーマ・パークを襲う凄まじい恐怖！

ロスト・ワールド
ジュラシック・パーク2上下
酒井昭伸訳
六年前の事件で滅んだはずの恐竜が生き残っている？　調査のため古生物学者は孤島へ！

ライジング・サン
酒井昭伸訳
日本企業がＬＡに建てた超高層ビルで、美人モデルが殺された。日米経済摩擦ミステリ。

ディスクロージャー上下
酒井昭伸訳
元恋人の女性上司に訴えられたセクシュアル・ハラスメント事件。ビジネス・サスペンス

ロビン・クック

コーマ—昏睡—
林　克己訳
有名病院で続発する麻酔事故。単身調査を開始する女医学生が発見した衝撃の真相とは？

マインドベンド—洗脳—
林　克己訳
出産する女性に親切で人気を集めているクリニックの裏には恐ろしい秘密が隠されていた

ブレイン—脳—
林　克己訳
大学医療センターでは奇怪な症状の女性患者が続出。この背後には合衆国政府の陰謀が！

アウトブレイク—感染—
林　克己訳
突然に発生したエボラ出血熱。感染源を調査する女医マリッサの前に、新たなエボラが！

モータル・フィアア—死の恐怖—
林　克己訳
健康と診断された患者が次々に死亡。疑問を抱く医師の前で同僚の天才科学者が急死する

ロビン・クック

ミューテーション―突然変異―
林 克己訳
遺伝子操作で生まれてくるわが子を天才にしたが、周りで人々が珍しい癌で死に始める。

ハームフル・インテント―医療裁判―
林 克己訳
医療ミスで有罪を宣告された麻酔医。無実を証明しようと奔走する彼に謎の追手が迫る！

フィーバー―発熱―
林 克己訳
再処理工場から出たベンゼンが原因で白血病に冒された娘のため、癌研究者はひとり闘う

ヴァイタル・サインズ―妊娠徴候―
林 克己訳
不妊で悩む女医は、自分と同じクリニックで不妊になった患者がいると知り調査を始める

ブラインドサイト―盲点―
林 克己訳
常用しないのに奇妙な麻薬中毒死が連続して発生。女性検死官補が事件を追及するが……

ジョン・ル・カレ

寒い国から帰ってきたスパイ
宇野利泰訳

〔英国推理作家協会賞、アメリカ探偵作家クラブ賞受賞〕スパイ小説史上に残る金字塔。

死者にかかってきた電話
宇野利泰訳

外務官僚の死は本当に自殺だったのか？　調査する英国情報部員スマイリーに黒い影が！

ティンカー、テイラー、ソルジャー、スパイ
菊池　光訳

英国情報部に潜むソ連の二重スパイを探し出すため引退生活から呼び戻されるスマイリー

スクールボーイ閣下 上下
村上博基訳

〔英国推理作家協会賞受賞〕ソ連諜報部のカーラにより大打撃を受けた英国情報部の苦闘

スマイリーと仲間たち
村上博基訳

将軍と呼ばれる老亡命者の暗殺を機に、スマイリーは宿敵カーラと積年の対決に決着を！

J・C・ポロック

樹海戦線
沢川 進訳
カナダの森林地帯で元グリーンベレー隊員とソ連の特殊部隊が対決。傑作アクション巨篇

ミッションMIA
伏見威蕃訳
囚われの身となった戦友を救うべく、元グリーンベレーの五人がヴェトナム奥地に潜入!

トロイの馬
沢川 進訳
ソ連の科学者が自国の核兵器を無力化させる米国の極秘計画を持ってプラハで亡命を計る

デンネッカーの暗号
広瀬順弘訳
死んだ元SS中将が記した手帳の暗号。元グリーンベレーがその謎から黒い謀略に迫る。

復讐戦
広瀬順弘訳
デルタ・フォースの元中佐ギャノンは、妻を惨殺した犯人を追って旧友と密林に向かう。

ハヤカワ文庫

レイ・ブラッドベリ

火星年代記
小笠原豊樹訳

火星に進出する人類、そして消えゆく火星人——その姿と文明を描く、壮大なSF叙事詩

華氏四五一度
宇野利泰訳

焚書の任務に何の疑問も抱かなかった男が初めて持った恐るべき秘密とは？　不朽の名作

太陽の黄金(きん)の林檎
小笠原豊樹訳

地球救出のため、宇宙船は、全てを焦がす太陽の果実を求める旅に出た……22の傑作童話

刺青の男
小笠原豊樹訳

男の全身に彫られた18の刺青に秘められた18の物語が、月あかりを浴びて動きだす……。

よろこびの機械
吉田誠一訳

火星の古井戸で、あることを待つ男の悲哀を描いた「待つ男」など21篇を収録した短篇集

訳者略歴　1951年生，早稲田大学商学部卒，英米文学翻訳家　訳書『ＳＡＳ戦闘員』マクナブ，『シルヴァー・タワー』『頭上の脅威』ブラウン，『強襲部隊』ボウデン（以上早川書房刊）他多数

HM=Hayakawa Mystery
SF=Science Fiction
JA=Japanese Author
NV=Novel
NF=Nonfiction
FT=Fantasy

襲撃待機

〈NV935〉

二〇〇〇年一月三十一日　発行
二〇〇三年十一月三十日　五刷

（定価はカバーに表示してあります）

著者　クリス・ライアン
訳者　伏見威蕃
発行者　早川浩
発行所　株式会社早川書房

郵便番号　一〇一－〇〇四六
東京都千代田区神田多町二ノ二
電話　〇三－三二五二－三一一一（大代表）
振替　〇〇一六〇－三－四七七九九
http://www.hayakawa-online.co.jp

印刷・星野精版印刷株式会社　製本・株式会社明光社
Printed and bound in Japan
ISBN4-15-040935-8 C0197